REGINE BOTT

Kern der Angst

ANGST LIEGT TIEF Als Lioba Heller unter streng geheimen Auflagen ihren ersten Arbeitstag bei der Pharmafirma »Amendment Corp.« antritt, ahnt sie nicht, was auf sie zukommen wird. In dem unterirdisch gelegenen Labor wird illegal an einem Medikament geforscht, das Angstkrankheiten besiegen und die Probanden in unerschrockene Söldner verwandeln soll. Nach dem ersten Todesfall schlägt sich Lioba auf die Seite der Entführten. Die Probanden zu befreien und ans Tageslicht zu bringen, gestaltet sich jedoch als haarsträubend gefährlich. Auf der Flucht werden sie unter anderem von einer weiteren Leiche, mehreren Schlägereien, intriganten Wissenschaftlern und einer Armee von Sechsfüßlern aufgehalten. Doch Liobas wahrer Feind ist Lothar Bonlander, der komplett übergeschnappte Firmenreferent, der in seinem Wahnsinn keine Gnade kennt. Auch der Tübinger Kriminalkommissar Deckert, der den Machenschaften der Pharmafirma auf der Spur ist, kommt dem irren Bonlander mit seinen unorthodoxen Ermittlungen in die Quere. Wird der Kommissar verhindern können, dass er auch über Liobas Leiche geht?

Regine Bott, 1968 in dritter Generation in Stuttgart geboren, studierte Kunstgeschichte, Literaturwissenschaften und Anglistik. Parallel dazu arbeitete sie in einer Buchhandlung und legte in einem Vorstadtkino die Filmrollen in den Projektor. Nachdem Bott fast zwanzig Jahre lang als festangestellte Lektorin beschäftigt war, ist sie seit 2013 selbstständig, schreibt Krimis, Kurzgeschichten und Science-Fiction. Die überzeugte Schwäbin lebt zusammen mit Ehemann, Sohn und Kater in der Nähe der Landeshauptstadt Baden Württembergs.

REGINE BOTT

Kern der Angst

Kriminalroman

GMEINER SPANNUNG

Immer informiert

Spannung pur – mit unserem Newsletter informieren wir Sie regelmäßig über Wissenswertes aus unserer Bücherwelt.

Gefällt mir!

Facebook: @Gmeiner.Verlag
Instagram: @gmeinerverlag
Twitter: @GmeinerVerlag

Besuchen Sie uns im Internet:
www.gmeiner-verlag.de

Im Ehnried 5, 88605 Meßkirch
Telefon 07575/2095-0
info@gmeiner-verlag.de

1. Auflage 2019

Lektorat: Claudia Senghaas, Kirchardt
Herstellung: Mirjam Hecht
Umschlaggestaltung: U.O.R.G. Lutz Eberle, Stuttgart
unter Verwendung eines Fotos von: © dancerP / photocase.de
Druck: CPI books GmbH, Leck
Printed in Germany
ISBN 978-3-8392-2366-6

Personen und Handlung sind frei erfunden.
Ähnlichkeiten mit lebenden oder toten Personen
sind rein zufällig und nicht beabsichtigt.

HOME SWEET HOME

Als er um Mitternacht den Schlüssel zu seinem Apartment herumdrehte und die Tür öffnete, hatte Hendricks das seltsame Gefühl, als betrete er fremdes Territorium. Instinktiv wollte er sich die Schuhe sorgfältig abtreten und noch einmal mit den Fingern durch die störrischen Wirbel seines Haars fahren, um sich einem vermeintlichen Gastgeber in vorteilhaftem Licht zu präsentieren. Sein Labor im Bunker war ihm vertrauter als sein 150 Quadratmeter großes Loft – eine der teuersten Immobilien der Umgebung. Auch der atemberaubende Blick auf die lichterglitzernde Innenstadt, die sich 200 Meter unter ihm an grüne Hügel und die zu dieser Jahreszeit vorherbstlich schillernden Weinberge schmiegte, konnte bei ihm keine Verbundenheit mit seiner Wohnung hervorrufen, schließlich schlief er nur hier und das in letzter Zeit selten genug. Wenn man eine einzigartige Aussicht auf den Kessel Stuttgarts genießen wollte, so sollte man sich mit dem Aufzug zur Spitze des Fernsehturms transportieren lassen. Er brauchte das nicht vor seiner Haustür.

Als die Maklerfirma ihm das Apartment in Degerloch auf der Filder-Hochebene angeboten hatte, war er zuerst nicht dazu bereit gewesen, in den Kauf einzuwilligen. Die großzügige Küche mit Kochinsel und allem eingebauten Schnickschnack, die das Herz eines Hobbykochs sicher höher schlagen, sein eigenes aber kalt ließ, würde er genauso wenig nutzen wie den leinwandgroßen Fernseher oder die Sofagruppe aus Leder, auf der locker zehn Personen Platz hatten. Außerdem war die Fahrt zum Labor länger, als ihm lieb war. Die Autobahnen waren durch den Pendlerverkehr verstopft – von den Bauarbeiten auf der Bundesstraße Richtung Tübingen ganz zu schweigen.

Aber schließlich hatte er doch unterschrieben. Die Firma zahlte, und Anna war ihm bei einem ihrer seltenen Besuche vor Begeisterung um den Hals gefallen. Obwohl sie in Berlin wohnte und arbeitete, glaubte Hendricks, dass sie das Apartment in naher Zukunft für sich nutzen würde. Wenn die Grundstufe des Projekts im Bunker erst einmal abgeschlossen war und er sich mit ihr zusammen – als Vater-Tochter-Gespann* – auf die Weiterentwicklung und Vermarktung des Serums konzentrierte, könnte sie ihre Augen über die Weinberge schweifen lassen und im Gegensatz zu ihm den Anblick würdigen.

Der Professor hatte eben den Lichtschalter betätigt und den Schlüssel in eine Glasschale auf einer antiken Anrichte geworfen, als das Telefon klingelte. Ein Blick aufs Display bestätigte ihm, was er beim ersten Ton schon vermutet hatte. Er kannte die Nummer. Bonlander rief fast immer zur gleichen Zeit an. Der Mann schien ebenfalls mit wenig Schlaf auszukommen.

»Ja?«, sprach Hendricks kurz angebunden in den Hörer und starrte auf die großformatige Fotografie über dem Büfett, die eine grafisch verfremdete Molekularstruktur in grellen Farben zeigte. Anna hatte ihm das Bild von einer Schweizer Kunstmesse mitgebracht, und obwohl es nicht wirklich seinen Geschmack traf, hatte er es aufgehängt.

---

* Frauen in einer Führungsposition oder als Teilhaberin einer Firma – selten genug. Die Väter ersparen sich aber einiges: das überzogene Konkurrenzdenken, den eitlen Hahnenkampf, Pisswettbewerbe und die Entmachtung durch einen jüngeren Mann. Patriarchen sollten über diese Faktoren einmal nachdenken.

»Wo stehen wir, Professor?«

»Ich stehe in meinem Wohnzimmer und Sie?«

Am anderen Ende der Leitung schnaubte es. »*Sie* machen einen Witz? Dass ich das noch erleben darf. Haha.« Die Stimme klang nicht amüsiert.

»Ich spaße nicht. Ich wollte damit andeuten, dass *wir* nirgends stehen. Oder sind Sie in letzter Zeit einmal in meinem Labor gewesen, Herr Bonlander?«, antwortete Hendricks ein wenig schärfer, als es ihm gegenüber dem persönlichen Assistenten des Aufsichtsratsvorsitzenden zustand.

»Werden Sie nicht frech«, dröhnte es gleich darauf herablassend aus dem Apparat. »Ersparen Sie mir Ihre übliche Korinthenkackerei und sagen Sie mir, wie weit Sie sind!«

Hendricks blickte an der Fotografie vorbei und starrte die Wand an. »Wir hatten Probleme.«

»Könnten Sie deutlicher werden? Das wäre unwahrscheinlich entgegenkommend von Ihnen.«

»Der letzte Patient hat die Prozedur entgegen unserer Erwartung nicht verkraftet.«

»Übersetzung, bitte. Was zum Henker heißt das? Ist er Ihnen etwa krepiert?«

Ja. Der Patient war gestorben. So etwas kam eben vor. Er war ein Proband gewesen. Eine Testperson. Schon das Wort allein beinhaltete, dass auch einmal etwas schiefgehen konnte.

»Nicht jeder Mensch reagiert gleich. Das sollten Sie doch wissen. Sie arbeiten schließlich für ein Pharmaunternehmen.« Die Bemerkung, dass Bonlander seiner Meinung nach nur ein kleiner Handlanger war, schluckte Hendricks unter Mühen hinunter. »Da müsste Ihnen bekannt sein, dass der eine auf ein Medikament eben verschiedenartiger anspricht als der andere. Menschen sind keine Roboter, sie werden nicht am Fließband hergestellt. Rückschläge muss man immer einkalkulieren. Das ist einfach …«

»Rückschläge?«, unterbrach ihn Bonlander. »Die Firma kann sich keine Rückschläge leisten. Da hängt ein wenig mehr dran als nur die Höhe Ihrer Prämie, die ebenfalls von einem herben Rückschlag ereilt werden könnte, Hendricks. Aktienkurse, unterschriebene Verkaufsverträge, unterzeichnete Versprechungen, Auszahlungen an die Geschäftsetage …«

»Sie haben das Serum schon verkauft?« Der Professor schnappte nach Luft. »Vor seiner endgültigen Fertigstellung? Vor der Weiterentwicklung? An wen?«

Abkommen dieser Art waren in der Branche zwar nicht unüblich, aber hier lag der Fall etwas anders. Oxy-35 war nicht irgendeine Arznei. Oxy-35 würde das Mensch-Sein revolutionieren. Den Homo sapiens auf eine modifizierte Entwicklungsstufe befördern. Ohne das lange Warten darauf, dass dies die Natur vielleicht irgendwann einmal von allein regelte. Wobei es dazu sicherlich nicht mehr kommen würde, so wie sich die Menschheit anstellte.

Bonlander sprach ungeniert weiter, ohne auf Hendricks einzugehen. »Von der recht unangenehmen Situation, die Ihren Familienanhang ereilen wird, wenn Sie während Ihrer Forschungsarbeit patzen, wollen wir erst gar nicht sprechen«, fuhr er drohend fort.

Hendricks fluchte leise. *Dieser Hundesohn!* Es verging fast kein Telefonat, in dem Bonlander ihn nicht darauf hinwies. Als ob man ihn daran erinnern müsste, dass er vor einigen Jahren Mist gebaut und Anna in diesen Dreck mit hineingezogen hatte.

Ein paar Sekunden herrschte Stille in der Leitung, dann meldete sich Lothar Bonlander erneut zu Wort. »Wenn ich das nächste Mal anrufe, dann will ich ein Ergebnis haben. Und zwar eins, das mir gefällt. Und eins, das dem Aufsichtsrat gefällt.«

Hendricks schloss die Augen.

»Ist das verständlich rübergekommen? … Hendricks? Sind Sie noch dran?«

»Sie haben den Sachverhalt prägnant dargestellt.«

»Tatsächlich? Sehr schön. Denn wir investieren nicht etliche Millionen Euro in diesen Spielplatz, um Sie alle miteinander Sandburgen bauen zu lassen, die beim kleinsten Windstoß einstürzen. Sie sollten also möglichst bald zufriedenstellende Ergebnisse vorweisen können und es auch unterlassen, sich gegenseitig mit ihren Schäufelchen zu traktieren. Zufriedenstellend – hören Sie mich?«

»Klar und deutlich.« *Was für ein eingebildeter Geck.*

»Sehr schön, Professor, sehr schön. Haben Sie sich bei der Entsorgung der Leiche an die Vorschriften gehalten?«, wechselte Bonlander abrupt das Thema.

»Die uns zugeteilten Mitarbeiter vom städtischen Dienst waren schon da.« Und während sie hier sprachen, war der Proband längst Teil des Kreislaufs der Stromerzeugung von Stuttgart geworden. Geld regiert die Welt. Und man kann sich alles und jeden damit kaufen.

Aus dem Hörer grunzte es beifällig. Anschließend klickte es. Die Verbindung war unterbrochen.

Angewidert starrte Hendricks eine Weile auf den Hörer in seiner Hand. Dann knallte er ihn auf die Basisstation, schritt zur Kommode, griff nach dem Schlüssel, und als die Apartmenttür hinter ihm ins Schloss fiel, merkte er, dass er nicht einmal dazu gekommen war, seinen Laborkittel auszuziehen.

*

»Du hättest nicht annehmen sollen. Du hättest nicht einmal hingehen sollen, du blöde Kuh.«

Lioba schwenkte die Flasche in Richtung ihres Spiegelbilds und nahm einen tiefen Schluck. Das kleine Schwarze mit dem beeindruckenden Wasserfallausschnitt, das sie extra für das Treffen mit dem Aufsichtsratsvorsitzenden gekauft hatte, trug sie immer noch. Es war dort, wo es schmal sitzen musste, etwas zu eng geraten und schnürte ihr fast die Luft ab. Aber sie hatte nicht die Kraft, es auszuziehen.

Zuallererst hatte sie den Kühlschrank ihrer neuen Wohnung im Niemandsland aufgerissen und sich die letzte verbliebene Flasche des Guinness-Sixpacks gegriffen, das sie in weiser Voraussicht auf dem Heimweg an einer Tankstelle gekauft hatte. Bonlander, der Assistent, Referent, Wasserträger oder wie man seine Funktion auch immer bezeichnen mochte, hatte auf dem Fahrersitz herumgemeckert wie ein altes Weib, aber dann schließlich doch angehalten. Wenigstens hatte er den Anstand besessen, sie zu dem Apartment zu fahren, das die Firma für sie gemietet hatte, denn sonst hätte sie sich ein Taxi nehmen müssen. Öffentliche Verkehrsmittel fuhren gemeinhin nicht an den Arsch der Welt. Und der Schönbuch, das war für Lioba eindeutig das Skrotum der Zivilisation.

Mit der Bierflasche in der Hand lief sie unschlüssig herum, schleuderte die Riemchensandalen mit den Pfennigabsätzen von sich und genoss seufzend den hochflorigen Teppich unter ihren nackten Sohlen.

Sie starrte auf den Schlüsselbund, den ihr dieser arrogante Fatzke Bonlander im maßgeschneiderten Anzug am Ende der Besprechung mit einem unverschämten Grinsen in die Hand gedrückt hatte.

Kurze Zeit später war die Flasche schon wieder leer, und sie stolperte aus dem Bad in Richtung Küche.

»Gib's zu, du bist auf das Geld scharf. Moneten! Knete!« Sie riss den Kühlschrank erneut auf und warf einen Blick ins bedauernswerterweise leere Gemüsefach. »Du hast dich mieten lassen, du Schlampe!«, zischte sie.

Ihr knurrte der Magen. Die übersichtlich angerichteten Speisen im Restaurant hatten sie alles andere als gesättigt. Die Erbse unter der Ameisenzunge. Zudem war sie kaum dazu gekommen, ihren Teller auch nur anzuschauen, geschweige denn davon zu essen, weil Doktor Reinhard Horgenzell während des Gesprächs nicht nur Blickkontakt zu ihren Brüsten aufnahm, sondern außerdem anfing, unter dem Tisch zu füßeln. Von diesem geilen Bock hatte sie sich kaufen lassen! Nicht nur dieses Zwei-Zimmer-Apartment verdankte sie ihm, auch bot er ihr ein Monatsgehalt an, das ihr die Sprache verschlug. Und dieses Mal war das zu eng geschnittene Kleid nicht schuld daran gewesen.

»Tja Kindchen. So viel Geld hast du noch nie gesehen! Kleine Kokotte, du!«

Stark angeschickert hüpfte Lioba über den Teppich wie Butler James, kurz bevor er den Tigerfellkopf malträtiert, und schwang eine Dose Billigbier, die in der hinteren Ecke des Küchenoberschranks versteckt gewesen war. Welcher Vormieter sie auch immer dort deponiert hatte, sie war ihm enormen Dank schuldig.

Sie brauchte das Geld. So einfach war es. Ihr Kontostand verhielt sich besorgniserregend. So, als ob es nach einer Ebbe keine Flut mehr gäbe. Als ob das Meer keinen Drang verspürte, zum Strand zurückzukehren. Und sie konnte sich selbst eine dumme Nuss schimpfen, sich Vorhaltungen machen und an ihr Gewissen appellieren – Fakt war, dass sie ohne einen Job nicht über die nächsten drei Monate kam. Zumal sie momentan keinen hatte. Und bei Wind und Wetter mit dem Fahrrad durch die Straßen zu radeln und Wurfsendungen oder die Tageszeitung in Briefkastenschlitze zu stopfen – denn dies war der einzige Broterwerb, den ihr die überarbeitete Dame der Arbeitsagentur auf die Schnelle in Aussicht gestellt hatte: Selbst dieser Job war nun ins Off gerückt. Falsch. Er war vom Tisch gefallen und unter das Sofa gerutscht. So weit nach hinten, dass man auch mit einem ausgeklappten Meterstab nicht mehr herankam.

Das Dosenbier gefährlich wackelig auf den Knien jonglierend und in die weichen, angemieteten Kissen des ledernen, Sofas versunken, dachte Lioba nach.

Horgenzell war ein Spatzenhirn, aber sie würde ihn sicherlich selten zu Gesicht bekommen. Alles sollte über diesen Lothar Bonlander laufen, das untergewichtige, überhebliche Bürschchen, das auf sie auch keinen besseren Eindruck gemacht hatte. Mit einem vernichtenden Blick, der besagte, dass er nicht viel von ihr hielt, hatte er sie begafft. Aber mit diesem Trottel würde sie zurechtkommen. Dem war sie intellektuell turmhoch überlegen. Sie hatte einen Doktortitel, er machte den Anschein, als gehe er noch in die Vorschule. Obwohl er sich erstaunlich eloquent ausgedrückt hatte, vermutete Lioba, dass er bei jedem Gespräch auswendig gelernte Phrasen abspulte. Den würde sie in den Sack stecken, wenn es nötig wäre.

»Der Job ist doch gar nicht so übel, Schätzchen«, nuschelte sie und stellte entsetzt und gleichzeitig enttäuscht fest, dass sie die Dose Bier schon leergetrunken hatte. Ihr Alkoholkonsum an diesem Abend war verbrieft besorgniserregend. »Gar nicht so übel.«

Irgendwas im Labor. Wissenschaft lag ihr. Professoren lagen ihr. Schließlich hatte sie einige Jahre ihrer Lebenszeit an der Uni verbracht und auch im Institut geholfen. Sie wusste, wie die Typen in ihren Elfenbeintürmen tickten. Diesen Hendricks, oder wie der noch gleich hieß, würde sie ohne große Anstrengung im Auge behalten können. Wenn man darüber nachdachte, dann war ihr sogar eine leitende Funktion angeboten worden. Mitarbeiterbeurteilung war ein wichtiger Bestandteil innerhalb der Organisation eines Betriebes. Mit dieser Aufgabe würde sie ihren nicht unbeträchtlichen Teil zur Qualitätssicherung beitragen.

Die Dose fiel ihr vom Schoß, und sie sank befriedigt in die Waagerechte.

Den letzten Gedanken, den sie hatte, war, dass sie jeden Cent wert war, den dieser geile Horgenzell für sie springen ließ.

HELL BLOODY HELL

Ungeduldig zerrte David an dem bockenden Brustgurt des Fahrersitzes. Er war nervös. Supernervös. Seine Beine wollten nicht stillhalten.

Als Fran ihm vor einem Monat mit vor Freude glänzenden Augen eröffnet hatte, dass sie beide ein langes Wochenende im Schönbuch verbringen würden, nein mussten, weil ihre beste Freundin Mascha in den Stand der Ehe eintrat, hatte seine Laune die Fahrt in einem ungebremsten Lift in die Tiefe unternommen. Für ihn war in dieser Sache kein Hintertürchen vorgesehen, denn er, der Angetraute der Brautjungfer, hatte auf jeden Fall auch anwesend zu sein. Zwei ganze Tage würden sie sich dort aufhalten, wo die Natur enthemmt ihren Lauf nahm. Hohes nicht gemähtes Gras, treibende Knospen, wild wachsende Sträucher – ein Summen und Brummen, Krabbeln und Kriechen. Das, was Franziska als »Romantik pur« bezeichnete. Ihre Freundin Mascha, die David nur ein oder zwei Mal gesehen hatte, sah das gewiss ebenso, ansonsten hätte sie es vorgezogen, im örtlichen Rathaus in einem dieser penibel geputzten Räume ohne Zimmerpflanzen zu heiraten und nicht unter freiem Himmel.

David konnte das Szenario vor seinem geistigen Auge schon sehen: Der ehrenamtliche Pfarrer, wahrscheinlich in Cordhosen und legerem Karohemd, stand nahe eines Baums, an dessen Äste bunte Bänder geknüpft waren, die lustig im Wind flatterten, und nudelte mit salbungsvoller Stimme abgedroschene Glückskekssprüche herunter, während unter den Füßen und über den Köpfen der geladenen Gäste das Insektenreich den Angriff vorbereitete.

Seitdem war es ihm nicht gelungen, seine Gemütslage auf Erdgeschossniveau anzuheben.

Vier Tage in der Pampa – Fran wusste nicht, was sie ihm damit antat.

Seit sie es ihm gesagt hatte, litt er wieder unter diesen Träumen. Er – Auge in Auge mit einem Insekt, das auf dem Kopfkissen direkt neben seiner Nase saß und sich die Antennen putzte. David konnte förmlich spüren, wie sich die kleinen starken Mandibeln, die Mundwerkzeuge, in seinen Kopf bohrten und sein Gehirn zerkleinerten. Wie fahle Würmer unter der Bettdecke an seiner Haut knabberten, bis die Stelle dort groß genug geworden war, um hineinzuschlüpfen. Er fühlte, wie sie sich in ihm fortbewegten. Wie sich ihre Körper knapp unterhalb der Oberfläche seiner Epidermis wanden und schlängelten. Er konnte ihre Bewegungen sehen.

David kannte jedes Insekt in- und auswendig. War imstande, jegliche Körperteile zu beschreiben. Alle lateinischen Bezeichnungen hatte er verinnerlicht. Seinen Feind zu kennen – das war das Ziel gewesen! Stunden hatte er mit den einschlägigen Enzyklopädien verbracht. Sich unter Qualen Dokumentarfilme angesehen, von denen er sich eine Art Heilung versprach. Oder zumindest eine Besserung der Symptome. So wie sich Menschen mit Höhenangst immer wieder mal auf einen Aussichtsturm wagten, so hatte er sich die Viecher vorgenommen.

Die ganze Mühe war umsonst gewesen. Die Angst und die Albträume waren geblieben. Aber immerhin konnte er jetzt mehr oder weniger alles beim Namen nennen, was kreuchte und fleuchte.

Was für ein Erfolg, sinnierte er bitter.

Das Grüne! Warum gaben sich die Menschen nicht in einem Luftschutzkeller das Eheversprechen?

»Herrgott, David! Ich dachte, du hättest das Auto vorher noch gesaugt!« Franziska bedachte ihn mit einem vorwurfsvollen Blick.

»Hab' ich doch auch«, versuchte sich David zu verteidigen.

»Und warum liegt hier auf dem Boden ein alter Kaugummi?«

»Das kann nicht sein. Du weißt, wie empfindlich ich gegenüber Abfall bin. Was suchst du denn überhaupt?«

Statt ihrem Mann eine Antwort zu geben, drehte Franziska noch einmal den Kopf und spähte in eine große Tasche zwischen Rückbank und Fußraum des Wagens. »Hast du ihn mitgenommen? Ich sehe ihn nicht. Er müsste hier drin sein.«

»Himmel ... Wen? Von was sprichst du eigentlich die ganze Zeit?«

»Hörst du mir überhaupt zu? Vom Föhn! Ich spreche von meinem Föhn. Er lag auf dem Bett. Ich hab' dir das doch gesagt! Du erinnerst dich?«

Das war der Gipfel. Nachdem er den Kampf gegen den Brustgurt gewonnen hatte, waren sie losgefahren. Er hatte so gezittert, dass es ihm schwergefallen war, das Gaspedal herunterzudrücken. Und jetzt: Zehn Minuten, nur zehn lächerliche Minuten auf der Straße, und sie steckten schon wieder mittendrin in einer dieser bescheuerten, unnötigen Diskussionen.

David warf einen hektischen Blick in den Rückspiegel, setzte den Blinker und lenkte das Auto schnell auf die linke Spur. Aus den Augenwinkeln sah er den Fahrer eines Milchtrucks, den sie überholten, als sie sich in die Blechkolonne auf der Bundesstraße in Richtung Tübingen einreihten. Der Trucker erweckte den beneidenswerten Anschein, als wäre er die Ruhe selbst.

»Nein, den habe ich nicht eingepackt.« David atmete durch, versuchte, zur Attacke blasende Ameisen von seiner inneren Leinwand zu verbannen, und wappnete sich schon gegen den nächsten verbalen Angriff. »Habe ich vergessen, sorry.« Er starrte auf die Straße. »Kann ja mal vorkommen.«

»Kann ja mal vorkommen? Wie kann das mal vorkommen?« Franziskas Stimme rutschte in eine unangenehm hohe Tonlage. »Ich habe dich extra darum gebeten! Extra! Die Haartrockner in diesen Pensionen sind doch alle Mist!«

David sah ihre Schultern zucken und beschloss, seine ganze Aufmerksamkeit ausschließlich auf die Fahrbahn zu richten und zusätzlich zu Frans Emotionen auch die Nachmittagssonne zu ignorieren, die die Umgebung in goldenes Licht tauchte. Er zog den Blendschutz weiter herunter.

Steigere dich nicht hinein, Fran! Nicht jetzt! Ich bin angespannt genug. Es ist nur ein verfluchter Föhn!

Sie fuhr sich mit einer hektischen Handbewegung über den Mund, als wolle sie verhindern, dass der Rest ihrer Worte hörbar wurde. »Immer der gleiche …«, murmelte sie schniefend gegen das Brummen des Diesels.

»Ich war mit dem restlichen Gepäck beschäftigt. Fran, wir sind nur ein Wochenende weg, deine Haare sehen sensationell aus!« David versuchte, so viel Begeisterung wie möglich in diesen Satz zu legen.

Sie fuhr herum. »Ich bin Brautjungfer auf der Hochzeit meiner besten Freundin. Ich muss mehr als sensationell aussehen! Ich muss perfekt sein! Warum begreifst du nicht, wie wichtig das für mich ist? Das wird eine enorm aufwendige Feier! Mit allem Drum und Dran! Ihr Vater ist ein hohes Tier bei irgend so einer Pharmafirma, der investiert ein Vermögen in das Glück seiner Tochter. Da kann die Brautjungfer nicht rumlaufen wie ein alter Besen.« Sie biss sich auf die Unterlippe, wandte sich wieder ab, und David konnte geradezu durch ihren Hinterkopf hindurch sehen, wie sie provokativ das Beifahrerfenster fixierte.

Er seufzte leise. Von wegen alter Besen. Auch wenn Fran morgens schlaftrunken nur in Slip und dem Männer-Unterhemd, das ihr zwei Nummern zu groß war, ins Bad torkelte, sah sie aus wie Gwyneth Paltrow. Wozu brauchte man einen Föhn, um seine Haare nachträglich so zu stylen, dass man den Eindruck erweckte, als sei man in diesem Moment erst aus dem Bett gestiegen? Dann kämmte man sich morgens eben einfach nicht. Ließ alles, wie es war. Wie hieß das noch gleich? Casual Look? Schwachsinn! Außerdem waren das Peanuts im Vergleich zu seinem eigenen Problem. Er saß hinterm Scheiß-Steuer und musste diese Scheiß-Karre in das Scheiß-Grün fahren, in das er verdammt noch mal gar nicht hinwollte!

Das Zusammenleben mit ihm war schwierig für Fran, David wusste das. Er war schwierig, aber …

Du musst dich zusammenreißen, David, das bringt alles nichts.

»Schatz, leih dir doch einen Föhn von einem der anderen Gäste aus. Es sind sicherlich viele Leute da, die du kennst.« Ein letzter Versuch.

Aber Franziska war nicht so leicht zu besänftigen.

»Die haben den Aufsatz nicht«, grollte sie. »Ohne das Zusatzteil geht das nicht. Wie kannst du nur so unsensibel sein? Du hättest dran denken müssen. Die Köderdosen hast du sicherlich eingesteckt. Hast du doch, oder? Die sind ja immer dabei. Immer! Das Moskitonetz auch. Ich hab' gesehen, wie du das eingepackt hast. Es geht immer nur um deine Bedürfnisse. Aber wenn ich dich einmal um was bitte … Kannst du auch irgendwann an das denken, was mir wichtig ist?« Ihre Stimme schwoll kurz an und erstarb dann beinahe. »Nur ein einziges Mal?«

»Franziska …«

»Kannst du?« Sie schien mit der Fensterscheibe zu sprechen. David konnte sie mehr schlecht als recht hören. Er konzentrierte sich darauf, die immer noch zitternden Knie zu kontrollieren. Insekten schwärmten vor seinem geistigen Auge aus. Krochen über weiße Tischdecken und blaue Servietten.

»Kannst du das?« Kaum mehr als ein Flüstern. Sie schlug die Beine übereinander und verschränkte die Hände vor der Brust. »Alles dreht sich um dich. Was ist mit mir? Diese verdammten Krabbelviecher ruinieren unsere Ehe. Ist dir das klar?«

Diese verdammten Krabbelviecher waren der verschissenste Teil seines Lebens. Wie konnte ihm das nicht klar sein? Er wollte die Augen schließen. Das Steuer loslassen.

»Fran …«, begann er.

»Lass mich doch in Ruhe.« Sie drehte den Oberkörper von ihm weg und lehnte sich an die Beifahrertür. Der Gurt rieb an ihrem Hals. »Kaputt. Das macht uns alles kaputt«, flüsterte sie.

DER ZEIGEFINGER GOTTES

»Bitte versuchen Sie sich zu konzentrieren, Frau Wagner. Wo könnte das Fahrzeug abgeblieben sein? Wo könnte es stehen?« Kriminalkommissar Erik Deckert sah stirnrunzelnd zu der jungen Frau hinunter, die sich einfach mitten auf den Asphalt gesetzt hatte. Sie hielt den Kopf in den Händen, und ihre Schultern zitterten. »Es gibt zwar entsprechende Reifenspuren, aber diese könnten auch von einem anderen

Auto stammen. Momentan wissen wir das noch nicht. Sind Sie absolut sicher, dass sich der Unfall hier ereignet hat?«

Deckerts Knie knackten, als er neben ihr in die Hocke ging. Seine Augen folgten den schwarzen, durchbrochenen Streifen, die quer über die Fahrbahn in Richtung Böschung führten. Dann blickte er auf den Vorhang aus blonden Haaren, der das Gesicht der Frau völlig bedeckte. »Frau Wagner, ich bin sicher, dass Sie in einen Autounfall verwickelt waren. Sie hatten Glück, dass Sie mit ein paar Prellungen davongekommen sind, aber versuchen Sie mich bitte zu verstehen. Hier ist nichts. Wir haben auch in der Zwischenzeit keine Informationen darüber erhalten, dass ein stark beschädigter Ford von einer der nahegelegenen Werkstätten abgeschleppt wurde und«, er zögerte, »tut mir leid – keinerlei Spuren von Ihrem Mann.«

Das Zittern, welches die schmale Gestalt neben ihm durchlief, nahm an Intensität zu. Ein Schluchzen drang hinter den Händen hervor.

»Frau Wagner, ich kann mich nur wieder entschuldigen, aber ich muss bedauerlicherweise darauf bestehen, dass Sie sich den Vorfall noch einmal vor Augen führen. Denkbar, dass wir hier an der falschen Stelle sind.« Deckert richtete seinen langen Körper auf und ging ein paar Schritte auf den Abhang zu. Vor ihm schälte sich die Silhouette der mittelalterlichen Zisterzienserkirche Bebenhausens aus dem Blau.

*Der Zeigefinger Gottes**, dachte er. *Reckt sich mahnend nach oben.*

---

* Wenn Sie beim »Zeigefinger Gottes« an das augenfällige Zentrum von Michelangelos Fresken in der Sixtinischen Kapelle denken oder etwa die Seherin Conchita Gonzales und ihr Internetsprachrohr, den Amerikaner Glenn Hudson, vor Augen haben, deren vermeintliche Enthüllungen über den geheimnisvollen Plan des Allmächtigen das Web verstopfen, so liegen Sie hier falsch.

Der hochgotische Turm ragte wie ein angespitzter Bleistift in den Himmel. Als zuverlässiger Richtungsweiser taugte er Deckert im Moment jedoch nicht.

Die Vormittagssonne tränkte die Abtei in glänzendes Licht. Ein Bild des Friedens und der Besinnung. Und hinter Deckert saß ein weinendes Häuflein Mensch auf dem nackten Asphalt. Verwirrt, alleine, scheinbar verlassen und vollkommen verstört. Dabei sollte dieser Mensch jetzt genau neben dieser Kirche stehen. Franziska mit David Wagner. Bestimmt wären die beiden hineingegangen. Wer verbringt denn ein paar Tage in einem Hotel nahe einem der schönsten Zisterzienserklöster Deutschlands und wirft keinen Blick in das Innere? Die Abtei hatte eine bewegte Geschichte hinter sich und war nicht nur im Mittelalter wirtschaftlich äußerst erfolgreich – eine Zeit lang hatten dort die reichsten Mönche im Süden des Landes gelebt, auch die Herzöge von Württemberg waren von der Lage und den Glanzleistungen gotischer Architektur sehr angetan. Wilhelm II., letzter König von Württemberg, hatte zusammen mit seiner Gattin das Kloster sogar zu seinem bevorzugten Wohnsitz erklärt.

Franziska und David Wagner waren auf dem Weg zur Hochzeit von Frau Wagners bester Freundin gewesen. Mascha Horgenzell hieß die junge Frau. So, wie es aussah, benötigte die Braut nun eine neue Jungfer. Unter den Umständen nahm Frau Wagner an den Feierlichkeiten natürlich nicht teil. Deckert glaubte zwar nicht an göttliche Vorsehung, aber – war das hier nicht ein schlechtes Vorzeichen für eine Ehe, die noch nicht einmal begonnen hatte?

Der Kriminalkommissar schloss die Augen und atmete tief durch. Sein Tag hatte nicht übel angefangen. Keine Anrufe, bei denen es sich ohnehin immer um Petitessen handelte, hatten ihn in der Nacht aus dem Bett getrieben, und zum ersten Mal seit Langem hatte er wieder durchgeschlafen. Trotzdem war er früh aufgewacht und hatte vom Schlafzimmer aus den roten Morgenhimmel betrachtet, der seine Farbschattierung ständig zu wechseln schien. Erstaunt hatte er festgestellt, dass er sich an den Anblick der leeren Betthälfte neben sich gewöhnt hatte. Dass er Christines kupferne Locken nicht mehr vermisste, die noch vor ein paar Monaten wie ein Fächer über das Kissen gefallen waren. Dass er kein Interesse daran hatte zu wissen, wo sie jetzt wohnte – und vor allem mit wem.

Das üppige Frühstück, das er sich heute Morgen in einem Studenten-Café in der Nähe seiner kleinen Wohnung in der Tübinger Altstadt gegönnt hatte, hatte einen wunderbaren Beitrag zur weiteren Entspannung geleistet. Das Rührei war saftig, die Brötchen waren etwas warm gewesen, sodass die leicht salzige Butter darauf verlief. Ein tadelloser Anfang. Bis ihn der Anruf aus der Zentrale in seiner Beinahe-Beseeltheit unterbrochen hatte. Er hatte es gerade noch geschafft, den Kaffee auszutrinken und die neue Kollegin zu bitten, die Sache erst einmal für sich zu behalten. Dafür gab es Gründe. Seinen Vorgesetzten konnte er auch später informieren. Irgendwann. Streit war so oder so vorprogrammiert.

Der Kriminalkommissar riss sich von seinen Gedanken los und wandte sich mit bemüht sanfter Stimme wieder dem Häuflein Elend zu. »Es gibt keine Anzeichen dafür, dass ein Wagen an diesem Punkt das Gebüsch durchbrochen hat. Um wie viel Uhr, glauben Sie, hat sich der Unfall ereignet?« Es fiel ihm schwer, die Nerven zu behalten. Das war der totale Gegenpol zu lockerem Rührei und fruchtiger Marmelade. Und keine Anhaltspunkte.

»Ich weiß nicht genau«, murmelte sie leise und starrte auf den Boden. »Vielleicht so gegen fünf Uhr nachmittags?«

Dann sah sie ihn an. »Ist Ihnen klar, dass ich die ganze Nacht hier draußen war? Mutterseelenallein? Und möglicherweise war ich die gesamte Zeit nicht bei Bewusstsein, sonst hätte ich doch jemanden verständigt. Ich hätte alle Hebel in Bewegung gesetzt. Glauben Sie, ich übernachte freiwillig neben der Landstraße?« Ihre Stimme zitterte vor Sorge und Angst. Jetzt erst konnte Deckert sehen, wie attraktiv sie war. »Ich mag gar nicht dran denken, was da alles hätte passieren können. David ist weg, der Himmel weiß wo, und vielleicht ist da noch jemand in der Nähe, war es die ganze Zeit und der wartet nur darauf, dass …« Sie brach ab.

Deckert nickte verständnisvoll. »Tut mir sehr leid«, brummte er und versuchte dabei fürsorglich zu klingen.

»Wir haben uns gestritten«, schluchzte sie. »Über einen Föhn. Einen gottverdammten Föhn!«

Nervös fuhr er sich durchs Haar und wünschte, sie hätte die letzten Sätze nicht gesagt. Ein Tatort war das eine. Er wusste damit umzugehen, auch wenn es bis jetzt keine Anhaltspunkte gab. Das war sein Job. Schon länger, als er denken konnte. Trauerberatung oder eine andere Art von psychologischer Unterstützung hatte er jedoch nie anbieten können. »Ich kann mir vorstellen, was Sie durchgemacht haben, Frau Wagner«, spulte er den einstudierten Satz ab. »Aber jetzt sind wir ja da. Und wir suchen. Wenn Sie uns nur noch ein paar Fragen beantworten würden – dann lassen wir Sie erst einmal in Ruhe, und der Kollege vom Rettungsdienst wird sich um Sie kümmern.«

Er wandte sich zu den Sanitätern, die geduldig auf ihren Einsatz warteten. Deckert hatte ihnen bis jetzt zu verstehen gegeben, dass er allein mit Frau Wagner reden wollte. Allem Anschein nach fehlte ihr ja auch nichts, außer den Erinnerungen an die Ereignisse der letzten Nacht. In dieser Beziehung standen sie hier im Nirgendwo, gestrandet auf Asphalt und wussten nicht, wo sie anfangen sollten. Deckert richtete noch einmal den Blick auf den Kirchturm.

Die ihm zugetanen Kollegen von der Spurensicherung waren mit ihrer Ausrüstung schon vor einer halben Stunde aufgebrochen, um die L 1208 und das Drumherum abzugrasen. Der Leiter des Teams, ein langjähriger Freund des Kommissars, der ebenso wie Deckert gerne einmal den einen oder anderen Dienstweg abkürzte oder überhaupt nicht nahm, konnte bis jetzt nicht vermelden, dass man in irgendeiner Weise einen Erfolg vorzuweisen hatte. Ziemlich frustrierend.

Ein solcher Fall war Deckert in seiner über 20-jährigen Laufbahn noch nie untergekommen. Natürlich ließ sich die Verstörtheit von Unfallopfern erklären, sie standen unter Schock und konnten das Geschehen aus diesem Grund oftmals nie lückenlos rekapitulieren, trotzdem kam hier offensichtlich etwas anderes hinzu. Was die Sache nebulös machte, war die Abwesenheit des Ehemannes. Scheinbar hatte sich eine Person entmaterialisiert. Aber warum hätte David Wagner nach einer Kollision aus dem eigenen Wagen kriechen, seine Frau im Stich lassen und sich klammheimlich aus dem Staub machen sollen? Wenn das eine neue Spielart war, eine Ehe zu beenden, dann benötigte man dazu eine Menge krimineller Energie. Zudem hätte David Wagner bei diesem Unterfangen selbst getötet werden können. Und vor allem: *Wo war das Auto hin, verdammt?*

Nichts ergab einen Sinn.

Das kleine Team, das er ohne Wissen seines Vorgesetzten um sich geschart hatte, konnte im Umkreis nirgends Blut entdecken. Nirgendwo. Was war hier geschehen?

Sie standen am falschen Ort. Das musste es sein. Franziska Wagner war herumgeirrt, hatte sich verlaufen. Unter Schock war sie völlig desorientiert durch die Gegend gestolpert.

Oder bei ihr ist eine Schraube locker.

Aber so wirkte sie nicht.

Er betrachtete ein letztes Mal den göttlichen Zeigefinger. Dann ging er zurück zum Einsatzwagen und schnappte sich das Smartphone vom Beifahrersitz.

WILLKOMMEN IN DER CORPORATION

Als David aufwachte, spürte er eine unangenehm kalte Fläche unter seinem Rücken. Eisig und hart. Er schien auf einem Tisch zu liegen, dessen Oberfläche sich wie Metall anfühlte. Ein OP-Tisch? Was war passiert, und warum lag er hier? Und wo war hier? Wo war das Licht, aus welchem Grund war es so verdammt dunkel? War etwa die Narkose schiefgegangen? Großer Gott, bitte alles, nur das nicht!

Ihm schossen Bilder aus diversen Hollywoodstreifen durch den Kopf. Horrorfilme über nicht korrekt anästhesierte Patienten, die während einer Operation aufwachten, unfähig, sich bemerkbar zu machen, aber jede Kleinigkeit mitbekamen, den Schmerz spürten, wenn das Skalpell ihr Fleisch durchtrennte. Schreien wollten, allerdings nicht konnten. Und denen keine Erlösung durch eine Ohnmacht gewährt wurde. Bitte, bitte nicht! Ein Alptraum! Nicht diese Autopsieschere, mit der sie dich aufschneiden wie einen Truthahn!

Aber er hörte keine Stimmen, keine anderen Geräusche. Kein Klappern von OP-Besteck, welches die Schwester vorbereitete – nichts. Und doch war er bewegungsunfähig. Weder den Kopf noch den Rest des Körpers konnte er drehen. Er spürte nur die furchtbare Kälte unter sich, die sich langsam durch sein T-Shirt in seinen Kreislauf fraß, wie Eis in ein Stück Fleisch im Tiefkühlfach.

Wo zum Teufel war er? Und wo war Franziska? War sie etwa auch hier?

Es dauerte lange, bis er imstande war, ein Wort zu formen. Seine Zunge fühlte sich hart und schwer an und lag wie ein toter Fisch in seinem Mund. Erst schleppte sie sich mühselig in der Mundhöhle herum, dann endlich wurde sie etwas beweglicher.

»Fran?«, flüsterte er schwerfällig, aber die Dunkelheit schien seine Stimme aufzusaugen.

»Fran, bist du hier?«, krächzte er.

Dann hörte er das Rascheln. Ein Geräusch wie von einem Lebewesen. Einem ungeduldigen Tier. David versuchte angestrengt den Kopf, der wie in einer Schraubzwinge eingespannt da lag, zu drehen. Umsonst. Besorgt lauschte er und war bemüht herauszufinden, woher dieser deutlich vernehmbare Laut kam. Ein Kratzen. Beständiges Kratzen. Es schien überall zu sein, und inzwischen klang es nicht mehr, als ob es von einer Quelle stammte, sondern von vielen.

Zahllose Tiere? Kleine Tiere? Sehr kleine Tiere? Krabbelnde winzige Scheusale, die auf was warteten? Und – warum?

Die Panik war sofort da. Nicht einmal nach einem seiner typischen Albträume war er mit einem solchen Krampf im Bauch aufgewacht. Als ob sich die Organe nach innen stülpten und sich dabei entleerten. Eine Faust packte seinen Darm und zerquetschte ihn.

Wild an den nicht sichtbaren Bandagen zerrend, versuchte er sich aufzurichten. Aber er bewegte sich kein Jota. Und um ihn herum nur Dunkelheit.

Ein unbeweglicher Körper in einem Grab.

Ich bin doch nicht – tot? Also, ich meine, so kann das ja nicht sein? Ich kann sprechen, ich atme, mein Brustkorb hebt und senkt sich vor Angst, meine Lungen bersten, mein Darm möchte sich entleeren. Ich kann nicht tot sein, verdammt! Ich fühle! Ich habe eine Scheißangst!

Er probierte, gleichmäßig Luft zu holen. Atmete in den Bauch ein, atmete in den Bauch aus. Versuchte, die Lage einzuschätzen. Seine Gedanken zu sammeln. An was konnte er sich noch erinnern?

Ich wurde aus dem Ford gezerrt. Er besann sich dunkel. Das Auto … Wir hatten einen Unfall. Es hatte sich überschlagen. Oder nicht?

Befand er sich doch in einem Krankenhaus, in einem Untersuchungsraum, und die verlorene Körperkontrolle war das Resultat seiner Verletzungen? Großer Gott – war er etwa gelähmt? Lag Fran im Nebenzimmer? Wie ging es ihr?

Konzentrier dich, David! Versuch dich zu erinnern! Was ist geschehen, verdammt noch mal?

Nach dem dämlichen Streit hatten sie sich lange Zeit angeschwiegen. Die Sonne brannte durch die Scheiben des

Wagens, und nachdem David die Bundesstraße verlassen und die L 1208 durch den bewaldeten Schönbuch* genommen hatte, eine der wenigen Straßen, die den Naturpark erschloss, war Franziska auf dem Beifahrersitz neben ihm eingeschlafen.

Plötzlich war die Gestalt wie aus dem Nirgendwo auf der Landstraße aufgetaucht. David hatte sie vorher nicht gesehen, obwohl seine volle Konzentration ausschließlich der Route gegolten hatte. Er wollte an nichts anderes denken als daran, stur den Wagen zu fahren. Selbst der Naturpark, für den er – aus sicherer Entfernung und in der Geborgenheit des Wagens – immer eine Schwäche gehabt hatte, war wie schmückendes Beiwerk unbeachtet an ihm vorbeigezogen.

Auf dem Asphalt hatte etwas gestanden, vielleicht etwas Menschliches, etwas, das im Bruchteil einer Sekunde wie durch eine unsichtbare Tür auf die Fahrbahn getreten war. David erinnerte sich, wie er das Bremspedal voll durchgedrückt und den Lenker nach rechts gerissen hatte und wie die Umrisse vor dem Kühler des Wagens immer größer geworden waren, als sich der Ford diesem Etwas mit hoher Geschwindigkeit näherte. Verschwommen sah er das weiße, leicht unförmige Objekt vor sich, nicht wirklich Mensch, aber auch kein größeres Tier, das aus dem Naturpark auf die Straße gesprungen sein konnte. Zwei Beine. Er konnte

---

* Gründe, weswegen der Schönbuch sich seit dem Mittelalter als zusammenhängendes Waldgebiet erhalten konnte, sind die Nutzung durch Ackerbau und Waldweide, die Jagdleidenschaft der oberen Gesellschaftsschichten und natürlich die Ansiedlung der Mönche im Kloster Bebenhausen 1183, welches mit seinen weitläufigen Besitzungen ebenfalls ein stabilisierender Faktor war. Wegen der intensiven Holznutzung fast zerstört, wurde der Schönbuch erst im 19. Jahrhundert wieder massiv durch die Forstverwaltung aufgebaut. Heute ist der Wald ein Naturpark, der für Erholung, Naturschutz und die Bewahrung der Kulturlandschaften steht. Diese Ausführungen sollten Sie jetzt hinreichend dazu animiert haben, einmal hinzugehen!

nicht sagen, was es war oder wo es herkam, konnte sich nur daran erinnern, wie der Wagen ausgebrochen und von der Fahrbahn abgekommen war. Unaufhaltsam hatte der Ford die Böschung angesteuert und dann – nur noch die wirre Wahrnehmung der sich drehenden Kabine, sein Kopf, der an die Wagendecke stieß, seine Schreie, sein Versuch, Franziska zu schützen … und, als er irgendwann später wieder zu sich gekommen war, das Gefühl, wie starke Hände oder etwas, was sich wie Hände anfühlte, seinen Oberkörper umfassten und aus dem Fahrersitz hoben. Wie sie ihn von Fran wegtrugen, die immer noch angegurtet im Beifahrersitz hing.

An mehr erinnerte sich David nicht.

Das kratzende Geräusch im Raum wurde intensiver. Bestimmt nur ein Heizungsrohr.

Es war nur ein Heizungsrohr!

Verdammt, wenn es nur nicht so dunkel wäre.

Normalerweise kam David gut ohne Licht aus. Als Morgenmuffel knipste er keine einzige Deckenlampe des Apartments an, nachdem er sich aus den Federn gequält hatte. Fran blieb immer noch eine halbe Stunde liegen. In der Zwischenzeit genoss er die Zeit des anbrechenden Tages. Schlurfte durch die von der aufgehenden Sonne nur schwach erleuchteten Zimmer, und duschte sogar, ohne das Licht im Bad anzuschalten. Er kannte ihr gemeinsames Heim in- und auswendig. Wusste, es war sicher. Keine Zimmerpflanzen, Insektennetze vor allen Fenstern, eine Putzfrau, die dreimal die Woche kam.

Nur für die Rasur betätigte er morgens den Schalter für die beiden kleinen Lampen, die seitlich neben dem Badezimmerspiegel befestigt waren. Er konnte schließlich nicht aus dem Haus gehen und aussehen, als ob er die Nacht auf Stacheldraht liegend verbracht hätte.

Aber die Düsternis jetzt – es war stockfinster. Absolute Schwärze. Und diese Schwärze vergrößerte seine Panik.

»Franziska? Hallo?« Wieder versuchte David vergeblich, sich aufzurichten. Ihm war inzwischen bitterkalt. Er hatte das Zittern seines Körpers kaum unter Kontrolle.

»Hallo!« Die Stimme schnappte über. »Hört mich jemand?«

Mit aufgerissenen Augen starrte David in die Dunkelheit. »Bitte!«, schrie er.

Verdammt, was war passiert?

Er musste hier weg.

*

»Ist er der Richtige?« Michael Kesslers krächzende Stimme stellte die Frage, als ob sie große Schwierigkeiten damit hätte, überhaupt etwas zu artikulieren. Er räusperte sich umständlich.

Im Überwachungslabor herrschte eine Eiseskälte. War die Heizungsanlage ausgefallen oder warum fing er plötzlich an zu zittern? Als er den Mund aufgemacht hatte, um zu sprechen, war es ihm vorgekommen, als müsse sich die Zunge erst wie ein festgefrorenes Stück Fleisch im Kühlfach vom Gaumen lösen.

Hendricks antwortete seinem Assistenten in sonorem, jedoch bestimmten Tonfall: »Warum ist dieser Sachverhalt für Sie ein Thema? Haben Sie etwa die Tests nicht ordnungsgemäß durchgeführt, Kessler?«

»Selbstverständlich.« Er zögerte. »Aber … nach dem, was beim letzten Mal während der entscheidenden Phase passiert ist … Wir waren uns vollkommen sicher, … und dann …«, sein Krächzen brach ab. Michael Kessler saß das Geschehen ständig in den Knochen. Und es würde für immer dort sitzen bleiben. Dort hocken und ihn unerwartet anspringen.

»Aus diesem Grund haben wir die Sicherheit ein weiteres Mal erhöht. Check, check und nochmals check. Es kann nichts mehr dazwischenkommen. Entspannen Sie mal.« Professor Hendricks trat aus dem Schatten an einen kleinen Tisch, der in der Mitte des Labors stand und auf dem sich Ausdrucke mit Zahlenkolonnen und andere Unterlagen stapelten. Er trug wie stets einen blütenweißen Laborkittel, in dessen Brusttasche ein Kugelschreiber steckte. »Die Blut- und Urinproben haben unsere Vermutung bestätigt«, fuhr er mit einem Blick auf ein Tablet, welches er in der Hand hielt, fort. »Die Elektroenzephalografie verlief ebenfalls befriedigend. Er ist der Richtige, seien Sie sich dessen versichert.« Nach diesen triumphierenden Worten legte Hendricks mit einem breiten Lächeln das Tablet neben eine Kaffeetasse, auf der zwei gelbe, sich überschneidende Kreise auf schwarzem Hintergrund abgebildet waren. Darüber war in großen weißen Lettern *We amend – you grow* zu lesen.

Derselbe Slogan prangte auf Kesslers T-Shirt. Besorgt griff der zur Tasse, räusperte sich erneut und führte sie dann an die Lippen. Er konnte das Zittern seiner Hand immer noch nicht kontrollieren, und ein dünner Faden brauner Flüssigkeit lief ihm den Mundwinkel herunter. »Mit allem nötigen Respekt, Professor Hendricks«, er wischte sich umständlich mit einem Taschentuch den Kaffee vom Kinn. »Aber das haben Sie letztes Mal ebenfalls gesagt.« Als ihn der starre Blick des Kollegen traf, fuhr er hastig fort: »Wenn wir die Untersuchungen diesmal jedoch wiederholt haben, und das haben wir ja, dann sollte ich mich vielleicht beruhigen. Aber ich will trotzdem ein weiteres Mal auf Nummer sicher gehen – Sie verstehen?«

Kessler versuchte, Hendricks abfälliges Schnauben hinter seinem Rücken auszublenden, als er sich setzte und in kurzer Abfolge verschiedene Zahlenkombinationen auf der Tastatur eingab. Auf dem Bildschirm des Laptops erschien die optische Darstellung etlicher chemischer Verbindungen. Nach ein paar weiteren Zahlenbefehlen drehten sich die Modelle, und neben ihnen wurden Strukturformeln sichtbar.

»Das sieht alles wirklich gut aus«, murmelte er mehr zu sich selbst und strich sich eine dunkle Haarsträhne aus den Augen, die gleich darauf wieder in ihre Ausgangsposition zurückrutschte.

»Das tut es.« Der Professor klopfte ihm mit aufgesetzt väterlicher Geste auf die Schulter. »Das tut es in der Tat.« Er nahm das Tablet wieder vom Tisch, drehte sich um und verließ ohne ein weiteres Wort das Labor.

Kessler warf einen prüfenden Blick auf die sich drehenden Muster vor ihm, bevor er den Laptop schloss. Auf den Schriftzug seiner Kaffeetasse starrend, blieb er ein paar Minuten reglos sitzen. Dann stand er schwerfällig auf und trat zögernd zum venezianischen Spiegel, der sich vom Boden bis zur Decke erstreckte und den Blick in einen großen, dunklen Raum freigab, in dem schemenhaft ein Tisch zu erkennen war, der in der Mitte des Zimmers jenseits der Scheibe stand.

Der junge Wissenschaftler strich sein T-Shirt glatt, atmete tief durch und legte für einen Augenblick seine heiße Stirn auf die beruhigende Kälte der Scheibe. Dann holte er tief Luft und drückte auf einen Knopf, der in einem Schaltpult neben dem Glas eingelassen war.

»Willkommen, Herr Wagner, bei der *Amendment Corporation*«, leierte er mechanisch herunter. Es waren immer die gleichen Worte, nur die Namen wechselten. Kessler schwitzte und wischte sich mit dem Unterarm die Stirn. »Sie wurden aus vielen potenziellen Kandidaten für unser zukunftsweisendes Vorhaben ausgewählt. Bitte schätzen Sie sich glücklich, der Forschung auf diese Weise dienen zu können. Diese einmalige Chance wird Sie auf ewig in die akademischen Lehrbücher eingehen lassen. Seien Sie sicher, dass Ihre Hingabe nicht umsonst sein wird.«

Kessler ließ den Knopf los und lehnte sich, wie durch einen langen Fußmarsch durch sumpfiges Gebiet erschöpft, schweißüberströmt an die Wand. Dann drückte er die Taste ein weiteres Mal.

»Wir wünschen Ihnen einen angenehmen Aufenthalt.«

Gott – wie er seinen Job inzwischen hasste! Er hatte sich das alles anders vorgestellt.

*

Nachdem der Lautsprecher knackend seine Tätigkeit eingestellt hatte, war David der festen Überzeugung, dass sich jemand einen Scherz mit ihm erlaubte. Einen äußerst makabren Ulk. Es überstieg seine Vorstellungskraft, wer auf die Idee kommen könnte, ihn in ein derart unheimliches Szenario zu verwickeln, aber was konnte es anderes sein? Ein wissenschaftliches Experiment? Das war doch ein Witz! Er lebte in Deutschland und nicht in irgendeinem totalitären Staat, in dem debile Diktatoren ihren Marionetten Pläne zur persönlichen Befriedigung eigener krankhafter Begierden vorlegten. Und dann dieser Schlusssatz: »Wir wünschen Ihnen einen angenehmen Aufenthalt.« Wenn er dazu in der Lage gewesen wäre, hätte er sich vor Lachen auf die Schenkel geklopft.

Er war es aber nicht.

David versuchte zum wiederholten Mal vergeblich, sich auf dem kalten Stahl aufzurichten. Das Rascheln und Zischen hatte inzwischen aufgehört, und er war sich nicht sicher, ob alles eventuell seiner Einbildung entsprungen war. In dieser Situation fantasierte man sich doch alles Mögliche zusammen! An die Schwärze konnten sich seine Augen immer noch nicht gewöhnen, und seinen Körper durchliefen weitere Kälteschauer. Die Beklemmung war einer Ungeduld gewichen. Einer Ungeduld, die ihn aggressiv machte. David spannte alle Muskeln an und schrie. Er presste den Laut tief aus dem Bauch hervor, spürte die Kontraktion des Zwerchfells und legte seine ganze Kraft in diesen gellenden Kampfschrei der Verzweiflung. Er konnte fast fühlen, wie der Ton von den Wänden abprallte und im Raum hin und her geschleudert wurde.

Nichts geschah.

*

»Hendricks! Sie sehen zufrieden aus, will ich meinen.«

Richter, ein kleiner Dicker mit Vollbart und einer veritabel tollkühn gebürsteten Halbglatze, griff sich einen Teller mit Käsekuchen von der Selbstbedienungstheke der firmeneigenen Cafeteria und stellte ihn klirrend zu einer dampfenden Tasse auf das Tablett. Die Bläschen des Milchschaums zerplatzten durch die Erschütterung. Er schien nicht zu bemerken, dass sein Cappuccino drohte aus dem Porzellanbecher zu hüpfen, und wandte sich wieder Hendricks zu, der neben ihm stand und mit gewichtiger Miene einen Streuselkuchen begutachtete.

»Was soll das heißen?«, fragte der Professor mit hochgezogenen Augenbrauen.

»Nun ja«, stotterte der Wissenschaftler und stellte in einer Art Übersprunghandlung eine Apfeltorte neben den Käsekuchen. »Letztes Mal lief es ja nicht so besonders. Ich meine, das soll keine Kritik sein. Um Gottes willen, nein, wer wäre ich denn, wenn ich Sie kritisierte? Ich bitte Sie.« Er kicherte und stellte die Torte kopfschüttelnd zurück.

»Korrekt. Wer sind Sie denn? Aber Sie wissen ja, was der Volksmund sagt: ›Einsicht ist der erste Schritt …‹ und so weiter und so fort.« Hendricks nahm vom Streuselkuchen Abstand und drehte sich zu Richter um, dessen Bartspitze ihn nun beinahe am Adamsapfel kitzelte. »Um aber auf Ihre Frage zu antworten. Es läuft bestens, Kollege. Bestens!« Der Professor trat einen Schritt zurück. »Anscheinend ist der Käsekuchen genießbar, den nehmen Sie jeden Nachmittag pünktlich um 14.15 Uhr zu sich.«

»Was Ihnen alles auffällt. Nun, der ist tatsächlich ausgezeichnet. Wollen Sie mal kosten?« Richter steckte eine kleine Gabel in den Kuchen und brach ein Stück herunter.

»Sind Sie wahnsinnig! Wissen Sie, was da alles drin ist? Vom Zustand des Kantinenbestecks ganz zu schweigen. Grundgütiger, nein!« Hendricks verzog angewidert das Gesicht in eine Landschaft feiner Falten.

Die Innenausstattung der Cafeteria war Dr. Richter bei seinem ersten Besuch vorgekommen wie der feuchte Traum eines Möchte-Gern-Designers auf den bewegten Spuren seiner wahrhaft legendären Inspirationsquellen. Die schlecht imitierte Mischung aus *Barbarella* und *Uhrwerk Orange* hatte den Wissenschaftler schlichtweg umgehauen. Vor allem, nachdem der Rest des Gebäudes einen, dank des exzessiven Einsatzes der Farbe Weiß, schneeblind werden ließ. Zuerst hatte er pure Verzweiflung in sich gespürt angesichts der Tatsache, dass sich hier sein persönlicher Alb der eigenen, schon längst vergangenen *Roaring Seventies* zu wiederholen schien. Klaus Richter konnte das Design dieser Dekade inzwischen nicht mehr ertragen. Er hatte damit lange genug gelebt, die Orange- und Lila-Töne hatten sich während dieser Epoche in seine Netzhäute gebrannt, und er sowie der Rest der Gesellschaft hatten erst einige Zeit und etliche Gegenentwürfe später die Gelegenheit gehabt, sich von dem Zeitalter der Popkultur zu erholen. Dann aber war ihm aufgegangen, dass hier alles noch viel schlimmer war. Denn im Café der *Amendment Corporation* war der Innenarchitekt der runden, glitzernden Sprache des Weltraumstils erlegen, und das nicht etwa unter Einsatz der Originalstücke oder deren Replikate, sondern man bekam beim Anblick der Drahtgeflechtstühle, organisch wirkenden Sofas und der kugelförmigen Sessel, in denen man versank wie in monströsen Venusfliegenfallen, den Eindruck, dem Unternehmen sei das Geld auf den letzten Drücker ausgegangen. Was nicht stimmte, denn die Firma hatte Bares wie Heu. Hier hatte man jedoch üble Mimikry platziert, die einem jedes Mal, wenn man den Raum betrat, die Luft aus den Lungen presste. Matte Leichtmetallscheiben, die wie Girlanden von der Decke hingen, versuchten einzelne Sitzgruppen voneinander abzuteilen, und knallgrüne Plastikwände schirmten unzureichend Arbeitsbereiche ab, in denen der Wissenschaftler noch nie jemanden hatte sitzen sehen. Trotz seiner Abneigung dem Space Design gegenüber musste Richter zugeben, dass es anscheinend immer noch schlimmer ging. Und zwar, wenn ein Stümper versuchte, etwas zu kopieren, seinen Vorbildern aber in keiner Weise auch nur das kleinste Wassertröpfchen reichen konnte. Joe Colombo* würde sich im Grab umdrehen. Mehrmals. Es war schlecht, schlecht, schlecht, und der einzige Grund, weswegen Richter immer zur gleichen Uhrzeit hierher kam, war der überraschend gute Kaffee und die herrlichen Backwaren. »Augen zu und durch«, hieß die Devise. Kommen, trinken, essen und weg. Wenn es erlaubt gewesen wäre, sein volles Tablett mit in die Labore zu nehmen, hätte sich in den Räumen der Cafeteria wahrscheinlich nur das Küchenpersonal aufgehalten.

Richter folgte Hendricks, sein Serviertablett auf den Händen balancierend, zu zwei freien Stühlen. Hendricks marschierte punktgenau und zielsicher durch den Saal, bis er vor einem Tisch anhielt, der gegenüber einem großen Aquarium stand, in welchem 15 Piranhas schwammen. Ein weiterer Design-Missgriff. Der Zusammenhang zwischen Kaffeepause und dieser Fischgattung aus der Familie der Sägesalmler erschloss sich, abgesehen vielleicht vom Innenarchitekten, keinem. Wenn es eine Kantine gewesen wäre und der Chefkoch ab und an einmal Sushi oder wenigstens Fischstäbchen serviert hätte – keine Einwände. Aber hier gab es Kaffee und Tee in allen Varianten und eine Menge kalorienhaltiger Naschereien.

»Wie läuft es denn so bei Ihrem Probanden?«, fragte Hendricks.

Richter stellte seine nachmittägliche Zuckerration ab und setzte sich. Die Fische rissen die Mäuler auf und zeigten ihre spitzen Zähnchen. Nach einem kritischen Seiten-

---

* Nein – nicht der Mobster, der Gerüchten zufolge dem Schnitter durch »Crazy Joe« Gallo auf dem Silbertablett gereicht worden war, sondern der italienische Industriedesigner, dessen futuristische Möbel und Gebrauchsgegenstände in jeder Retro-Welle immer wieder gerne zitiert werden.

blick auf den Schwarm im Wasser antwortete Richter auf die Frage des Professors. »Ganz gut, denke ich. Es läuft wirklich gut. Keine Probleme. Keine Vorkommnisse. Die Blutwerte liegen im Normbereich und das Versuchsobjekt spricht auf die Injektionen an. Wie aus dem Lehrbuch. Die Werte haben sich in den letzten Stunden enorm gesteigert. Wahrhaftig erstaunlich, wie schnell das Gehirn unseres Probanden adaptiert.«

»Vielleicht haben Sie überdosiert. Passen Sie auf, dass Ihnen der Mann nicht wegstirbt.«

»Es ist eine Frau. Und – nein, ich habe nicht überdosiert. Ich weiß, was ich tue. Sie spricht einfach nur außerordentlich gut auf das Serum an. Ein absoluter Glücksfall.« Richter versuchte, seinem Tonfall einen stolzen Unterton mitzugeben. Hendricks sollte ruhig merken, dass auch er Ahnung von seinem Job hatte. »Eventuell erleben wir bei ihr einen Durchbruch.«

Die Bemerkung erzielte nicht die gewollte Reaktion, denn Hendricks verzog keine Miene, und so sah Richter zum Nebentisch, an dem fünf junge Männer und Frauen saßen, die stumm in ihre Kaffeebecher stierten. Mit einem Kopfnicken in Richtung der Nachwuchswissenschaftler fragte er seinen Arbeitskollegen: »Werden Sie die Greenhorns heute noch ins Geschehen einführen, Hendricks? Ist wieder Einschulung?« Mit dem Mund voller Käsekuchen fügte er hinzu: »Ich wünsche viel Spaß mit den i-Dötzchen, Professor! Obwohl – die Schwarzhaarige würde ich nicht aus meinem Labor werfen. Wenn die sich über das Mikroskop beugt …« Er kicherte anzüglich und prustete dabei Quarkfüllung auf den Tisch.

Angewidert fegte Hendricks die Krümel mit einer Serviette auf den Boden. »Sie sind ein Schwein, Richter. Aber das wissen Sie sicher längst. Unter diesen Umständen will ich mich lieber verabschieden.« Er stand auf, warf das benutzte Tuch auf das Tablett und wollte gerade gehen, als er sich zu besinnen schien und in einem gönnerhaften Tonfall sagte: »Wenn Ihnen so viel daran liegt – Schneewittchen von gegenüber können Sie gerne haben. Die brauche ich in meinem Team nicht. Aber lassen Sie sich nicht ablenken, das würde weder den Probanden noch Ihnen guttun.«

Richters Kopf zuckte bei der Bemerkung, aber er nahm scheinbar gelassen einen Schluck vom Cappuccino. »Schneewittchen«. Hendricks hatte mal wieder keine Ahnung. Diese aufreizende Schwarzhaarige war die Reinkarnation eines Pin-up-Models aus den 50er-Jahren. Dichter Pony, Pferdeschwanz, Atombusen, Wespentaille. Die enganliegende Bluse und der knappe Rock unterstrichen ihre Figur auf geradezu skandalöse Weise. Da konnte selbst der langweilig-züchtige Laborkittel nichts dagegen ausrichten. Im 70er-Jahre-Ambiente der Cafeteria wirkte sie so deplatziert wie ein Panther in einem Hamsterkäfig.

Noch einmal führte er die Tasse an die Lippen. Sein Bedarf an Koffein und Zucker war in den letzten Monaten in die Höhe geschossen. Aber das war auch kein Wunder. Er fühlte sich gestresst. Nein, er war gestresst. Diese Tatsache ließ sich nicht leugnen. Nicht die Schreie seiner Versuchspersonen machten ihn verrückt, daran schien man sich, so widerwärtig die Vorstellung auch war, im Laufe der Zeit zu gewöhnen, sondern die fensterlosen Räume. Die klimatisierten Labore. Die künstlich erleuchteten Flure. Man konnte noch so viele Topfpflanzen aufstellen und mit Wärmelampen verwöhnen, nichts würde jemals darüber hinwegtäuschen können, dass einen diese unterirdische Arbeitsstätte Botenstoffe ausschütten ließ, die man langsam nicht mehr in den Griff bekam.

Er wusste, dass er nicht der Einzige war, der so empfand. Der Schwierigkeiten hatte, sich anzupassen, der sich wünschte, diesen Job nicht angenommen zu haben. Hendricks' Assistent, wie hieß er noch? Kessler. Michael Kessler. Jung, hochintelligent, ein Ass in Biochemie mit der zusätzlichen Begabung eines fast eidetischen Gedächtnisses. Es war nicht zu übersehen, dass es ihm mies ging. Der Professor gäbe nie im Leben zu, dass Kessler Schwierigkeiten machte, aber die Mimik des jungen Wissenschaftlers sprach Bände, und sein einstmals so aufrechter Gang hatte sich in den letzten Monaten in das Schlurfen eines alten Mannes verwandelt. Bei Gesprächen machte er stets einen abwesenden Eindruck, und er ließ sich nie aus der Reserve locken. An Diskussionen beteiligte er sich nicht, er schien, als versuche er, unsichtbar zu werden.

Das Leben hier veränderte einen. Diese Transformation ging langsam vor sich, und bevor man sich bewusst wurde, dass man ein anderer Mensch geworden war, hatte die Uhr ein paarmal zu oft getickt. Die Träume, die man als Wissenschaftler tief in sich trug, lösten sich auf und machten einer ausgeprägten Desillusionierung Platz, die erst mit Verzögerung wahrgenommen wurde. Sicher, das Gehalt als Angestellter der *Amendment Corporation* war fürstlich, kein Einziger, von der Reinigungskraft bis hin zum führenden Wissenschaftler, wurde unterbezahlt, aber das hatte seinen Preis. Und dass dieser enorm hoch war, das wurde einem erst sehr viel später bewusst. Und dann war die Zeit abgelaufen. Denn nachdem man seine Unterschrift unter den Vertrag gesetzt hatte, gab es kein Zurück mehr. Kündigungsschreiben waren nicht vorgesehen.

Klaus Richter atmete tief durch, schenkte dem Tisch mit den jungen Männern und Frauen ein gequältes Lächeln und wanderte wieder zur Theke, um sich die Apfeltorte zu holen, die er vorhin so leichtfertig verschmäht hatte.

*

Davids Psyche hatte in den letzten Minuten eine enorme Ansammlung von Gefühlen durchlebt. Die furchtbare Panik war einer bösartigen Wut gewichen, die danach von einer ungeahnten Sorge um Franziska abgelöst wurde.

Vor allem der letzte Zustand verwirrte ihn. Jüngst war die Beziehung mit Fran in eine Art Sackgasse geraten, aus der er keinen Ausweg sah. Dass er sich nun, angesichts der Tatsache, dass es ihm selbst beschissen ging, tatsächlich Sorgen um seine Frau machte, bewies ihm, dass er sich immer noch mehr zu ihr hingezogen fühlte, als er es sich in der Vergangenheit bewusst gemacht hatte. Er schien sie noch zu lieben. Erstaunlich. Spürte auch sie in diesem Augenblick diesen beunruhigenden Druck in der Magengegend? Fragte auch sie sich momentan, wo er war, wie es ihm ging? Hatte sie die Polizei verständigt? David war davon überzeugt, dass Franziska alles unternommen hatte und nach ihm suchen ließ. Liebe hin oder her, Fran war auf ihn angewiesen. Nicht nur finanziell. Sein Einkommen war bemerkenswert, und er hatte ihr vor ein paar Monaten angeboten, sich ganz auf ihr eigenes Leben zu konzentrieren, ohne wirtschaftlich zum Haushalt beitragen zu müssen. Diese Entscheidung entsprang auch einem schlechten Gewissen, denn David wusste sehr wohl, was er ihr nahm, welche Entbehrungen er ihr abverlangte. Jetzt hatte sie immerhin Zeit, sich morgens mit ihren Bekannten alleine zu treffen, wenn sie das wollte. Zumindest mit denen, die nicht arbeiteten oder sich irgendwie freimachen konnten. Rein theoretisch. Ob sie dieses Angebot jedoch in Anspruch nahm oder nicht, war ihre Entscheidung. Letztendlich aber war sie gar nicht fähig, ein Leben ohne ihn zu führen. Ihre ständigen Standpauken, ihre Anschuldigungen, das Mantra des »Ich-komme-zu-kurz-hier«. Sicher – tief in seinem Innern konnte er ihr deswegen keinen Vorwurf machen. Es war nicht einfach, mit ihm zusammenzuleben. Natürlich nicht. Aber ohne ihn leben – das konnte Fran nicht. Sie brauchte ihn ständig an ihrer Seite.

Was für ein seltsames Paar wir doch sind, dachte er. Und wieder vermisste er sie wie noch nie zuvor. Das letzte Bild, welches sich von ihr in seinem Kopf manifestiert hatte, zeigte sie, wie sie kopfüber in den Gurten des Fords hing.

David wusste nicht, was ihn mehr beunruhigte: seine vielleicht schwerverletzte Frau allein in einer schrottreifen Karre eingeklemmt zu wissen oder die Tatsache, dass er in einem stockdunklen Raum auf einer arschkalten Stahltrage lag, ohne Kenntnis davon, wie lange dieser Zustand anhalten würde, und ohne die Gewissheit darüber, dass er überhaupt irgendwann in der Zukunft einmal aufhörte.

Plötzlich fühlte er, dass er Tränen vergoss. Und er schämte sich nicht dafür.

DER MIT DEN DATEN FLÜSTERT

»Woher hast du das denn?« Deckert legte ein paar Computerausdrucke auf die Tischplatte.

Kommissaranwärter Florian Schumann rutschte auf der Sitzfläche des Stuhls hin und her und bemühte sich, seine Beine so unterzubekommen, dass sie nicht an den Tisch, die herumstehenden Kartons, den Rollcontainer oder den obligatorischen Ficus, der vergeblich versuchte, die Luft im Zimmer auf ein normales Maß mit Sauerstoff anzureichern, anstießen. Als er merkte, dass dies ein anstrengendes Unterfangen werden würde, stand er seufzend auf. »Entweder dein Büro ist zu klein, Rick, oder dein Schreibtisch zu riesig. Vielleicht solltest du einmal an eine alternative Möblierung denken?«, erwiderte er, was nicht direkt eine Antwort war. Er warf einen Blick aus dem Fenster. Auf dem Parkplatz reihten sich die Dienstwagen aneinander.

»Tut mir leid, Florian. Das Ding ist ein Erbstück und bleibt hier. Solange der König der Kommissare mir keine anderen Ländereien anbietet, musst du mit dem Acker vorliebnehmen, den ich bewirtschafte. Setz dich eben quer auf den Stuhl oder von mir aus auf die Tischkante. Und nenn mich nicht Rick. Da besteht verdammt noch mal nur eine phonetische Ähnlichkeit.«

»Das ist eine Auszeichnung. Rick Deckard ist einer meiner Lieblingshelden*.«

»Rick Deckard leidet unter Verfolgungswahn. Und

---

* Im Gegensatz zum Kriminalkommissar ist Rick Deckard aktiver Kopfgeldjäger.

ich bin kein Held, sondern Beamter. Wenn du so weitermachst, dann überlege ich mir ernsthaft, ob ich dich nicht Willi nenne.«

»Willi? Von *Willi will's wissen*?«

»Nein. Nach dem schwulen Freund von Biene Maja. Oder wäre dir dieser Heuschreckentyp lieber? So wie du dich an Blümlein oder Bäumlein erfreust, wäre das doch passend.«

»Interessant. Willi ist schwul? Der Heuschreckentyp ist übrigens ein Grashüpfer und heißt Flip. Ich seh' schon. Das ist lange her bei dir.«

»Herrgott, jetzt setz dich halt.« Erik deutete ungeduldig auf einen kleinen freien Platz von circa 20 Quadratzentimetern, der nicht von Akten, Tackern, Lochern oder Ordnern bedeckt war. »Wo ist das her?« Er wedelte mit den Papieren in seiner Hand.

»Von Enno.«

»Dem Datenflüsterer?« Deckert zog eine Augenbraue hoch.

»Genau dem.« Schumann grinste.

Enno Lanzo, Computerlinguist und Suchmaschinenexperte, gehörte nicht unbedingt zur Personalgrundausstattung des Dezernats. Um der Wahrheit die Ehre zu geben, wurde er offiziell überhaupt nicht in polizeiliche Ermittlungen einbezogen. Das konnte sich der Steuerzahler nicht leisten, und darüber hinaus blieb man in der Abteilung gerne für sich und trug keine sensiblen Informationen durch die Gegend. Deckert wusste, dass Florian Enno jedoch noch aus Schulzeiten kannte, als dieser tatsächlich, laut Aussage des jungen Kollegen, einer der Nerds gewesen war, der lieber daheim einen neuen PC in Eigenarbeit zusammenbastelte, als mit den Kumpels im Freibad Mädchen anzubaggern und danach noch mit einem Bierchen in der Hand abzuhängen. Ihre unterschiedlichen Hobbys konnten die beiden Männer nach Schulabschluss jedoch nicht auseinanderbringen, und sie waren in Verbindung geblieben. Schumann vertraute Lanzo in Sachen Recherche blind, und das lag nicht nur daran, dass Lanzo ihm zum Geburtstag eine digitale Gartenstaudenenzyklopädie programmiert hatte, die man selbstständig erweitern konnte. Es war Deckert ein völliges Rätsel, wie man sich wie ein Kind über eine Datenbank freuen konnte. Und dann auch noch über eine, die Blumen auflistete. Aber wahrscheinlich war er einfach nur zu alt für diesen digitalen Plunder.

Lanzo verfügte über eine kleine Serverfarm in seiner Bude, von der Erik durch Florians Erzählungen wusste, dass sie noch winziger war als sein eigenes Büro im Dezernat Tübingen. Der Flüsterer liebte Daten, sammelte Muster, erkannte Zusammenhänge und half darum Florian aus freien Stücken ab und an auf die Sprünge. Enno konnte Sachverhalte entschlüsseln, an die man normalerweise nicht einmal vage herankam. Nicht mit den Mitteln, die einem durchschnittlich ausgestatteten Polizeidezernat zur Verfügung standen.

Eine zuverlässige Quelle. Von der die anderen Kollegen nichts wussten, die allerdings von Schumann abgesegnet worden war. Für Erik zählte nur Letzteres.

»Arbeitet er überhaupt noch?«, fragte er überflüssigerweise, denn inzwischen war es kurz vor 21 Uhr. Deckert sehnte sich jedoch sein Sofa, die Fernbedienung und ein kühles Bier herbei.

Florian prustete. »Er ist keine fünf und muss nach dem Sandmännchen nicht ins Bett, sondern er ist der Mann, der niemals schläft. Er hat *Honey Rider* für uns befragt, und sie hat das«, er deutete auf die Unterlagen in Deckerts Hand, »ausgespuckt.«

»*Honey Rider*?« Eriks andere Augenbraue zog sich in die Höhe. »Ist das eine seiner Datenbanken? Hat er eine Vorliebe für Bond-Girls in knappen Bikinis?«

Eigentlich wollte Deckert keine Details über die nicht genehmigten Ermittlungsaktivitäten des Kollegen wissen. Florian Schumann befand sich als Anwärter für das Amt des Polizeikommissars gerade in der Probezeit und Obhut Deckerts, der die offene Art seines Schützlings in den letzten Monaten aber derart zu schätzen gelernt hatte, dass er gerne beide Augen zudrückte. Der junge Mann hatte die Übernahme in den Polizeidienst wirklich verdient. Harte Arbeit und ein mit Bravour abgeschlossenes Studium an der Verwaltungshochschule hatten ihm keine Flügel wachsen lassen. Er trug die Nase nicht hoch. Ein Zug, den Erik ungemein mochte. Er wusste jedoch sehr wohl, dass Theorie und Praxis weit auseinander lagen, und Florian Schumann war bis jetzt nicht an bedeutenden Aufträgen beteiligt gewesen oder hatte an einer wirklich harten Akten-Nuss knabbern müssen, obwohl er schon einige Jahre parallel zur Ausbildung im Einsatz war. Enno Lanzo war aus diesem Grund höchstwahrscheinlich zum allerersten Mal in den Genuss gekommen, seinen begnadeten Gehirnschmalz vollständig einzubringen.

»Und was hat er so gegoogelt?«

»Rick, dieses Wort darfst du ihm gegenüber nie aussprechen. Er googelt nicht. Er eruiert, recherchiert, schreibt Algorithmen, denkt analytisch, betreibt …«

»Herrgott, Florian. Was hat er gefunden?«, unterbrach ihn Deckert. »Ich konnte das alles auf die Schnelle nicht durchlesen.« Er warf einen verzweifelten Blick auf den Papierstapel vor sich. Dieses Mal verkniff er sich, Florian darauf hinzuweisen, dass er die Rick-Masche gefälligst lassen solle.

Schumann stand auf und trat hinter Deckert. »Es gab fünf ähnliche Fälle in Deutschland. In den letzten acht Monaten haben sich Unfälle ereignet, bei denen jeweils eine Person verschwand, sich die Zeugen an nichts mehr erinnerten und der Ort des Geschehens nicht wiedergefunden werden konnte. Die Pressefritzen berichteten nie ausführlich darüber, was erstaunlich ist, wenn man bedenkt, wo die ihre Nasen immer genüsslich reinstecken.«

»Und woher hat Lanzo das dann alles?« Deckert warf einen Blick hinter seine Schulter und sah in das betont unschuldige Gesicht des Assistenten. »Das will ich nicht wissen?«

»Genau«, bestätigte Schumann, »das willst du nicht wissen.«

Lanzo, natürlich Mitglied des *Chaos Computer Clubs*, kannte Leute, die Leute kannten, die an jede Art von Information herankamen, die man sich nur vorstellen konnte. Oder eben nicht vorstellen wollte.

Schumann beugte sich vor und deutete auf eins der Papiere. »Odenwald.« Er nahm den nächsten Zettel. »Schwäbische Alb. Dann noch der Harz, Schwarzwald. Keiner der Fälle ereignete sich in einem dicht besiedelten Gebiet.«

»Und jetzt der Schönbuch«, murmelte Deckert. »Alles mit dem Auto?«, fragte er dann.

»Nein, es gab auch einen Wanderunfall. Das ist die Sache im Schwarzwald.« Schumann setzte sich wieder und schob umständlich die Beine unter den Tisch. »Das ist der einzige Fall, bei dem eine Zeugin sich an etwas erinnern konnte. Sie sagte aus, sie habe eine weiße Gestalt gesehen, die ihren Mann gewaltsam entführte. Danach sei sie ohnmächtig geworden.«

Deckert legte die Unterlagen auf den Tisch und zog eine Augenbraue hoch. »Eine weiße Gestalt. Aha. Hatte sie eine

Uhr in der Hand? Zwei hektisch zuckende Löffelohren? Hast du die Akten überprüft?«

»Habe ich. Nichts Besonderes. Die Fälle sind eingestellt. Die meisten Zeugen wurden als nicht belastbar eingestuft. Schock und so. Die Frau aus dem Schwarzwald sprach von ›Außerirdischen‹. Also nix mit dem Hasen aus Alice im Wunderland. Aber du siehst, in welche Richtung das geht.«

»Ist eine der verschwundenen Personen zurückgekehrt?«, fragte Deckert.

»Keine einzige.«

»Und die Fälle sind alle abgeschlossen?«

»Interessiert sich gerade niemand mehr dafür.«

Deckert stand auf und ging zum Fenster. Die Hände auf dem Rücken verschränkt, sah er hinaus und wippte dabei auf den Fußspitzen auf und ab. »Wir kontaktieren alle Personen, die in diesen Fällen ermittelt haben, dann erkundige dich bitte noch einmal bei unserem …«, er räusperte sich, »… häm, externen Berater, ob ihm zusätzlich etwas anderes aufgefallen ist.« Deckert drehte sich um. »Und wir beide gehen danach zu Franziska Wagner und hören uns in Ruhe an, was sie zu sagen hat. Aber nicht mehr heute. Mir reicht's, ehrlich gesagt.«

Florian Schumann erhob sich ebenfalls.

»Da ist also was stinkend faulig im Staate Dänemark?«, fragte er.

»Du enttäuschst mich. Hat dich der Englischunterricht so gelangweilt? Nicht wirklich eins zu eins zitiert, aber ja: Ich rieche was, das ich nicht essen würde«, antwortete Deckert. »Aber – ich weiß nicht, was. Und ich möchte drüber schlafen, bevor ich mich entscheide, etwas zu mir zu nehmen, was mir einen Tag auf dem Lokus bereiten könnte.«

INITIATIONSRITEN

Professor Hendricks stand inmitten eines kleinen Konferenzraums im vierten Untergeschoss und rückte *Wire Chair*-Repliken aus verschweißtem Stahldraht zurecht, auf denen in wenigen Minuten die Neulinge Platz nehmen würden. Er trat ein paar Schritte zurück und nahm Maß, indem er die Augen leicht zusammenkniff und einen Kugelschreiber knapp vor seine Nasenspitze hielt.

Alles musste perfekt sein. Durch eine Kleinigkeit, eine Ungenauigkeit, eine noch so minimale Abweichung von der Norm aus dem Konzept gebracht zu werden, konnte und wollte er sich nicht leisten. Dieser Auftritt musste mit derselben Makellosigkeit funktionieren wie das Innere einer Schweizer Uhr. Einwandfrei und fehlerlos, verbunden mit Vollkommenheit. Nicht weniger und nicht mehr erwartete Professor Hendricks von sich selbst.

Er lockerte seine Schultern und Hände und ließ ein paar Mal knacksend den Kopf kreisen. Dann kontrollierte er das Whiteboard auf eventuelle Einstellungsfehler und nickte zustimmend, als er sah, dass alles zu seiner Zufriedenheit vorbereitet worden war. Breitbeinig stand er vor der Tafel, schloss die Augen und ging im Geist die Punkte seiner Einführung durch. Die jungen Wissenschaftler kämen nicht umhin, sich der Tragweite der Forschungseinrichtung klar zu werden. Das, was Richter vorhin abschätzig als »Einschulung« bezeichnet hatte, war für Hendricks von grundlegender Bedeutung und Wichtigkeit. Er führte hier keinen Kindergarten und keine Grundschule. In der *Amendment*

Corporation forschte ausschließlich die Crème de la Crème, und wer sich nicht an die Regeln halten konnte oder den Erwartungen in anderer Form nicht gerecht wurde, flog aus dem Club der Privilegierten und Hochdotierten. Und zwar hochkant.

Nur wenige wussten, aber viele ahnten, was dies konkret für die einzelnen Personen hieß. Ein Rausschmiss, der in einem anderen Berufszweig letztendlich nicht wirklich das Ende der Welt bedeutete, zog hier Dinge nach sich, über die nur eine Minderheit in Gänze informiert war. Hendricks hatte Kenntnis von Nachstellung, Beschattung und Überwachung jeder einzelnen Person, die jemals das Gebäude der *Corporation* unfreiwillig verlassen musste – von Überprüfungen der finanziellen Lage, Abhöraktionen der Telekommunikation, Observierung – dem ganzen Brimborium. Die Firma investierte viel Zeit, Geld und Manpower in diese zwingend notwendige Vorgehensweise.

Die einzig andere Alternative wäre die Liquidierung der gekündigten Personen.

Ein Gegenentwurf, den Professor Hendricks für durchaus angemessen hielt, der aber einigen Herren und Damen im Aufsichtsrat enorme Bauchschmerzen verursachte. Man schob logistische Gründe vor. Schon jetzt benötigte man für die Entführung der Probanden einen enormen Apparat. Korruption, Vertuschung, lupenreine Säuberung des Tatorts, Verwischen aller Spuren – kein Problem für die Experten des Außenteams. Mord hingegen war eine andere Baustelle.

Tote Probanden während der Experimente hingegen zählten zu den Kollateralschäden, die man stillschweigend in Kauf nahm. Und seit man das Abkommen mit dem regionalen Energieversorger geschlossen hatte, war die Bestattung der Dahingeschiedenen ein Klacks geworden.

Ein dunkler Lockenschopf schob sich durch die angelehnte Tür, und instinktiv schaute Hendricks auf die Omega Moonwatch, die er von der Geschäftsführung zu seinem zehnten Betriebsjubiläum überreicht bekommen hatte. Es handelte sich um die limitierte Apollo 11-Edition zum 45. Jahrestag der Mondlandung. Hendricks, sonst kein Mann der sentimentalen Gefühlswelten und erst recht kein Fan der NASA, war trotzdem gerührt gewesen. Dieses Geschenk war seiner würdig. Er strich über das Zifferblatt und stellte mit einiger Genugtuung fest, dass sich Pünktlichkeit unter den Neuzugängen inzwischen etabliert hatte.

»Kommen Sie bitte herein«, rief er gönnerhaft, strich seinen Laborkittel glatt, fuhr sich kurz durchs Haar und nahm seinen Platz hinter dem Stehpult ein. »Setzen Sie sich bitte. Nicht so schüchtern«, lächelte er, dosiert seinen Charme ausspielend, von dem er wusste, dass er seine Wirkung selten verfehlte. Es kostete ihn Überwindung, sich freundlich zu geben, aber er wusste, wann es nötig war.

Langsam betrat der Nachwuchs den Raum. Das kleine Grüppchen von fünf Männern und Frauen schob sich zögernd durch die Tür, und allen stand eine Mischung aus Euphorie und purer Panik ins Gesicht geschrieben.

Keiner weiß, was ihn erwartet, dachte Hendricks und konnte ein joviales Grinsen nicht unterdrücken. Sie werden sich noch wundern, was auf sie zukommen wird, aber für den Weg zurück ins normale Leben wird es dann zu spät sein.

Nachdem sich alle gesetzt hatten und er das aufgeregte Flüstern mit einem energischen Räuspern unterbunden hatte, legte er los.

»Ich werde Sie nicht mit Vorgeplänkel langweilen, sondern gleich zum Kern der Sache kommen.« Insgeheim klopfte er sich bezüglich des Wortspiels mental auf die

Schulter. »Wie Sie sehen können, befindet sich hier der mediale Teil des Temporallappens.« Er stand nun vor dem Whiteboard und deutete auf einen rot markierten Fleck. »Und genau hier«, er tippte auf einen blau gekennzeichneten Bereich, »genau hier befindet sich der sogenannte Mandelkern.« Er hielt inne, blickte die jungen Wissenschaftler an und fügte hinzu: »Was Ihnen natürlich allen bekannt sein dürfte. Und dieser Kern ist es, welcher uns interessiert.« Hendricks entfernte sich ein paar Schritte von der Tafel, ging auf seine Zuhörer zu und sah jedem nacheinander in die Augen.

»Die *Amendment Corporation* geht äußerst sorgfältig und gründlich bei der Auswahl des Nachwuchses vor, und deswegen ist es maßgeblich, dass Ihnen von Anfang an deutlich gemacht wird, dass sich Ihr Leben nicht nur grundlegend ändern wird, sondern Sie darüber hinaus die Möglichkeit haben werden, Ihre genialen Fähigkeiten in ein faszinierendes Projekt einzubringen, um die Forschung in bisher ungeahntem Maß voranzutreiben. Eine Gelegenheit, die sich nur einmal im Leben ergibt! Eine Möglichkeit, gemeinsam mit Gleichgesinnten Geschichte zu schreiben!«

Die fünf Männer und Frauen hingen trotz der schon fortgeschrittenen Stunde an seinen Lippen. Keiner unterdrückte ein Gähnen, niemand machte den Eindruck, seinen Verstand schon ins Bett geschickt zu haben. Hendricks wusste, dass er nicht nur optisch eine beeindruckende Gestalt war, seine grau melierten Schläfen und seine dunklen Augen hatten schon so manche Assistentin um den Schlaf gebracht – was ihn jedoch äußerst wenig interessierte –, er war sich auch seines Rhetoriktalents bewusst. Diese beiden Komponenten und die Tatsache, dass seine Fähigkeiten als Biochemiker herausragend waren, hatten ihm unter den Wissenschaftlern eine Führungsposition beschert, die ihm so mancher Kollege offen neidete.

»Dieser Kern«, fuhr er fort und ging wieder zum Whiteboard zurück, »für den die englische Sprache eine besondere Bezeichnung gefunden hat …«

»*Lizard Brain**!«, unterbrach ihn die bildhübsche junge Frau, die von Richter in der Cafeteria angestarrt worden war. Sie hatte eine Locke ihres langen schwarz glänzenden Haares um den Zeigefinger gewickelt, und der Professor fragte sich bei ihrem Anblick, wo sie denn die sieben Zwerge gelassen hatte. »Man nennt diesen Bereich »*Lizard Brain*, Professor Hendricks.«

Hendricks, der Störungen dieser Art verabscheute, zwang sich zu einer einigermaßen freundlichen Erwiderung. »Das ist korrekt, Dr. …«, er warf einen kurzen Blick auf das Schildchen an ihrem Laborkittel »… Heller. Wir hier nennen diesen ganzen Bereich jedoch trotzdem den Amygdala-Komplex. Oder Corpus amygdaloideum, so, wie es sich für Wissenschaftler geziemt. Nicht wahr? Üblicherweise wird die Amygdala in eine corticale Kerngruppe, eine zentralmediale Kerngruppe und in eine basolaterale Kerngruppe eingeteilt. Aber das wissen Sie sicher auch.« Er schenkte ihr ein süffisantes Lächeln.

Dr. Heller errötete leicht, nickte und blickte dann angestrengt in ihre Unterlagen.

---

* Die Gehirnfunktionen einer Eidechse beschränken sich auf Flucht, Kampf, Mahlzeiten, Furcht, Paarung und die Kältestarre. Diese Funktionen entsprechen denen des limbischen Systems im menschlichen Gehirn. Sie sind also ein Überbleibsel unserer tierischen Vorfahren. Sie mögen das primitiv nennen, aber bedenken Sie, dass dies wichtige Komponenten sind – nicht nur im Leben eines Schuppenkriechtiers –, die Ihnen das Überleben sichern. Also ein wenig mehr Respekt bitte, und unterlassen Sie es bei Ihrem nächsten Zoobesuch, an die Scheibe der Terrarien zu klopfen!

»Die kortikale Kerngruppe, genauer gesagt der Zentralkern der Amygdala«, fuhr Hendricks fort, »ist bei einem gesunden Menschen dafür verantwortlich, dass Ereignisse mit Emotionen verknüpft werden. Sie stellt evolutionstechnisch den älteren Teil der Großhirnrinde dar. Sie ist entscheidend an der emotionalen Konditionierung beteiligt. Wenn Sie den Finger auf eine heiße Herdplatte legen, empfinden Sie Schmerz. Wenn Sie zu nachlässig mit dem Gemüsemesser hantieren ebenfalls. Die Informationen werden gespeichert, und Sie werden in Zukunft Handlungen dieser Art unterlassen. Vereinfacht gesagt.«

Ein junger Mann kicherte, und Hendricks bedachte ihn mit einem wütenden Blick. Die Beispiele waren nicht als drollige Untermalung gemeint gewesen, sie waren Fakt.

»Sie erkennen Situationen wieder und wissen, diese einzuschätzen. Flucht vor Gefahr, Vermeidung von Unbekanntem. Im Prinzip analog zum Gehirn einer Eidechse, die stellvertretend für andere Reptilien steht, das für Rückzug, Kampf, Nahrungsaufnahme, Fortpflanzung und das Fallen in die Winterstarre zuständig ist. Insofern ist die Metapher nachvollziehbar. Der menschliche Magen rebelliert bei Furcht, Ihr Gesicht bekommt einen ängstlichen Ausdruck, Sie fangen an zu stottern, Ihre Atmung wird schneller – das alles haben wir der Amygdala zu verdanken. Ich gehe nicht in biochemische Details, Sie alle hier sind nicht umsonst von uns angeworben worden, also spare ich mir den Small Talk. Stellen wir uns aber die Frage, was wäre, wenn wir den Mandelkern so beeinflussen können, dass wir Gefahren zwar erkennen und diese auch entsprechend bewerten, sie aber für uns kein Problem mehr darstellen? Was, wenn wir die Amygdala beherrschen lernen, sie bezwingen?«

Hendricks lächelte selbstgefällig, er näherte sich nun dem

Höhepunkt seiner Rede. Er schaute befriedigt in die Runde. Die Rekruten waren alle ganz Ohr.

»Phobien können geheilt, Autismus bekämpft und Depressionen beseitigt werden! Psychische Störungen, das Krankheitsbild Nummer eins in der Rangliste von Arbeitsunfähigkeiten, entfallen! Die Arbeitgeber werden vor Ihnen allen niederknien!«, schmetterte er in den Raum und machte danach eine kleine Kunstpause. »Sie sind hier, um dies möglich zu machen«, fuhr er fort. »Vorangegangene Studien waren leider nicht komplett von Erfolg gekrönt. Wir haben jedes Mal Fortschritte gemacht, die Wissenschaft ein Stück nach vorne getrieben – natürlich! Jeder in dieser Firma hat seinen Teil dazu beigetragen. Aber, eine völlige Entfernung des Mandelkerns führt zum Verlust von Konditionierung; Erfahrungen können nicht mehr entsprechend bewertet werden, es fehlen die nötigen Abwehrreaktionen, weil keine Warnimpulse mehr vorhanden sind. Menschen stürzten sich, ohne nachzudenken, ins Unheil. Also müssen wir die Amygdala verändern. Sie wurden von der *Amendment Corporation* mittels strenger, langwieriger Verfahren ausgewählt, um Veränderung möglich zu machen. Gestalten Sie mit uns die Zukunft des menschlichen Lebens!«

Der letzte Satz seiner Motivationsrede. Hendricks griff sich einen Stapel Papier und wirkte ein wenig erschöpft, als er jedem Einzelnen die Verträge aushändigte. Eine Haarsträhne fiel ihm in die Stirn.

»Nehmen Sie sich Zeit. Lesen Sie sich alles genau durch. Übersehen Sie nichts. In einer Stunde möchte ich die Verträge von Ihnen zurückhaben. Haben Sie sich für eine Mitarbeit entschlossen, werden wir jeden Einzelnen von Ihnen nach Hause begleiten und dort an einem Firmen-PKW, der nun Ihnen gehören wird, die entsprechenden technischen

Veränderungen für den individuellen Zugang zum Gebäude vornehmen. Ich weiß, die Zeit ist schon fortgeschritten, aber ich versichere Ihnen, dass die Maßnahmen nicht mehr als 30 Minuten in Anspruch nehmen werden. Den personalisierten Chip, der Ihnen die Benutzung der Aufzüge erlaubt und Zutritt zu verschiedenen Bereichen gewährt, erhalten Sie nach dem ersten Arbeitstag. Bis dahin müssen Sie sich an Ihren Vorgesetzten hängen.«

Vereinzelt war leises Lachen zu hören. Hendricks schritt energisch durch die Reihen.

»Falls Sie die krasse Fehlentscheidung treffen und nicht unterschreiben werden, muss ich Ihnen ein Blatt Papier aushändigen, auf dem Sie sich vertraglich zu absoluter Verschwiegenheit verpflichten. In diesem Fall werden Sie in 90 Minuten dieses Etablissement verlassen haben und nie wieder von uns hören. Es steht Ihnen für die Rückfahrt das Sammelfahrzeug zur Verfügung, das Sie alle hierher gebracht hat.«

Inzwischen hatte er die Türklinke ergriffen und schaute ein letztes Mal in die erwartungsvollen Gesichter.

»Einen schönen Abend noch.« Er lächelte. »Ich hoffe, ich sehe alle von Ihnen morgen früh um Punkt fünf Uhr in den Ihnen zugeteilten Labors. Ihnen wird nicht viel Zeit zum Schlafen bleiben. Gewöhnen Sie sich frühzeitig dran. Mit der Zeit wird sich Ihr Biorhythmus einpendeln.«

Professor Hendricks schloss die Tür des Konferenzsaals leise hinter sich, lehnte seinen Rücken kurz an die Wand und atmete tief durch. Anna könnte ebenfalls Teil dieser Gruppe junger Wissenschaftler sein, die die Welt unter seiner eigenen Führung für immer veränderten. Aber sie beide hatten andere Pläne. Sie mussten sich noch ein wenig in Geduld üben. Wenn er die letzte Phase bei Wagner abgeschlossen hatte, waren sie frei von ihrer Vergangenheit, und er konnte gemeinsam mit seiner Tochter unschlagbar werden.

DER MIT DEN PFLANZEN SPRICHT

Es war früher Vormittag, als Florian Schumann in den zweiten Gang hinunterschaltete und der Dienst-Mercedes an einer stark befahrenen Kreuzung im Stuttgarter Norden hielt.

»Auf der linken Seite muss es sein«, ließ Deckert sich vom Beifahrersitz vernehmen, nachdem er einen Blick in seine Unterlagen geworfen hatte. »Hausnummer 15.«

»Also hier abbiegen und dann die Nächste links. Dort können wir nach einem Parkplatz suchen.« Florian trat aufs Gaspedal, als die Ampel auf Grün schaltete.

»Nicht gerade die beste Gegend hier, oder?«, bemerkte Deckert, als sie in die Seitenstraße einbogen. »Sieht aus, als habe man das nach dem Krieg kurz aus dem Boden gestampft. Ich habe noch kein Haus gesehen, das einen irgendwie … nun, altmodischen und gesetzten Eindruck macht. Was Heimeliges, wenn du weißt, was ich meine.«

Florian schielte auf die Straße. »Das hier ist tatsächlich erst in den 50er-Jahren entstanden. Wenn du bitte so freundlich wärst, nach einer Lücke Ausschau zu halten, hier ist es verdammt eng, ich könnte nicht mal ausweichen, wenn mir einer entgegenkäme.«

Deckert deutete mit dem Finger auf einen freien Platz am Straßenrand, und Florian kurbelte am Lenkrad, als ob es um sein Leben ginge.

»Nicht schlecht, da passt ja kaum noch eine Bild-Zeitung dazwischen«, bemerkte Deckert und reckte sich so weit vor, wie der Brustgurt es zuließ, nachdem sein junger Kollege den Wagen passgenau in eine Lücke bugsiert hatte. »Der sitzt wie angegossen.«

Florian stellte den Motor ab. »Tja, meine Fähigkeiten gehen weit über das hinaus, was du dir vorstellen kannst.«

David und Franziska Wagner bewohnten ein Apartment im elften Stock eines Gebäudes, welches eckig emporragte, durch hervorstechende, spitz zulaufende Balkone asymmetrisch wirkte und parallel zu den Stadtbahngleisen verlief.

Florian öffnete die Fahrertür, und Deckert meinte abschätzig nach einem kurzen Blick aus dem Fenster in Richtung des farbigen Betonblocks: »Hübsch hässlich haben wir's hier*. Haben sie die Fassadenfarbe anhand von Stuhlproben gemischt? Gibt es da auch nur einen einzigen rechten Winkel? Wo stellt man da seinen Schrank hin?«

Sein Protegé grinste. »Ich muss dir leider sagen: Du hast keine Ahnung. Das ist ein architektonisches Vorzeigeobjekt. Das Ding steht unter Denkmalschutz. Außerdem: Hast du dir schon mal unser Dezernat näher angesehen?«

---

* Deckerts Filmkenntnis ist in den 80er-Jahren zwar ins Stocken geraten, reicht dafür aber weit zurück, wie dieses Heinz-Rühmann-Zitat beweist.

»Denkmalschutz. Großer Schreck, dann darf man ja nicht mal im Treppenhaus pupsen, ohne die Bürohengste um Erlaubnis zu fragen«, brummte der Kommissar, als er mit seinem Kollegen die schmale Seitenstraße überquerte und an Ladengeschäften vorbeiging, die sich im Erdgeschoss des Gebäudes befanden. »Na, einen Pillendreher haben sie gleich vor der Haustüre. Zumindest das kann ungemein praktisch sein.«

Sie passierten die Apotheke und folgten einem von Rhododendren gerahmten Fußweg zur Eingangstür. Hinter ihnen ertönte das Rauschen der einfahrenden Stadtbahn, ein Auto hupte.

»Die Wagners bewohnen das Dachgeschoss. Ich habe mich erkundigt, das könnte sogar das Apartment sein, in dem nach der Fertigstellung der Architekt höchstselbst residiert hat. Zumindest war es sein Zweitwohnsitz«, fuhr Florian in lehrerhaftem Tonfall fort. »Das Wohnhaus ist ein berühmtes Beispiel des Organischen Bauens, und wenn du dich umschaust, findest du vielleicht ein paar Japaner, die ihre Smartphones gezückt haben. Der Blick an Silvester von dort oben muss unbezahlbar sein.«

»Der Blick während des restlichen Jahres auf jeden Fall nicht. Eine stark befahrene Kreuzung, quietschende öffentliche Verkehrsmittel und gegenüber noch mehr Hochhäuser.«

»Die waren aber damals noch nicht da. Kamen erst viel später«, belehrte ihn Florian weiter. »Damals war dies das einzige Haus mit mehr als vier Stockwerken weit und breit.«

»Muss ja ein kompletter Schock für die Stuttgarter gewesen sein. Brutale Moderne und dann auch noch so hoch, dass man sie nicht übersehen kann. Da hat man die Bombenangriffe überlebt und dann so was.« Deckert blieb abrupt stehen. »Und daneben gibt es ein weiteres von der Sorte.« Er deutete nach rechts. »Das ist ja noch höher!«

»Exakt. Die beiden Hochhäuser sollten nach dem Krieg die Grenze zwischen dem alten Stadtteil Zuffenhausen und dem neuen Stadtteil Rot markieren. Romeo und Julia.«

Bevor sie losgefahren waren, hatte es sich Florian nicht nehmen lassen, Wikipedia zu befragen. Tatsächlich waren sie im Begriff, eines der interessantesten Hochhausensembles der Nachkriegszeit in Stuttgart zu betreten. Fast ohne rechte Winkel, wie Deckerts scharfer Blick sofort erkannt hatte.*

»Was?«, schnappte sein Kollege.

»So heißen die zwei Grazien. Wobei unsere Julia natürlich die zierlichere der beiden ist. Da müssen wir rein.«

»Das ist ein Witz.«

»Mitnichten, Herr Kollege.«

»Was für ein hübsches Paar. Und wie sie sich aneinanderschmiegen«, murmelte Deckert. »Einfach hinreißend. *Du kennst meine Wohnung, geh, hole mir Tinte und Papier und bestelle Post-Pferde – ich will diese Nacht noch fort*«, deklamierte er und streckte theatralisch die Arme in den Himmel.

Florian schüttelte den Kopf. »Du wirst lachen, aber ich habe gelesen, dass hier während der Einweihung das Ensemble des Staatstheaters tatsächlich Shakespeare gegeben hat.

---

* Die beiden Beamten sind dabei, die Wohnhochhausgruppe *Romeo und Julia* zu betreten – besser gesagt, deren bessere weibliche Hälfte. Erbaut von Hans Scharoun, der als Expressionist von den Nazis kaltgestellt wurde, verfügt das Laubenganghochhaus (das heißt, die Wohnungen sind über offene Gänge zu erreichen) Julia über elf, sieben und vier abgestufte Stockwerke, die sich über einem gebogenen Grundriss erheben. Spätestens wenn man das Treppenhaus betreten hat, wird man von der Architektur mitgerissen. Die schrägen Zimmerzuschnitte stellten ein Problem für die gewöhnliche Wohn- und Elternschlafzimmerausstattung dar, was zu einer einheitlichen Mustermöblierung führte. Einige Zeit war das männliche Gegenstück *Romeo* das höchste Wohngebäude in Deutschland.

Welches Stück musst du nicht raten. Insofern: sehr passend. Auch was unsere Situation betrifft. Ehrlich, ich reiß mich nicht um die Befragung. Würde mich auch lieber auf ein Pferd schwingen.«

Seltsam einsam standen die Rhododendren in wenig Erde neben dem Weg, der zum Eingang führte, und ließen die breiten Blätter hängen, als ob sie ihren Unmut bezüglich des Gesprächs, das die beiden Polizeibeamten in wenigen Minuten führen mussten, ebenfalls mitteilen wollten.

»Mir egal, wer die beiden Dinger hier erbaut hat und auch egal, wie wichtig sie für die Architekturgeschichte auch sein mögen«, fing Deckert an. »Ich bin da ganz Banause. Und jetzt schau dir das mal an, Florian. Ehrlich, da muss doch dein grünes Herz bluten.« Er zeigte auf die durstigen Pflanzen. »Seit wann haben die denn nichts mehr zu trinken bekommen?«

Florian, der sich wunderte, warum bei seinem Kollegen plötzlich die Liebe zu Blumen erblüht war, sich aber insgeheim darüber freute, dass seine verbalen Ausflüge in die Flora bei Deckert Früchte getragen hatten, nahm die kleinen Knospen des Rhododendrons vorsichtig zwischen die Finger.

»Das sind Zikadeneier«, sagte er nach eingehendem Studium entsetzt. »Da fehlt kein Wasser, da fehlt Fürsorge. *Graphocephala fennahi.* Die legen ihre Brut bevorzugt in die Knospen der Pflanze ab, und dann ist es im nächsten Frühjahr nichts mit dem Blütenmeer. Diese Eierablegerei verursacht nämlich kleine Wunden, und das gibt einem Pilz die Chance, dort einzudringen. *Pycnostysanus azalea.* Da muss man sofort handeln! Das ist sozusagen die offene Tür in die Hölle für diese Pflanze!« Schumann strich dem Rhododendron beruhigend über die Blätter.

»Geht's wieder?«, fragte Erik. »Wirst du in deiner Trauer die Befragung durchführen können? Oder sollen wir noch ein wenig meditieren? Im Schatten des Betonbrutalismus.«

»Nicht lustig!« Florian stieg die Röte ins Gesicht. »Gar nicht lustig.«

»Weißt du, bevor wir reingehen, wollte ich noch was anderes wissen. Hat der Datenflüsterer was entdeckt?«

»Nein, aber ich«, schnaubte Schumann in einem gespielt beleidigten Tonfall. »Ich habe das Recherchieren nämlich auch gelernt. Ausbildung und so?«

Deckert grinste. »Lass hören, Pflanzenflüsterer.«

»Laut den Ermittlungsunterlagen der einzelnen Fälle litt jede der verschwundenen Personen an einer Angstkrankheit.«

Deckert zog erstaunt eine Augenbraue hoch, und sein Finger schwebte einen Augenblick über der Türklingel des Ehepaars Wagners. »Angstkrankheit?«, fragte er.

»Nun ja, Phobien und so was.«

»So wie Höhenangst?«

Florian Schumann nickte. »Meinst du, das ist ein Zufall? Ich finde das ehrlich gesagt seltsam.«

»Wie viele Menschen in Deutschland leiden denn an Phobien, hast du eine Ahnung?«

»Nee, habe ich nicht nachgeschaut«, antwortete Schumann und zuckte entschuldigend die Achseln. »Aber auch wenn es über zehn Prozent wären* – wenn du mich fragst, kommt mir das Ganze fishy vor.«

Deckert nickte und drückte mit dem Zeigefinger auf den Klingelknopf. Die beiden Polizisten eilten durch das

---

* In der Tat leiden in Deutschland über 10 Millionen Menschen an Angstkrankheiten jeglicher Couleur (Stand 2015). Insofern kann man schon fast von einer Volkskrankheit sprechen. Dazu kommt die Zahl der angstkranken Menschen, die nicht zum Arzt gehen, die also statistisch nicht erfasst werden können.

beeindruckend angelegte Treppenhaus. In jedem Geschoss befand sich eine zentrale Halle, von der aus die Wohnungen über die Laubengänge erreichbar waren. Deckert hatte mit dem Einwand, man säße ja nur den ganzen Tag »in dieser Scheißbeamtenkarre« auf einer kardiovaskulären Bestätigung bestanden. Der jüngere Schumann, der neben dem Gärtnern und Wandern auch Laufsport betrieb, bestimmte das Tempo, und Deckert äußerte schon nach dem dritten Stock laut Zweifel daran, ob er es wohl ohne Wiederbelebung bis zum Apartment der Wagners schaffe. Klarer Fall von Fehleinschätzung, dachte er.

»Das reicht von Agoraphobie über Arachnophobie bis hin zu Autophobie oder Aelurophobie«, führte Schumann weiter ungerührt aus. Sein Atem ging regelmäßig.

»Was zum Teufel ist Aelu…«, der Polizeikommissar stockte, blieb stehen und holte kurz tief Luft. »Himmel – bin ich schlecht in Form. Und das ist erst der vierte Stock! Glaubst du, die haben da oben einen Defibrillator?«

»Angst vor Katzen«, erwiderte sein Kollege und ignorierte Deckerts Bemerkung.

»Vor Katzen?«

»Es gibt auch Angst vor dem Wind«, sagte Florian.

»Sehr witzig, Willi«, Deckert bleckte die Zähne. »Hat da jemand zu viel Struwwelpeter als Kind gelesen? Der fliegende Florian?«

»Im Ernst. Nennt sich Anemophobie«, gab Schumann zurück.

Deckert sah ihn ungläubig an. »Ich darf nicht davon ausgehen, dass diese Phobien bei den Opfern alle von dem gleichen Arzt diagnostiziert wurden, oder?«, fragte er.

Schumann seufzte. »Das wäre wirklich der Zufälle einer.«

»Und David Wagner leidet unter …«

»Akarophobie. Gepaart mit Dermatozoenwahn. Er hat Schiss vor Krabblern, die stechen können. Insekten, Milben und so'n Zeug. Hinzu kommt die Einbildung, dass Würmer unter die Haut kriechen und sich dort fortbewegen können. Nichts, was man sich in natura vorstellen möchte. Mir ging da das Bild von den sich windenden Fliegenmaden in unserem Biomüll lange nicht mehr aus dem Kopf. Scheiße – jetzt isses wieder da.«

Deckert runzelte die Stirn. »Deswegen muss ich in den obersten Stock schnaufen? Weil der Vermisste Angst hat, dass sich was Furchtbares ins Erdgeschoss verlaufen könnte? Etwa eine gehässige Zikade, die in seinem Nasenloch ein Ei ablegen könnte?«

»Könntest du mal aufhören? Willi arbeitet an seiner Muskulatur. Der darf sich nämlich nicht gehen lassen. Noch nicht. Muss fleißig Honig sammeln in seinem Beamtenleben. Jetzt schwing die Hufe!«

ARCHITEKTURALBTRÄUME

Die monströse, labyrinthische Anlage der *Amendment Corporation* war unterirdisch erstellt worden. Wenn man sich inmitten des alten Baumbestands aufhielt, der sich an dieser Stelle vor Jahrhunderten seinen Platz ergattert hatte, erweckte nichts den Eindruck, dass sich unter den Füßen der knorrigen Eichen ein enormes Gelände erstreckte, das einige Stockwerke in die Tiefe reichte. Verankert und gesichert durch Unmengen von Stahlbeton. Der Zugang zu diesem Monstrum befand sich in einem alten, wenig bis gar nicht frequentierten Parkhaus, das nördlich des Schönbuchs bei Holzgerlingen lag und in dessen Eingeweiden sich ein marodes Rolltor öffnete wie eine Schatztruhe, wenn ihm dies über Funk befohlen wurde, um die Mitarbeiter zu verschlucken.

Die inoffiziellen Beziehungen des Unternehmens zu einigen hohen Tieren in Regierungskreisen, die wiederum andere hohe Tiere kannten, die ebenfalls in der Lage waren, bedruckte Scheinchen einzustecken, an den Fäden zu ziehen, Dinge ins Rollen zu bringen und dann für den Rest ihres Lebens wegzusehen, hatten dem ehrgeizigen und millionenschweren Projekt den Startpfiff erteilt. Dazu kamen Parteispenden in exorbitanter Höhe, die einen Politiker im entscheidenden Augenblick vergesslich machten, Aufbau familiärer Strukturen die bei »meine herzlichen Grüße an die Frau Gemahlin« anfingen und bei großspurigen Banketts noch nicht endeten. Überall wurde weggeschaut, Gräber wurden ausgehoben und anschließend fein säuberlich wieder zugeschaufelt, Stiftungen gegründet, bis schließlich jeder Antrag, ohne mit der Wimper zu zucken, von der entsprechenden Stelle durchgewinkt wurde.

In dem alten Parkhaus fand man den geeigneten Ausgangspunkt, und es fiel auch nicht weiter auf, als man das vor sich hin bröckelnde Betongebäude für ein paar Jahre sperrte. Sein Auto abstellen wollte darin sowieso niemand mehr freiwillig. Eine Zeit lang waren die Bewohner, angesichts der nicht genutzten, hässlichen Betonhöhle auf die Barrikaden gegangen, doch dann war langsam Gras über die Sache gewachsen. Im wahrsten Sinne des Wortes. Die Natur hatte sich einen Teil zurückerobert. Efeu und wilder Wein rankten sich an den Mauern hoch, verdeckten teilweise die Zufahrt wie mit einem Vorhang und verliehen dem Bau einen ganz speziellen, spröden Charme des Verfalls.

Es war nicht das erste Mal gewesen, dass die Menschen, die nahe des angrenzenden Schönbuchs wohnten, von den Behörden vor den Kopf gestoßen wurden. Einst hatten Prognosen dem Flughafen Echterdingen Ende des 20. Jahrhunderts den Kollaps prophezeit, und so war man in den 60er-Jahren auf die glorreiche Idee gekommen, Stuttgart II auf einem Areal von über 1.000 Hektar solle den alten Standort des baden-württembergischen Luftverkehrs ersetzen. Drei Start- und Landebahnen mitten im Schönbuch waren geplant gewesen, wobei eine davon nur knapp einen Steinwurf jenseits des Klosters Bebenhausen verlaufen sollte. In einem Jahrzehnt, in dem Betonbrutalismus das Bauen bestimmte und das Wort Denkmalpflege und Landschaftsschutz nur in den Gehirnen total abgedrehter Hippies, die penible schwäbische Bürger mit »Presst die Bullen platt wie

Stullen«*-Rufe erschreckten, herumspukte, war man von dieser Idee in Politikerkreisen durchaus angetan gewesen. Die planende Zunft unterstützte den Einfall nach Kräften – nicht jedoch die Bevölkerung, die den Aufstand probte. Nach langem Ziehen, Zerren, etliche Protestbriefe später und dem nochmaligen Einsehen, dass Keupergestein es nicht leiden kann, wenn man in ihm buddelt und Tonnen von Beton über ihm ausschüttet, war das Hirngespinst, welches das Ende des Waldes und dessen tierische Bewohner bedeutet hätte, Anfang der 70er-Jahre vom Tisch.

Die Bewohner der umliegenden Kleinstädte hatten ihre Erfahrungen mit großen Bauprojekten also schon gemacht, lange bevor sich ein Teil der Stuttgarter Bevölkerung Jahrzehnte später als Wutbürger bezeichnete. Aber diese Erfahrungen lagen über 40 Jahre zurück und im Schönbuch war Ruhe eingekehrt. Und das Vergessen. Trotzdem war man beim Bau des Zugangstunnels zum Bunker und der Errichtung des Bunkers selbst mit aller Vorsicht und Diskretion vorgegangen. Und die Bemühungen, neugierige Augen zu schließen und vorlaute Mäuler zu stopfen, waren nicht fehlgeschlagen.

Das Parkhaus war für jedermann befahrbar, die Ticketautomaten funktionierten und spuckten auf Anfrage Parkscheine aus, aber hier und dort quetschte sich der Löwenzahn durch den rissigen Asphalt.

Im Fahrzeug jedes Mitarbeiters der *Amendment Corporation* befand sich ein Sender, der sein gut verstecktes

---

* Hier hört der linksalternative Comic-Leser die Sprechblasen von Gerhard Seyfried heraus, der den Hütern von Recht und Ordnung, die einem Trupp Hausbesetzer gegenüberstehen, einen eher lockeren Umgang mit der englischen Aussprache in die Münder legt. Auf den skandierten Ruf: »Presst die Bullen platt wie Stullen«, rufen sie: »Presst die Freaks platt wie Steaks.«

Gegenstück an dem Rolltor hatte. Näherte sich ein derart ausgestatteter Wagen, glitt das Tor wie von einem Zauberstab berührt, kurz bevor das Auto Gefahr lief, ungebremst darauf zuzudonnern, geräuschlos zur Seite und schloss sich sanft, wenn das Fahrzeug von der dahinterliegenden Finsternis verschluckt worden war. Den Fahrer empfing dann ein relativ gut ausgebautes, aber sehr enges Sträßchen, das in einer weitläufigen Parkebene endete. Von hier aus wurden die Angestellten von Frau Sigrid Reumer, der freundlichen, aber bestimmt wirkenden Dame einer Überprüfung unterzogen. Egal, wie lange man schon für die Firma arbeitete, sie warf zuerst einen langen Blick auf die Ausweise und sodann auf ihren Computerbildschirm. Nachdem die Wissenschaftler von Frau Reumer »freigegeben« worden waren, glitten diese mit Personenaufzügen in die weiteren Untergeschosse der *Amendment Corporation.* Man hatte keine Kosten und Mühen gescheut.

Jeder Angestellte musste Morgen für Morgen diese Prozedur über sich ergehen lassen. Egal ob er erst einen Tag oder schon Jahre für die Firma arbeitete. Das Tor in die Unterwelt schloss und öffnete sich unbehelligt und unentdeckt, aber Frau Reumer achtete peinlichst darauf, dass niemand den Bunker während der Arbeitszeit verließ. Das Vergessen sollte gepflegt werden.

*

Genau vor einer dieser weiteren Aufzugstüren hatte Dr. Klaus Richter gerade seinen Chip hin- und hergeschwenkt und stand nun mit gefurchter Stirn und einer Tasse dampfenden Morgenkaffees in der Hand und wartete. Die Cafeteria im angrenzenden Flurbereich war noch nicht geöffnet, und er hatte einen der Automaten in einem anderen Stockwerk bemühen müssen. Einmal mehr hatte er auf der Pritsche im Labor übernachtet, sein Rücken schmerzte. Dass es ihm nie gelungen war, die richtige Frau fürs Leben gefunden zu haben, machte ihm schon lange keine Sorgen mehr. So ersparte er sich den Vorwurf, dass er schon wieder nicht zu Hause gewesen sei und außerdem die gemeinsame Ehe kaputtmache.

Als die Tür sich mit einem leisen Zischen zur Seite schob, sah er Hendricks, der aufmerksam in einem Ordner blätterte und nicht zu bemerken schien, dass der Lift gerade gehalten hatte. Richter überlegte kurz, ob er sich zurückziehen und auf die Kabine nebenan warten sollte, er erwog sogar für den Bruchteil einer Sekunde, das labyrinthartige Treppenhaus zu nehmen, in dem er sich am Anfang seiner Karriere einmal völlig verlaufen hatte und das er seitdem mied wie die Pest, entschloss sich aber dann doch für die Flucht nach vorn.

»Professor«, grüßte er kurz, trat in die Kabine und nippte an seinem Becher, wie um daran zu erinnern, dass dies sein ganzes Frühstück war und er sich deswegen in einer Art kontemplativer Phase befand, bis ihn das Koffein vollends weckte.

Der Aufzug setzte sich nach unten in Bewegung, und Hendricks erwachte langsam aus seiner Konzentrationsstarre. »Richter«, meinte er, »wie geht's der Probandin?«

Richter, der sich ungemein darüber ärgerte, dass sein Kaffee-Ablenkungsmanöver nichts gebracht hatte und sich außerdem über die Unterschlagung seines Titels echauffierte, meinte, den Anflug eines diabolischen Lächelns auf dem Gesicht seines Kollegen erkennen zu können. Er riss sich zusammen und antwortete: »Gut, kann nicht klagen.«

»Phase 3 schon gestartet?«

Auch diese Frage hatte einen fiesen Unterton.

»Am frühen Morgen. Noch vor dem Kaffee.« Richter nahm sich vor, nicht mehr als nötig zu sprechen. Er war die Diskussionen mit Hendricks langsam leid, die jedes Mal von einem sarkastischen Tonfall des Professors begleitet wurden.

»Mit was haben Sie es noch mal zu tun?« Der Professor richtete die Augen zur Kabinendecke und tat, als überlege er angestrengt. »Ähm, Acousticophobie, nicht wahr?« Stolz blickte er Richter ins Gesicht. »Also *Death Metal* und *Grindcore*?«

Gegen seinen Willen machte Richter ein erstauntes Gesicht.

»Jetzt schauen Sie nicht so, Kollege. Ich habe vorhin einen Ihrer neuen Assistenten getroffen. Sehr gesprächig der Neuzugang.« Hendricks schlug nun einen gönnerhaften Ton an. Er schob seine Krawatte, die sich ihren Weg ins Freie gebahnt hatte, mit einer resoluten Handbewegung in den Labormantel zurück. »Ich würde ja gerne gratulieren, aber dafür ist es noch zu früh.«

Mit diesen Worten verließ Peter Hendricks den Aufzug, der soeben im vierten Untergeschoss des Bunkers zum Stehen gekommen war.

Ich hasse diese Festung, dachte Richter. Sie war aus Skrupellosigkeit und gefälschten Anträgen erbaut worden. Der Wissenschaftler hatte da etwas läuten hören. Man sprach darüber – wenn auch leise und hinter verschlossenen Türen. Und um sich vollständig abzusichern, hatte der Konzern vorsichtshalber Personen bestochen, die wichtige Positionen besetzten und Entscheidungen treffen konnten. Danach war es ein Kinderspiel gewesen, Architekten zu finden, die sich bei der Vorstellung, ein unterirdisches Gebäude entwerfen zu können, das einer Katastrophe hollywoodschen

Ausmaßes standhalten konnte, vor Aufregung schier in die Hosen gepisst hatten.

Richter seufzte und wollte sich gerade wieder seinem Kaffee widmen, da drehte sich Hendricks, kurz bevor sich der Aufzug schloss, um.

»Vor Phase 5 kann man gar nichts postulieren, Richter. Rein gar nichts. Einen schönen Tag wünsche ich Ihnen.«

Klaus Richter starrte in die braune Brühe in seinem Becher und knirschte mit den Zähnen.

Wie er diesen Mann verabscheute!

Hendricks kam aus einer stinkreichen Familie, hatte auf einer Eliteuniversität in Übersee studiert und gleich danach eine stolperfreie, rasante Karriere in der Wirtschaft hingelegt, sodass er mit nicht einmal Ende 20 schon das Großlabor eines milliardenschweren Pharmazieunternehmens leitete und 20 Laboranten seine persönlichen Leibeigenen nannte. Das Klischee eines Vorzeigeforschers. Nebenher hatte Hendricks den Grundstein zur Forschung an Oxy-35 gelegt – eine Tatsache, die Richter besonders ärgerte. Er selbst hingegen passte genau in die andere Schublade: eine Familie, die ihn weder finanziell noch intellektuell unterstützen konnte, ein mit Hängen und Würgen absolviertes Studium und anschließend ein Job in einem mittelmäßigen Kleinunternehmen. Das Angebot der *Amendment Corporation,* die anno Tobak gerade erst begann, ihr Personal massiv aufzustocken und es mit der Qualifikation der Bewerber damals nicht übertrieben genau genommen hatte, war Richter wie ein Segen vorgekommen. Es erging ihm zu der Zeit nicht anders als den jungen Wissenschaftlern heute, die die Firma jetzt anwarb. Luftsprünge hatte er in jenen Tagen gemacht! Unerklärlich war es ihm gewesen! Hendricks war schon da gewesen. Der Mann der ersten Stunde.

Dass der Professor so große Töne spuckte, nach dem, was seiner Versuchsperson beim letzten Test passiert war – einfach unglaublich! Unfassbar, wie der sich selbst auf ein Podest hob.

Richter wusste, dass bei Hendricks aktuellem Probanden in Kürze Phase 2 anstand. Phase 2! Das war geradezu lächerlich im Vergleich zu dem, was er persönlich mit seinem Team erreicht hatte. Er würde ihn fertigmachen. Richter stellte sich vor, wie er dem jungen, attraktiven, weiblichen Nachwuchs an des Professors Stelle die Verträge aushändigte, der ja nicht einmal ein Auge übrig hatte für den hormontreibenden Anblick, der sich jedes Semester vor seinen Sehorganen aufbaute.

Innerlich gestärkt und vor sich hin grinsend verließ Dr. Klaus Richter den Aufzug und machte sich auf den Weg zu seinem Labor.

*

Der geschlossene Toilettendeckel war kalt und lud auch mit heruntergezogenem Rock nicht dazu ein, länger sitzen zu bleiben. Aber Lioba, die sich in die »Erfrischungsstation«, wie die Örtlichkeiten hier hießen, zurückgezogen hatte, war hundemüde und kauerte mit in den Händen gestütztem Kopf in einer Kabine. Nachdem sie den unterschriebenen Vertrag gestern Nacht oder heute früh, oder wie immer man die Tageszeit bezeichnen sollte – Lioba wusste nicht mehr, wo vorne oder hinten war, wie konnte sie sich in diesem Loch zeitlich orientieren? –, an der Zentrale abgegeben hatte, war ein Betriebsangehöriger vor dem monströsen Empfangstresen neben ihr erschienen, der sie wortkarg zu einem gelben Fiat Uno geleitete. Es war nicht derselbe

Hüne gewesen, der sie Stunden zuvor mit einem VW-Transporter zusammen mit vier weiteren Eleven, mit denen sie aus Angst, einen Fehler zu begehen, kein Wort gewechselt hatte, an der Jwd*-Sammelstelle, die nur mit einem Taxi und nicht mehr dem öffentlichen Nahverkehr erreichbar gewesen war, abgeholt hatte. Nur kurze Zeit, nachdem sie sich auf die Rückbank gequetscht hatte, waren sie ins Grün des Schönbuchs abgetaucht, wo sie bald die Orientierung verlor. Irgendwann waren sie in ein Parkhaus gefahren, dessen Schranke sich automatisch geöffnet hatte, und Lioba war in Versuchung geraten, die Augen mit der Hand zu bedecken, als sie mit halsbrecherischer Geschwindigkeit über den unebenen Fahrbelag auf ein Rolltor zu geholpert waren. Dahinter: flackernde Beleuchtung und bedrückende Betonwände, an denen die Karosserie des Transporters fast zu streifen schien.

Danach war alles an ihr genauso schnell vorbeigerauscht wie die Notbeleuchtung des Einfahrtstunnels, aber es wurde ihr klar, dass sie mit ihrer Zusage Horgenzell und Bonlander gegenüber ein sprichwörtliches Geschöpf der Nacht geworden war. Sie war Teil des Untergrunds.

Ihr maulfauler Fahrer hatte sie dann nach der Abgabe der Dokumente, die ihr der recht gut aussehende Professor Hendricks, den sie fortan zu beschatten hatte, zurück in die für sie angemietete Wohnung nach Holzgerlingen gebracht, wo er binnen kurzer Zeit in dem Uno, der vor dem Apartment parkte und nun anscheinend ihr gehörte, nicht nur einen Sender installiert, sondern auch die relevan-

* Janz weit draußen. Am Rektum der Welt. In Dr. Hellers Fall: irgendwo in einer kleinen Nebenstraße an der L1184 zwischen Hildrizhausen und Weil im Schönbuch.

ten GPS-Daten in das Navi eingetippt hatte. Hundemüde war sie gewesen, aber nicht fähig, ordentlich zu schlafen. Mit gemischten Gefühlen war sie heute Morgen um kurz nach vier in der Früh in dem kleinen gelben Italiener losgefahren, obwohl sie von der Wohnung, die ihr Bonlander besorgt hatte, bis zu dem verrotteten Parkhaus, nur etwa 25 Minuten brauchte. Zu spät kommen wollte sie jedoch keinesfalls. Als sie dem GPS und der schmalen Straße zum verlassenen Parkhaus gefolgt war, und mit zittrigen Fingern das Steuer umklammert hielt, hatte sie sich bis zum allerletzten Moment gefragt, ob die Sache auch klappte. Ob das Rolltor im untersten Parkgeschoss sich für sie öffnen würde. Und was sie täte, wenn es geschlossen bliebe. Zurückfahren? Bonlander anrufen? Heulen?

Aber die Funkfrequenz des Senders, der den unhörbaren Sesam-öffne-dich-Zauberspruch ausstrahlte, funktionierte – und Liobas Erstaunen darüber wich einem ungeheuren Adrenalinkick. Sie durchquerte mit einem euphorischen Gefühl und im Schritttempo den engen Tunnel, der sie an die Gänge eines Salzstollens erinnerte, und hielt schließlich vor der Schranke, die den Blick auf den dahinter liegenden Parkbereich der Amendment Corporation freigab.

Der Adrenalinstrom war jedoch versiegt und hatte einem Downer in ihrer Blutbahn den Vortritt gelassen. Ihr erster Tag, und schon hasste sie ihn. Sie hatte es gestern Nacht vermasselt. Hatte sich benommen wie eine Anfängerin. Wie eine Bekloppte. Wie eine Studententussi, die ihren Prof anmachen wollte. Hatte sie auch noch mit den Brüsten gewackelt? Hendricks hatte ihr sofort die angebrachte Abfuhr erteilt. Sie hätte das ganz anders angehen müssen. Aber weder Horgenzell noch Bonlander hatten ihr gesagt, wie dieser Professor tickte. Über seine Vorlieben und Allergien hatte man auch nicht gesprochen. Sie war ins offene Messer gelaufen.

Langsam öffnete sie die Augen, stand auf und betätigte die Klospülung. Falls in der Zwischenzeit jemand unhörbar die »Station« betreten hatte, so blieb nun wenigstens der Schein gewahrt.

Aber als sie vor einem der großen Wandspiegel stand und sich wiederholt durch den dichten Pony strich, sah sie im Hintergrund alle Kabinentüren offen stehen. Sie war allein. Befriedigt zog sie das Smartphone, welches sie von Bonlander erhalten hatte, aus ihrem BH, in dessen Obhut sie es, gegen Ortung geschützt, am Empfang vorbeigeschmuggelt hatte, und wischte über das Display.

Ein Anruf in Abwesenheit. Herrgott, die verloren aber auch keine Zeit! Sie war doch erst ein paar Stunden hier, verdammt! An ihrem ersten Einsatztag! Sie tippte auf Rückruf, und während sich die Verbindung aufbaute, betrachtete sie die junge, hübsche Frau im Spiegel vor sich. Das Neonlicht im Bunker verlieh ihrem sonst so frischen Teint ein maskenhaftes, krankes Aussehen. Dazu kam, dass sie vor lauter Aufregung zuerst nicht in den Schlaf gefunden hatte und dann zigmal aufgewacht war. Sie müsste hier unten ein wenig mehr Make-up tragen, sonst fiele sie in der Masse der weiblichen Mantelträger überhaupt nicht auf. Sie hatte ihren Laborkittel zwar extra eine Nummer kleiner gewählt und statt bequemer Schuhe ihre dunkelroten Lieblingspumps angezogen, aber bei der Beleuchtung musste man mit allem arbeiten, was einem zur Verfügung stand.

Langsam zog sie mit einem schwarz lackierten Fingernagel über ihre Augenbrauen.

»Dr. Heller. Schön, dass Sie die Zeit finden zurückzurufen. Gefällt Ihnen Ihr neues Handy?«

Die Stimme ließ sie zusammenzucken. Sie war ein wenig zu sehr in Gedanken vertieft gewesen.

»Wie läuft es?«, fragte die Stimme weiter.

»Wie es läuft, Herr Bonlander?«, schnaubte Lioba verächtlich. »Es läuft folgendermaßen: Der Damen-Lokus ist, soviel ich weiß, der einzige Ort mit Empfang, Hendricks ist für Schmeicheleien nicht empfänglich, was Sie mir fairerweise auch hätten sagen können, und zu allem Überfluss bin ich einem anderen Labor zugeteilt worden.«

»Haben Sie den Vertrag unterschrieben?«

»Haben Sie was an den Ohren? Natürlich habe ich unterschrieben. Aber ich bin nicht bei Hendricks im Labor! Der will anscheinend nicht von seinem eigenen Handlanger lassen.« Energisch griff sie in die Tasche ihres Mantels und förderte einen Lippenstift zutage.

»Michael Kessler?«, fragte es am anderen Ende der Leitung.

»Derselbe. Dieser dürre Nerd mit der Harry Potter-Frisur. Der, den Sie mir auf dem Foto gezeigt hatten.« Sie zog ihre vollen Lippen mit einer Hand dunkelrot nach, während sie mit der anderen das Handy ans Ohr presste. »Was soll ich Ihrer Meinung nach tun?« Die Worte kamen etwas unverständlich aus ihrem Mund, da sie dabei war, ihrem Aussehen den letzten Schliff zu geben.

»Das wissen Sie doch!« Der Assistent des Aufsichtsratsvorsitzenden der *Amendment Corp.* war ungehalten. »Das, für das Sie bezahlt werden!«

Lioba ließ den Lippenstift sinken. »Labo-hooor?«, flötete sie übertrieben langsam. »Ich komme da nicht rei-hein!«

Für eine kurze Zeit war es am anderen Ende der Leitung sehr still. Dann vernahm Dr. Lioba Heller ein leichtes Schnorcheln, dem eine Explosion folgte.

»Verdammt, Heller! Strengen Sie Ihr Burlesquen-Gehirn an! Sie haben promoviert, verflucht noch mal! Mir egal in was, aber das sollte ja nicht umsonst gewesen sein«, brüllte Lothar Bonlander unbeherrscht. »Schnappen Sie sich den Potter-Verschnitt und machen Sie was draus! Wir bezahlen Sie hier nicht, damit Sie uns bei der ersten Gelegenheit eine Bardot-Schnute ziehen. Ist das klar? Tanzen Sie ihm von mir aus was an der Stange vor!«

Lioba war für eine Weile sprachlos. Sie schluckte. Und dann stieg ihr die Zornesröte ins Gesicht. Sollten dieser Arschgeige doch die Klöten abfaulen und ihm auf die auf Hochglanz polierten Schuhe fallen! Verdammt, für wen hielt der sich eigentlich?

»Mir ist es wurscht, welchen Rang Sie in der Firma bekleiden, Bonlander!«, donnerte sie. »So lasse ich nicht mit mir reden, verstehen Sie? Ein wenig mehr Respekt, wenn ich bitten darf! Wer ist denn hier unten in dieser Bastion eingesperrt? Sie? Ich werde das tun, was ich für nötig halte.« Dr. Lioba Heller wollte das Gespräch gerade beenden, da fiel ihr noch etwas ein. »Furzen Sie ruhig für ewig und drei Tage in Ihren Designersessel, während ich unter Tage meine Knochenarbeit für Sie verrichte! Sie haben sie ja nicht mehr alle!«

Sie wischte ein weiteres Mal über die Anzeige und knallte das Gerät dann auf den Waschtisch.

»Arschloch!«, brüllte sie in den Spiegel, und ihr dichter schwarzer Pony zitterte. Sie hatte schon beim ersten Gespräch mit Bonlander gelernt, ihn zu verabscheuen.

*

»Blöde Zicke!«

Er hatte sie schon beim ersten Treffen nicht ausstehen

können. Bonlander schleuderte das Handy auf die Ledercouch, wo es von der Rückenlehne abprallte und auf dem Hochflorteppich landete.

Tausendmal hatte er Dr. Horgenzell zu vermitteln versucht, dass die Heller eindeutig die Falsche für diesen Job war. Aber nein, er hatte nicht auf ihn hören wollen. Wieder einmal nicht.

Missmutig schlappte der persönliche Referent des Aufsichtsratsvorsitzenden zum Fensterflügel, der den Blick hinauslenkte auf die angrenzende Bewaldung. Man brauchte sich nur einige Kilometer aus Tübingen entfernen und stand schon mitten in der Pampa. Die Firma hatte den Sitz der Verwaltung mit Umsicht gewählt und ein altes Bauernhaus gekauft, welches fachgerecht saniert und dann bezogen worden war. »Yoga-Experience«, stand auf der Türklingel des schmucken Fachwerkgebäudes. »Ihr Weg von der eigenen Belanglosigkeit zum wahren Sehen«. Geschäftsführer der Scheinfirma war ein weitläufiger Verwandter des Aufsichtsratsvorsitzenden der *Amendment Corp.*, der seine Unterschrift im guten Glauben unter das Dokument gesetzt hatte, er unterschreibe die Beteiligung an einer gut laufenden Firma für Managementberatung. Diese hatte Dr. Reinhard Horgenzell tatsächlich einmal besessen, sie jedoch vor etwa zehn Jahren gewinnbringend abgestoßen, da ihn die Verwaltung und Organisation im Bunker sehr viel Zeit kostete.

Belanglos war dieser Ortswechsel für Bonlander wahrlich nicht gewesen. Er hatte sich davon einen weiteren Karriereschub erhofft, schließlich folgte man nicht alle Tage seinem Chef an den Arsch der Welt, oder?

Als er Dr. Horgenzell vorgeschlagen hatte, Professor Hendricks besser überwachen zu lassen, hatte Bonlander das für einen weiteren genialen Schachzug seinerseits gehalten, dem beruflichen Werdegang einen Stoß in die richtige Richtung zu geben. Nämlich nach oben – steil nach oben.

Er hatte Hendricks nie wirklich über den Weg getraut. Der Professor war eitel, unerträglich selbstgefällig und auf eine Art und Weise blasiert, die bei Bonlander einen Würgereflex verursachte. Die überragende Intelligenz des Wissenschaftlers zählte ebenfalls nicht zu seinen Pluspunkten. Warum sollte man ihm trauen? Zugegeben, sie hatten ihm gegenüber ein Ass im Ärmel, seiner Tochter konnte man hervorragend das weitere Berufsleben ruinieren, aber wer wusste schon, was diese Laborratte in der Forschungseinrichtung so trieb? Vielleicht fälschte er die Ergebnisse? Vielleicht fakte er die Untersuchungen? Hatte man denn einen der Probanden zu Gesicht bekommen? Wurden hier vielleicht sogar Gelder verschwendet, die besser in andere Personen investiert wären? Personen, denen man vertrauen konnte? Personen wie – Bonlander selbst?

Sie hatten tief graben müssen, um herauszubekommen, wie sie am besten an diesen Mann herankämen, wenn es nötig werden würde. Die Sache mit den Versuchen seiner Tochter während ihrer Studienzeit war ihnen rein zufällig in den Schoss gefallen, als ein Exbettgefährte von Anna Hendricks während eines Barbesuchs die Schnauze nicht hatte halten können. Da war mehr Glück als Verstand im Spiel gewesen. Der Apfel fiel anscheinend nicht weit vom Stamm, denn Anna hatte Kommilitonen, die sich freiwillig und gegen Bezahlung für Tests zur Verfügung gestellt hatten, erste Versionen des Amygdala-Serums verabreicht, an dem Hendricks schon, vor der Unterstützung der Firma, geforscht hatte. Natürlich hatte der ehrenvolle Vater ihrem wissenschaftlichen Forscherdrang nicht im Weg stehen wollen und bereitwillig alles herausgerückt, was sie an Equipment brauchte.

Es war nicht die Tatsache, dass Vater und Tochter herumexperimentierten. Wenn sie das weiterbrachte – in Ordnung. Und in der Tat hatten die beiden den Grundstein für die *Amendment Corp.* gelegt. Es war der Fakt, dass sie dies nicht in aller Heimlichkeit und unter Ausschluss der Öffentlichkeit getan hatten. Hendricks hatte alle Hände voll zu tun gehabt, das Klinikpersonal, welches die Versuchspersonen auf die Koma-Station verfrachtet hatte, im Zaum zu halten. Da war sicherlich eine Menge Geld in die Krankenhäuser geflossen. Vielleicht hatte Hendricks ein paar neue High-Tech-Untersuchungsgeräte gesponsert? Ein großzügiger Zuschuss für ein MRT-Gerät hier, eine Spende für einen Röntgenapparat dort?

Dann war der Professor an die Firma herangetreten. Damals waren sie ein kleines Licht am Pharmahimmel gewesen und hatten versucht, durch die Gründung kleiner Schwesterfirmen Kapital hin-und herzuschieben. Bonlander, seines Zeichens damaliger Key Account Manager, war im Vertrieb für die Kundenakquise zuständig gewesen. Meine Güte, wenn er darüber so nachdachte – das kam ihm wie eine Ewigkeit vor.

Hendricks also hatte Horgenzell bequatscht, und dieser nicht lange gefackelt, als ihm wie Dagobert Duck die Dollarzeichen in den Augen erschienen waren. Gewissensbisse? Ethische Fragen? Medizinische Details? Alles Nebensache. Dinge, die auch Bonlander nicht interessierten. Wichtig war, dass man für die Investoren eine ansprechende Story hatte. Und die klang vielversprechend. Ein wenig nach Science-Fiction, aber darauf stehen Geldgeber. Die nötigen Personen zu finden, die den Stein ins Rollen bringen würden, war deswegen nicht schwierig gewesen. Und dann fing man an zu planen und zu bauen. Binnen nur weniger Jahre hatten sie die neue *Amendment Corporation* gemeinsam aus dem Boden gestampft … ähm … unter den Boden gestampft.

Wie auch immer. Er hatte Dr. Horgenzell vor einiger Zeit überzeugend vorgetragen, dass man beim Professor auf Nummer sicher gehen musste. Die Notwendigkeit, jemanden in Hendricks' Labor in der *Amendment Corp.* einzuschleusen, lag doch auf der Hand. Und wenn man was bei ihm finden würde, könnte man ihm drohen, die Fehlleistungen seiner Tochter ans Tageslicht zu bringen, ohne dabei der Corporation selbst zu schaden. Er würde das schon regeln.

Womit Bonlander jedoch nicht gerechnet hatte, war die Vorliebe seines Chefs für weibliches Personal. Beziehungsweise seine Präferenz, ausführliche Interviews mit seinen potenziellen Mitarbeiterinnen in entspannter Atmosphäre durchzuführen. Und so war Dr. Lioba Heller eines Abends in einem dieser gnadenlos überteuerten Restaurants aufgetaucht, in dem sie Miniportionen auf Speiseteller anrichteten, die die Größe einer fliegenden Untertasse aufwiesen, hatte sich in ihrem kleinen Schwarzen zu ihnen an den Tisch gepresst, Horgenzell ihr wohlgeformtes Dekolleté stimulierend entgegengestreckt und war mit ihren langen, schmalen Fingern ein paar Mal durch ihre Haarpracht gefahren, die auffallende Ähnlichkeit mit der von Bettie Page* hatte.

* Kommen Sie! Wer das war, wissen Sie! Lothar Bonlander hingegen musste den Namen auf einen Tipp von Horgenzell hin erst einmal am nächsten Arbeitstag googeln. Auf keinen Fall konnte er sich gegenüber seinem Vorgesetzten die Blöße geben, nicht wissend zu nicken, als der die Ähnlichkeit Lioba Hellers mit der Schönheit aus den Fünfzigern betonte. Bonlanders Arbeitstag war, nachdem er die ersten Webeinträge gelesen hatte, wie Sie sich vorstellen können, gelaufen. Er brauchte Stunden, um sich ausführlich durch die Fotogalerien zu klicken.

Dem Alten waren die Augen aus dem Kopf gefallen. Binnen Minuten war er ihr erlegen gewesen. Bonlander selbst dachte, plötzlich dem Wolf aus der Tex Avery-Show gegenüberzusitzen, dessen Zunge beim Anblick der Schönheiten alle naselang auf das Bartischchen geknallt war. Fehlte nur noch das lang gezogene Heulen.* Die Serie kannte er aus seiner Kindheit, als sie auf einem der Spartenkanäle gelaufen war.

Man hatte ihre Laufbahn gefälscht, ihre Bewerbungsunterlagen für die *Amendment Corp.* frisiert und den folgenschweren Fehler begangen, bewusst zu ignorieren, dass sie zwar promoviert hatte – jedoch in Soziologie. Chemie war nur eines ihrer zahlreichen Nebenfächer gewesen, welches sie – neben Kunstgeschichte, Literaturwissenschaften und Sinologie – nach dem Grundstudium hatte fallen lassen.

Lothar Bonlander ließ einen tiefen Seufzer entweichen, schloss die Augen und verfiel in ein stummes Gebet.

Lieber Gott, lass die Schnepfe nicht auffliegen, sonst sind wir alle geliefert. Der Professor durfte nicht wutentbrannt und von seinem Arbeitgeber enttäuscht kündigen. Das Labor lebte mit Hendricks. Sie brauchten ihn. Die Forschung und er waren eins. Dr. Richter war gut, aber nicht so gut. Er könnte das Serum nie zur Serienreife entwickeln. Wenn Hendricks von dieser Sache mit Heller Wind bekäme …

Bonlander seufzte. Fukushima würde eintreten. Die Firma wäre ruiniert. Das Serum verloren. Sein eigener Fall – ein steiler Abgang – der Absturz ins Bodenlose.

* Dem Heulen geht stets der Signalton einer Eisenbahn voraus, dann springen Wolfies Augen aus den Höhlen, treiben auf die Dame seines Begehrens zu, die ihn mit den Worten »Beat it boy, you bother me« abblitzen lässt. Ich kann Ihnen versichern, dass auch Lioba Horgenzell liebend gern diese Abfuhr erteilt hätte!

Er schlug die Hand vor den Mund und wünschte sich plötzlich die Zeiten zurück, in denen er mit dem Telefon am Ohr potenzielle Kunden anlog.

*

»Überprüfen Sie noch einmal die Blutwerte, Kessler«, sagte der Professor in einem Ton, der keine Widerrede duldete. »Wir leiten heute Phase 2 und 3 parallel ein.«

Kessler verschluckte beinahe den Bleistift, an dem er gerade kaute, und schwang seinen dürren Körper ruckartig im Drehstuhl herum.

Wahrscheinlich steht ihm immer noch der letzte Proband vor Augen, dachte Hendricks: Die Spasmen, die dessen Körper durchzuckt hatten, die Schmerzen, die ihn zuerst stöhnen und dann laut schreien ließen, die dann folgenden unmenschlichen Laute und die Minuten, die wie ein zäher Brei dahingeflossen waren, bevor die medizinischen Überwachungsgeräte gezeigt hatten, dass dieser Kampf nun endlich vorbei war.

Der junge Mann hatte diesem Schauspiel zum ersten Mal beigewohnt und wie gelähmt dagestanden, anstatt sich auf der anderen Seite des Spiegels Notizen zu machen. Er selbst hatte dafür sorgen müssen, dass alle Daten gesammelt wurden, und musste Kesslers Nachfrage, ob er dem Leiden nicht ein Ende bereiten dürfe, mehrmals eine barsche Abfuhr erteilt.

»Finden Sie nicht«, stotterte sein junger Assistent, »finden Sie nicht … ich meine … ist das nicht ein wenig riskant und vor allem ein wenig verfrüht, nach dem, was … ich denke nicht, dass …«

»Natürlich denken Sie nicht«, herrschte er ihn an. »Deswegen denke ich ja für Sie. Überprüfen Sie die Werte und leiten dann die Phasen ein! Keine Verzögerungen! Augenblicklich danach! Haben Sie das verstanden, Kessler?« Hendricks hatte den Türknopf schon in der Hand, drehte sich aber um und presste zwischen den Lippen hervor: »Und zu keinem ein Wort. Das bleibt zwischen Ihnen und mir.« Dann öffnete er die Tür und trat hoch erhobenen Hauptes auf den Flur.

Es war nicht nur der Aufsichtsrat, der ihm im Nacken saß. Er war davon überzeugt, dass er ihn hinhalten könne, wenn es darauf ankäme, auch wenn Anna mit den notwendigen Vorbereitungen im Rückstand war. Wahrscheinlich gelänge es ihm nicht allein, die Oberen so zu beschäftigen, dass diese genug Ablenkung erhielten. Mit Hilfe seines Assistenten war ihm dies aber sicherlich im Ansatz möglich. Kessler war nicht charakterstark genug, er hatte in den letzten Monaten keine psychische Stärke gezeigt, welche unverzichtbar war, um für die Firma zu arbeiten. Er war schwach. Er war das Lamm. Und Hendricks war durchaus und ohne zu zögern bereit, diesen Jammerlappen zu opfern, um damit sich selbst aus einem eventuell eintretenden Schlamassel zu befreien. Er würde Kessler bereitwillig alles in diese grauenhaften, abgewetzten Turnschuhe schieben, die er immer trug.

Es war für ihn früher einmal von überaus großer Bedeutung gewesen, dass er selbst den Forschungsdurchbruch erzielte. *Hendricks-Injection*. So würden sie es nennen, wenn es ihm gelänge, das Serum als Erster durch alle nötigen Tests zu bringen. Aber inzwischen könnte er auch damit leben, wenn es schiefginge, denn er hatte einen Plan B. Er musste bei der Entwicklung nicht unbedingt mehr die erste Geige spielen. Natürlich ließ er in seinen Bemühungen nicht nach, er zeigte dieselbe Stärke, dieselbe Überzeugung und denselben Ehrgeiz. Schließlich war er der beste Laborleiter des Konzerns. Der beste Wissenschaftler. Einer, der einmal ein Wunder vollbringen würde. Einer, der aus diesem Grund von der Firma mit einer monatlichen Prämie beglückt wurde, die sich sehen lassen konnte und von der seine Kollegen selbstredend nichts wussten.

Tief in seinem Innern hoffte Hendricks, dass er in der Lage sein würde, zwei Fliegen mit einer Klappe schlagen zu können: in den Forscherhimmel einzuziehen und gleichzeitig seinen Plan B, den er zusammen mit Anna geschmiedet hatte, in die Tat umzusetzen. Und dies so geschickt, dass niemand etwas davon mitbekäme.

Aber Anna hatte sich noch nicht gemeldet, und das zehrte an ihm. Es machte ihn reizbarer.

Hendricks atmete tief durch, als er den Weg zum Aufzug einschlug. Er musste verdammt noch mal aufpassen, dass er nicht die Kontrolle verlor.

NOCH MEHR ARCHITEKTURALBTRÄUME

»Wie wir Ihnen schon am Telefon mitteilten, haben sich ein paar neue Fakten ergeben. Entschuldigen Sie also unser Eindringen.« Erik saß mit Schumann im mit dunklen Dielen ausgelegten Esszimmer an einem ebenso dunkel gebeizten Tisch, an dem bequem die komplette Familie Trapp ihr Mittagessen hätte einnehmen können, ohne sich dabei in die Quere zu kommen. Die Zimmerdecke spannte sich in enormer Weite über ihnen, sodass sich Deckert kurz über die Statik Gedanken machte. Eventuell saß er hier wirklich in einem architektonischen Meisterwerk? Die Raumaufteilung wirkte individuell, nicht aus der Retorte wie die Grundrisse so vieler anderer Wohnungen. So individuell wie der Name. Wo wohnst du? In der Julia. Ja, musste Deckert insgeheim zugeben. Ja, das hatte was. Klang sogar besser als: im Romeo. In der Julia. Das hatte beinahe was Intimes.

Das mit den neuen Fakten war natürlich gnadenlos übertrieben, denn außer der Tatsache, dass sie ähnliche Vorkommnisse in anderen Naturschutzgebieten entdeckt hatten, waren sie nicht weitergekommen. Die Nachfragen bezüglich der früheren Fälle hatten nichts ergeben, und die Kollegen, die damals ermittelt hatten, waren zudem alles andere als begeistert gewesen, sich in alte Akten stürzen zu müssen. Die Ermittlungen schleppten sich dahin.

Nachdem Franziska Wagner sie in die großzügige Diele hereingebeten hatte, war sie zunächst in der Küche verschwunden und hatte den Polizeibeamten bedeutet, ihr zu folgen. Der Kommissar hatte versucht, seine Überraschung zu überspielen, als er den kulinarischen Arbeitsbereich des Paares betrat; den Ort, an dem normalerweise ausgiebig in Töpfen gerührt, in Pfannen geschwenkt und auf Gemüsebrettchen geschnippelt wurde.

Der Herd sah aus wie gerade eingebaut, der helle Fliesenboden strahlte, als ob ihn Meister Propper eben mit Hingabe geschrubbt und danach mit der Zunge abgeleckt hätte, und es standen keinerlei Utensilien auf der marmornen Arbeitsplatte herum. Bei ihm zu Hause herrschte zwar kein Chaos, aber – das war eine Küche! Der Raum, in den man sich zurückzog, um einem grundlegenden Bedürfnis des menschlichen Lebens nachzugehen, der Nahrungszubereitung und deren anschließender Aufnahme. Hier durfte man die Sau rauslassen, wenn man wollte, und jeder würde es verstehen. Aber bei Herrn und Frau Wagner wähnte man sich stattdessen in einem OP-Saal.

Franziska Wagner griff mit einer leicht zitternden Hand zur japanischen gusseisernen Kanne, um den Tee in die dazu passenden Schälchen zu gießen.

»Wie ausgeprägt ist die Krankheit Ihres Mannes?«, fragte Florian Schumann, bevor er an dem heißen Gebräu nippte.

Deckert bedachte ihn mit einem kurzen Blick und zog die dicken Augenbrauen vorwurfsvoll hoch, ohne dass sein Kollege dies mitbekam. Sie hatten eigentlich nicht gleich mit der Tür ins Haus fallen wollen, aber die Frage war wohl aus Schumanns Mund herausgekrochen, bevor er Zeit gehabt hatte, darüber nachzudenken, dass es vielleicht besser sei, sie hinunterzuschlucken. Sicher kam auch er nur schlecht mit der aseptischen Atmosphäre der Wohnung zurecht und hatte das Gespräch unvermittelt begonnen, um sich von der peinlichen Reinlichkeit des Haushalts abzulenken.

Ein Tropfen Tee löste sich von Eriks Schale und hinterließ eine winzige blasse Spur auf dem Holz. Verstohlen wischte sie der Kommissar mit dem Ärmel seiner Jacke fort.

Franziska Wagner strich sich eine störrische Haarsträhne hinters Ohr und nahm gegenüber den Beamten Platz. Anstatt zum Tee zu greifen, legte sie die Hände in den Schoß und klemmte sie zwischen ihren Oberschenkeln ein wie in einen Schraubstock.

»Nun ja«, begann sie stockend, »wir wohnen im obersten Stockwerk, haben somit keinen Garten, mal abgesehen, dass hier keiner einen hat, und wir nutzen auch die Dachterrasse nur sporadisch.« Sie deutete mit dem Kinn auf die große, schräg gestellte gläserne Front, hinter der ein Deckchair aus auf alt getrimmtem Teakholz sowie ein kleiner Beistelltisch auf einer sonst sehr spartanisch wirkenden, aber extrem großzügigen Loggia standen. »Mein Mann hätte natürlich gerne eine wirkliche Sicherheit, was das Eindringen von Insekten verhindern würde. Er dachte an eine Vollverglasung der Terrasse, aber die Maßnahmen sind durch den Denkmalschutz beschränkt. Es ist manchmal nicht einfach, in einem Kunstwerk zu wohnen«, fuhr sie fort. »Aber wir respektieren und schätzen die Gedanken des Architekten, und aus diesem Grund kam für uns ein Umzug nie in Frage.« Verwirrt hielt sie inne. »Wo war ich? Ach … Nun, wir verbringen unsere Urlaube nicht auf dem Bauernhof, mieten kein Ferienhaus, unternehmen keine Wanderungen im Wald, und überhaupt meiden wir allgemein das Land mit all seiner Flora und Fauna.« Sie fixierte die Teekanne vor sich und zuckte mit den Schultern. »Man gewöhnt sich irgendwie daran, wissen Sie? Wir sind eben Stadtmenschen.«

Wir? In Deckerts Ohren klang das nicht wirklich überzeugend.

Sie löste die Hände aus der verkrampften Haltung und spielte stattdessen mit ihrem Ehering. »Warum ist das wichtig? Verfolgen Sie eine Spur?«

Erik meinte, in ihrer Stimme Hoffnung mitschwingen hören zu können. Räuspernd drehte er seinerseits die Teeschale in den Händen, ließ sie dann aber los und legte die Unterarme auf den Tisch, als ihm bewusst wurde, dass er die volle Aufmerksamkeit seines Gegenübers wecken wollte und ihm dies nicht gelänge, wenn er sich nicht selbst konzentrierte. »Es ist wichtig, dass wir gründlich vorgehen und alle Eventualitäten ins Auge fassen. Nichts übersehen. Und dazu gehört auch die Phobie Ihres Mannes, Frau Wagner. Auch wenn wir Ihnen keine genauen Angaben machen können, so ist diese Krankheit ein wichtiger Pinselstrich, der eine Skizze vollenden könnte.«

Auf einmal fühlte er sich unwohl und wollte das Gespräch so schnell wie möglich hinter sich bringen. Sie erwartete Antworten, und er hatte keine. Er hatte nicht einmal eine vage Vermutung. Konnte keinen Trost spenden, indem er ihr eine These unterbreitete. Er hatte einfach keinen Plan. Und das passierte ihm selten.

»Eine Skizze? Mehr haben Sie bisher nicht? Was ist mit dem Wagen? Er muss doch irgendwo sein?«

»Es gibt keinen Abschleppdienst und keine Werkstatt, in der sich der Ford befindet.«

»Sind Sie sicher? Haben Sie auch genau …?« Sie brach ab und starrte erneut in ihre Teeschale. »Er kann doch nicht verschwunden sein.«

»Es tut mir leid, dass wir keinen Erfolg vermelden können. Aber wir sind dran, Frau Wagner.« Deckerts Blick schrie stumm nach Hilfe, als er Augenkontakt zu Florian aufnahm.

»Die Hochzeit außerhalb der Stadt …«, begann Schumann daraufhin, der den Wink verstanden hatte, um die Befragung damit wieder in die richtige Richtung zu lenken.

»Das war nicht einfach für ihn«, nahm sie den Faden auf. »Ich brauchte all meine Überredungskraft. Die Feier im Freien. Natur – mit allem, was dazugehört.«

Sie seufzte, und für eine Weile sprach niemand der drei, bevor sie fortfuhr: »Er wollte zuerst natürlich nicht mitkommen, wissen Sie. Aber dann hat er wohl gespürt, dass er sich mir zuliebe einmal überwinden muss. Natürlich, man gewöhnt sich als Partner an vieles, aber – einfach, nun einfach ist es nicht. Wir werden schlicht abgehängt. Wir entfernen uns von unseren Bekannten. Freunde treffen im Biergarten, Einladungen zu Grillfesten – da müssen wir immer absagen. Manchmal gehe ich alleine hin, aber zu der Hochzeit meiner besten Freundin Mascha – ich wollte unbedingt, dass er sich überwindet. Dass er an sich arbeitet.« Ihre Stimme war leiser geworden, und ihre Augen glänzten feucht.

Deckert überlegte, was er darauf sagen könnte, aber es wollte ihm nichts in den Sinn kommen. Die Krankheit David Wagners, die über dieser Ehe schwebte wie das Schwert des Damokles, erstickte jedes noch so kleine und gut gemeinte, aufmunternde Wort im Keim. Er kam an seine Grenzen. Es fiel ihm schwer, sich vorzustellen, was dieser Mann täglich durchmachen musste, und noch schwerer fiel es ihm zu begreifen, wie das Zusammenleben dieser beiden Menschen funktionieren konnte. Seine empathischen Fähigkeiten ließen ihn brutal im Stich.

»Denken Sie noch einmal nach«, begann er erneut. »Haben Sie wirklich keine Erinnerung an das, was danach passiert ist? Es ist ungemein wichtig, dass Sie sich den Vorfall Schritt für Schritt vor Augen führen. Haben Sie jemanden gesehen? Vielleicht nur kurz?«

Franziska Wagner schüttelte den Kopf.

»Irgendetwas? Vielleicht eine Erinnerung, die Ihnen wie ein Traum vorkommt? Etwas, was Sie meinen, sich eingebildet zu haben?«

»Es ging alles so schnell. Und ich war während der Fahrt auf dem Beifahrersitz eingenickt. Ich weiß nicht einmal, ob David einem Tier ausgewichen ist oder ob wir mit einem anderen Wagen kollidiert sind oder ob ein Reifen geplatzt ist oder so was«, flüsterte sie. »Ich bin aufgewacht, als sich das Auto gedreht hat – alles ist an mir vorbeigerauscht, ich wusste nicht, was los war, wo oben und wo unten … ich …«, sie brach ab und schwieg.

Deckert wartete ein paar Sekunden, in der Hoffnung, sie würde fortfahren, aber Franziska Wagner betrachtete die Tischplatte und sah nicht einmal auf.

»In Ordnung, Frau Wagner«, sagte er dann. »Falls Ihnen etwas einfallen sollte, wissen Sie ja, wo Sie uns erreichen können.«

Langsam nickend blickte er seinen Kollegen auffordernd an, der daraufhin seinen Stuhl zurückschob und aufstand. Für heute waren sie hier fertig. Dass nirgends eine Spur von Grün zu entdecken war, legte Schumann, der jedes Wochenende mit seiner Freundin die Wanderschuhe schnürte, offenbar mental ebenfalls lahm.

»Eine Erinnerung, die Ihnen wie ein Traum vorkommt?«, wiederholte Florian Schumann, der geschickt die Autoschlüssel fing, die sein Kollege ihm zuwarf, während sie zum Wagen gingen.

Erik zuckte entschuldigend die Schultern. »Was hätte ich

denn sonst fragen können? Frau Wagner, haben Sie vielleicht E.T. gesehen? Oder etwas Weißes? Das vielleicht strahlte oder flackerte? Was anderes ist mir in dem Moment nicht eingefallen. Tut mir leid, wenn das in deinen Ohren komisch geklungen haben mag. Ist aber auch ein verdammt komischer Fall.«

Schumann seufzte. »Egal. Ich habe auf jeden Fall die überwältigende Gemütswallung, ich müsste augenblicklich nach Hause fahren, meine Hände tief in Gartenerde stecken und die Beete mulchen. Können wir auf dem Rückweg an der kleinen Gärtnerei vorbeifahren?«

Florian hatte sich auf dem Weg zum Parkplatz ausgiebig den Rhododendren gewidmet, und Erik ließ ihn walten. Auch wenn es ihn persönlich kribbelig machte zuzusehen, wie ein erwachsener Mann leise mit einer Pflanze sprach, begriff er, dass Florian das schlichtweg als akutes Gegenmittel brauchte. Die Natur war das persönliche Heilmittel seines Assistenten.

Der Kommissar grinste schwach. »Diese Aseptik war ehrlich gesagt selbst für mich ein Schock. So rein stelle ich es mir nicht einmal in der Chirurgie vor. Ich habe nicht mal das mit dem Schrank gecheckt, dabei hatte ich wirklich vorgehabt zu untersuchen, wie die ihre Möbel gestellt haben, wenn es keine Zimmerecken gibt.«

»Einbaumöbel. Wahrscheinlich vorgefertigt. Aber diese … Makellosigkeit war schon überwältigend.«

»Wie kann man nur so leben? Ich wäre auch nicht begeistert, wenn Heimchen auf meinem Küchenboden tanzen, aber das eben, das war schon was …«, er suchte nach dem passenden Wort, »… Besonderes.«

Mit starrer Miene steckte Florian den Zündschlüssel ins Schloss und lehnte sich kurz in den weichen Sitz zurück.

Auch Erik musste die Beklemmung abschütteln, die von ihm Besitz ergriffen hatte. Dann aber straffte er die Schultern. »Bevor du deine Angebetete mit neuen Stauden beglückst, Florian, sollten wir beim Arzt von Wagner vorbei. Ich brauche einen Anhaltspunkt. Irgendetwas, von dem aus wir weitermachen können. Ich kann es nicht ausstehen, wenn meine Ermittlungen wie Schnecken auf einer Schleimspur vor sich hinkriechen und ich anfange, nach dem nächsten Strohhalm zu greifen. Mal abgesehen davon, dass Fechner die Ermittlungen wahrscheinlich sofort abbrechen wird. Ich habe ihn noch nicht wirklich allumfassend informiert.«

»Was bedeutet ›nicht wirklich‹? Und du musst zugeben, dass er sich für seine Verhältnisse momentan ziemlich weit aus dem Fenster lehnt. Der ist schon am Rausfallen. Normalerweise schreit er schon, wenn ansatzweise absehbar ist, dass man es mit einem Fall für Esslingen zu tun haben könnte.«

»Vielleicht hofft er tief in seinem Innern, kurz vor der Rente noch den großen Coup landen zu können. Bis jetzt ist seine Karriere dahingeflossen wie ein harmloses Bächlein. Ich könnte mir vorstellen, er wünscht sich einen Wasserfall, bevor er sich zur Ruhe setzt.«

»Hat er gesagt, wie lange er uns wurschteln lassen wird, bevor er Reetz bei der Kriminaldirektion anruft?«

»Also …«, Deckert brach kurz ab und starrte auf das GPS-System, das ihnen durch einen roten Pfeil riet abzubiegen. »Ich habe ihm die Sache nicht im Detail unterbreitet und stehe deswegen zusätzlich unter Strom. Phobie ist das Zauberwort geworden. Nicht nur bei David Wagner. Ich fürchte, dass Fechner jeden Moment anruft und uns unter Androhung von Konsequenzen zurückpfeift. Reines Bauchgefühl.«

»Mein Bauch sagt mir momentan was anderes«, erwiderte Florian darauf und rieb sich vieldeutig mit einer Hand den Magen. »Sorry, dass ich das Thema wechsele, aber er knurrt. Vor Hunger. Können wir was einwerfen? Der Tee hat nicht gerade geholfen. Ziemlich bitter das Zeug. Und ich muss pinkeln.«

Deckert, der sich beileibe kein so üppiges Morgenmahl wie am Tag zuvor hatte gönnen können, und merkte, dass er nicht abgeneigt war, einen oder zwei größere Happen einzuwerfen, grinste. »Zuerst die Blumen und dann das späte Frühstück oder umgekehrt?«

Der Motor brummte leise.

»Keine Ahnung«, antwortete Florian. »Sag mal, sind wir richtig? Hast du das Navi richtig programmiert? Alexanderstraße. Ich kenne mich überhaupt nicht gut aus in Stuttgart.«

»Keine Panik, alles bestens. Das liegt in der Innenstadt, und in spätestens 20 Minuten sollten wir dort sein. Also halte ich fest: Zuerst Brunch und dann die Blumen. So viele Bäcker wie hier in der Gegend habe ich noch nie gesehen. Da finden wir schon was.«

»Hast du eigentlich Kamelien im Freien?« Florian wirkte geistesabwesend und ging nicht auf die vorherige Frage ein.

Deckert, der dies als Zustimmung interpretierte und sich über den plötzlichen Themenwechsel nicht wunderte, fragte zurück: »Wie sehen die denn aus?«

Nur ungern gab er zu, dass er sich ein klein wenig von Florians Vorlieben hatte anstecken lassen. Die Angewohnheit, sich irgendeinen grünen Organismus aus dem Baumarkt zu schnappen und diesen dann in einen seiner zwei kleinen Balkonkästen zu drücken, hatte er sich erst seit dem vergangenen Monat zugelegt. Er war nicht wirklich ein Pflanzenliebhaber, und so ließ er sich nur von Farbe oder Form der Blüte leiten, ohne zu wissen, ob das Gewächs auf der prallen Südseite überlebte.

Die Tatsache, dass sich der ihm zugeteilte Probekommissar fast enzyklopädisch mit allem, was in der Erde wuchs, beschäftigte, hatte ihn am Anfang schwer irritiert und schier kirre werden lassen. In Florians Alter sorgte man sich doch nicht um einen Garten! Rosen züchten, Sträucher schneiden, Tomaten ziehen – das waren doch typische Begleiterscheinungen von Midlife-Crisis oder Pensionierung! So hatte Erik anfangs wenig Eifer verspürt, sich groß in die Gespräche verwickeln zu lassen, die Florian sowieso mehr oder weniger mit sich selbst geführt hatte. Aber mit der Zeit hatte er seine Ohren nicht mehr verschließen können und festgestellt, dass es gar nicht so furchtbar war, sich über gänzlich andere Dinge zu unterhalten als über die, die man mit den restlichen Kollegen auf dem Gang oder der Kantine gemeinhin führte: die Bundesligaergebnisse vom Wochenende, die Baustellensituation in der Stadt, die neue, schnuckelige Kollegin aus der Zentrale, oder, wenn alle Stricke rissen – das Wetter.

Schumann hatte sich mit seiner Freundin, die als Krankenschwester im Tübinger Uniklinikum für Kinderheilkunde arbeitete, ein kleines Reihenmittelhäuschen in Pfrondorf mit Handtuchgarten und Veranda geleistet. Von dort bot sich ihm nicht nur ein wunderschöner Ausblick auf die Schwäbische Alb mitsamt der Burg Hohenzollern, es verkehrte auch eine Buslinie im Viertelstundentakt nach Tübingen. Verena konnte in einer knappen halben Stunde ihren Arbeitsplatz erreichen, und er selbst fuhr mit dem Auto in der gleichen Zeit zur Dienststelle.

Fast jeden Abend zog er sich die Gärtnerhandschuhe an, wuchtete Säcke mit Erde aus der Garage und fing an, das kleine Grundstück auf Vordermann zu bringen. Und Deckert hatte verstanden, dass dies Florians Art und Weise war, sich nach einem Polizeialltag in den Griff zu bekommen. Und es schien zu funktionieren.

»Gibt es in verschiedenen Farben. Meistens weiß. Natürlich kommt es auf die Züchtung an, und der Duft ist nicht immer gleich stark ausge…«

»Ich glaube, ich habe Geranien«, beeilte sich Erik zu sagen. »Das Übliche halt. So Friedhofsblumen.«

»Dann sind das Begonien«, grinste Florian.

CLOSE ENCOUNTER

Das Gespräch mit Bonlander hatte sie wütend gemacht. Sehr wütend, und Lioba musste sich zwingen, nicht wie eine Irre den Gang entlang zu rennen, um sich abzureagieren. Etwas Koffeinhaltiges war die Lösung. Und das in einem Becher, in den sie starren konnte. Das würde sie beruhigen.

In Gedanken versunken hielt sie das altmodische Klemmbrett an ihre Brust gedrückt, welches sie sich aus einem der offen stehenden kleinen Besprechungszimmer geschnappt hatte, die neben der Damentoilette lagen. Die Art und Weise, wie sie zuerst von Hendricks und dann von Bonlander in den Senkel gestellt worden war, hatte ihr erneut klargemacht, was Männer sahen, wenn sie ihr gegenüberstanden: Kurven, dichtes Haar, ein voller Mund und mandelförmige Augen. Ihr Titel wurde kurz bewundert, aber noch im gleichen Atemzug der Lächerlichkeit preisgegeben. Soziologie? Ach ja, das war doch dieses – um was ging es noch gleich? Die Interaktion zwischen Menschen? Sicher, damit haben Sie garantiert Geschick und Erfahrung, Dr. Heller! Haha! Ein selbstgefälliges Grinsen, ein arrogantes Augenzwinkern, ein Betatschen ihres Arms oder sogar ein brüllendes Lachen – alles schon erlebt.

Als sie sich entschieden hatte, das Angebot der *Amendment Corp*. anzunehmen, war in ihr die Hoffnung aufgekeimt, dass nun vieles anders würde. Man würde sie und ihre Arbeit respektieren, ihr freie Hand lassen, ihre Eigeninitiative schätzen und ihr den nötigen Respekt entgegenbringen. Schließlich ging es um Geld, um Börsenkurse, um wichtige Forschungsergebnisse, die Hunderten von Patienten das Leben retteten. Bonlander hatte ihr nicht im Detail erklärt, was der Kern der Sache war, aber angedeutet, dass ihre Aufgabe in dieser Geschichte »ausschlaggebend« für den Erfolg des Medikaments sei. »Ausschlaggebend!« Das war der Ausdruck gewesen, den er benutzt hatte. Offensichtlich war Professor Hendricks ein Mann, dem die Firma nicht trauen wollte. Der womöglich Ergebnisse fälschte und den wissenschaftlichen Durchbruch nur vortäuschte, um an Gelder zu kommen, während die Entwicklung des tatsächlich wirksamen Medikaments irgendwo auf der Strecke blieb. Der Mann war selbstbewusst, eine Koryphäe auf seinem Gebiet, besessen von der Forschungsarbeit, und vielleicht waren dies die besten Voraussetzungen, alle Skrupel abzulegen.

Geistesabwesend stöckelte sie im Stechschritt um die Ecke und merkte zu spät, dass ihr ein hagerer junger Mann entgegenkam, der sein Gesicht unter einer Haarsträhne versteckte. Sie verspürte einen stechenden Schmerz, als sich die Klemme der Schreibplatte in ihren Zeigefinger bohrte, kam auf ihren Absätzen ins Straucheln und stürzte mit einem kleinen Aufschrei zusammen mit ihrem Kollisionspartner auf die harten Steinfliesen.

»Verdammt!« Sie rieb sich zuerst den Finger und dann den Fußknöchel. »Können Sie nicht besser aufpassen?«

Der junge Mann neben ihr rappelte sich auf und strich fahrig die störrische Strähne aus der Stirn. »Das tut mir außerordentlich … ich war ganz in Gedanken, wissen Sie«, stotterte er zittrig. »Hab Sie nicht wahrgenommen und dann … tut es sehr weh?« Erst jetzt schien er mitzubekommen, mit wem er eigentlich zusammengerauscht war. Seine Augen öffneten sich weit und senkten sich dann schüchtern. Er starrte auf den Boden und schien dort mit dem Blick den Fugen zu folgen.

»Ob es …? Ja, was denken Sie denn? Sie rollen wie eine Dampfwalze an und fragen, ob es wehtut?« Sie hockte auf dem Boden, strich sich den Laborkittel zurecht und starrte auf die abgewetzten Turnschuhe ihres Gegenübers.

Abgetragene Nikes?

Langsam glitt ihr Blick über die etwas zu locker sitzende Jeans hoch zum Gesicht des jungen Wissenschaftlers, der sich errötend durch den wirren Haarschopf fuhr.

»Es tut mir so außerordentlich leid!«, stammelte er sichtlich verwirrt.

Mit der Eleganz einer Primaballerina richtete sie sich auf und warf das Haar zurück. *Nicht zu kokett! Nur ein wenig.*

Dosiert einsetzen! »Aber, das ist schon in Ordnung«, flötete sie. »Meine Schuld.«

»Aber …«

»Nein, wirklich … ähm …«, sie schaute demonstrativ auf sein Namensschild, und ihre Nase stieß dabei beinahe an seine Brust, »… Herr Kessler. Das ist keine Sache.« Ihre braunen Augen fixierten ihn, und sie zog an ihrem weißen Mantel, sodass sich der Stoff über ihren Brüsten spannte. »Aber nach diesem kleinen Schock – wie wäre es mit einem Kaffee? Was meinen Sie? Geben Sie einen aus?«

Michael Kessler protestierte nur schwach, als sie sich bei ihm unterhakte. »Ich stecke mitten in einem Projekt, Dr. …«

»Heller«, vollendete sie seinen Satz. »Ich habe noch keinen Chip. Aber das hat doch sicherlich ein Viertelstündchen Zeit, Michael. Ich darf doch Michael sagen, nicht?«

PHASE IV

»Tut mir leid, meine Herren, aber unsere Paartherapie ist immer montags. Oder wollen Sie einen Termin vereinbaren? Das können Sie natürlich jederzeit.«

Die freundliche Sprechstundenhilfe hinter dem Tresen lächelte, blickte verständnisvoll auf Deckert und Schumann und sah dann auf den Bildschirm des Computers. Ihre Finger huschten dabei über die Tastatur.

»Vielleicht übernächste Woche? So gegen neun Uhr? Würde Ihnen das passen? Ich kann nur wiederholen, dass es mir leidtut, wenn Sie wegen eines Besuchs unserer Praxis im Stau standen. Oder sind Sie mit den Öffentlichen da? Was keinen Unterschied machen würde, denn durch den Riesenkrater beim Hauptbahnhof hat alles Verspätung.«

Florian presste die Lippen aufeinander und ließ ein leises amüsiertes Schnauben durch die Nase ertönen, während Erik umständlich den Ausweis aus der Innentasche seiner Jacke zutage förderte und ihn der eifrigen Arzthelferin unter die Nase hielt.

»Erik Deckert, Kommissariat Tübingen. Dies ist mein Kollege Herr Schumann. Wir würden gerne mit Dr. Hartmann sprechen, wenn es recht ist.«

Das Gesicht der jungen Frau wurde von einer leichten Röte überzogen, und sie schlug sich die Hand vor den Mund. »Du meine Güte! Ich dachte … das tut mir wirklich leid! Obwohl, das ist ja nicht völlig aus der Welt, oder? Also, ich meine … was rede ich denn da!«

»Das ist kein Thema. Vergessen Sie's«, grinste Schumann sie an. »Ist Dr. Hartmann zu sprechen?«

Sie schüttelte den Kopf, dass ihre kurzen braunen Locken flogen. »In einer Sitzung. Haben Sie ein paar Minuten Zeit?«

»Will heißen?«

»15 vielleicht?«

Deckert sah sich im Wartebereich um. An den hellblau gestrichenen Wänden hingen Fotografien, die nichts anderes als Wasser zeigten. Still daliegende Seen, tosendes Meer, wogende Wellen, ein Wasserfall, die sich auftürmende Flut von Hokusai. 15 Minuten in diesem Raum, und seine Blase würde platzen. Sie hatten eine Kleinigkeit bei einem Bäcker zu sich genommen, der Gott sei Dank über öffentliche Toiletten verfügt hatte, aber das leise vor sich hinblubbernde Aquarium schien seinen Harnleiter schon wieder zu animieren.*

»Uns wäre es wirklich angenehm, wenn es schneller ginge«, stellte er unmissverständlich fest.

Fünf Minuten später saßen sie zu dritt in Hartmanns Praxis. Ein Traum in Braun. Und statt Wasser nun Holz.

Der Psychologe, ein kleiner Mann mit schütterem grauen Haar, bot den beiden Polizeibeamten mit einer einladenden Geste einen Sitzplatz an.

»Sie wissen schon, dass ich an die ärztliche Schweigepflicht gebunden bin? Ich darf Ihnen nur im Rahmen meiner Möglichkeiten Auskunft über den Patienten geben.«

Deckert nickte. »Natürlich, Dr. Hartmann, das ist schon klar. Aber klar ist auch, dass von Herrn Wagner jede Spur fehlt und er unter – sagen wir mal – eher ungewöhnlichen Umständen verschwunden ist. Mehr können wir im Moment nicht preisgeben. Der Schlüssel zu dem Fall aber scheint die Krankheit des Patienten gewesen zu sein. Vielleicht können Sie uns darüber erzählen? So im Allgemeinen?«

Dr. Hartmann schwieg eine Weile. »Akaraphobie ist nicht so ungewöhnlich, wie es in Ihren Ohren klingen mag«, begann er. »Es mag sich für Menschen, die nicht unter einer Angstkrankheit leiden, durchaus lächerlich anhören, aber David Wagner durchlebt buchstäblich die Hölle, wenn er Insekten sieht. Er würde lieber sterben, als von einem Käfer berührt zu werden.«

---

* Ging Ihnen das bei »Titanic« auch so?

Der Arzt hielt inne und sah Deckert an, der die Stirn in Falten gelegt hatte. »Das ist mein Ernst. Sie können sich nicht vorstellen, was diese Patienten durchmachen. Da reicht manchmal eine Naturdokumentation im Fernsehen.«

»Also kein Fan von *Phase IV*«, murmelte Florian, der ein Grinsen unterdrückte, als er bemerkte, wie sein Kollege ihm von der Seite einen vorwurfsvollen Blick zuwarf.

»*Phase IV*?«, fragte Dr. Hartmann verwundert, dem Schumanns genuschelte Bemerkung nicht entgangen war.

»Ein Science-Fiction-Film über Ameisen*«, antwortete dieser eifrig, der neben seinem Enthusiasmus Pflanzen gegenüber eine beeindruckende Filmsammlung hortete. »Diese werden durch astronomische Störungen beeinflusst und offenbar von einer fremden Intelligenz gesteuert, denn sie greifen Menschen an und organisieren …«

»Wie lange befindet sich Herr Wagner in Ihrer ärztlichen Obhut, Dr. Hartmann?«, unterbrach Deckert rüde den Redefluss seines Kollegen. Er hatte auf der ihm angebotenen Mies van der Rohe-Couch Platz genommen und strich bewundernd über die glatte Oberfläche des Möbels. So ein Ding kostete ein Vermögen. Er selbst war Ikea-Stammkunde.

»Seit fünf Jahren.« Dr. Hartmann war über den abrupten Themenwechsel leicht irritiert und schaute von einem Beamten zum anderen.

»Keine Besserung in Sicht?«, erkundigte sich Schumann, der immer noch stand und den Eindruck machte,

* Der einzige Spielfilm von Saul Bass – den sie vielleicht eher durch seine hypnotischen Vorspanne von James Bond- und Hitchcock-Filmen kennen, ohne seinen Namen jemals bewusst gelesen zu haben. Macht nichts. *Phase IV* sollten Sie sich trotzdem anschauen. Danach lesen Sie »Ameisen« von Bernard Werber, und Sie werden feststellen, dass Sie Ihre Köderdosen in den Müll werfen und es unterlassen, Backpulver auf die Straßen der Hautflügler zu streuen. Außerdem äußern Sie heftige Zweifel daran, dass der Mensch die Krone der Schöpfung ist.

als befürchtete er, nie mehr aufstehen zu wollen, nachdem er sich der Behaglichkeit der Sitzgelegenheit einmal ergeben hätte.

»Ich bedaure. Leider schlugen bis jetzt alle Behandlungen fehl. Sowohl herkömmliche Medikamente als auch therapeutische Sitzungen oder Akupunktur und Hypnose brachten bedauerlicherweise nicht den gewünschten Durchbruch. Er hat sogar versucht, sich selbst zu therapieren, indem er hinter meinem Rücken ausführlich die Fachliteratur zum Thema Hexapoden durchackerte oder sich Naturdokumentationen ansah, aber diese Idee ging leider nach hinten los. So etwas ist auch nur unter ärztlicher Aufsicht zu empfehlen. Er durchlebte eine sehr schlimme Zeit. Vielleicht hat er ja diesen Film gesehen.« Hartmann nestelte Notizblock und Kugelschreiber vom Schreibtisch. »Wie hieß der noch gleich?«

Mit einem triumphierenden Grinsen in Richtung Erik Deckert antwortete Florian: »*Phase IV*. Von Saul Bass.«

Nachdem Hartmann den Titel in steilen Buchstaben auf das Papier gekritzelt hatte, seufzte er und strich sich eine dünne Haarsträhne aus der hohen Stirn. »Das ist auch für mich in gewisser Weise frustrierend, müssen Sie wissen. Aber Phobien sind schwierig zu behandeln und dauern meistens ein Leben lang an.«

»Hat sich Herr Wagner über Vorfälle geäußert, die ihm den Alltag darüber hinaus schwer machten?«, fragte Deckert.

»Was meinen Sie?«

»Nun, irgendwelche provozierenden Ereignisse. Anrufe, Beleidigungen, Nachstellungen. Irgendetwas in der Art. Dinge, die ihn zusätzlich bedrückten.«

»Nein. Davon hat er nichts erzählt.« Hartmann nahm seine Hornbrille ab und zog eine Augenbraue hoch. Nach einer Weile fuhr er fort. »Sein nächster Termin in meiner Praxis wäre übermorgen.«

»Ich befürchte, den können Sie anderweitig vergeben, Dr. Hartmann«, antwortete Florian leise.

GEKLÄRTE FRONTEN

»Frau Heller, ich meine, Lioba – es tut mir leid, aber ich muss nun wirklich weiter.«

Michael Kessler stand neben einem der Kaffeeautomaten, die dem Leistungsabfall geschwind entgegenwirken sollten, wenn es für einen Cafeteria-Besuch mal wieder nicht reichte.

Die Nähe zu dieser attraktiven Frau war ihm weniger unangenehm, als er es befürchtet hatte, wurden seine Erfahrungen mit dem weiblichen Geschlecht nicht selten von Schweißausbrüchen begleitet. Aber trotzdem war ihm nicht sehr wohl bei der ganzen Sache – schließlich hatte er sich vom Labor unerlaubterweise schon eine ganze Weile entfernt. Hendricks duldete keine Verzögerung.

»Wir haben noch nicht einmal unseren Kaffee ausgetrunken, Michael«, lachte sie. »Obwohl er nicht gerade dem entspricht, was ich mir unter einem guten Aufputscher vorstelle.«

Ihr Lächeln war entwaffnend. Die mandelförmigen Augen blitzten ihn an und unterstrichen den Glanz ihrer Haare. Kessler fühlte, wie der Widerstand in ihm begann, sich langsam zu verflüchtigen. Warum sollte er sich nicht einmal das Recht herausnehmen, mit einer Kollegin einen Plausch auf dem Korridor zu führen? Er rackerte sich schließlich permanent ab, gönnte sich nie etwas.

»Wie wahr. In der Cafeteria wären wir besser aufgehoben.« Er kam ins Stocken und fügte pflichtbeflissen hinzu, »wobei wir dafür natürlich keine Zeit haben.«

Er würde es niemals schaffen, sich vom Druck seiner Arbeit zu befreien. Michael presste die Lippen aufeinander und wünschte sich einmal mehr, dass er Mumm in den Knochen hätte und nicht so ein gottverdammter Arschkriecher vor dem Herrn wäre. Beziehungsweise vor Hendricks. Was irgendwie das Gleiche war.

»Das ist bedauerlich!« Ihre Lippen zogen sich für einen kurzen Augenblick zu einem entzückenden Schmollmund zusammen, dann nahm sie einen Schluck aus dem Becher und verzog den Mund. »Sehr bedauerlich!« Sie lachte noch einmal. »Dieser Kaffee ist grauenhaft.«

»Wir könnten das ja nachholen«, hörte sich Kessler sagen. Was tat er denn da?, dachte er verwundert. Schäkerte er etwa mit dieser Frau? Mit dieser verflucht hübschen Kollegin? Wusste er überhaupt, wie das ging? »Wenn das Projekt beendet ist vielleicht?«, fügte er hinzu. Wow. Er hatte es tatsächlich gesagt.

»Das Projekt.« Sie betrachtete den Inhalt ihres Bechers, als ob sie über etwas sehr Wichtiges nachdachte, und verlor für einen kurzen Augenblick den Faden. »Das Projekt. Wie weit sind Sie denn? Sie arbeiten doch mit Professor Hendricks zusammen, nicht?«

Kesslers Stirnfalte wurde steiler. »Das darf ich nicht sagen«, antwortete er gequält. »Sie kennen doch die Vorschriften.«

»Dann gibt es wirklich keinen Austausch unter Kollegen?«

Er schüttelte heftig den Kopf. »Nicht gewünscht.«

»Über diesen Passus habe ich mich im Vertrag gewundert. Man möchte sich doch den anderen anvertrauen, die Ergebnisse teilen, Tipps erhalten, weiterkommen. Oder nicht?« Sie schwenkte ihren Becher, und der Kaffee begann wie in einem Whirlpool zu rotieren.

»Wenn das der einzige Paragraf ist, über den Sie sich Gedanken machen, dann ist ja sonst alles in Butter.« Kessler schmiss seinen halb vollen Becher in den Papierkorb. »Der Job ist nicht einfach.«

»Er wird jedoch außerordentlich gut bezahlt.« Sie warf ihm einen fragenden Blick zu, dem er nicht standhalten konnte.

»Der Preis ist zu hoch, wenn Sie mich fragen. Aber das merkt man leider erst später.« Er räusperte sich. »Das haben Sie nicht von mir gehört.« Seine Ohren begannen zu glühen. »Haben Sie schon unterzeichnet?«

»Gestern Nacht. Gleich nach der Einführung. Hätte ich das nicht tun sollen?« Sie klang nun ehrlich besorgt und sah ihn aufmerksam an.

»Die Einführung. Ja. Bestechend, nicht?«, wich Kessler aus. »Er ist schon ein Wahnsinnsredner. Nun, wenn Sie unterschrieben haben, muss ich Ihnen die Frage nicht beantworten.« Dabei dachte er bei sich, dass ein Neuzugang etwas anderes verdiente als sein Herumgestottere. Die Wahrheit zum Beispiel.

»So schlimm?« Lioba sah ihn geschockt an.

Er schüttelte den Kopf. »Bei wem sind Sie denn eingeteilt worden?«, fragte er schließlich und ließ sich geistesabwesend einen zweiten Kaffee aus dem Automaten.

»Bei Richter.«

»Dann sind wir Konkurrenten.« Er besah kritisch den neuen Becher, der in die Ausgabe geplumpst war, als ob er nicht wisse, wo der plötzlich hergekommen sei. »Hendricks und er – ewige Kontrahenten.«

»Ups«, machte sie und legte ihm die Finger mit den schwarz lackierten Nägeln auf den Unterarm. »Dann muss ich natürlich machen, dass ich weiterkomme.« Sie vollführte mit ihren Fingern eine Bewegung an ihren Lippen, als ob sie einen Schlüssel umdrehte. »Versiegelt«, flüsterte sie.

*

Das gleißende Licht war ohne jegliche Vorankündigung angegangen. David kniff reflexartig die Augen zusammen und versuchte, seinen Kopf zur Seite zu drehen. Ein wenig verblüfft stellte er fest, dass er dazu imstande war, konnte aber dadurch den Schmerz nicht lindern, der unbarmherzig gegen seine Schläfen hämmerte. Bunte Lichter tanzten auf seiner Netzhaut.

Tief durchatmen, dachte er. Bleib ruhig. Es ist hell. Das ist doch schon mal was.

Der Presslufthammer in seinem Kopf schaltete in einen höheren Gang und drosch auf ihn ein. David biss die Zähne zusammen und konnte Blut in seinem Mund schmecken. Hatte er sich auf die Zunge gebissen? Verdammte Scheiße!

Ermutigt von der Tatsache, dass er seinen Kopf drehen konnte, richtete David seine ganze Aufmerksamkeit auf die Hände. Seine Finger gehorchten ihm ebenso wie seine Handgelenke und Arme. Langsam und äußerst vorsichtig brachte er seinen Oberkörper in eine aufrechte Position. Die Augen hielt er geschlossen. Die Intensität des Lichts war nach der langen Phase der Dunkelheit unerträglich. Es kam ihm vor, als hätte man ihn direkt in den Kern der Sonne geschossen.

Zitternd saß er da. Mit einer unbeholfenen Bewegung bugsierte er die Beine über die Kante der Liege und hielt sich mit beiden Händen krampfhaft fest. Er stöhnte und wusste nicht, wie lange er so würde durchhalten können und ob er auch in der Lage wäre, die Beine auf den Boden zu setzen und zu laufen – nach dieser scheintoten Position, die er, weiß der Himmel wie lange, eingenommen hatte. Er spürte jeden gottverdammten Wirbel in seinem Rücken, aber wenigstens spürte er überhaupt etwas. Abgesehen von den bohrenden Kopfschmerzen. Mit den Händen massierte er sich langsam die Schläfen und konzentrierte sich darauf, nicht auf die Liege zu kippen wie ein Sandsack. Dabei atmete er tief ein und wieder aus. Als er das Gefühl hatte, die Kontrolle über seinen Körper einigermaßen wiedererlangt zu haben, öffnete er die Augen, nur um sie sofort danach zu schließen. Die Helligkeit war die Hölle!

Als er nach ein paar Minuten die Lider zum zweiten Mal bewegte und sich seine Augen unter schmerzvollem Protest allmählich an das Licht gewöhnt hatten, fiel sein Blick auf seine Füße, die kurz über dem Boden baumelten. Was er dort sah, ließ jeden ihm bekannten Albtraum zum geruhsamen Sofastündchen werden.

Unter der Liege breitete sich ein schwarzer Fleck aus. Wurde von Sekunde zu Sekunde größer, wogte mal nach rechts, mal nach links, begleitet von einem sonderbaren Rauschen. Einem Geräusch – verursacht von einem Kratzen und Schleifen.

Seine Ohren hatten ihm also doch keinen Streich gespielt. Ein Rascheln und Knistern, das David nur zu gut kannte. Und fürchtete. Das Reiben unzähliger Insektenbeine, die über den Boden huschten. Und nun – da seine Augen sich vollständig an die Lichtverhältnisse gewöhnt hatten – konnte er sie auch sehen: Eine Armee von schwarzen, kleinen Körpern, die sich wie die dunkle Welle eines Miniaturtsunamis über das Linoleum erhob und sich allmählich ihren Weg an den Stahlbeinen hoch zur Pritsche eroberte. Auf der er saß.

Die Furcht stellte alles in den Schatten, was er bis jetzt empfunden und durchlebt hatte. Der vor ein paar Stunden durchlittene Angstzustand erschien ihm in dieser Sekunde so schal wie ein zu oft erzählter Witz. Panisch zog er die Beine hoch und robbte an das hinterste Ende der Liege. Seine Lungen drohten zu bersten, sein Kopf dröhnte, ihm wurde zugleich schwindelig und speiübel. Er schlang die Arme um die Knie, öffnete den Mund und schrie:

»Holt mich hier raus, verdammt! Hört mich jemand? Holt mich hier sofort raus!«

Tränen liefen ihm über die Wangen. Zentimeter für Zentimeter zog er sich langsam weiter ans Ende der Liege zurück, bis sein Kopf an eine Wand stieß, die er vorher überhaupt nicht wahrgenommen hatte.

»Ich will hier raus!« Seine Stimme überschlug sich.

Mit vor Entsetzen aufgerissenen Augen sah er, wie die Welle ihren Weg langsam auf seine kleine Insel fand, die nun keine Rettung mehr bot. Zwei Armeslängen entfernt von David schwappten die ersten wuselnden Körper der Gliederfüßer über den Rand der Liege. Alles, was David hasste und sein Leben in Terror verwandelte, ergoss sich wie Pech auf die Stahlfläche. Er kannte diesen Schrecken ganz genau, schließlich hatte er in der Vergangenheit die Ursachen seiner Qual ausführlich studiert. Mit Abscheu großformatige Bilder und detaillierte Zeichnungen angesehen. Sechsfüßer – er war mit ihnen vertraut. Konnte ihre Namen auswendig herunterleiern. Und jetzt waren sie da. Leibhaftig. Sie befanden sich auf ihrem Weg zu ihm. Unbarmherzig trieben sie ihre kleinen Körper voran.

Totengräber, Maikäfer, Feuerwanzen, Heupferd, Küchenschaben, Taufliegen.

Hechelnd suchte David nach einem Ausweg. Aber es gab keinen. Keine sichtbare Tür, kein Fenster, keine andere Öffnung, aus der er hätte fliehen können. Aus allen Richtungen schienen Insekten zu kriechen. Wie durch einen, für das menschliche Ohr nicht hörbaren Befehl angespornt, steuerten sie mit unvermindertem Tempo direkt auf ihn zu. Er saß in der Falle!

Carabus auratus, Lucanus cervus, Trypodendron domesticum.

Gerade als er merkte, wie ihm die Sinne zu schwinden drohten, drang dieselbe Stimme aus dem Lautsprecher, die ihn willkommen geheißen hatte.

»Herr Wagner, bleiben Sie bitte ruhig. Versuchen Sie, gleichmäßig zu atmen! Sie hyperventilieren! Reißen Sie sich zusammen! Konzentrieren Sie sich auf Ihre Atmung!«

»Scheiße! Holen Sie mich hier raus!«, schrie David mit letzter Kraft. »Bitte!«

»EEHLIÄNS«

»Können Sie mir nachvollziehbar erklären, warum Sie sich erst jetzt melden und warum das ein Fall sein sollte, den es gilt, weiter akribisch zu verfolgen, Herr Kollege? Der Mann wird vermisst, es gibt keine Zeichen einer Entführung, und das mit dem Auto, also das … das klärt sich sicher noch. Mal abgesehen davon, dass das alles nicht unser Problem ist. Seien Sie nicht so störrisch. Sie wissen sehr gut, welche Schwierigkeiten wir mit der Esslinger Etage haben. Die Verzögerung werde ich denen dort nicht erklären können. Zumindest nicht, ohne vorher einen VHS-Kurs über die Werke der Gebrüder Grimm besucht zu haben.« Reinhold Fechner drehte den PC-Bildschirm in Richtung des Kommissars. »Fühlen Sie plötzlich ein Verlangen, Agent Mulder zu werden? Hängt demnächst dieses Plakat in Ihrem Büro?« Er deutete auf den Monitor, der über einer unscharfen fliegenden Untertasse die Zeile »I want to believe«* zeigte.

Deckert bemühte sich, ruhig zu bleiben. Der sonst so phlegmatische Hauptkommissar war im ganzen Dezernat für seinen Sarkasmus berühmt. Eine Visite in seinem Büro außerhalb der normalen Teambesprechungen käme im *Was ich unbedingt hier noch tun werde, bevor ich mich zur Ruhe setze*-Ranking der Kollegen nicht unter die ersten hundert Plätze.

---

* So lautete der Originaltitel der »X-Files«. Inzwischen hat sich diese Phrase selbstständig gemacht und ist das Schlagwort für alles Übernatürliche und Paranormale. Der Slogan hängt als Poster im Büro des TV-Agenten Fox Mulder, dem Protagonisten der Serie, der jeden explodierenden Luftballon mit einer spontanen Selbstentzündung assoziiert.

»Ich muss zugeben, die Umstände des Verschwindens von Herrn Wagner sind sehr seltsam«, antwortete Deckert. »Vom Wagen des Ehepaars fehlt jede Spur, Franziska …«

»Also doch Aliens?«, unterbrach ihn Fechner, der den Begriff lange dehnte und wie *Eehliäns* aussprach. »Ich habe da so was läuten hören.« Er grinste unverschämt.

»Franziska Wagner hat keine Erinnerung mehr an die Ereignisse, nachdem sie eingeschlafen war.«

»Wissen Sie, ich habe *Akte-X* früher selbst gerne ab und zu eingeschaltet. Bin aber eigentlich zu alt für so was. Und da wir für die ganze Sache sowieso nicht zuständig sind, habe ich das gute Recht, mich über das, was so getuschelt wird, köstlich zu amüsieren.«

Deckert stand kurz vor einer Explosion, schaffte es aber noch, den Satz zu vollenden. »Und David Wagner leidet an einer eher seltenen Phobie. Vielleicht ist er desorientiert. Irrt irgendwo herum. Kann nach dem Unfall keine klaren Zusammenhänge mehr sehen und keine Entscheidungen treffen.«

Fechner schnaubte und fing an, demonstrativ in einem Stapel Papier zu blättern. »Hm«, machte er.

»Und was das Auto angeht. Der scheint nicht einfach so wieder aufzutauchen. Wir haben den S-Max weder in lokalen Werkstätten, noch außerhalb ausfindig machen können. Diese Panther-Black-Lackierung ist zwar gängig, aber der Ford müsste immens beschädigt sein. Frau Wagner konnte sich nach dem Unfall aus dem auf dem Dach liegenden Auto befreien, schleppte sich auf den Seitenstreifen und verlor dort das Bewusstsein. Wir haben Glück, dass ihr nichts weiter passiert ist. Ihr Ehemann dagegen ist in keinem der umliegenden Krankenhäuser aufgetaucht. Nichts an verwertbaren Spuren.«

»Ist Frau Wagner selbst als labil zu bezeichnen? Sie wissen schon … zickig? Hysterisch?«

Erik kochte inzwischen vor Wut. Fechner stand kurz vor seiner Pension, aber das war kein Grund, die Hände in den Schoß zu legen, den Fall lächerlich zu machen und alles den Kollegen zu überlassen, die nicht vor Ort waren. Gott, der Mann machte ihn wahnsinnig! Dies war sein Fall, und er wollte ihn verdammt noch eins behalten! Nur ein einziges Mal! Seit sie das Rennen um das neue Polizeipräsidium an Reutlingen verloren und dazu noch die Kriminaldirektion in Esslingen vor die Nase gesetzt bekommen hatten, musste er sich mit Kleinigkeiten zufriedengeben, denn langwierige Ermittlungen gingen außer Haus zentral an die Esslinger Beamten. Ein weiteres Loch, das die Landesregierung durch die Neuorganisation gebuddelt hatte und in das er jedes Mal hineintrat wie in einen Scheißhaufen, wenn ihm ein Fall gemeldet wurde, der zu »anspruchsvoll« oder zu »teuer« war, sprich Personal erforderte, das man nicht mehr hatte, um direkt von Tübingen aus bearbeitet zu werden. Selbst ein Mord in der Studentenstadt, also auf dem Boden, auf dem er sich als Polizeibeamter bewegte und den er kannte, wurde nicht mehr automatisch von den eigenen Ermittlern bearbeitet. Aber Deckert hatte es abgelehnt, jeden Tag von Tübingen nach Esslingen zu pendeln und war nun einer der Letzten seiner Art geworden. Last chance to see. Das Aye-Aye auf Madagaskar. Kommen Sie und sehen Sie, meine Herrschaften! Nur fünf Euro Eintritt!

»Der Mann ist verschwunden, Herr Polizeioberkommissar Fechner!«, quetschte er langsam zwischen den Zähnen hervor. »Er ist nicht zu Hause, nicht in seinem Büro, nicht bei Freunden oder Verwandten. Und Frau Wagner hat die Nacht allein auf der Landstraße verbracht.«

»Lassen Sie von dieser höchst fragwürdigen Sache die Finger. Und zwar alle. Wir sind nicht zuständig, Herrgott. Wie oft denn noch? Zudem ist die Aussage von Frau Wagner mit Vorsicht zu genießen, wenn Sie mich fragen.«

Das tat er zwar nicht, aber unwillig gab Deckert seinem Vorgesetzten in diesem Punkt recht. In seiner Laufbahn waren ihm schon einige überkandidelte, selbsternannte Zeugen untergekommen, die bereit gewesen waren, alles zu tun, um möglichst geheimnisvoll zu erscheinen, aber in Wirklichkeit kein bisschen mit dem Fall zu tun hatten. Es war ihnen darum gegangen, für einige Zeit im Mittelpunkt der Ermittlungen zu stehen und sich im Licht der Polizeiarbeit zu sonnen. Andy Warhols berühmte zehn Minuten. Franziska Wagner jedoch war anders gestrickt, ihre Polizeiakte war tadellos, und sie wirkte auf ihn völlig normal.

»Sie ist momentan neben der Rolle, natürlich. Aber ihr Mann ist weg, und sie weiß nicht, wo er ist. Und bevor Sie der sogenannten Außerirdischen-Theorie eine andere hinzufügen: Nein, ich glaube nicht, dass sie von jemandem mitgenommen, betäubt und dann auf der Landstraße ausgesetzt wurde wie ein Hund, den niemand mehr haben will, weil die Sommerferien anbrechen. Wir wollen noch ihre Freundin Mascha kontaktieren, zu deren Hochzeit das Ehepaar Wagner unterwegs war. Das wäre momentan der nächste Schritt. Die beiden kennen sich seit der Schulzeit.«

Polizeihauptkommissar Fechner hatte sich in seinem Schreibtischstuhl zurückgelehnt und die Arme über der Brust verschränkt.

»Da bei David Wagner aufgrund seiner diagnostizierten Angstzustände Gefahr für sein eigenes Wohl bestehen könnte, möchte ich Sie um weiteres Personal bitten«, fuhr Erik unbeirrt fort.

Sein Vorgesetzter sah ihn scharf an und lehnte sich abrupt vor. »Bereitschaft? Doch nicht etwa auch das THW? Wissen Sie eigentlich, wie mir die Kollegen in Esslingen die Afterspalte aufreißen werden? Wie soll ich das begründen? Warum höre ich Ihnen überhaupt noch zu?«

»Wenn es nötig ist, brauchen wir noch mehr.« Deckert hielt dem Blick stand.

»Sie haben mir den Fall zu spät gemeldet, sind nicht gewillt, mit der Staatsanwaltschaft oder dem Leiter der Spurensuche ein Team zu bilden, sondern wollen das anscheinend allein durchziehen. Das geht nicht. Und jetzt: Suchhunde, Hubschrauber? Machen Sie sich nicht lächerlich, Herr Deckert! Ich weiß, dass Sie im Moment durch die Schwangerschaft von Frau Körber und den Burn-Out von Herrn Reissner ein sehr stark dezimiertes Team haben, aber, wenn ich mich entscheide, Sie nach oben hin zu verteidigen – wenn, wohlgemerkt –, dann müssen Sie damit zurechtkommen, was ich Ihnen jetzt sage.«

Deckert stieg die Zornesröte ins Gesicht. Was kam als Nächstes? Warf er ihm vor, die Körber geschwängert und dem Reissner einen Zusammenbruch beschert zu haben?

»Ich kann hier keine Extrawürste braten oder Sonderlocken drehen. Das Personal ist verteilt, ich kann nicht und ich darf nicht umschichten, wie es mir passt«, fuhr Fechner fort und drehte die kabellose Computermaus auf dem Tisch wie einen Kreisel. »Und wir haben Ihnen vor einigen Monaten Florian Schumann zur Verfügung gestellt. Das muss für den äußerst begrenzten Zeitraum, den ich Ihnen aus reiner Menschenliebe und Kollegenfreundschaft gebe, reichen.« Er knallte die Maus auf den Tisch.

Erik mutmaßte, dass weniger Humanität als reine Faulheit im Raum stand, hielt aber den Mund. Er wäre auch kaum dazugekommen, einen Satz zu äußern, denn Fechner polterte gleich weiter:

»Wenn Sie lieber allein arbeiten, dann kündigen Sie und werden Sie Privatdetektiv. Werfen Sie Ihren Beamtenstatus in den Mülleimer, legen Sie Geld für die Rente beiseite und ermitteln Sie, ohne dass Ihnen jemand wie ich dabei in die Suppe spuckt.«

Treffer. Erik hatte es wirklich verdammt satt, sich auf die Schuhe pinkeln zu lassen. Und die Neuorganisation war auch nicht auf seinem Mist gewachsen. Tatsächlich hatte er sich das von Fechner skizzierte Berufsszenario schon mehrmals ausgemalt.

»Zumindest haben Sie daran gedacht, Herrn Wagner mittels INPOL zu erfassen, und wenn er irgendwo auftaucht, werden wir das als Erste wissen«, riss der wieder schwadronierende Fechner ihn aus den Gedanken. »Alles andere überschreitet unsere Kompetenzen. Das ist ein kleines Dezernat und nicht das C.S.I., und eigentlich dürfte ich mit Ihnen gar nicht darüber plaudern, denn uns ist beiden klar, dass die Sache mit Herrn Wagner nicht in unseren Zuständigkeitsbereich gehört. Ich wiederhole mich. Merken Sie das? Wenn Sie ein spannendes Berufsleben wollen, bewerben Sie sich in Esslingen. Warum sind Sie eigentlich nicht mitgegangen?«

»Das tut nichts zur Sache. Es reicht mir nicht, dass Herr Wagner nur zur Fahndung ausgeschrieben ist, verdammt! Man sollte nicht ausschließen, dass sein Verschwinden in das Muster der Vorfälle passt, die sich in ganz Deutschland in den letzten Monaten ereigneten. Geben Sie es zu, Sie wollen den Fall auch.«

»Ah, wir sind wieder bei den Besuchern vom anderen Stern. Man redet schon auf der Herrentoilette von einer bevorstehenden Invasion.« Fechner zeigte ein breites Grinsen. »Schon ein Käppchen aus Alu gebastelt?* Damit die grünen Männchen nicht in das Gehirn eindringen können?«

»Das war die Aussage einer Zeugin. Sie bezog sich auf die Schnelligkeit, mit der die plötzliche Abwesenheit der Person vonstattenging. Vielleicht sind das Informationen, die Sie noch nicht auf dem Lokus aufgeschnappt haben.« Das durfte doch alles nicht wahr sein!

Fechner wurde schlagartig ernst und stand auf. »Wir haben alles getan, was in solch einem Fall getan werden muss. Der Mann ist im System erfasst, Sie und Ihr Kollege haben nach dem Auto gesucht, die umliegenden Krankenhäuser abgeklappert und die meisten Freunde und Verwandte abgegrast. Eigentlich sind wir damit schon übers Ziel hinausgeschossen. Haben Sie das verstanden, Polizeioberkommissar Deckert? Und wie viel Zeit ich Ihnen gebe, muss ich mir noch überlegen. Genauso wie die kreative Ausrede, die ich Reetz in Esslingen vortragen muss. Sie verlangen von mir die ganze Blase an Unterstützung und lehnen die üblichen Teambesprechungen und Vorgehensweisen Ihrerseits rundweg ab. Haben Sie eine Ahnung, wie weit ich Ihnen gerade entgegenkomme?«

Es klopfte an der Tür, bevor Deckert ein weiteres Mal protestieren konnte. Nachdem Fechner geschrien hatte, man

* Das Konzept wurde zuerst in der 1927 veröffentlichten Science-Fiction-Geschichte »The Tissue-Culture King« von Julian Huxley (welcher tatsächlich der Bruder von Aldous Huxley war) erwähnt, in welcher der Protagonist entdeckt, dass »Kappen aus Metallfolie« benutzt werden können, um die Effekte von Telepathie zu blockieren. Julian Huxley war eigentlich Biologe, und seine Beobachtungen in der Verhaltensforschung ebneten Konrad Lorenz den Weg. Seit Huxleys Geschichte steht der Aluminiumhut für Paranoia und Verschwörungstheorien, wird aber inzwischen auch von Personen außer Reinhold Fechner ironisch zitiert. So beziehen sich zum Beispiel der »Tinfoil-Award« oder eine Android App auf den Hut, und in etlichen Filmen und Serien macht man sich darüber lustig.

solle »verdammt noch mal eintreten«, wurden Florian Schumanns braune Locken im Rahmen sichtbar.

»Tut mir außerordentlich leid, aber …«

»Wir waren sowieso fertig, Herr Schumann«, schnitt ihm der Oberkommissar das Wort ab. »Sie wissen, was ich hier für Sie tue, Deckert? Ihnen ist klar, dass ich kurz vor meiner Pension einen Riesenanschiss riskiere, auf den ich keine Lust habe?«

Schumann, dem Deckerts wütender Gesichtsausdruck nicht verborgen geblieben war, zog sich zurück, ließ aber die Tür zum Büro offen stehen und konnte gerade noch zurückweichen, als sein Kollege an ihm vorbeipreschte.

»Sie wollen den Fall auch!«, schrie Deckert über die Schulter, bevor er davonstapfte.

»Was zum Teufel hast du ihm erzählt?«, schnappte er gereizt. Sein Kopf wollte ihm platzen, als er an Florian vorbeischoss. »Ich habe eine Stinkwut! Der hat das in vollen Zügen genossen!«, bellte er in den Gang.

Florian biss zurück. »Gar nichts! Ich habe gar nichts gesagt, okay? Warum in aller Welt sollte ich auf die Idee kommen, überhaupt mit Mr. Spott und Hohn zu reden? Dem geht man doch besser aus dem Weg. Besonders jetzt. Wir haben im Auto darüber geredet, dass wir schweigen, bis er von selbst draufkommt, und offensichtlich ist ihm ein Licht aufgegangen. Oder jemand hat ihm was gesteckt. Keine Ahnung.«

»Eben wolltest du doch bei ihm vorsprechen.« Deckert schlurfte verdrossen über den abgelaufenen Teppichboden und starrte Florian, der ihn inzwischen eingeholt hatte, an.

»Mir verlangte, mit *dir* zu parlieren. Aber das können wir auch lassen, wenn der Herr gerade nicht so gut drauf ist.«

Florian blieb mit verschränkten Armen vor der Brust stehen wie ein bockiges Kleinkind. Dann ließ er sie sinken. »Jetzt lass dich nicht so runterziehen, Erik«, lenkte er freundlich ein. »Ich weiß nicht, wo er das mit der Zeugenaussage aufgeschnappt hat. Aber es stimmt leider – in der Latrine wird schon kräftig über uns getratscht. Keine Ahnung, wo die was aufgeschnappt haben.«

Da war ein paar Kollegen ja furchtbar langweilig, dachte Deckert und setzte seinen Weg stur fort. Es war ihm gleich, was gequatscht wurde, solange er nur in Ruhe ermitteln konnte. »Er hat den ganzen Fall lächerlich gemacht. Mich behandelt, als ob ich behämmert wäre. Und ihm flattern natürlich die Hosen. Zudem bekommen wir selbstverständlich keine Unterstützung. Und ehrlich gesagt will ich in der nächsten Zeit nicht mehr das Privileg haben, ihm auf der Bürobühne gegenüberzusitzen und den Stichwortgeber für seine ach so witzige Posse zu spielen.«

Florian hatte mit wenigen Schritten aufgeholt. »Ich habe etwas, was deine Stimmung heben wird, Rick.«

»Hör auf, mich so zu nennen, Herrgott! Merk dir's halt!« Deckert stampfte mit einem derartigen Tempo den Gang entlang, dass Schumann beinahe die Schwingtür ins Gesicht knallte, die sein Mentor zornig aufgedrückt hatte. Florian fuhr zurück, blieb kurz stehen und bog, als ob ihm etwas Wichtiges eingefallen wäre, anschließend in den kleinen Gang ab, der abseits der Büroräume lag und in die Polizeikantine führte.

»Und jetzt brauchst du einen Kaffee?«, brüllte Deckert ihm hinterher. »Du?«

»Nein. Ich denke, dass du einen brauchst. Und als dein dir zugeteilter Assi werde ich einen holen. Für dich. Damit du wieder runterkommst. Wir treffen uns im Büro. Wenn du hinfindest. Und schimpf nicht so laut vor dich hin. Nicht nur der Lokus hat Ohren, sondern es ist durchaus möglich, dass auch die Wände die Lauscher aufsperren.«

Deckert blieb stehen, sah sich um und zog die Augenbrauen hoch. Sein Büro lag zwei Gänge zurück. Er hatte sich verlaufen. Er musste wirklich völlig außer sich sein.

*

Die Tür des kleinen Büros schwang ruckartig auf und knallte gegen die Zimmerwand. Ein kleines Stück Furnier segelte langsam auf den Boden.

»Was denkst du eigentlich, wie hoch unser jährliches Budget für Reparaturen ist, Florian? Den Kaffee habe ich mir vor 30 Minuten abgeschminkt und mir die Automatenplörre besorgt.«

Eriks Schreibtisch sah aus, als wäre vor Kurzem eine Handgranate darauf explodiert. Während er unruhig darauf gewartet hatte, dass Florians wichtige Neuigkeiten den Fall voranbrächten, war er sämtliche Unterlagen ein weiteres Mal durchgegangen. Der Bildschirm seines Computers zeigte geöffnete Dateien, Notizen, Anmerkungen. Er hatte eine gefühlte Ewigkeit darauf gestarrt. Ohne Erfolg. Das alles ergab für ihn keinen Sinn. Um der Wahrheit die Ehre zu geben: Deckert war extrem angepisst.

»Entschuldigung, aber ich habe eben mit den Kollegen von der Spurensicherung telefoniert. Die sind sehr entgegenkommend, denn denen stinkt die Umorganisation genauso wie uns anderen. Ich wollte alles genau mit denen durchgehen«, antwortete Schumann und stellte seine Porzellantasse ab. »Außerdem hat es mich Überredungskunst gekostet, Ilona dazu zu bringen, den Vollautomaten anzuwerfen.

Du weißt schon, den für die nächste Gehaltsstufe. Nicht den für uns Rudersklaven. Für dich nur das Beste.« Er ließ sich schwer atmend in den verschlissenen Besucherstuhl fallen, nachdem er den Becher in ein Regalfach neben der Tür gestellt hatte, da auf dem Schreibtisch kein freier Platz mehr zu finden war. »Ich habe ihr einen Ableger meiner *Schefflera actinophylla* versprochen – wunderschöne Blattzeichnung, prächtige Farbe. Total gesund. Keine Schädlinge, topfit. Ilona hat was übrig für dunkles Grün«, fuhr er enthusiastisch fort, sah aber dann, wie Deckert ihn misstrauisch beäugte, weil er es offensichtlich nicht erwarten konnte, dass sein junger Rekrut endlich zur Sache kam, und riss sich daraufhin zusammen. »Wie auch immer. Was ich vorher bei Mr. Spott und Hohn schon erzählen wollte und was ihm sicher auch gefallen hätte – wobei wir wieder beim Thema ›Verstärkung‹ wären …«

»Florian!«

»… – die Kellerasseln haben was gefunden.«

Deckert stand auf. Er hatte die ihm zugetanen Kollegen von der Spurensicherung eigenmächtig zum Ort des Geschehens geschickt, damit sie dort jedes Staubkorn umdrehten und danach unter das Mikroskop, oder was auch immer sie benutzten, schieben konnten. Sollte das kleine Team tatsächlich den erhofften Durchbruch erreicht haben?

»Das überrascht mich, wenn ich ehrlich bin. Denn am Tatort haben sie mir nicht gerade Hoffnung gemacht, auf der anderen Seite …«, hob der Kriminalkommissar an, wurde aber unterbrochen, denn sein Kollege vollendete den Satz:

»… haben unsere Kellerasseln den altmodischen Ermittlungsmethoden der TV-Forensiker einiges voraus. Da sollte man die Flinte nicht zu früh ins Korn werfen. Die Jungs ziehen immer wieder eins ihrer weißen Karnickel aus dem

Zylinder. Auch in der Pampa findet man gute Leute.« Schumann grinste breit.

Im Gegensatz zu den Beamten der Fernsehserien lag der Schwerpunkt der Ermittlung vor allem auf dem digitalen Analyseverfahren. Das wussten mit Sicherheit auch sämtliche Drehbuchautoren, aber dem potenziellen Zuschauer ein solches Vorgehen in aller Länge und Breite zuzumuten, würde wahrscheinlich jede Quote* killen.

»Schieß endlich los!«, forderte Deckert ungehalten.

»Es handelt sich um einen Stofffetzen aus einer ganz bestimmten Faser.« Schumann war aufgestanden und hielt seinem Vorgesetzten einen Computerausdruck mit Zahlenkolonnen unter die Nase. »Polyethylenfaser. Ein sogenanntes Spinnvlies. Wird unter anderem für Einmalschutzkittel in Laboren verwendet. Sie haben das gute Stück hervorragend versteckt am Rand der Landstraße gefunden. Etwa hundert Meter von dem Platz entfernt, den Frau Wagner als Tatort identifiziert hatte. Also da, wo sie auf uns gewartet hat, meine ich. Der Stoff hatte sich zwischen Acker-Rindszunge und der Breitblatt-Platterbse** verfangen. Beides weiß blühende Wildblumen, die besonders in der Gegend um …«

»Laborkittel?«, würgte Deckert den Pflanzenliebhaber ungeduldig ab und warf einen Blick auf das Blatt Papier.

* Eines der schönsten Beispiele ist das äußerst fotogene Vorgehen des Serien-Blutspurenanalysten Dexter Morgan, der am Tatort kunstvoll rote Fäden zwischen Blutspritzer, -fontänen und dem Opfer spannt, um den Tathergang sichtbar zu machen. Diese optisch eindrucksvollen Modelle haben was von amerikanischer Kunst der 60er-Jahre. Da vergisst man als Zuschauer gerne, dass der Mann sich eigentlich an einem Tatort befindet, an dem man nicht herumpfuschen sollte.

** Des Weiteren finden Sie im Schönbuch Trollblumen und Breitblättriges Knabenkraut, verschiedene Orchideenarten, den Roten Fingerhut, Besenginster, Adlerfarn, Sonnentau, Schmal- und Breitblättriges Wollgras, Heide- und Prachtnelke, Bärlapp, Heidelbeeren oder verschiedene Torfmoose. Falls Sie Florian Schumanns Vorliebe teilen sollten. Und bestimmt habe ich noch was vergessen.

»Das vermuten zumindest die Asseln«, antwortete Schumann, der viel zu aufgeregt war, um brüskiert zu sein. »Das Team ist gerade dabei, den Hersteller zu ermitteln. Die Verwendung der Mäntel ist jedoch sehr vielfältig. Nahrungsindustrie, Elektronik und eben pharmazeutische Produktion. Überall, wo es Reinräume gibt.«

»Wann dürfen wir mit dem Ergebnis der Recherchen rechnen?«

»Dauert sicher noch bis morgen. Die Jungs haben mir zwar versprochen, eine Extraschicht einzulegen und alle Fragen unseres Vorgesetzten oder eventuelle Anrufe aus Esslingen erst einmal zu ignorieren, aber …«, Florian zwinkerte Erik verschwörerisch zu, »ich bin auf Nummer sicher gegangen und habe Enno gebeten, ein wenig bei den Nachforschungen zu helfen.«

Deckert zog scheinbar vorwurfsvoll eine Augenbraue hoch. In dieser Sache war es ihm wirklich egal, wer mitarbeitete. Fechner bekäme das mit Enno nicht mit, und momentan war er auf jede Hilfe angewiesen. Wenn er außerdem gegenüber dem Polizeioberkommissar ein handfestes Argument hätte, dann könnte er eventuell mit einem größeren Team oder Zeitfenster rechnen. Woher auch immer Fechner die Manpower in diesem Fall nehmen würde – Erik war das rechtschaffen schnurz.

»Ich bin verdammt stolz auf uns. Da kann Lanzo ruhig noch einen draufsetzen«, sagte er verschmitzt und sah vor seinem geistigen Auge das Bond-Girl im Bikini dem Meer entsteigen. »Er soll *Honey Rider* wieder aus den Fluten holen.«

»Keinen Anschiss mehr? Wir haben hier freie Hand?«

»Sowieso. Mir ist die Einhaltung der Rangfolge völlig egal. In dieser Angelegenheit überlege ich mir, ob ich dir deine vergangenen Eskapaden zu verzeihen gedenke. Im Ernst, das mit vorhin tut mir wirklich leid.«

»Ja, da hast du dich wirklich nicht benommen wie ein unterkühlter Replikant.«

»Deckard ist kein Replikant.«

»Du hast wohl den *Final Cut* nicht gesehen? Deckard ist sehr wohl ein Replikant!«

»Verfatz dich! Ich habe zu denken. Außerdem wird das im Buch überhaupt nicht klar. Lies das mal, anstatt nur zu glotzen!« Deckert legte den Ausdruck beiseite und malte gedankenverloren mit dem Kugelschreiber ein paar Blümchen an den Rand der Akte. Als er merkte, dass Florian Schumann hinter ihm stand, versuchte er, das Gekritzel mit der Hand zu verdecken.

»Sehr schön, Rick. Vielleicht versuchst du es mal mit einem Einhorn-Origami?*«

* Eine der wichtigsten Fragen bei Ridley Scotts »Blade Runner« ist: Welche Bedeutung hat das Einhorn, das Gaff als Origami zurücklässt? Fans ordnen inzwischen jedem Charakter des Films ein Origami-Tier zu.

GEFANGEN IN DEN SIEBZIGERN

Der persönliche Referent des Aufsichtsratsvorsitzenden Dr. Reinhard Horgenzell wippte ungeduldig mit den Knien, während er darauf wartete, dass sein Vorgesetzter ein Telefonat beendete.

Vor geschlagenen 15 Minuten hatte ihn Tessa, die runde, dunkelhaarige Sekretärin hereingebeten, und seit dieser Zeit saß er, in einem unbequemen Kugelsessel versunken, vor dem gläsernen Schreibtisch seines Chefs und konnte sich nicht von der Stelle rühren. Gerne hätte er vom Mineralwasser genippt, welches Horgenzells Perle auf das Glastischchen vor ihm gestellt hatte, aber – er kam schlichtweg nicht ran. Er hatte keine Ahnung, wie er aus dieser eng anliegenden Eierschale jemals wieder herauskommen sollte.

Neben drallen Frauenformen hatte Reinhard Horgenzell auch einen Narren an runder Designsprache und knalligen Farben gefressen, und dieses Faible spiegelte sich nicht nur in der Cafeteria des Bunkers wieder, die Bonlander bei der Einweihung der unterirdischen Forschungseinrichtung besichtigen durfte, es war auch obligatorischer Bestandteil von Horgenzells eigenen vier Bürowänden.

Gefangen in der Plastikblase, die ihm ironischerweise fast die Luft zum Atmen nahm, blieb Bonlander nichts anderes übrig, als mit eingezogenem Genick durstig darauf zu warten, bis man sich seiner Person widmete.

»Ja, mein Hase, ich habe es nicht vergessen. Natürlich. Es ist reserviert. Wann? Nun – habe ich das heute Morgen nicht erwähnt?« Horgenzell warf einen fragenden Blick auf

Tessa, die mit den Lippen lautlos einige Worte formte. Er lächelte und nickte. »Mittwoch, 20 Uhr.« Horgenzell warf seiner Sekretärin einen dankbaren Blick zu. »Küsschen!«

Er wischte über das Display.

Bonlander versuchte, sich in der Kugel aufzurichten. »Dr. Horgenzell, wenn ich nun …«

»Momentchen.« Horgenzell schnitt ihm mit einer herrischen Geste das Wort ab. »Tessa, was haben wir?«

Bonlander versank wieder in sein Ei.

»Wir haben einen Lalique«, antwortete die dralle Dame und beugte sich vor, sodass ihr Chef einen Blick in den dicken Katalog werfen konnte, den sie ihm vorsichtig auf den Schreibtisch legte. Ihr Zeigefinger tippte langsam auf eine bestimmte Stelle.

»Einen was? Ah!« Der Aufsichtsratsvorsitzende strahlte. »Das da?« Er deutete mit einem feisten Finger ebenfalls auf das Foto.

Bonlander versuchte, sich etwas vorzurecken, aber es war, als ob ihn der Sessel in Ketten gelegt hätte.

»Die Brosche, Dr. Horgenzell. Die Libelle mit dem Frauenkörper, um 1900. Ihre Frau liebt unter anderem Jugendstilschmuck. Haben Sie doch nicht vergessen, oder?« Sie zwinkerte. »Das Collier aus dem 18. Jahrhundert, das Sie zuerst im Auge hatten, war leider nicht mehr zu haben.«

»Hatte ich? Ach ja. Richtig. Also … Ganz entzückend dieses Ding! Ein wunderbarer Ersatz. Ein Original, so hoffe ich?«

»Dr. Horgenzell!« Tessa schien echt beleidigt.

»Natürlich. Entschuldigen Sie. Welch Fauxpas.« Er klappte den Katalog zu und reichte ihn zurück. »Wieder einmal hervorragende Arbeit, Tessa. Ich kann Ihnen nicht genug danken. Sie wird es lieben.«

Bonlander trommelte mit den Fingerspitzen auf seinen Knien und sah Tessa nach, die in einer für ihn aufreizend wirkenden Langsamkeit, die an die Fortbewegung eines trägen Weichtieres erinnerte, den Raum durchquerte.

»Dr. Horgenzell«, sagte er rasch, als die Sekretärin endlich die Tür hinter sich geschlossen hatte, denn er befürchtete eine weitere Verzögerung der Angelegenheit, »ich warte nun schon …«

»Sind Sie verheiratet, Bonlander?« Anstatt den Einwand seines Assistenten zu beachten, war Horgenzell aufgestanden und umrundete den Tisch. »Sind Sie verheiratet, Bonlander?«, wiederholte er.

»Was? Äh, nein. Warum … Ist das denn …?« Weiter kam Bonlander nicht. Er starrte auf die Lava-Lampe auf Horgenzells Schreibtisch. Sie schien ihn zu hypnotisieren – er musste dem standhalten!

»Hochzeitstag. Sehr wichtiges Ereignis. Also, für meine Frau, meine ich. Für mich? Nun ja. 30 Jahre hin, 30 Jahre her. Was bedeutet das schon? Ich sitze sowieso die meiste Zeit hier.«

»Dr. Horgenzell …«

»Sie fragen sich sicher, warum ich Ihnen das erzähle.«

Bonlander schwieg. Das rotglühende Innenleben der Lampe blubberte langsam auf und ab.

»Fragen Sie sich das nicht?« Horgenzells buschige Augenbrauen berührten sich fast.

»Doch, natürlich«, beeilte sich sein Assistent zu bekräftigen. Wenn er nur mal aufstehen könnte. Sich die Beine vertreten. Und diese Lampe.

»Sie sollten es auch tun.«

»Heiraten?« Bonlander fragte sich verwirrt, ob dies nun der Grund war, weswegen ihn sein Chef herbeordert hatte.

»Mascha wird dieses Jahr 28 Jahre alt, Bonlander. 28. Da ist man doch reif genug, um in den Hafen der Ehe einzufahren, finden Sie nicht auch?«

»Absolut!«

Mascha. Horgenzells Tochter. Wollte der Aufsichtsratsvorsitzende etwa, dass er und Mascha …? Warum nicht?

»Es fehlt ihr leider ein wenig an, sagen wir – Geschmack, und …«

Sie hat zumindest nicht die Figur ihres Vaters geerbt und der Rest, der ist auch nicht zu verachten.

»… weder ich noch meine Frau haben die Zeit dazu, uns um die Überwachung der Details zu kümmern –«

Und die Mitgift! Ihm wurde schummrig vor Augen.

»… und unter uns, Bonlander. Kann man den Hochzeitsplanern auch wirklich trauen? Meiner Meinung nach braucht dieses Ereignis einen weiteren …«

Mascha Bonlander. Das klang nicht schlecht, verdammt! *Ich bin ja sowieso nur selten zu Hause. Wahrscheinlich sieht man sich nur am Wochenende.*

»… das erledigen Sie doch für mich, Bonlander?«

»Bitte?« Verdammt, er hatte nicht zugehört! Was sollte er erledigen? War er jetzt verlobt? Egal, was es war, er konnte nicht Nein sagen. »Natürlich«, sagte er deswegen mit fester Stimme und betete innerlich, dass er sich kein Ticket ins Jenseits gekauft hatte. Jenseits seiner Karriere.

»Dann kann ich mich auf Sie verlassen?«, bohrte Horgenzell nachdrücklich weiter.

»Aber ja doch, Dr. Horgenzell. Wie immer.« Bonlander strahlte. Um was ging es, verflucht noch eins? Sollte er einen Ring kaufen? Grundgütiger, was, wenn die Tochter die gleichen Ansprüche hatte wie die Mutter? Das überstieg sein Gehalt bei Weitem.

Reinhard Horgenzell nahm einen gläsernen Briefbeschwerer in die Hand, in dem bunte, künstliche Fische eingeschlossen waren, und hob ihn ins Licht. »Es ist kein Fisch ohne Gräten und kein Mensch ohne Mängel«, murmelte er und legte den Paperweight vorsichtig an seinen angestammten Platz neben den Laptop zurück. »Gerade in meiner Position kann ich mir es aber nicht leisten, dass meine Tochter wie ein Schluck Wasser in der Kurve vor dem Altar steht, weil irgendetwas nicht zu ihrer Zufriedenheit ausgefallen ist. Die ganze Sache ist überaus kostspielig, die einzige Tochter – unser Augapfel. Natürlich will ich ihr diesen Moment in Bebenhausen als den schönsten in ihrem Leben inszenieren.«

»Natürlich.« Bonlander verstand kein Wort. Bebenhausen. Wollte die Tochter ins Kloster? Eben war doch noch von Heirat die Rede gewesen. Lebten im Kloster überhaupt noch Nonnen? Waren da jemals Frauen gewesen? Das Ganze war sehr verwirrend.

»Dieses Ereignis muss auch die Firma repräsentieren. Da muss alles reibungslos ablaufen. Das soll sich herumsprechen!«

»Sicher.«

Horgenzell, der inzwischen vor dem Globe-Chair stehen geblieben war, beugte sich vor und klopfte dem versunkenen Bonlander so gut es ging auf die Schulter. »Mein Mann, Bonlander. Wie immer.« Während er zurück zu seinem Mahagonischreibtisch ging, sagte er: »Wann können Sie sich mit der Hochzeitsplanerin in dieser Angelegenheit treffen? Viel Zeit haben wir nicht mehr.«

Bonlander glaubte, sich verhört zu haben. »Bitte?«

»Ich weiß«, der Aufsichtsratsvorsitzende lachte leise, »ich bin ein wenig spät dran und entschuldige mich für diesen Umstand, Lothar.«

»Absolut kein Problem!« Lothar fühlte sich, als sei er eben als Erster in die Zielgerade eingelaufen.

»Dann besprechen Sie alles Weitere mit Tessa. Sie hat die nötigen Telefonnummern und Adressen.«

Lothar Bonlander stutzte erst und begriff dann, dass dies der Startschuss für seinen Aufbruch gewesen war. Er stützte die Hände auf die Sesselkante und benötigte mehrere Anläufe, bis er seinen Körper der Blase entwunden hatte. Mit hochrotem Kopf stand er an der Tür, die Klinke in der Hand. »Ähm, Dr. Horgenzell – bis wann war noch mal …«

»Am Sonntag.«

Das war in zwei Tagen! Und vor allem – *was* war da?

Während Bonlander sich Tessas Schreibtisch näherte, gelangte er zu der festen Überzeugung, dass die Einrichtung von Dr. Horgenzells Büro ausschließlich dazu da war, seine Besucher einzulullen und sie dadurch gefügig zu machen.

*

Das Plätschern des Wassers beruhigte sie, und so blieb Lioba noch eine Weile mit geschlossenen Augen reglos stehen, bevor sie die Ärmel des Labormantels umschlug und ihre Unterarme unter den Hahn hielt. Tief durchatmen. Genau das, was sie dringend nötig hatte. Die Plörre aus dem Automaten lag ihr immer noch wie Brackwasser im Magen, und die Luft in diesem unterirdischen Gefängnis schmeckte trotz Luftaustausch abgestanden und verursachte ihr Kopfschmerzen.

Das Wasser spüren, das Wasser genießen, das Wasser sein.

An den exakten Wortlaut der Übung aus ihrem letzten Entspannungskurs konnte sie sich nicht mehr erinnern. Auf jeden Fall hatten die Teilnehmer dazu in den Bauch eingeatmet und ihn dabei wie eine Trommel hervorstehen lassen, um dann die Luft aus diesem Ballon zischend abzulassen.

Während sie schnaubend den Atem strömen ließ, versuchte Lioba das, was sie in drei Semestern Chemie beigebracht bekommen hatte, zu rekapitulieren. Sie musste sich leider eingestehen, dass sie sich blauäugig in diesen Job hineinkatapultiert beziehungsweise Horgenzell blindlings mit ihren Reizen geködert hatte, ohne hinreichend erfasst zu haben, was in einem wissenschaftlichen Forschungsinstitut, in dem es vor Koryphäen auf dem Gebiet der Chemie nur so wimmelte, wirklich auf sie zukäme.

Was, wenn Dr. Richter sie mit Spezialfragen löcherte?

Bis jetzt war der Tag mit Einführungsreden, Besichtigungen der Labore, Einweisungen in die Geräte und mehreren leichten Mahlzeiten in der Kantine mit dem neuen Team verlaufen, damit sich die Gruppe »zusammenfand« und »zueinander Vertrauen fassen konnte«. Was der Witz war, denn hier vertraute niemand niemandem. Es war nach 17 Uhr, und Lioba wünschte sich nichts sehnlicher, als wieder das Tageslicht zu sehen, aber hier hatte man offensichtlich eine völlig andere Vorstellung von geregelter Arbeitszeit, und die offizielle Jungfernfahrt in Richters Labor stand ihr in wenigen Minuten bevor. Es war, als ob die Zeit stehen geblieben wäre. Nein, als ob sie hier unten überhaupt nicht existiere.

Ohne zu bedenken, was das für ihr Make-up bedeutete, schlug sie sich die nassen Hände vors Gesicht. Natürlich würde er Fragen stellen. Er würde ihre Meinung wissen wollen. Von Eierkopf zu Eierkopf. Gott, sie war so naiv!

Und das Schlimmste war: Sie wusste nicht einmal, um was es wirklich bei diesen Forschungen ging. Nicht im Detail. Nur in groben Zügen. Das, was Hendricks bei der Einführung erzählt hatte. Bonlander mochte ihm nicht trauen, aber das war doch kein Grund für diese lächerliche Geheimnistuerei! Sie hier einzuschleusen, anstatt dem Professor offen mitzuteilen, dass die Firma seine Arbeit überprüfen wolle – das war doch wie im Kindergarten.

Mit immer noch nassen Fingern öffnete sie die oberen Knöpfe ihrer gelben Seidenbluse, griff in ihren Büstenhalter und zerrte das nun feuchte Smartphone aus seinem Kittchen.

Hastig fuhr ihre Fingerspitze über das Display. Es war ihr egal, was Bonlander von ihr hielt. So konnte sie nicht arbeiten.

»Hatten wir nicht heute Morgen schon miteinander parliert, Dr. Heller?«

Kein Gruß, kein Nichts. Der Typ war ein furchtbarer Stinkstiefel.

»Auch Ihnen einen schönen Tag.« Lioba streckte die Zunge heraus und schnitt ihrem Spiegelbild eine Grimasse. »Meine Schicht bei Richter beginnt in wenigen Minuten.«

»Und?«

»Ich habe eine Winzigkeit über mein unzureichendes Briefing nachgedacht und bin der Meinung, dass Sie mich nicht nur anfüttern, sondern wirklich satt machen sollten.«

Am anderen Ende der Leitung war es still.

»Sie sollen mir mehr Informationen geben, Herr Bonlander!«

»Worüber?« Bonlander klang, als sei er in Gedanken.

»Worüber? Das ist nicht Ihr Ernst.«

»Gefallen Ihnen blaue Servietten mit roten Röschen oder rote Servietten mit blauen Röschen besser?«

Hatte der Mann getrunken?

Bonlander räusperte sich. »Tut mir leid, Frau Dr. Heller, ich stecke gerade in einem wichtigen Entscheidungsprozess.«

»Bezüglich Servietten? Ich stehe hier kurz davor, der Lächerlichkeit preisgegeben zu werden, und Sie machen sich Gedanken über rote oder blaue Röschen?«, donnerte Lioba und vergewisserte sich daraufhin, dass sie auf der Toilette wirklich allein war.

»Es ist ein neues Projekt dazwischengekommen.« Bonlanders Stimme klang undeutlich. »Etwas, womit mich Dr. Horgenzell persönlich betraut hat. Es ist von enormer Wichtigkeit.«

»Rote!«

»Servietten oder Röschen?«

»Servietten!«

Im Hörer raschelte es. »Das hätten wir dann geklärt.« Es klang, als wolle er das Gespräch unterbrechen.

»Wagen Sie es ja nicht aufzulegen, Bonlander!«, schrie Lioba in den Hörer. »Sie werden mir jetzt sagen, um was es hier geht, bevor ich mich bei Richter und seinem Team lächerlich mache und hochkant rausfliege. Darf ich hinzufügen, dass dies auch auf Sie persönlich zurückfallen wird?«

Anscheinend war Bonlander überzeugt, denn es raschelte wieder. Dieses Mal länger und lauter.

»Sagen Sie mir selbst, Dr. Heller, was Sie meinen zu wissen, was ich nicht weiß. Sie zuerst.«

Lioba stöhnte. Der Mann hatte zu viele Kriminalserien gesehen. Sie aber auch. »Ich hasse Brokkoli*.«

»Was?«

»Ich dachte, Sie spielen auf ›Spooks‹ an.«

»Keine Ahnung, von was Sie reden. Aber es ist Ihnen sicher bewusst, dass ich Ihnen nur in Grundzügen erklären darf, welchen Forschungen die *Amendment Corp.* nachgeht. Alles andere unterliegt der Geheimhaltung.«

* Lioba zitiert hier aus der BBC-Serie »Spooks«, Staffel 1, Episode 2.

Überraschung, dachte Lioba gereizt. Wie dieser Typ das genoss!

»Die Teams in den Laboren arbeiten an einem Medikament, das Bereiche der Amygdala beeinflusst.«

»Das weiß ich«, erwiderte Lioba ungeduldig.

Erneutes Rascheln. Dann Bonlanders leiernde Stimme. Offenbar las er von einem Dokument ab*. »Es wird angenommen, dass die basola … balsola … basolaterale Amygdala bei der Furchtkonditionierung unmittelbar nach dem Reiz entweder direkt vom Thalamus oder über die sensorischen Cort … Cortex … Cortexareale ein grobes Abbild des sensorischen Reizes enthält.«

»Bitte?«

»Moment … Ich hab's gleich. Ach, da … glaube ich.« Bonlander räusperte sich, bevor er weiterlas. »Vasopressin und Oxytocin regeln das Angstverhalten im Gehirn und wirken dabei gegenteilig auf die von der Amygdala ausgehenden Neurone. Eine nicht ausgeglichene Balance der beiden Peptidhormone kann erklären, warum manche Menschen ängstlicher sind als andere. Die Beobachtung …«

»Stopp!«, rief sie. »So geht das nicht. In Ihren eigenen Worten!«

»Habe *ich* Chemiekenntnisse oder Sie?«, empörte sich Bonlander. »Ich verstehe nicht einmal ein Viertel der Akte, die ich hier vor mir liegen habe.«

»Wollen Sie mir sagen, Sie sind in diesem Unternehmen ein derart kleines Licht, dass Sie nicht wissen, an was genau Ihr Arbeitgeber forscht und warum man Millionen Euro in diese Forschung steckt? Mal abgesehen von diesem verdammt Emmerichschen Ambiente?« Sie machte eine ausladende Geste

* Tut er. Und zwar aus »Wie das Gehirn die Seele macht«, (Gerhard Roth / Nicole Strüber, 2014, Stuttgart, S. 74).

mit dem Arm, bis ihr bewusst wurde, dass er das nicht sehen konnte, worauf sie die Hand in die Manteltasche steckte.

Bonlander hörte sich an, als ob er Luft holte, um sich entsprechend zu verteidigen, dann aber wurde es still in der Leitung. Nach einer Weile sagte er: »Es geht darum, über ein Medikament in den Kreislauf der Hormone einzugreifen und diesen mit gezielten Dosen zu steuern. Man könnte einem Menschen die Angst nehmen oder sie verstärken und man könnte im besten Fall Krankheiten heilen, von denen man annimmt, dass sie durch Fehlleistungen der Amygdala ausgelöst werden. Asperger oder andere Formen des Autismus. Es gibt eben dieses Hormon namens Oxytocin …«

»Das Kuschelhormon«, unterbrach ihn Lioba.

»Exakt«, bestätigte Bonlander. »Das wird während des Geburtsvorgangs im Gehirn der Mutter ausgeschüttet oder auch bei, also bei … bei …«, er stotterte.

»Sex?«, fragte Lioba.

»Genau.« Bonlander räusperte sich geziert. »Und wenn man dieses Hormon gezielt einsetzt, dann könnte man Angst regulieren.«

»Sie sprachen vom besten Fall. Was ist der Schlechteste?«

»Nun ja. Sie müssen sich eben vorstellen, was passiert, wenn man das Furchtempfinden eines Menschen völlig ausschalten kann.«

»Aber Hendricks sprach von einer Veränderung, nicht von einem völligen Abschalten dieses Bereichs.«

»Was passiert?«, wiederholte Bonlander ungeduldig.

»Man kann Gefahren nicht mehr einschätzen«, antwortete Lioba brav.

»Und in welchem Bereich wären Personen, die unbekümmert und völlig locker aus der Hüfte bei Bedrohung handeln, hilfreich?«

»Feuerwehr?«

Bonlander schnaubte. »Dr. Heller – Sie sind wirklich gnadenlos einfältig. Das ist ja noch schlimmer, als ich angenommen hatte.«

»Das war ein Witz! Ein Witz! Halten Sie mich wirklich für so blöd?«

Die Antwort blieb aus.

Leck mich!, dachte Lioba.

»Und wem wollen Sie das fertige Serum unterjubeln? Dem Militär?«, fragte sie.

»Das unterliegt selbstverständlich der vorhin schon angekündigten Geheimhaltung.«

»Dann weiß ich ja jetzt alles, was ich wissen muss.«

Ohne ein weiteres Wort wischte die Soziologin über das Display des Handys und betrachtete sich im Spiegel. »Mädchen, in was für einen gottverdammten Haufen Scheiße bist du da hineingetreten?«

*

Es war still auf den Korridoren der *Amendment Corporation*. Kein Laut drang aus den mit massiven Stahltüren gesicherten Laboren in die Flure hinaus, und in den Laboratorien selbst schützten die dicken Glaswände die Forscher vor jeglicher Geräuschkulisse, die aus den Versuchsräumen in die angrenzenden Bereiche dringen könnte.

Michael Kessler ging der Tätigkeit nach, die er immer dann aufnahm, wenn ein Experiment in die nächste Phase ging: Kopfhörer beschallten seine Gehörgänge, während er sich dabei hingebungsvoll um die Pflege einer weißblütigen *Camellia japonica*, einer Kamelie, kümmerte, die unter einer Wärmelampe auf einem Regal über einem der kleinen

Tischchen stand, auf denen die unterschiedlichsten Kolben, Reagenzgläser und Laborgeräte verschiedenster Art und Größe angeordnet waren. Die Kamelie entsprang dem Teil der Außenwelt, den man Kessler erlaubt hatte, in die Firma einzuschleusen. Unter dem abfälligen Blick Professor Hendricks hatte Kessler die Pflanze bei seinem Einzug ins Labor vorsichtig abgestellt, nachdem die Wärmelampe in der richtigen Position montiert worden war, und da Hendricks wusste, dass er gegen dieses »Ding«, wie er es zu nennen pflegte, keinen juristisch einwandfreien Einspruch erheben konnte, blieb es bei verbalen Anspielungen auf die emotionale Instabilität seines Assistenten und herabwürdigenden Bemerkungen zu Kesslers nicht vorhandenem Integrationswillen.

Die Kamelie hatte vor ein paar Stunden eine zweite Blüte geöffnet, und der typisch süßliche Duft durchzog den Raum, den Kessler begierig mit geschlossenen Augen einsaugte. *Bauhaus* gaben dazu ihre Interpretation von *Third Uncle* zum Besten, die B-Seite der *Ziggy Stardust*-Single, die Kessler schon immer der A-Seite vorgezogen hatte. Deren infernalisch-geniales Gitarrengejaule dröhnte wohltuend in seinen Ohren und schien für einen Moment die aufkeimende Verzweiflung in ihm zu dämpfen. Keiner seiner Kollegen hatte eine Ahnung davon, dass er nicht am besten mit Elton John, sondern mit Punk entspannen konnte. Aber sie kannten ihn sowieso nicht. Keiner kannte keinen wirklich.

Schon vor ein paar Wochen war Kessler glasklar aufgegangen, dass er mit der Unterzeichnung seines Arbeitsvertrags einen fatalen Fehler begangen hatte. Des Weiteren war ihm bewusst geworden, dass es kein Zurück gab und dass der Job im Labor der Endpunkt seines Berufslebens darstellte. Eines Berufslebens wohlgemerkt, das ganz anders hätte verlaufen können, hätte Michael Kessler in seinem egoistischen, jugendlichen Forscherdrang nicht alle Angebote der freien Wirtschaft von vorneherein abgelehnt und sich stattdessen eingebildet, er könne in der *Amendment Corporation* nicht nur eine rasante Karriere hinlegen, sondern auch den Grundstein zu etwas, was nicht gleich der Nobelpreis sein musste, aber doch ein klein wenig in diese Größenordnung gehen sollte.

Das, was Michael Kessler jedoch am allermeisten bedrückte, war der Tatbestand, dass er sich selbst verloren hatte. Seine Ideale, seine Ziele – ja, er würde sogar so weit gehen und sagen: seine Menschlichkeit. Seine Seele hatte einen Knacks, der nicht mehr zu reparieren war. Und dies nicht erst, seitdem er mit Entsetzen zugesehen hatte, wie die letzte Versuchsperson unter unaussprechlichen Schmerzen im Raum hinter der Glaswand verreckt war.

Verreckt.

Er konnte es nicht anders in Worte fassen. Es gab keine Alternative, die Umstände zu verschönern. Der Proband war schreiend und quälend langsam gestorben. Die Gelassenheit, mit der Professor Hendricks dem Schauspiel beigewohnt hatte, hinterließ zusätzliche Narben bei Kessler. Er war ein Mörder. Sie waren alle Mörder. Das Verständnis für das Projekt war ihm abhandengekommen – der Sinn erschloss sich ihm nicht mehr, und es war ihm völlig schleierhaft, wie er einmal einen darin hatte erkennen können. Ja, sie erforschten ein potenzielles Heilmittel gegen Krankheiten, die das Leben der betroffenen Personen stark einschränkten und zur Hölle machen konnten. Aber um welchen Preis? Außerdem fragte er sich immer wieder, wo die Patienten herkamen. Noch nie hatte er irgendwelche Unterlagen oder Papiere gesehen, mit keinem Krankenhaus oder Arzt Kontakt aufnehmen müssen, es gab keine Dokumentationen über den Krankheitsverlauf. Die Probanden waren schlichtweg irgendwann aufgetaucht. Einmal hatte Kessler es gewagt, Hendricks auf dieses Thema anzusprechen, und war genauso abgeblitzt wie bei allen anderen Fragen, die über das rein Wissenschaftliche ihres Tuns hinausgingen. Wie hatte er so naiv sein können anzunehmen, dass irgendetwas hier mit rechten Dingen zuging? Wie hatte er das Prozedere jeden Morgen, die Vertragsunterzeichnung, diese Ausgeburt einer architektonischen Apokalypse still hinnehmen können? Warum war es ihm am Anfang egal gewesen, was im Bunker ablief, und hatte er sich alles einfach mit der Antwort erklärt, dass man eben der Konkurrenz um jeden Preis einen Schritt voraus sein müsse?

Ihr Tun war verabscheuenswürdig, und Kessler verachtete sich jeden Morgen selbst, wenn er in den Spiegel schaute. Aber – wo genau war der Weg zum Ausgang?

Kesslers Nase steckte tief in der Kamelienblüte, als eine von acht Leuchtdioden, die in ein Display eingelassen waren, welches neben dem Regal hing, anfing, ein hektisches, rotes Blinken auszusenden. Die Versuchsperson war anscheinend dabei, das Bewusstsein zu verlieren. Die Sensoren, die in alle Liegen eingelassen waren und die Lebensfunktionen jedes einzelnen Probanden überwachten, registrierten bei Wagner einen rapiden Sturz des Blutdrucks und der Lungenwerte. Kessler war überrascht, dass Wagner, nachdem er versucht hatte, ihn mit Worten zu beruhigen, mehrere Stunden durchgehalten hatte, ohne aufzugeben.

Keinen einzigen Blick hatte Kessler mehr in den venezianischen Spiegel verschwendet. Er wollte nicht sehen, wie der Proband die Hölle durchlebte, nicht mitbekommen, wie sich die schwarze Flut über ihn hermachte. Jetzt aber konnte er es nicht mehr ignorieren.

Michael Kessler wusste, dass der Zeitpunkt gekommen war, die nächste Phase einzuleiten. Das Serum zu spritzen. Oxy-35 in die Blutbahn zu jagen. Das behandelte Hormon war genau auf Wagner abgestimmt, bei jedem anderen Menschen würde die Injektion zu schlimmen Nebenwirkungen führen. Auch das hatten sie schon erlebt – Nebenwirkungen. Probanden, die komplett ausgerastet waren. Ihre Panikanfälle davor waren dagegen der reinste Ringelpietz gewesen.

Kessler war sich der Konsequenzen bewusst, die die nächste Stufe mit sich bringen würde.

Er starrte so intensiv auf das blinkende Licht vor sich, dass er kurzzeitig das Gefühl hatte, die Leuchtdiode säße direkt in seinem Sehnerv. Kesslers Kopf fing an zu schmerzen, und seine Gedanken überschlugen sich. Hendricks Anweisungen waren wie immer klar und deutlich gewesen. Präzise formuliert und mit einem eindeutigen Ziel ausgesprochen. Was bedeutete, dass nun die Injektion verabreicht werden musste, die die Funktionen von David Wagners Amygdala dahingehend verändern würden, dass dieser nach einer gewissen Zeit seinen Frieden mit der Ursache seiner Panik schließen würde. Vielleicht. Denn was darüber hinaus passieren konnte, war nicht klar, hatte doch kein Proband dieses Stadium jemals bei vollem Verstand erlebt. Würde Wagner ein emotionsloser Roboter werden? Würde er seinen Mitmenschen gegenüber wie ein Eisblock wirken? Würden ihm sämtliche Emotionen abhandenkommen? Wäre das das kleinere Übel?

Kessler konnte Hendricks Kommando nicht nachkommen. Es ging nicht mehr. Nicht, nachdem die letzte Testperson unter so grauenvollen Umständen gestorben war, als man ihr die Spritze verabreichte. Er konnte es nicht, weil er nicht wusste, was mit Wagner passieren würde. Das Fragezeichen war zu groß. Kessler wollte kein Handlanger, kein purer Knöpfchendrücker mehr sein. Es war ihm egal, was das für seine Karriere bedeutete. Sollten sie ihn doch rausschmeißen! Er hatte, seit er bei der *Amendment Corporation* arbeitete, von keinem solchen Fall gehört, aber – bei Gott – er konnte doch nicht der Einzige in diesem Laden sein, der plötzlich sein Gewissen vernahm. Laut und deutlich. Es schrie ihn geradezu an. Gab es denn bis jetzt auch nur einen einzigen Probanden, dessen Nervensystem auf das Serum positiv angesprochen hatte? Wie lange waren seine Kollegen noch in der Lage zu verdrängen, dass die dicken Glasscheiben in den Laboren und die Stahltüren zu den Korridoren alleine dazu da waren, die Schreie ungehört verhallen zu lassen?

Warum fing man stattdessen nicht an, die in die Liegen eingearbeiteten Messfühler zu vermarkten, anstatt wie besessen an einem Serum mit äußerst fragwürdiger Wirkung herumzubasteln? Kessler war überzeugt davon, dass man mit den Sensoren die Kasse zum Klingeln bringen könnte. Vielleicht nicht unbedingt mit Hilfe von Unternehmen in Deutschland, dafür aber auf dem amerikanischen oder japanischen Markt. Gab es für diese Fühler schon ein Patent?

Der Laborassistent hatte sich wie hypnotisiert durch das rote Lämpchen und die Gitarrenriffs der Dark Wave-Band, treiben lassen und erlag beinahe einem Herzanfall, als sich eine Hand schwer auf seine Schulter legte.

*

Die Menschen, die wie ein Rudel Wölfe auf der Suche nach Beute und einer Pfütze, in der sie ihren Durst stillen konnten, über den Mailänder Platz am Hauptbahnhof streiften, krabbelten zu seinen Füßen. Nebenan winkten ihm die Kräne der Großbaustelle zu. Er hatte sich nie mit dem Bahnhofsumbau beschäftigt, konnte aber nicht begreifen, wie man hier in dieser zubetonierten Umgebung einkaufen oder bei dem Baulärm im Freien sitzen wollte. Es gab fast kein Grün. Ein Hund konnte hier nicht einmal ordentlich das Bein heben. Und die Sicht von unten auf die Weinberge und Hanglagen wurde einem durch aufragende quaderförmige Betonschuhschachteln genommen. Überhaupt: Er hasste Shopping, er hasste Kneipen, er hasste Bars. Er verabscheute die Notwendigkeit, etwas kaufen zu müssen. Beflissene oder schnippische Verkäuferinnen, beides gleich furchtbar, Schlangen vor der Kasse, Gedränge auf der Rolltreppe, der Sturz zu den Wühltischen, Mütter, die ihre Kinderwägen vor sich herschoben, als ob sie feindliche Linien durchbrechen wollten – das war ihm zuwider. Bonlander selbst bestellte nur online und ließ sich auch seine Lebensmitteleinkäufe liefern, seitdem ein paar Supermärkte diese neue Art der Dienstleistung für sich entdeckt hatten.

Schon als er sich Stuttgart auf der Bundesstraße genähert hatte, waren die Ausläufer der Großstadt wie Kopfschmerzen über ihn hergefallen. Nichts schien ihm nun fremder als dieses Gewimmel aus Körpern, das er überhaupt nicht mehr gewohnt war. Touristen, die durch die Anlagen zogen und sich vor dem im Abendhimmel bläulich beleuchteten und schimmernden Kubus der Bibliothek ablichten ließen, lachende Teenager auf der Suche nach dem Kick und dem nächsten Hamburger-Szene-Laden und die Bettler – die vermisste er ganz und gar nicht. An jeder Ecke hielten sie den vorbeilaufenden Passanten ihre Becher hin. Quälten ihre Akkordeons oder fütterten Papageien auf ihren Schultern. Stuttgart war ihm fremd geworden. Er war doch nicht etwa zum Landei mutiert, seit er mit Horgenzell in die Einöde ausgewandert war? Als Nächstes fing er noch an, sich über das Gackern der Hühner zu freuen und Eichhörnchen zu füttern.

»Wenn Sie sich einmal die passenden Tischdecken anschauen würden?« Ein spitzer Nagel tippte ihm auf den Arm.

Bonlander fuhr herum. »Hm? Ja – Tischdecken, sicher.« Er seufzte. Fast eine Stunde hatte er heute Abend im Pendlerverkehr festgesessen, um die Hochzeitsplanerin aufzusuchen, die wegen Horgenzells Paranoia Überstunden machte und die ihn nun schon seit einer gefühlten Ewigkeit zu Stoffen, Sitzkissen, Hussen, Blumenarrangements und jetzt Tafeldecken befragte. Rosen oder Wiesenblumen? Elegant oder eher natürlich? Extravagant, mit Stil, leidenschaftlich, romantisch? Sein Kopf rauchte. Der Präsentationsraum von *Heyday Dreams,* geführt von der ansehnlichen Frau Adriányi und ihren Gehilfinnen im sechsten Stock eines der neueren Bürogebäude am Mailänder Platz, quoll über vor Stoffmustern, Fotos, Katalogen und Prospekten, welche von der jungen, platinblondgelockten Besitzerin, die »den ganzen Abend, Herr Bonlander! Wenn es sein muss, bis in die Nacht!« für ihn da sein würde, auf dem Hochflorteppichboden ausgelegt worden waren.

Ein Albtraum. Er hatte nicht die geringste Ahnung und kein Quäntchen Lust. Was wusste er schon vom Heiraten?

»Ich weiß, Herr Bonlander, es ist schwierig«, flötete die junge Frau, wobei die Vokale in ihrem Mund eine kaugummiartige Transformation erfuhren, und schenkte ihm ein aufmunterndes Lächeln. Ihre Wangen röteten sich, als sie fortfuhr: »Und es ist ja nicht einmal Ihre eigene Hochzeit.« Sie kicherte. »Aber ich habe schon eine Vorauswahl getroffen, um Ihnen die Entscheidung zu erleichtern. Im Prinzip müssen Sie nur noch ein Knöpfchen dran machen und Horgenzell versichern, dass ich hier alles im Griff habe. Das wird ein Traum! Ich bin ja so aufgeregt! Ich bin jedes Mal aufgeregt!« Sie klatschte in die Hände wie ein kleines Mädchen.

Bonlander glaubte zu phantasieren. In welches Szenario hatte er sich hier begeben? Jedoch musste er zugeben, dass von Frau Adriányi ein gewisser Charme ausging, den er nicht imstande war auszublenden. Dieser Akzent – höchst reizvoll.

»Da wir auf dem Land sind, würde ich Ihnen zu den Wildblumen raten. Roter Mohn, blaue Kornblumen, vielleicht noch Malve. Ein wunderschöner farblicher Kontrast der Blüten. Aufregend, erregend, animierend! Was meinen Sie?« Sie sah ihn neugierig an. »Zu profan? Nicht leidenschaftlich genug? Die Meinung eines Mannes zählt hier viel.«

Bonlander fand diese Aussage nicht sehr hilfreich. Er hatte absolut keine Ahnung. Sie sollte ihn schließlich in dieser Angelegenheit beraten und nicht umgekehrt. Er wollte gerade zu einer knappen Erwiderung ansetzen, als sein Handy vibrierte. Dankbar für die Unterbrechung zog er es aus der Innentasche. Die Nummer sagte ihm nichts, aber jede Art der Belästigung kam ihm momentan gelegener als wilder Mohn. Frau Adriányi nickte ihm verständnisvoll zu, und er ging zurück zum Fenster.

Der Mann am anderen Ende der Leitung stellte sich als Kriminalkommissar Erik Deckert vom Dezernat Tübingen vor und entschuldigte sich für den Anruf am Abend. Er habe Bonlanders Telefonnummer von Dr. Horgenzell, den er kontaktiert hatte, nachdem etliche Versuche, mit dessen Tochter Mascha Kontakt aufzunehmen, vergebens gewesen waren.

»Ich nehme an, Mascha Horgenzell ist gerade mit der Organisation ihrer Hochzeit sehr beschäftigt und hat keinen Kopf für Anrufer«, meinte der Kommissar. »Dr. Horgenzell selbst hat mich an Sie verwiesen, da er Sie beauftragt hat, die Planung der Feierlichkeiten zu unterstützen.«

Unterstützen?, dachte Bonlander. *So kann man es auch ausdrücken.* Er war allein auf weiter Flur.

»Das ist korrekt, aber ich kann Ihnen leider auch nicht sagen, wo sich Dr. Horgenzells Tochter momentan befindet. Man hat mir die alleinige Entscheidung überlassen, was die Planung angeht.« Zu seinem eigenen Erstaunen brachte Bonlander diesen Satz mit einigem Stolz hervor. »Um was geht es denn genau?«

»Da Sie mit der Familie in Kontakt stehen, hat Ihnen Mascha Horgenzell sicherlich mitgeteilt, dass Franziska Wagner ihre Aufgabe als Brautjungfer nicht wahrnehmen kann, da sie in einen Unfall verwickelt wurde.«

Keine Brautjungfer! Katastrophe!

Bonlander verdrehte die Augen. »Nun, ich – nein, ich hatte keine Ahnung«, stammelte er entsetzt.

Woher in Dreiteufelsnamen sollte er innerhalb von zwei Tagen eine neue Brautjungfer herbekommen? Sollte er die attraktive Ladenbesitzerin von *Heyday Dreams* nehmen? Aber die gehörte nicht zu den engen Freunden. Das war sicherlich nicht die beste Lösung. Was tat man in so einem Fall? In Gedanken versunken versuchte er sich daran zu erinnern, wie viele Freundinnen Mascha Horgenzell eingeladen hatte, aber das Einsehen der Gästeliste war für ihn nicht Priorität gewesen. Dann erinnerte er sich, dass der Kommissar in der Leitung hing. »Aber das ist doch nicht der Grund, weswegen Sie anrufen?«, sagte er schnell.

»Nein, eigentlich nicht.« Der Kommissar, der geduldig

gewartet hatte, machte eine Kunstpause. »Kennen Sie Franziska Wagner, Herr Bonlander?«

Bonlander überlegte. Der Name kam ihm seltsamerweise bekannt vor. Da war vielleicht doch was von der Liste hängen geblieben. »Ich bin mir nicht sicher«, sagte er zögernd.

»Nun ich dachte, Sie hätten vielleicht mit ihr zu tun gehabt. Schließlich muss auch der Auftritt der Brautjungfern geplant werden.«

»Ich habe die Aufgabe erst gestern übernommen, Herr Deckert.« Bonlander öffnete sein Jackett und strich sich nervös über die feuchte Stirn. Tief unter ihm fing eine Gruppe peruanischer Musiker an, ihre Instrumente auf der Straße auszupacken.

»Franziska Wagner und ihr Mann David wurden in einen Unfall verwickelt, als sie auf dem Weg nach Bebenhausen waren, um dort ihr Zimmer im Landhotel Hirsch zu beziehen«, sprach Erik Deckert weiter.

Bonlander hörte ein Rascheln und sah sich um. Die Hochzeitsplanerin drapierte mit Hingabe unterschiedliche Tischdecken über Stühle. »Dort wohnen alle Gäste«, antwortete Bonlander, der wieder nicht recht bei der Sache war. »Ein Autounfall sagten Sie?«

»Das sagte ich nicht, aber – ja, ihr Ford kam von der Landstraße ab und hat sich überschlagen.«

Bonlander hatte den Eindruck, der Tonfall des Kommissars hätte sich verändert. Steckte nicht etwas Lauerndes in dessen Stimme?

»David Wagner ist seitdem verschwunden, Herr Bonlander.« Ein weiteres Mal machte der Kommissar eine Sprechpause, bevor er hinzufügte. »Und Sie kennen das Ehepaar wirklich nicht?«

Bonlander schüttelte den Kopf. Ihm war plötzlich furchtbar heiß. Ein Unfall, Richtung Bebenhausen, auf der Landstraße und der Mann hatte sich in Luft aufgelöst. Wagner. Jetzt erinnerte er sich. Großer Gott, das war der Mann in Hendricks Labor! Er schloss kurz die Augen. »Herr Deckert, ich kann Ihnen leider nicht weiterhelfen«, antwortete er knapp. »Und Sie müssen verstehen, dass ich momentan außerordentlich viel zu tun habe. Die Hochzeit ist übermorgen. Es müssen noch viele Entscheidungen getroffen werden. Einen Ersatz für die Brautjungfer zu bekommen ist da nur eine von vielen. Sie entschuldigen mich?« Ohne einen Gruß beendete er den Anruf.

Er musste sofort etwas unternehmen!

»Fräulein Adriányi, hätten Sie vielleicht ein Glas Wasser?«, krächzte er.

*

Lioba nahm zwei Stufen auf einmal und ärgerte sich, dass sie noch nicht über einen Activity-Chip, wie hier die Namensschilder mit Magnetstreifen hießen, verfügte, mit dem sie die Aufzüge hätte bedienen können. Momentan konnte sie nur in einen Lift einsteigen, wenn dieser zufällig hielt und jemand ausstieg. Und so mäanderte sie in diesem verwirrenden Labyrinth, dessen Aufbau sie frappant an die Zeichnungen von M.C. Escher* erinnerte, herum.

---

* Kunsthistoriker hatten lange Zeit ein großes Problem mit M.C. Escher, der in ihren Augen nicht wirklich ein Künstler, sondern eher ein perspektivischer Experimenteur, ein Täuscher, ein ganz und gar unklassischer Grafiker gewesen war. Mathematiker hingegen fühlten sich schon immer von seinen Themen angesprochen. Jedoch ist Escher heute voll und ganz in der Gesellschaft angekommen. Wetten, dass auch Lioba Heller sich mindestens einmal in ihrem Leben mit den Papiermodellen des Niederländers abgemüht hat?

Welcher bekiffte Architekt hatte sich das nur ausgedacht? Und – wozu?

Sie schaute sich um und hatte das vage Gefühl, schon einmal diese Stufen genommen zu haben. Ging es jetzt rechts oder doch wieder links? Das Treppenhaus war nicht einfach ein Treppenhaus. Es war vielmehr in Absätze gegliedert, die jedoch nicht immer auf den Stockwerken endeten, sondern manchmal auch zwischen den Geschossen. Dann folgte ein Gang, der in jede Richtung abbiegen konnte, und dann ging es wieder hinauf oder hinunter, je nachdem, ob die Treppe zwei Etagen übersprungen hatte oder nur eine. Verwirrend. Abstrus. Kryptisch. Dieser Architekturteil des Gebäudes war der ausgeklügelste Abschnitt des ganzen Bunkers, und das wollte schon was heißen, denn auch die Flure zu den Laboren verliefen nicht schnurgerade. Zumindest hatte sie den Eindruck gewonnen, dass sie es nicht taten. In jedem Untergeschoss befand sich die exakt gleiche Anzahl an Räumen, die in einer Art doppeltem Mauerring um so etwas wie einen Innenhof angeordnet waren. In diesem befanden sich die ausgefeilte Belüftung und andere gebäuderelevante Technik. Im Prinzip glich der Bunker einem gigantischen flachen Irrgartenquader aus Stahlbeton, an dem die Familie Torrance aus Shining ihre größte Freude gehabt hätte. Im Unterschied dazu gab es im Corporation Labyrinth aber ein großes Loch in der Mitte. Und drum herum verlief das kompliziert angelegte Escher-Treppenhaus, in dem Lioba herumirrte und dabei war, vollständig die Nerven zu verlieren.

Was sie nicht wissen konnte: Die Stufen waren nicht dazu da, einen Menschen von einem Stockwerk zum anderen zu bringen, sondern das verzwickte Muster sollte die Patienten, die es geschafft hatten, sich frei bewegen zu können, davon abhalten, eben dies zu tun. Das Treppenhaus ersetzte ein Minenfeld, denn niemand, der nicht über den Activity-Chip verfügte, durfte ins Freie gelangen.

Der Bunker war eine Art Sicherheitsgefängnis.

Bei Richter eine drückende Blase vorzutäuschen, war ein Leichtes gewesen. Der Doktor, der sie wohl nicht nur wegen der reizvollen Mischung aus Freizügigkeit und Unschuld, von der sie wusste, dass sie sie ausstrahlte, sofort ins sabbernde Altmännerherz geschlossen hatte, konnte gar nicht »Nein« sagen, als seine neue Mitarbeiterin darum bat, »den Kaffee forttragen zu dürfen«.

Selbstverständlich durfte sie.

Das leise Vibrieren in ihrem Büstenhalter unter der gelben Bluse hatte er jedenfalls nicht bemerkt. Wahrscheinlich war er in jenem Augenblick mit der Ultrazentrifuge beschäftigt gewesen, die er mit Stolz als sein Lieblingsspielzeug bezeichnete. Über das waschmaschinengroße Gerät gebeugt und völlig in die Anzeige auf dessen Display vertieft, hatte er überhaupt nicht mitbekommen, wie Lioba das Labor verließ, sich auf dem Gang umsah und – nachdem sie sich dort allein wiedergefunden hatte – sofort Lothar Bonlander zurückrief.

Sie hatte festgestellt, dass der Damenlokus nicht die einzige Örtlichkeit unter Tage war, der über Mobilfunkempfang verfügte. Dort waren auf Liobas Smartphone zwar drei Balken zu sehen gewesen, aber auch an verschiedenen anderen Stellen konnte durchaus ein Anruf getätigt oder empfangen werden. Lioba hatte das während einer sehr langweiligen Rede des Kollegen, der das Team am Morgen herumgeführt hatte, ausprobiert. Da sie die paar Stunden Schlaf in der Nacht zuvor nicht wirklich erquickt hatten, sie vor Müdigkeit umzufallen drohte und nicht nur die Ausführungen des Mitarbeiters stinklangweilig waren, sondern es auch im Flur des dritten Untergeschosses, in dem sie sich gerade befanden, rein nichts zu sehen gab, außer weißen Wänden, weißem Fußboden und weißen Türen, kam ihr das Handy in ihrem BH als Zeitvertreib gerade recht. Sie hatte sich unbemerkt hinter eine Ecke zurückgezogen, und als sie eben im Begriff gewesen war, ihren eigenen Temple-Run-Rekord zu knacken, und im rauschenden Wasserfall unter einem Baumstamm durchtauchte, fielen ihr die Empfangsbalken ins Auge.

Lothar Bonlander war völlig aufgelöst gewesen. Lioba, die schon beim letzten Telefonat mit ihm den Verdacht gehegt hatte, dass dieser vollkommen mit den ihm anvertrauten Aufgaben überfordert sei, fühlte sich bestätigt. In hysterischem Tonfall hatte er ihr gewissermaßen befohlen, Hendricks im vierten Untergeschoss davon zu überzeugen, die Tests am Probanden sofort einzustellen. Ihr eingeworfener Hinweis, dass sie damit ihre Stellung im Unternehmen kompromittieren, Bonlander selbst entblößen und alles zum Scheitern bringen würde, bevor es überhaupt angefangen hatte, schien ihr überdrehter Gesprächspartner nicht hören zu wollen. Nur wenige Sekunden, nachdem sie das Gespräch beendet hatte, vibrierte das iPhone erneut. »Beeiln sie sich. Sofrt!«, las Lioba auf dem Display. Legastheniker war er also auch noch.

Jetzt rannte sie blindlings wie ein Hamster im Rad durch das Labyrinth der Stufen und Gänge und verfluchte ihn. Sie wollte ins Bett. Sie war müde und hatte die Schnauze gestrichen voll!

Für dieses unprofessionelle Gehabe, das die *Amendment Corp.* da an den Tag legte, konnte man ihr gar nicht genug bezahlen! Und zwar »sofrt«!

*

»Verdammt, Kessler, seien Sie mehr bei der Sache! Was tun Sie denn da?«

Hendricks riss seinen Assistenten an der Schulter herum, sodass dieser unsanft mit dem Rücken gegen das blinkende Display stieß. »Herrgott!«, brüllte der Professor, »was ist los mit Ihnen? Leiten Sie die nächste Phase ein! Jetzt!« Hendricks war nun außer sich, schubste Kessler noch einmal grob gegen die Betonwand, dem daraufhin die Kopfhörer von den Ohren glitten, und ging dann mit weit ausholenden Schritten zu einer Glasvitrine am anderen Ende des Raumes, fummelte einen kleinen Schlüssel aus der Tasche seines Laborkittels und stieß ihn ungeduldig ins Schloss.

»Phase 3, Kessler, Phase 3!« Er holte ein Reagenzglas aus der Vitrine und drehte sich um. Seine Stimme klang nun bemüht verhalten, als er eine Spritze mit der klaren Flüssigkeit aus der Phiole aufzog. »Ich ahne, was Sie durchmachen. Wirklich. Halten Sie mich nicht für vollkommen unsensibel. Aber das Serum ist perfekt. Was ist denn los mit Ihnen? Haben Sie das Vertrauen in Ihre Arbeit verloren? Wo ist Ihr Sportsgeist geblieben?« Triumphierend reckte Hendricks die Hand, die die Injektionsspritze hielt, in die Luft. »Keiner macht auf halber Strecke halt, wo kämen wir denn da hin?« Er ging langsam auf den venezianischen Spiegel zu.

Kessler, der die ganze Zeit wie erstarrt an der Betonwand geklebt hatte, verspürte einen Anflug von Ekel. Dieser Elan, mit dem Hendricks zur Sache ging.

In die plötzliche Stille schrillte ein Klingelton, und der Professor blieb stehen. »Nicht jetzt«, murmelte er, während er mit einer Hand in seine Labortasche griff.

»Man hat Ihnen ein Telefon erlaubt?«, stieß Kessler ungläubig hervor. »Warum?«

Hendricks ignorierte die Frage und drückte ihm wortlos

das Reagenzglas in die Hand. »Das ist ein ziemlich schlechter Zeitpunkt, Herr Bonlander«, bellte er in sein Handy.

Für einen Moment überlegte sich Kessler, ob er das Serum auf den Boden schütten sollte, sah aber ein, dass dieser lächerliche Versuch Wagner in keiner Weise vor seinem Verhängnis bewahren konnte. Sie hatten Unmengen des Serums hergestellt. Es war genügend Nachschub da.

»Wie ist der Name?«, hörte er Hendricks ins Telefon schnauben. Nach einer Weile. »Ja, der ist es.« Dann fielen die Mundwinkel des Professors herunter, als ob man die Nerven durchtrennt hätte. »Das ist nicht Ihr Ernst«, sagte er leise. Dann etwas lauter. »Das ist nicht Ihr Ernst!« Mit zitternden Fingern strich er sich durch die grauen Strähnen, und während der nächsten Sekunden verfinsterte sich seine Mimik zusehends.

Michael Kessler stand mit dem Serum in der Hand immer noch an die Laborwand gepresst. Was war los? Hatten sie ein Problem? Musste die Phase etwa abgebrochen werden? Ein kleiner Samen Hoffnung keimte in ihm. Es blieb nicht mehr viel Zeit, um den Patienten zu retten. Die Lampe hatte ihr rotes Blinken nicht eingestellt. Wundersamerweise hielt Wagner durch, aber wie lange noch? In seinem Innern spürte Kessler den unwiderstehlichen Drang, alles zum Guten zu wenden, koste es, was es wolle. Wagner die Freiheit schenken, ihn zurück zu seiner Familie zu schicken, zu seinen Freunden, ihn finanziell zu entschädigen – irgendetwas. Verschiedene Optionen schossen ihm wie eine kleine Diashow durch den Kopf. Egal, wenn man einige davon »Bestechung« nannte. Egal, wenn er nachher selbst dran war. Er musste sein Gewissen reinigen, seine Seele befreien. David Wagner sollte leben! Und für alles, was Hendricks in seinem wissenschaftlichen Fieber, in seinem unverminderten Verlangen nach Ruhm und Anerkennung getan hatte, musste dieser Mann die gerechte Strafe erhalten.

»Wissen Sie, was Sie da von mir verlangen, Bonlander?«, brüllte der Professor. »Das ist nicht möglich! Verstehen Sie? Nicht möglich! Wir sind schon zu weit. Sie persönlich haben dafür gesorgt, dass wir so weit sind. Haben mir jeden Tag die Pistole auf die Brust gesetzt. Sollen wir ihn etwa gehen lassen? Einfach so? Wie stellen Sie sich das vor? Soll ich ihm das Gedächtnis löschen, indem ich mit einem Zauberstab vor seinem Gesicht herumfuchtele?« Er lachte hämisch, kam auf Kessler zu und riss ihm das Serum aus der Hand. »Vergessen Sie's, Bonlander! Wir haben verdammt hart gearbeitet, bis wir so weit waren. Und nicht nur ich und Sie stecken da drin, sondern jede einzelne Person, jede Putzfrau, jede Kantinenschickse, jeder Aufseher, der hier in dieser Firma beschäftigt ist. Alle«, brüllte er, und seine Stimme kippte.

Mit einer steilen Zornesfalte auf der Stirn warf er das Smartphone auf den Boden, wo es mit einem lauten Scheppern in seine Einzelteile zerfiel.

Mit angehaltenem Atem beobachtete Kessler sprachlos, wie Hendricks einfach nur da stand und durch die Betrachtung des Reagenzröhrchens allmählich zu dem kühlen Menschen wurde, den er kannte. Zielorientiert, organisiert und ohne große Emotionen.

»Wir starten«, sagte er tonlos.

»Was ist los? Haben wir Probleme? Sollen wir abbrechen?«

»Das spielt keine Rolle, Kessler. Wir fahren fort, wie geplant.« Der Professor warf seinem Assistenten einen stechenden Blick zu, der ihm bedeutete, nur nicht den Schwanz einzuziehen.

Aber Michael Kessler konnte und wollte nicht anders. Und

es war kein Zurückweichen, kein Ducken, kein Verkriechen, es war die Flucht nach vorn. Er sah seinen Vorgesetzten an, und die Kehle schnürte sich ihm vor Abscheu zu. Mit einer Kraft, von der nicht einmal er wusste, dass sie in ihm steckte, stieß er sich ohne Vorwarnung von der Mauer ab, und sein dürrer Körper flog Hendricks entgegen. Dieser starrte mit der Fassungslosigkeit eines Ahnungslosen in Kesslers zum Schrei geöffneten Mund, und Glas splitterte, als sein Assistent ihn umriss und beide in die Vitrine knallten, der Hendricks zuvor das Serum entnommen hatte. Kessler spürte, wie etwas Scharfes seine Wange streifte, was ihn jedoch nicht kümmerte. Stattdessen entwand er mechanisch die Spritze aus Hendricks blutender Hand und jagte sie ihm, ohne auch nur den Bruchteil einer Sekunde darüber nachzudenken, in die faltige Kehle.

Dann drückte Michael Kessler das Serum in die pulsierende Halsvene des Chefwissenschaftlers.

LAUFLÄNGE 140 MILLIMETER

Als die erste Scheibe des Gerätehauses zersplitterte, war Florian eben dabei, den zweiten Sack Rindenmulch im fahlen Schein der Solarlampen zu dem Hortensienbeet hinter sich herzuziehen. Zuerst dachte er treuherzig an ein wild gewordenes, mit Nüssen werfendes Eichhörnchen, dann an Halbwüchsige mit Schleuder und chronischer Schlafstörung, aber als das Glas der zweiten Scheibe des Schuppens nach einem dumpfen »Mmpf« einen langen Riss bekam, ließ er den Sack stehen und rannte geduckt die Ligusterhecke entlang, die das Grundstück von dem des Nachbarn trennte. Keuchend kniete er sich neben eine Forsythie und versuchte, seine karussellfahrenden Gedanken zu ordnen und seinen lauten Atem zu beruhigen. Da war ein Irrer mit Waffe unterwegs. Auf seinem Grundstück, in seinem Garten, und dieser Verrückte hatte es anscheinend auf ihn abgesehen. Offensichtlich benutzte er einen Schalldämpfer – das Geräusch erkannte Florian wieder. Der Mündungssignaturreduzierer, wie er es korrekt zu bezeichnen gelernt hatte, wurde nicht nur von Polizei oder Militär, sondern durchaus auch von Jägern mit Sondergenehmigung benutzt, deren Revier in der Nähe einer Stadt lag. Aber der Wald war nicht hinter seinem Haus. Um verirrte Kugeln konnte es sich hier also nicht handeln. Das galt ihm, verflucht!

Das dritte Geschoss schlug mit einem dumpfen Ploppen in der Holzwand des Geräteschuppens, ungefähr zwei Meter von Florian entfernt, ein.

Er brauchte seine Dienstwaffe, die er, anders als die Kollegen von der Schutzpolizei, immer mit nach Hause nehmen durfte. Diese lag aber nun gesichert in einem verschlossenen Stahlschrank im Schlafzimmer, und Verena schlief nach ihrer langen Schicht im Krankenhaus schon.

Verdammt!

Gerade, als er sich fieberhaft überlegte, wie er über die Terrasse ins Wohnzimmer gelangen könnte, ohne über einen längeren Zeitraum hinweg ein sauberes Ziel abzugeben, hörte er ein leises Rascheln. Der Stoff von dünnen Hosen, der beim Laufen aneinander rieb. Dann beugte sich ein schemenhafter heller Umriss über das Staudenbeet, und es wurde mit einem Schlag dunkler. Anscheinend hatte jemand die Solarlampen herausgezogen und sie in den nahe stehenden Rhododendrenbusch geschleudert.

Florian fuhr sich über die feuchte Stirn und bemerkte, dass er immer noch seine Arbeitshandschuhe trug. Vorsichtig zog er sie aus und tastete nach seinem Smartphone in der Gesäßtasche. Behutsam umschloss er es mit der Hand, betete, dass in diesem Augenblick niemand auf die Idee kam, ihn anzurufen, und legte es auf die Erde vor sich, wo er das Display mit seinem Schuh abschirmte. Als er darüberwischte und still flehte, das Licht möge ihn um Himmels willen nicht verraten, baute sich der helle Fleck lautlos vor ihm auf. Der Umriss einer Ruger näherte sich seiner Schläfe, und Florian dachte, dass er dessen schlanken Lauf, der einem altmodischen Wildwest Colt glich, unter hundert anderen Handfeuerwaffenläufen stets wiedererkennen würde.

»Lauflänge 140 Millimeter, Gewicht 900 Gramm, Grundkaliber 22er Magnum?«, fragte er leise.

»940 Gramm*. Sonst lagen Sie richtig. Nicht schlecht, aber Sie waren ja auch einer der besten in Ihrem Ausbildungsjahrgang, nicht?«, antwortete der Fleck prompt.

»Haben Sie dafür einen Waffenschein?«

---

* Für knappe 700 Euro bekommen Sie so ein Ding online. Natürlich nur, wenn Sie über einen Waffenschein verfügen. Auch das Kaliber muss in jede Waffenbesitzkarte eingetragen werden. Laut Waffengesetz muss die Anmeldung der Waffe innerhalb von 14 Tagen ab Rechnungsstellung erfolgen. Aber das kriegen Sie sicher auch hin. Die Vorstellung, dass es durchaus vorkommen kann, dass so ein Ding durch den Paketzusteller gleichzeitig mit den Geburtstagsgeschenken für Ihren Sprössling geliefert wird, ist schon ein wenig gewöhnungsbedürftig.

»Wollen Sie mich verarschen?«, fragte der Umriss dumpf zurück.

»Eine Smith & Wesson kann ähnlich aussehen. Ich meine natürlich bei so einer Beleuchtung, wie wir sie jetzt haben, aber im Allgemeinen kann man eine Ruger schon sehr deutlich von anderen Revolvern unterscheiden, und da wäre noch der enorme Preisunterschied, der …«

Der helle Fleck wartete nicht darauf, bis Florian geschwätzig den Satz beendet hatte, sondern hämmerte den Griff der Waffe blitzschnell gegen die Schläfe des jungen Beamten.

Polizeikommissaranwärter Florian Schumann konnte sich gerade noch fragen, ob die Tatsache, dass er wusste, dass sein Angreifer in einem weißen Overall steckte, nun gut oder schlecht für ihn war, bevor sein Körper langsam in das frisch gemulchte, weiche Hortensienbeet sank.

KAMPF GEGEN DIE INSEKTEN

Mit dem Rücken zur Wand kauerte er neben dem leblosen Körper von Hendricks, unter dem sich während der letzten Minuten eine Blutlache gebildet hatte, die dessen

Laborkittel allmählich in einen roten Lumpen verwandelte. Anscheinend war Hendricks Körper zusätzlich von geborstenem Glas aufgeschlitzt worden. Kessler war fassungslos und über sich selbst schockiert. Im Moment konnte er nicht ermessen, was eben geschehen war. Es war nicht zu stoppen gewesen. Er hatte neben sich selbst gestanden und seinen hageren Körper dabei beobachtet, wie er Handlungen ausführte, die anscheinend tief in seinem Unterbewusstsein verankert gewesen waren und die sich mit einem Mal Bahn gebrochen hatten. Er hatte einen Mord begangen!

Michael Kessler starrte auf das Gesicht des Professors, dessen Züge im Tod gänzliche Überraschung zeigten, und wischte sich geistesabwesend einen dünnen Faden Blut von der Wange, wo ihn der Splitter gestreift hatte. Hendricks' Mund stand offen, und in seinen aufgerissenen Augen meinte Kessler etwas wie einen vorwurfsvollen Ausdruck erkennen zu können, was natürlich völliger Humbug war, aber ihn zunehmend verwirrte, je länger er dem Wissenschaftler ins Gesicht schaute.

Er wandte den Blick ab und atmete tief durch. Wie von Weitem drang ein durchdringender, immer wiederkehrender Ton in seine Ohren, und das Labor wurde von einem stroboskopartigen Blitz erhellt.

David Wagner!

Mühsam zwang sich Kessler aufzustehen und wankte zum Display. Mit einem zitternden Finger betätigte er einen Schalter, und das sirenenartige Geräusch verstummte augenblicklich. Sein Blick auf die Anzeigen sagte ihm, dass schon viel zu viel Zeit vergangen war, seitdem sich die Sensoren zum ersten Mal gemeldet hatten. Wagner ging es nicht gut. Es ging ihm gar nicht gut, und wenn man nicht unmittelbar etwas unternahm, würde dieses Labor seinen zweiten

Todesfall zu beklagen haben. Nein, korrigierte er sich. Seinen dritten. Hendricks muss man wohl mitzählen.

Umständlich setzte sich Kessler vor den Laptop, tippte zittrig einige Zahlen ein und bewegte mit dem Cursor digitale Regler. Zuallererst mussten die Insekten aus dem Versuchsraum entfernt werden. Solange sie noch drin waren, ging nichts. Normalerweise bestand keine Notwendigkeit darin, in die Räume, in denen die Probanden litten, hineinzugehen, während Phase 2 in vollem Gange war; man hatte aber dennoch an eine Notsäuberung gedacht, falls ein Betreten der Kammern einmal unumgänglich werden sollte. Die Testräume konnten von den Laboratorien aus leergepumpt, belüftet oder auf andere Arten gereinigt und so von der Ursache der Patientenphobie befreit werden.

Kessler leitete die Absaugung von Raum 3.4 ein. Der Prozess würde einige Minuten benötigen, und er hoffte inständig, dass Wagner bis dahin durchhielt. Das Sensordisplay an der Wand machte ihm nicht gerade Hoffnung. Das wurde verflucht knapp. Er durfte keine Zeit verlieren. Ohne lange zu überlegen, stand Kessler auf und öffnete die erste Tür zum Versuchsraum, die in die Panzerglaswand eingelassen war. Die Wand bestand aus zwei Scheiben, die mit einem Abstand von circa 50 Zentimetern hintereinander standen, sodass man sich in dem kleinen Zwischenraum gerade noch aufhalten konnte. Kessler befand sich nun in einem schmalen Gang direkt vor der zweiten Scheibe, in die eine weitere Tür eingebaut war, die mit einem Retinascanner gesichert wurde. Er presste sein Gesicht vor die Kamera, und nach wenigen Sekunden schwang die Tür mit einem summenden Geräusch langsam ein kleines Stück weit auf. Sofort drängte sich die schwarze Flut mit ungeahnter Geschwindigkeit ins vermeintliche Freie. Kessler wich angewidert so weit zurück, wie es ihm in der Beengtheit möglich war, und beobachtete, wie Käfer, Wanzen, Kakerlaken und andere Arten, die er nicht identifizieren konnte, in den Gang und um seine Turnschuhe herum strömten. Da sich die zweite Tür zum Labor hinter ihm nun automatisch geschlossen hatte, verteilten sich die Insekten auf dem schmalen Korridor zwischen den beiden Panzerglasscheiben und strömten weiterhin unkontrolliert durch den kleinen offenen Spalt, der zu Raum 3.4 führte. Es war unmöglich, über die Masse der Tiere hinwegzusteigen, also bewegte sich Kessler ohne Rücksicht vorwärts, und jeder seiner Schritte wurde von einem unangenehmen Knirschen begleitet, als er die kleinen Gestalten unter seinen Sohlen zermalmte, bis er sich selbst durch die Öffnung gezwängt hatte.

David Wagners zusammengesunkener Körper lag bewegungslos an der Betonwand am Ende der Stahlpritsche. Es hatte den Anschein, als habe er einen schwarzen Zweiteiler an, der in ständiger Bewegung war. Ein Hosenbein schien zu zucken, ein Ärmel in einer Art Schwingung hin und her zu pendeln. Wagner war übersät mit Insekten. Sie hatten ihn vollständig eingenommen – nein übernommen. Sie saßen auf seinem Gesicht, krochen aus einem seiner Nasenlöcher und hatten sich in den Haaren verfangen, deren Farbe sich inzwischen nur noch erahnen ließ, denn eine wogende schwarze Perücke bedeckte stattdessen Wagners Kopf. Dass der Proband noch lebte, war ein Wunder.

Wie hatte er nur so lange warten können? Er hatte sich viel zu viel Zeit gelassen!

Kessler würgte und übergab sich auf eine kleine Gruppe Kakerlaken, die neben ihm Richtung Tür strömte. Er stolperte und taumelte vorwärts. Als er den zusammengekrümmten Mann erreicht hatte, zog Kessler seinen Labormantel aus und versuchte, damit die Insekten von Wagners Körper zu entfernen, indem er wie von Sinnen auf die Gestalt, die vor ihm lag, einschlug.

*

Noch vor 15 Minuten hatte Dr. Reinhard Horgenzell mit müden Augen und zusammengekniffenen Lippen in seinem mit Paisley-Muster bedruckten Morgenmantel vor ihm gestanden. Wie ein kürzlich erwachtes Faultier und leicht gebückt war er vor Bonlander durch die weitläufige Eingangshalle des Tübinger Anwesens geschlurft, um dann sichtlich genervt zum Ausdruck zu bringen, dass er Störungen dieser Art und um diese Uhrzeit absolut nicht favorisiere. Seine genauen, genuschelten Worte waren »Hat Ihnen jemand ins Gehirn geschissen, Bonlander?« gewesen.

Inzwischen jedoch machte der Aufsichtsratsvorsitzende nicht mehr den Eindruck, als ob ihn die Müdigkeit augenblicklich übermannen würde – im Gegenteil: Seine Hautfarbe hatte einen unnatürlichen Rotton angenommen, und in dem Versuch, sein Gemüt zu beruhigen, war innerhalb von fünf Minuten der Inhalt zweier Gläser Hochprozentiges seine Kehle hinuntergeglitten. Erfolglos.

»Dürfte ich rekapitulieren, Bonlander?«, fragte er mit verstörend ruhiger Stimme, aber glühenden Wangen und bedrohlich blickenden Augen. Er schritt neben einer weiß lackierten Anrichte im Wohnzimmer des herrschaftlichen Anwesens auf und ab und schwang das Scotchglas in weitem Bogen. Das Faultier war einem Tiger gewichen. »Sie persönlich haben, ohne Rücksprache mit meiner Person zu halten, individuell entschieden und sozusagen nach eigenem Ermessen das Urteil gefällt, dass man die Arbeit der Polizei empfindlich stören und die Aufmerksamkeit auf andere Dinge richten sollte?«

Bonlander schluckte schwer. »Ja«, antwortete er knapp.

»Und diese empfindliche Störung und anscheinende Ablenkung«, fuhr Horgenzell fort, »bestand aus der Entführung eines Kriminalbeamten?«

»Eines Anwärters, Dr. Horgenzell.«

Aus Horgenzells Augen schossen Blitze. Es war ihm unschwer anzusehen, dass er in den nächsten Minuten sein Glas noch einmal füllen musste, um sich einigermaßen in den Griff zu bekommen. »Und diese Entscheidung beruhte allein auf einem Telefonanruf eines gewissen Herrn D., der Ihnen mitteilte, dass die Brautjungfer ausfallen wird?«

Sein Assistent nickte. »Kriminalkommissar«, ergänzte er dann.

»Sind Sie noch ganz dicht, verdammt? Ein Polizeibeamter macht am Telefon eine kleine Andeutung, vielleicht ist es auch nur Geschwafel, und Sie lassen mal so mir nichts dir nichts dessen Kollegen verschwinden? Und warum kümmern Sie sich nicht subito um das Brautjungfernproblem? Das ist die Information, die mich interessiert! Herrgott noch mal! Mich hat schier der Schlagfluss ereilt, als dieser Dicker … Dackel … Deckel sagte, dass wir keine haben! Schließlich ist das die Hochzeit meiner Tochter!«

»Deckert heißt er, und er war nicht greifbar. Aber es musste doch etwas geschehen. Durch die Aktion wird er abgelenkt, versehen Sie? Ich habe unsere Strampelanzugabteilung geschickt«, versuchte sich Bonlander zu verteidigen und zog instinktiv den Kopf ein, als erwarte er einen Schlag mit der Handkante. »Die Jungs verstehen ihr Handwerk. Da gibt es keine Probleme. Deckert wird nun mit der dubiosen Entführung beschäftigt sein, der denkt an nichts anderes mehr.«

»Woher glauben Sie überhaupt zu wissen, was er denkt? Hat er irgendeine Andeutung über die Firma gemacht? Es ging darum, Mascha darüber zu informieren, dass ihre Hochzeit am Allerwertesten ist. Dass der Tag ihres Lebens einen empfindlichen Kratzer bekommen wird, weil ihre beste Freundin fehlen wird. Und er hat Sie nur angerufen, weil ich Sie mit der Organisation betraut habe.« Horgenzell war nun direkt vor Bonlander zum Stehen gekommen und sah fassungslos auf das Häuflein Elend herunter, das auf der Ledergarnitur kauerte. »Muss ich mir Sorgen machen?«

»Über den Anwärter?«, fragte Bonlander mit leiser Stimme vorsichtig nach.

»Über die Hochzeit natürlich!«

»Selbstverständlich nicht, Dr. Horgenzell! Es wird der schönste Tag im Leben Ihrer Tochter. Das mit der Brautjungfer bekomme ich schon hin.« Darüber hatte er sich zwar noch keine Gedanken gemacht, aber zur Not würde er einfach Sofia mit dem rassigen Akzent nehmen.

Horgenzell nickte bedächtig, ohne seinen Assistenten aus den Augen zu lassen, und atmete dabei tief durch. »Wo zum Henker ist er nun? Dieser Schumann?« Er hatte die Stimme absichtlich gesenkt, was ihn einiges an Kraft kosten musste, aber seine Frau schlummerte schließlich ein Stockwerk höher ihrem gemeinsamen Hochzeitstag entgegen.

»Im Bunker. In einem der freien Labore. Momentan haben wir ja nicht so viele Testpersonen, da gibt es noch Platz. Es geht ihm gut. Er ist unverletzt.«

»Und der andere? Dicker … Dackel … De…«

»An Erik Deckert sind wir noch dran. Er befindet sich momentan im Tübinger Revier. Wir beobachten ihn.« Bonlander gestattete sich nun, ein wenig durchzuatmen und versuchte sich einzureden, dass es doch gar nicht so schlecht lief, obwohl er gerade leichtfertig und mühelos seinen Vorgesetzten belog. Niemand beobachtete Deckert. Der so kurzfristig rekrutierte Mitarbeiter der Strampelanzugabteilung ging seiner gewohnten Aufgabe nach. Was immer das mitten in der Nacht auch sein mochte. Wahrscheinlich lag er zu Hause im Bett und schlief selig. Bonlanders Skrotum war eine Sekunde lang drauf und dran, auf die Größe einer Murmel zu schrumpfen, dann beruhigte sich seine Männlichkeit wieder. Er war der geborene Lügner! Er hatte es einfach drauf. Und dadurch, dass Horgenzell momentan mehr mit der Hochzeit seiner Tochter beschäftigt zu sein schien als mit allem anderen, würde er keine eigenen Nachforschungen anstellen.

Es stellte sich aber heraus, dass sein Chef nicht so einfach zufriedenzustellen war.

»Sie sind komplett übergeschnappt und gefeuert«, konstatierte Dr. Horgenzell schlicht, warf einen herablassenden Blick auf seinen Referenten und schürzte seine Morgenmantelzipfel, als er sich schwungvoll zum Gehen wandte.

»Was?«

Horgenzell blieb stehen. »Sie bringen alles wieder in Ordnung, Bonlander! Glauben Sie nicht, dass ich mir hier die Hände persönlich schmutzig mache. Sie bügeln das wieder aus. Mir egal, wie Sie das machen. Und – Bonlander: Nichts, aber absolut gar nichts darf auf die Firma verweisen. Haben Sie das verstanden? Wenn sich diese … diese … Unwägbarkeiten nicht in kürzester Zeit in Luft auflösen, werde ich dafür sorgen, dass Sie nie wieder einen Job bekommen. Nicht mal bei der Müllabfuhr!«

»Aber – es ist in Ordnung!« Bonlander stand auf.

»Nichts ist in Ordnung, verdammt noch mal! Haben Sie den Verstand verloren? Sie ruinieren unsere Firma, die ich mit allen Kräften, die mir zur Verfügung standen, aufgebaut habe. Sie ruinieren mich, der ich mich mehr als einmal über die Grenze der Legalität bewegt habe. Sie ruinieren unsere Forschung, die unsere Zukunft sichern soll, und darüber hinaus ruinieren Sie die Hochzeit meiner Tochter, die mir am Herzen liegt. Ich weiß gerade nicht, was dieser vier Dinge mir am meisten Sorgen macht.«

»Da bringen Sie wohl etwas durcheinander, mein lieber Dr. Horgenzell«, antwortete Bonlander, der nun über sich hinauswuchs. Er musste für sich einstehen, das konnte er sich nicht bieten lassen. Seine Nase kam der seines Vorgesetzten gefährlich nahe, der daraufhin ein paar Schritte zurückwich. »Ich habe die Hochzeit gerettet. Die Firma und Sie.«

»Bullenscheiße!«, brüllte Horgenzell, dessen Morgenmantel sich geöffnet hatte und den Blick auf einen weinroten Satinschlafanzug freigab. »Gequirlte Pferdekacke!« Als ob er sich erst jetzt daran erinnern würde, dass seine Frau eine Etage höher im Bett lag, warf er einen kurzen Blick an die Zimmerdecke und zischte kaum hörbar ein »Sie sind hier nicht als freischaffender Entscheidungskünstler angestellt« hinterher.

»Was ist«, presste Bonlander hervor, der entschieden vorhatte, seine Position zu verteidigen, »wenn Sie David Wagner finden? Sie werden ihn suchen. Denn er ist verschwunden.«

»Wo sollen sie ihn denn suchen? Wir hinterlassen niemals Spuren. Außerdem war davon nicht die Rede.«

»Herrgott, ist denn das nicht logisch? Frau Wagner hatte zusammen mit ihrem Mann einen Unfall, und ich weiß aus den Unterlagen der Firma, dass er im Bunker ist. Genau jetzt, zu diesem Zeitpunkt. Und verflucht noch eins, vielleicht ist er schon nicht mehr am Leben. Hendricks war ziemlich weit bei diesem Probanden. Aber das letzte Mal ging auch was schief.« Bonlander zog sein Ass aus dem Ärmel. »Frau Wagner sollte die Brautjungfer Ihrer Tochter sein. Ihr eigener Name, Dr. Horgenzell, kommt da ins Spiel, und dieser ist … ich will einmal sagen, in fragwürdige Firmenkonstrukte verwickelt. Was ist, wenn die Herren von der Polizei nachbohren und entdecken, was es mit unserer Managementberatung wirklich auf sich hat? Dass diese Firma nur ein Deckmantel ist? Wir dürfen dieses Risiko nicht eingehen.« Bonlander war in Fahrt gekommen und steuerte geradewegs auf den Höhepunkt seiner Rede zu, die er dem entgeistert blickenden Horgenzell ins Gesicht schleuderte: »Ich bin Ihr persönlicher Referent, Dr. Horgenzell. Ich fühle mich verpflichtet, Sie und die Firma vor Beschuldigungen und Nachforschungen zu schützen. Unsere Entwicklung darf nicht ans Tageslicht gelangen. Ich hatte meinen Vertrag damals genau gelesen, bevor ich ihn stolz unterzeichnet habe. Ich bin Ihr lebendes Schutzschild!«

Horgenzell klappte den Mund zu, der ihm offen gestanden hatte, und schwieg eine Weile. »Okay, Bonlander«, stellte er danach gefasst fest. »Lassen Sie uns das überdenken. Sie haben komplett Scheiße gebaut … Nein, unterbrechen Sie mich nicht! Sie haben vorschnell gehandelt, ohne mich vorher zu kontaktieren. Aber unser Team arbeitet schnell, sauber und absolut zuverlässig. Die haben am Tatort, also am Unfallort der Wagners, mit hundertprozentiger Sicherheit keine Spuren hinterlassen. Das haben sie noch nie. Der Tatort ist doch sauber, nicht wahr? Da haben Sie doch nachgebohrt?«

Bonlander, der sich fühlte wie der gerissene Superschurke aus einem Hollywoodstreifen, aber über die Einzelheiten der Entführung kein bisschen Bescheid wusste, streckte die Brust vor, grinste triumphierend und wagte einen weiteren Schuss ins Blaue. »Absolut sauber.« Langsam ging er zur Anrichte, nahm sich vorwitzig ein Glas, griff zur geschliffenen Whiskeykaraffe und spürte dabei Horgenzells brennenden Blick der Empörung auf seinem Rücken. Dann nahm er einen großen Schluck und schloss die Augen. Als er sie wieder öffnete, genoss er das angenehm warme Gefühl in seinem Magen, das ihn wie einen Panzer vor den ungläubig glotzenden Augen seines Chefs schützte.

Bonlander drehte sich um, und eine Weile starrten sich die Männer schweigend an. Der Blick des persönlichen Referenten war voll irrer Zuversicht.

Schließlich räusperte sich Horgenzell mit auf die Hauspantoffeln gesenktem Blick. »Verstehe ich das richtig? Dann haben Sie also nur Vorsorge getroffen und meinen, das im Griff zu haben? Ich meine damit sowohl die Hochzeit als auch die Sache mit Wagner und diesem Schumann.« Langsam brachte der Aufsichtsratsvorsitzende seinen Morgenmantel in Ordnung und band sich den Gürtel fester um die Taille. Als Bonlander heftig mit dem Kopf nickte, deutete sein Boss mit einem gönnerhaften Kinnrecken auf die Anrichte. »Nun, wenn das so ist, dann nehmen Sie sich noch einen. So wie ich das sehe, können wir die Sache momentan nicht ändern, sondern müssen das Beste daraus machen. Ich verlasse mich auf Sie, Bonlander, das ist Ihnen schon klar?«

»Ich wiederhole mich nur ungern, aber ich habe alles im Griff! Alles! Sie müssen sich keine Sorgen machen. Ich bin der Situation voll und ganz gewachsen.«

Horgenzell bedachte ihn mit finsteren Augen, in denen leichter Zweifel an der geistigen Zurechnungsfähigkeit seines Angestellten zu liegen schien. »Nun gut, lassen Sie mich kurz überlegen. Wir müssen das hier zu zweit stemmen, Bonlander. Einen weiteren Mitwisser in dieser Angelegenheit können wir nicht gebrauchen. Lassen Sie die anderen Aufsichtsratsmitglieder und vor allem die Geschäftsführeretage raus. Ist das angekommen?«

Bonlander nickte eifrig.

»Okay. Was ist mit Hendricks und Wagner selbst?«, fragte Horgenzell scharf.

»Alles erledigt«, beeilte sich Bonlander zu erwidern, der sich erneut der Glaskaraffe zugewandt hatte, denn eine solche Einladung konnte er sich nicht entgehen lassen. Der Jameson* war vom Feinsten. »Um die kümmert sich Bettie – ähm, ich meine natürlich die Frau Heller. Vor Ort.«

*

Die internen Schutzmaßnahmen der *Amendment Corp.* waren klar geregelt. Angenommen, ein Patient entschlösse sich dazu, die Beine in die Hand zu nehmen, jemand unternähme den Versuch, die Ausgangsebene des Bunkers durch die Treppenhaustür zu betreten, oder eine ungesunde Chemikalie bahnte sich ihren Weg durch die Laborgänge, so würde zuallererst die obere Wissenschaftlerebene durch ein Blinken des Activity Chips darüber in Kenntnis gesetzt, dass irgendetwas nicht mit rechten Dingen zuginge. Diese müsste in einem dieser skurrilen Fälle der Anweisung nachkommen, gemeinsam mit ihrem kleinen Team, über die Aufzüge die Empfangsebene anzusteuern, wo ihnen ein

* Dem aufmerksamen Leser ist nicht entgangen, dass Dr. Reinhard Horgenzell seinen irischen Whiskey aus einem Scotch-Glas trinkt. Für viele Kenner und Liebhaber ein unentschuldbarer Fauxpas. Lothar Bonlander und seinem Vorgesetzten fällt so etwas in ihrer Berauschtheit an der eigenen Hybris jedoch erst gar nicht auf.

Fluchtfahrzeug auf der Parkebene darüber zugewiesen werden würde.

Soweit die Theorie. In der Praxis jedoch war eine solche Eigentümlichkeit noch niemals eingetreten, die entsprechenden Übungen waren aber einigermaßen glimpflich abgelaufen. Keiner der Laborkittel hatte jemals mit der Wahrscheinlichkeit gerechnet, dass der Notfall irgendwann der Gegenwartsfall sein würde. Der Bunker war sicher. In jeglicher Hinsicht. Und so war Klaus Richter einigermaßen erstaunt, als der Chip am Revers seines Polyethylenfasermantels plötzlich begann, ein rhythmisches, blaues Blinken auszusenden. Zuerst dachte er an eine Fehlfunktion. Als das fröhliche Licht aber auch nach einer Minute und etlichen Versuchen, es durch Drücken, Knicken und Schütteln des Chips zu deaktivieren, immer noch nicht erlosch, musste Richter einsehen, dass der unglaubliche Fall der Fälle eingetreten war.

Schnell schaltete er sein Lieblingsspielzeug aus, und die Ultrazentrifuge kam zum Stillstand. Etwas von einer »Übung« murmelnd, schob Richter seine Assistenten aus dem Labor und bugsierte sie zerstreut Richtung Fahrstuhl, den er eben selbst betreten wollte, um die Fahrt zur Ausgangsebene anzutreten, als ihm auffiel, dass jemand fehlte und ihm dann wiederum einfiel, dass diese eine Person auf dem stillen Örtchen hockte und sich eventuell in großer Gefahr durch wild gewordene Probanden befand, die aus Gründen, die er selbst nachvollziehen konnte, jedem Weißkittel an die Gurgel wollten. Hektisch befahl er seinem Team zu warten und stand danach einige Sekunden unentschlossen im Gang herum, bevor er den Weg zur Damentoilette einschlug. Dort angekommen, rief er ein paar Mal durch die verschlossene Tür, getraute sich erst nach einer Weile einzutreten, klopfte an die Kabinen und riskierte, als keine

Reaktion erfolgte, jeweils einen kurzen Blick unter deren Türen. Er war allein. Wo war Dr. Heller?

Der Schweiß trat ihm auf die Stirn. Das blaue Blinken des Chips machte ihn zusehends nervöser. Sein Team war nicht komplett! Und es fehlte ausgerechnet die einzige Frau! Es war einigermaßen unwahrscheinlich, dass sie sich auf dem Weg zurück ins Labor verlaufen hatte. Richter checkte den Weg zum Kaffeeautomaten. Nichts. Dann lief er von der Damentoilette aus in die andere Richtung des Flurs. Wieder nichts. Das stetige blinkende blaue Licht, das ihn die ganze Zeit über unter seinem Kinn begleitete und das er aus den Augenwinkeln wahrnahm, brachte ihn völlig aus dem Konzept. Einige Minuten lief er ziellos durch die Gegend, bis er in einem Akt der Verzweiflung die Tür zum Treppenhaus aufstieß und widerwillig den Fuß auf die erste Stufe setzte.

CHANGE OF PLANS

»Aber er ist verschwunden, Erik!«

»Vielleicht ist er doch irgendwo im Garten, Verena. Er hat davon erzählt, dass er die Beete mulchen wollte, bevor er ging.« Deckert schaute auf die Uhr. Es war kurz vor Mitternacht. Die Erklärung war ziemlich lahm und Florians Freundin nicht auf den Kopf gefallen. Die Antwort kam prompt.

»Um die Uhrzeit? Ich bitte dich! Und schließlich haben wir keinen Park! Auf unserem Grünstreifen kann man sich nicht mal in betrunkenem Zustand verlaufen. Er ist weg.«

Das sah Florian alles nicht ähnlich.

»Muss ich mir Sorgen machen?«, drang es aus dem Lautsprecher.

»Nein, nicht doch«, lautete Eriks armselige Antwort, während er sich den Kopf zermarterte, was passiert sein konnte.

»Ich mache mir aber Sorgen, Erik. Er ist nicht im Haus, nicht im Garten, das Auto steht in der Garage und ein Sack mit Rindenmulch liegt auf der Erde. Auf der Erde! Er räumt sonst immer alles auf. In seinem Arbeitszimmer sieht es aus wie Hund, aber im Garten ist stets alles picobello.«

Deckert lehnte sich auf seinem Bürostuhl vor und starrte auf den PC-Bildschirm, auf dem einige der alten Aktendateien geöffnet waren, die er aus der Datenbank gekramt hatte. Der Schwarzwald, der Harz, die Eifel, vor zwei Tagen der Schönbuch und jetzt etwa die Tübinger Gegend? Mitten in einer Reihenhaussiedlung? Sein Magen verkrampfte sich. Das war kein Zufall. Zum ersten Mal in seiner Karriere war er direkt, persönlich in einen Fall involviert. Es gab für Deckert keinen Zweifel mehr, dass Florian nun Teil der Ermittlungen geworden war. Er rieb sich über die Stirn. Das war alles seine Schuld! Verdammt, hätte er diesen Mist nur gleich an die Stelle abgegeben, die ihn eigentlich hätte bearbeiten sollen.

»Warst du draußen? Im Garten, meine ich«, krächzte er Richtung Handy. Er hatte die Freisprechanlage eingeschaltet, damit er die Hände frei hatte, um die Dokumente aufzurufen.

»Ich habe nur aus dem Wohnzimmerfenster gesehen und das Verandalicht von innen angeknipst. Es war reiner Zufall, dass ich aufgewacht bin. Normalerweise falle ich nach einer langen Schicht ins Koma. Die Solarlampe leuchtet auch nicht mehr, und die ging gestern noch. Scheint wohl kaputt gegangen zu sein. Und dann habe ich den umgekippten Sack gesehen.«

Wie schon oft musste sich Deckert über die Gelassenheit von Florians Freundin wundern. Die Ruhe, die sie ausstrahlte, war ihr zweifellos nicht nur in ihrem Job als Krankenschwester, sondern auch in ihrer Beziehung mit einem angehenden Kriminalkommissar eine große Hilfe. Sie war so ganz anders als Christine, der seine Arbeit von Jahr zu Jahr mehr zu schaffen gemacht hatte.

Er überlegte, ob er Verena ins Freie schicken sollte. Entschied sich aber dagegen. Man konnte nicht mit Sicherheit sagen, was vorgefallen war und ob sich ein Fremder auf dem Grundstück aufhielt.

»Bleib im Haus. Ich bin sofort bei dir. Ich melde mich, wenn ich vor eurer Tür stehe.« *Verdammte Scheiße!*, dachte er.

Verena seufzte dankbar. »Ich würde nicht anrufen, wenn ich mir nicht wirklich große Sorgen machen würde.«

»Das weiß ich doch.«

»Ich bin keine hysterische Zicke, Erik.«

»Verena – du bist die patenteste Frau, die ich kenne. Ich habe dir einmal gesagt, dass du jederzeit anrufen kannst. Da ist etwas im Gange, und wir bekommen raus, was es ist. Mach dir einen Tee und warte, bis ich da bin.«

Für einige Sekunden wurde es still in der Leitung, dann sagte Verena: »Weißt du, er hat heute Abend mehr von der

Arbeit erzählt als sonst. Sonst lässt er nie viel raus, ich meine, das darf er auch nicht, das weiß ich schon, aber heute hatte ich das Gefühl, er wolle sich was von der Seele reden. Sagt dir der Name Reinhard Horgenzell etwas? Florian hatte von ihm gesprochen. Ich kann mich genau erinnern.« Sie zögerte kurz. »Den Namen hat er nicht vor mir erwähnt, aber als er mit Enno telefonierte. Ich konnte das nicht überhören.«

»Ich weiß, dass du nicht lauschst«, beruhigte sie Deckert. Florian hatte vorgehabt, Enno zu kontaktieren. Was hatte er sonst noch von ihm erfahren?

»Hast du noch was anderes mitbekommen? Alles kann wichtig sein. Versuch dich zu erinnern.«

»Ist anscheinend in der Pharmabranche ein großes Tier.«

Verflucht! Die Polyethylenfasern! Warum verdammt noch eins hatte er den Hintergrund von Mascha Horgenzell und deren Familie nicht vorher gecheckt, bevor er mit ihrem Vater telefonierte, als er sie selbst nicht erreichen konnte? Das war nicht nur fahrlässig, das war dumm gewesen. Dumm! Da gab es einen Zusammenhang zwischen Fasern und Unfall. Deckert sah Florian vor sich, wie er ihm auf dem Revier die Computerausdrucke vorgelesen hatte. Sein Bauchgefühl hatte ihn also nicht im Stich gelassen. Da gab es einen Zusammenhang.

»Welche Firma? Wo hat die ihren Sitz? Hat er da was gesagt?«, fragte Erik angespannt. Die Fasern waren auf der Fahrbahn gewesen, David Wagner war verschwunden, von Florian gab es momentan keine Spur, und der alte Horgenzell war ein Pillendreher? Welchen Grund könnte der Vater der Braut haben, den Ehemann der Brautjungfer zu entführen? Deckert rieb sich die Nasenwurzel. Das ergab doch alles überhaupt keinen Sinn. Wo zum Teufel war der rote Faden?

Verena zögerte. »Ich bin dann ins Bad. Ehrlich, ich hatte

kein gutes Gefühl, weil ich dem Telefongespräch zugehört hatte, da wollte ich nicht länger … Du weißt schon.«

Ja. Das war nicht ihr Stil.

»Bedeutet das was Gutes oder was Schlechtes, Erik?«

Wenn er das wüsste. Sein Magen war auf alle Fälle gerade dabei zu rebellieren. Er sah auch keinen Weg mehr, Fechner zu umgehen. Würde der sich profilieren wollen? Oder ihm sofort alle Fäden aus der Hand nehmen?

VIERTES UNTERGESCHOSS

Richter fand seine Assistentin zusammengekauert auf einem Treppenabsatz zwischen dem dritten und vierten Untergeschoss. Den Kopf in die Hände gestützt, saß sie da wie ein kleines Mädchen, das ihre Mutter im großen Gewimmel eines Warenhauses verloren hatte. Schwer schnaufend schleppte er sich die letzten Treppenstufen hoch. Sie lugte zwischen den Fingern hindurch.

»Dr. Richter.« Nur die zwei Worte.

»Ich habe keine Ahnung, was Sie hier treiben, aber Sie müssen mir zur Ausgangsebene folgen. Wir haben einen …

nun ja … eine Übung. Alle sollten sich an den entsprechenden Treffpunkten eingefunden haben. Wir zwei Hübschen«, er gestattete sich ein Grinsen, welches Lioba jedoch nicht sehen konnte, »fehlen aber noch.«

Sie war ruckartig aufgestanden und überragte ihn auf dem Treppenabsatz um eine Kopflänge. Richter, der sich nun noch kleiner fühlte, wich fast erschrocken einen Schritt zurück und wäre fast die Treppe hinuntergestürzt, wenn er sich nicht rechtzeitig am Geländer festgehalten hätte. Ihr Blick ruhte fest auf ihm.

»Wir müssen in das vierte Untergeschoss«, stellte sie unmissverständlich fest.

»Aber nein! Da haben Sie mich falsch verstanden. Die Ausgangsebene! Da müssen wir hin!«, stotterte er unsicher.

»Viertes Untergeschoss«, wiederholte sie. »Das Labor von Professor Hendricks.«

Richter gestattete sich einen kurzen Blick auf die einladende Aussicht vor sich, wurde aber durch das blaue Blinken an seiner eigenen Brust abgelenkt. »Hendricks befindet sich im Moment mit seinem persönlichen Team auf dem Weg nach oben. Glauben Sie mir, der kann auf sich selbst aufpassen. Jedes Team hat seine eigenen Vorgaben bei so einer Übung.« War er Hendricks Kindermädchen? Er legte nicht den geringsten Wert darauf, den Kollegen abzuholen.

»Dr. Richter.« Sie kam näher, und er umklammerte mit aller Kraft das Geländer. »Sie verstehen mich nicht. Es ist von äußerster Wichtigkeit, dass wir zum Labor von Hendricks gehen!«

»Warum?«

»Weil ich es Ihnen sage!«

Richter schüttelte den Kopf. Da lief doch etwas gewaltig schief. Er straffte die Schultern und versuchte, das Blinklicht unter sich und die Wölbungen vor sich komplett aus seinem Wahrnehmungsbereich auszublenden. »Ausgangsebene!«

»Viertes Untergeschoss!«

»Sammelpunkt!«, herrschte er sie an.

»Hendricks Labor!«, blaffte sie zurück.

So ging das nicht. Sie starrten sich an. Plötzlich wurde Liobas Blick weich, und Richters Knie waren im Begriff nachzugeben.

»Dr. Richter«, begann sie sanft. »Ihr Kollege hat sich einiges zuschulden kommen lassen, und wir müssen ihn stoppen.«

Obwohl ihre Stimme beherrscht und ruhig klang, meinte Richter, so etwas wie Ungeduld und eine leichte Panik herauszuhören. Was war eigentlich los?

»Zuschulden kommen lassen«, wiederholte er, ohne dass er es wollte, und hasste sich dafür. Diese Frau war im Begriff, ihn völlig einzulullen.

»Er ist Ihr Konkurrent«, stellte Lioba sachlich fest.

»Wie wahr«, nickte Richter mechanisch. Er könnte sich ohrfeigen.

»Und seine Kompetenzen gehen über Ihre eigenen weit hinaus. Liege ich da richtig?«

Dr. Richter nickte erneut. Wenn auch dieses Mal ein wenig widerwillig.

»Dann läge es doch in Ihrem Interesse, dem Konkurrenzkampf ein Ende zu bereiten.«

Richter bejahte heftig durch ein weiteres Nicken. Dieses Mal kam es von Herzen.

Lioba hatte offensichtlich keine Zeit und Lust, das Kopfnickspielchen weiter zu betreiben, hakte sich kurzentschlossen bei ihrem Teamchef unter und führte ihn den nächsten Treppenabsatz hinauf. »Sie sind hier zu Hause.

Sie kennen sich aus. Und ich weiß, dass Sie mich sicher aus diesem Labyrinth herausführen können.« Sie zog demonstrativ eine Schnute und rieb ihre Schulter an der seinen.

Klaus Richter war sich völlig darüber im Klaren, woher der Wind wehte. Er mochte kurz davor sein, ohnmächtig den Reizen seiner attraktiven Assistentin zu erliegen, aber er war kein Trottel, und er wusste, dass Lioba Heller keinerlei Interesse daran hatte, mit einem Mann wie ihm eine Affäre einzugehen. Aber er selbst musste die Gelegenheit, die sich ihm bot, am Schopf packen und Hendricks Ansehen zerstören. Wenn der Professor Dreck am Stecken hatte, dann musste er das wissen. Noch war ihm der Hintergrund der Aktion unbekannt. Auch die Fragen, was Heller mit Hendricks zu schaffen hatte und woher sie Informationen besaß, die ihm offensichtlich vorenthalten wurden, waren im Augenblick durchweg zweitrangig. Anscheinend bot sich hier die Chance, Hendricks' Karriere zu zerstören, und die Gelegenheit durfte er sich nicht entgehen lassen.

Und so führte er sie mit vorgetäuschter weltmännischer Sicherheit die Stufen empor in das nächste Stockwerk, um dann dort den Fahrstuhl zu nehmen.

Hoffentlich verirrte er sich hier nicht. Er hasste dieses Treppenhaus mehr als jeden anderen Gebäudeteil im Bunker.

DER DRACHENMANN

Deckert hatte vor seinem inneren Auge kein Bild von Enno Lanzo gehabt. Aber vielleicht hatte in seinem Schubladendenken unbewusst etwas herumgelegen, was einen typischen Nerd zeigte: große Brille, dichter Vollbart, von ungesunder Ernährung aufgedunsen und wegen fehlendem Kontakt mit der Sonne ausgebleicht. Eine Art behaarte, weiße Made, die sich alles – von der Klorolle bis zur externen Festplatte – in die Wohnung liefern ließ.

Als er dem leicht untersetzten, aber muskulösen Glatzkopf im gestärkten Halbarmhemd gegenübergestanden hatte, der ihn freundlich angegrinst und mit einer einladenden Bewegung des tätowierten Arms hereingebeten hatte, war Deckerts Blick noch einmal kurz auf das Klingelschild gefallen. Nicht, dass er im falschen Haus war.

Ennos Bude in Tübingen war klein, sauber und ordentlich. Deckert setzte sich auf ein bequemes Ledersofa, auf dem sich eine dicke Perserkatze mit weißem, pluderigem Fell wie ein großer Wattebausch in einer Ecke auf einem Kissen zusammengerollt hatte, die ihn kritisch beäugte und mehr dem Bild des Computerfreaks entsprach als ihr Herrchen. Überfressen, satt und überaus misstrauisch ließ sie den Kommissar nicht aus den leicht schräg stehenden Augen.

»Lassen Sie sich von Yeti nicht stören. Sie ist sehr von sich eingenommen.« Lanzo hatte gegenüber von Deckert Platz genommen. Hinter ihm blinkte und leuchtete es.

»*Honey Rider*?«, erlaubte sich Erik zu fragen.

»Florian hat Ihnen also von ihr erzählt? Ja, das ist sie. In all ihrer Pracht. Ohne Bikini, natürlich.« Stolz schwang in Ennos Stimme mit, als er weitersprach. »War nicht einfach, diese kleine Serverfarm hier auf den wenigen Quadratmetern zu errichten. Sie können sich vielleicht die neugierigen Blicke meines Vermieters vorstellen.« Zwei Grübchen bildeten sich auf seinen Wangen. »Es ist nicht so, dass ich arbeitslos wäre und mir die Zeit mit illegalen Recherchen für die Polizei vertreiben müsste. Nicht, dass mich das stören würde. Mache ich doch gerne. Bringt ein wenig Abwechslung. Nur kann ich das eben nicht den ganzen Tag tun, denn ich arbeite als IT-Sicherheitsbeauftragter in einer großen Firma, die darauf achtet, dass ich anständig bekleidet bin und das hier«, er deutete auf seinen linken Arm, um den sich ein chinesischer Drache schlängelte, neben dessen Nasenlöchern so etwas wie lange Barthaare wuchsen, »ist das Höchste der Gefühle. Das hätte mir schier mein Vorstellungsgespräch versaut.«

»Aber schließlich konnten Sie doch mit Ihrem Charme und Ihren Qualifikationen punkten«, schloss Deckert grinsend.

Enno lächelte. »Deswegen sind Sie ja auch hier.«

Nachdem Deckert in Verenas und Florians Garten gestanden hatte, das zersplitterte Geräteschuppenfenster entdeckt und schließlich die Patrone in der Holzwand gegenüber zutage befördert hatte, war es ihm nur mit einiger Anstrengung gelungen, Florians Freundin ins Wohnzimmer zu befördern, mit deren Contenance es nun doch vorbei war. Bereitwillig hatte sie ihm Lanzos Telefonnummer gegeben und keinen Protest eingelegt, als Deckert eine Kollegin gebeten hatte, auf Verena den Rest der Nacht über aufzupassen. Er glaubte zwar nicht an eine weitere akute Bedrohung, aber sie benötigte die Gewissheit, in ihrem Zuhause in Sicherheit zu sein. Die Täter hatten ganz klar nur Florian im Blick gehabt, und da gottlob keine Blutspuren am Tatort sichtbar waren, stand es für Erik fest, dass man seinen jungen Kollegen – nicht gerade sehr professionell – entführt hatte.

Die Spurensicherung war sicherlich schon dabei, zwischen Hortensienbeeten und Rhododendren herumzuwühlen. Offiziell. Es hatte sich nicht vermeiden lassen, sie komplett einzuschalten. Fechner würde wahnsinnig werden. Man würde ihm als Vorgesetzten massiv auf die Pelle rücken.

Yeti war inzwischen näher an Deckert herangerückt, was Lanzo mit »wenn die Sie mag, dann sind Sie sauber« kommentierte. Dann bat er ihn an den Schreibtisch, der von blinkenden technischen Geräten umringt wurde.

Deckerts Blick fiel auf das *Alien*-Filmplakat zwischen den Servertürmen und dem fast 50 Zentimeter großen Giger-Modell des Xenomorphen*, das auf einem Regal neben USB-Sticks und handlichen, externen Festplatten stand und bedrohlich die lange Zunge nach ihm reckte. Enno, dem Deckerts hochgezogene Augenbraue nicht entging, deutete auf ein Poster, das durch einen Garderobenständer halb verdeckt wurde und liebevoll in einen dunklen Holzrahmen drapiert worden war. Harrison Ford als Rick Deckard, der am Bradbury Building hing.

»Sie sehen, Sie habe ich natürlich auch hier.«

Florian hatte Lanzo also ausführlich über seinen Chef unterrichtet.

»Dann lassen Sie Ihren Freund mal den *Director's Cut* sehen. Er verwechselt da nämlich ein paar Dinge«, sagte Erik.

---

* Wer es nicht weiß: Der Xenomorph, gemeinhin auch unter dem Namen »Das Alien« bekannt, ist eine Erfindung des Schweizer Künstlers H.R. Giger. Die einzige Aufgabe des hoch aggressiven Xenomorphen besteht darin, seine eigene Spezies am Aussterben zu hindern und dafür alles andere aussterben zu lassen, was sich ihm dabei in den Weg stellt.

»Haben Sie die Erzählung gelesen?«

Er nickte.

»Philip K. Dick ist das Beste, was mir in meiner Jugend literarisch so widerfahren ist«, fuhr Lanzo fort.

»Wollen Sie mir damit sagen, dass Dicks ständige Furcht, er werde vom FBI oder anderen Regierungsbehörden bespitzelt, Ihnen zu Ihrer Berufswahl verholfen hat?«

»Ich sehe, Sie kennen ihn auch gut. Das freut mich. In gewisser Weise hat er mich in dieser Hinsicht beeinflusst, ja«, gab Lanzo zu. »Er hat mir zumindest die Augen dafür geöffnet, dass nichts so ist, wie es scheint. Jedenfalls bei den meisten Dingen. Und das werden Sie mir doch in Ihrer Eigenschaft als Polizeibeamter bestätigen können.«

Dagegen konnte Deckert nichts einwenden. »Und Ihre«, er zögerte, »nicht so einwandfrei genehmigten Recherchen sind Teil dieses Erkenntnisprozesses?«

Lanzo hatte sich inzwischen vor die Tastatur geklemmt und klackerte darauf los. Seine Finger flogen mit einer derartigen Geschwindigkeit über das kleine Keyboard, dass Deckert das Gefühl nicht loswurde, er befände sich in einem Konzertsaal und wohne der Aufführung eines genialen Pianisten bei.

»Das kommt Ihnen doch zugute. Also seien Sie nicht böse mit mir.« Das Klackern stoppte, und Lanzo schwang sich in seinem Drehstuhl herum. »Horgenzell hat vor Jahren eine kleine Pharmafirma aufgebaut. Normale Schmerzmittel und so'n Zeug. Mit der Zeit ist das Baby gewachsen und wurde groß. So groß und aufmüpfig, dass er es an andere Eltern abgeben musste, weil er mit ihm nicht mehr fertig wurde.«

»Auf Deutsch, bitte«, kommentierte Deckert.

»Er hat die Firma aufgeteilt. In viele kleine Babys. Die gehören zum Teil ihm, zum Teil anderen, zum Beispiel einer

Anwaltskanzlei, einer Immobilienfirma, einem großen Baustoffzulieferer.«

»Das ist nicht illegal«, warf Erik ein.

»Nein, ist es nicht. Das ist gang und gäbe und wird öfters praktiziert, als man es sich vorstellen mag.«

»Dadurch wird man leichter Angestellte los.«

»Exakt. Und man kann Zahlungsvorgänge verschleiern. Gelder hin- und hertransferieren. Wenn Sie dann noch eine Firma im Ausland haben, vielleicht in einem Land, das sich den gängigen EU-Abkommen im Steuerrecht nicht gebeugt hat, dann kann man in Ruhe Geld abziehen.«

»Und woanders eine neue Firma aufbauen. Eine, mit der sich billiger wirtschaften lässt.«

»Genau. Und die alte schließen.«

»Beziehungsweise langsam in die Insolvenz rutschen lassen.«

Enno nickte zustimmend. »Ich sehe, Herr Deckert, wir verstehen uns.«

»Haben wir es mit so etwas zu tun?«, fragte Erik, der inzwischen zum Sofa zurückgegangen war und sich in die weichen Kissen fallen ließ.

»Das konnte ich nicht herausfinden. Was ich aber ans Licht gebracht habe, ist, dass Horgenzell eine kleine Firma gegründet hat beziehungsweise gründen ließ, die auf den ersten Blick nichts mit seinen eigentlichen Tätigkeiten zu tun hat.«

»Sondern?« Deckert hatte instinktiv begonnen, Yeti zu kraulen, die ihm nun ihren weichen Bauch zudrehte.

»Sie mag Sie wirklich«, stellte Lanzo fest. »Also. Die Firma liegt mitten in der Pampa im Schönbuch und trägt den obskuren Namen *Yoga Experience*. Irgendwas mit spiritueller Managementberatung. Geschäftsführer und Inhaber dieser Einrichtung ist Horgenzells angeheirateter Cousin, oder wie man das nennt. Der Mann der Tochter seiner Cousine, die wohl um einiges älter sein muss als er. Ich bin aber sicher, dass Horgenzell persönlich dahintersteckt. Ich kann das nicht beweisen, aber ich habe so ein Gefühl.«

Yeti bemühte sich, auf Deckerts Schoss zu steigen, und ihr buschiger Schwanz strich durch sein Gesicht. Sein »Sie meinen also, das ist ungewöhnlich?« war aus diesem Grund nur undeutlich zu hören.

»Finde ich schon. Sie etwa nicht? Ein Pharmafuzzi, der zumindest theoretisch die Anlage geschaffen hat, um Steuern zu hinterziehen, Geld ins Ausland abzuziehen und alle übers Ohr zu hauen, die Bares von ihm sehen wollen, lässt einen Schwippschwager-Cousin – oder was für eine Bezeichnung da korrekt ist – eine Om-Bude gründen? Hatte ich vergessen zu erwähnen, dass dieser Cousin eigentlich Gas- und Wasserinstallateur ist?«

»Vielleicht der Frau des Cousins zuliebe? Eine Yoga-Närrin? Ich versuche nur, das von allen Seiten zu betrachten. In meinem Berufszweig sollte man keine voreiligen Schlüsse ziehen«, versuchte Deckert zu argumentieren. »Vor allem nicht, wenn ich vorhabe, mir Horgenzell vorzuknöpfen.«

»Die Frau des Cousins ist die treibende Einnahmequelle und ständig unterwegs. Wirtschaftlich gesehen schmeißt die das Leben der beiden. Keine Kinder. Urlaube auf den Bahamas. Fragen Sie nicht, woher ich das schon wieder weiß, aber fragen Sie mich, was die Dame beruflich macht«, forderte Enno Deckert auf.

Dessen Hand verharrte auf Yetis Bauch. »Sagen Sie bitte nicht, dass sie Pharmavertreterin ist.«

»Bingo.«

»Das hört sich total beschissen an«, murmelte Deckert.

Yeti hob den Kopf und schien ihm mit ihren hellblauen Augen direkt ins Gehirn zu sehen. Sie stand auf, rieb sich an Deckerts Schulter und trabte majestätisch zurück zu ihrem angestammten Eckplatz, wo sie sich ein paar Mal um die eigene Achse drehte, bevor sie sich mit einem Plumpsen fallen ließ.

Enno nickte zustimmend und rieb sich die Hände. »Das war Yetis Wink mit dem Zaunpfahl. Sie sollen loslegen. Katzen sind Telepathen, wussten Sie das? Man muss sich ihnen gegenüber nur öffnen. Wir sollten anfangen, nach Florian zu suchen.«

»Wir?«

»Glauben Sie, ich bleibe tatenlos sitzen und drehe Däumchen, während meinem besten Freund weiß der Geier was angetan wird? Warum sind Sie sonst zu mir gekommen? Ich mache mir richtig Sorgen. Und am besten fangen wir bei der Om-Hütte an. Die Typen sind wie ein Furunkel an meinem Arsch, und das steche ich jetzt auf. Mein Date mit *Honey Rider* wird erst enden, wenn wir eine konkrete Spur entdeckt haben. Holen Sie sich 'nen Stuhl aus der Küche und setzen Sie sich neben mich. Das wird eine Weile dauern.«

DAS NEUE TEAM

»Kessler, langsam! So beruhigen Sie sich«, schallte eine Stimme durch den Versuchsraum. »Sie müssen wieder runterkommen!« Richters behaarte Pranke legte sich auf Kesslers Hand und entwand ihm den Laborkittel.

Dann streifte ein Zopf schwarzen Haares die Wange des jungen Wissenschaftlers. »Sehen Sie mich an. Sehen Sie mich an, Michael!« Lioba legte ihre kühle Hand auf seine schweißnasse Stirn. Ihre Augen fixierten die seinen.

Michael Kessler sah auf. Seine Haare hingen ihm wirr ins Gesicht, und er hatte Erbrochenes am Kinn. »Dr. Richter? Lioba, wie sind Sie hier reingekommen? Ich … es tut mir leid … Mein Gott, wie soll ich das erklären, wissen Sie … das alles …«, er brach ab.

»Alles gut, Junge, alles gut. Die Tür reagiert auch auf meine biometrischen Daten. Das haben Sie kurz vergessen. Atmen Sie durch.« Richter legte den weißen Mantel zur Seite. Er war wieder voll da. Die Episode im Treppenhaus – vergessen. Sein Gestotter und Gestammel – Schnee von gestern. Das hier war eine Katastrophe der ersten Güteklasse, aber er würde es schon hinbekommen. Hendricks war erledigt. Im wahrsten Sinne des Wortes. Jetzt war er der Herr im Haus. Er würde alles aus Hendricks' Labor übernehmen. Samt Kessler. Aber zuerst musste die Situation deeskalieren. »Wir müssen das anders angehen«, stellte er fest und warf einen analysierenden Blick auf David Wagner.

»Und vor allem müssen wir uns beeilen«, fügte Lioba hinzu, die sich neben Wagner gesetzt hatte und, ohne irgendein Anzeichen von Ekel oder Abscheu zu zeigen, dessen insektenübersäten Hals befingerte, um einen Puls zu finden. Nach einigen Sekunden der Suche zog sie die Stirn in Falten. »Seine Werte sind katastrophal. Ich kann kaum etwas fühlen.« Kessler keuchte entsetzt, als sie sich tiefer hinunterbeugte und angestrengt horchte. Neben ihrer Nase krabbelte es. »Atmet noch, aber wahrscheinlich nicht mehr lange«, stellte sie fest. »Gehen Sie mal zur Seite, Michael, wir brauchen mehr Platz.« Sie schob Kessler behutsam auf die andere Seite der Liege, und ihr Blick fiel auf seine Wange. »Sie haben da einen Schnitt, Michael.«

»Nur eine Schramme«, murmelte er. »Geht schon. Gerinnt sicher bald.«

»Machen Sie die Atemwege frei, Dr. Heller«, schaltete sich Richter ein. »Er muss Luft bekommen. Können Sie das, oder soll ich …?« Er ließ die Frage unausgesprochen und griff stattdessen in die rechte Tasche seiner Laborjacke, um ein paar medizinische Handschuhe zutage zu fördern, die ihm Lioba wortlos abnahm und sich hastig über die Finger streifte. Dann begann sie vorsichtig, ein Insekt nach dem anderen von Wagners Gesicht zu entfernen.

Richter eilte aus dem Raum und stellte die Absauganlage ab. Auf dem Boden des Labors lagen zertretene Insekten und bildeten kleine, klebrige Pfützen. Das Gebläse jedoch hatte fast alle übrigen, noch lebenden Tiere in das Innenleben des Firmengebäudes eingesaugt.

»Ziehen Sie Ihre eigenen Handschuhe an, Kessler, und helfen Sie mit«, sagte er, als er zurückkehrte. »Konzentrieren Sie sich auf Ohren und Nase. Ich habe die Absauganlage abgestellt, der Boden ist so gut wie sauber, und das Gebläse würde uns nur bei der Arbeit stören. Die Viecher sind hauptsächlich auf der Liege.«

Während Lioba Heller eine rot-schwarz gefleckte Wanze aus Wagners rechtem Nasenloch entfernte und auf den Estrich warf, beugte sich Michael Kessler unter Würgen über den Körper von Wagner. »Es tut mir leid, aber ich weiß nicht, ob ich das kann«, keuchte er.

»Natürlich können Sie das.« Lioba sah ihm fest in die Augen. »Sie schaffen das! Verstehen Sie? Stellen Sie sich einfach vor, Sie würden Blattläuse von einer Pflanze pflücken.«

Richter beobachtete skeptisch, wie Michael Kessler wie betäubt die eigenen Handschuhe überstreifte und die zitternden Finger sich zögernd den sich krabbelnden, schwarzen Leibern näherten. Würde der Junge das durchstehen? Schneewittchen bewies hingegen Entschlossenheit und konnte zupacken. Wie gerne würde er mit ihr zusammenarbeiten. Mit ihr an seiner Seite könnte er im Ansehen der Kollegen um viele Punkte steigen. Ein schmückendes Plus. Eine Art dekorierendes Extra, das seine eigenen wissenschaftlichen Fähigkeiten herausstellen würde. Richter wischte den Gedanken zur Seite und straffte entschlossen die Schultern. Jetzt gab es anderes zu tun. Er musste seine Position festigen. Wie beiläufig bemerkte er: »Ach ja, Hendricks liegt vorne im Labor. Sieht nicht wirklich gut aus. Unfall?«

Kessler schluckte nur und nickte mechanisch mit dem Kopf. Ein Dutzend Insekten hatte seinen Handschuh erobert, und er schüttelte sie angewidert ab. »Oh Gott!«, wimmerte er.

»Tragisch«, meinte Richter. »Außerordentlich erschütternd. Ist wohl ausgerutscht und hat sich dabei die Spritze selbst injiziert? Ungeschickt auf die Nadel gefallen, aber so was soll vorkommen. Zu dumm auch, dass das Serum momentan eine ungeahnte Wirkung entfalten kann. Zumal Hendricks ja auch nicht unter Panikstörungen litt.« Er sah Kessler mit echtem Interesse an. »Intrazerebrale Blutung?«

Michael nickte.

»Hatte ich vermutet«, meinte Richter trocken und zerquetschte einen Käfer zwischen seinen Fingern. »Und danach ein kompletter Zusammenbruch aller inneren Gefäße durch plötzlich auftretende Anomalien?«

»Genau wie beim letzten Probanden. Nur ging es viel schneller. Und schmerzloser.«

»Wie gesagt, Michael, sehr tragisch. Schmerzloser? Da kann ich nur sagen: Glück gehabt!«

Lioba schnaubte. »Ihr Kollege ist tot, Richter. Was machen wir mit ihm? Dieses Ohr hier sieht gut aus, drehen Sie doch bitte mal leicht seinen Kopf, Michael.«

»Ich habe keinen blassen Schimmer, was wir mit ihm machen sollen. Wegen mir liegt er nicht in seinem eigenen Blut. Was schlagen Sie vor?«, fragte Richter zurück.

Lioba lugte unter ihrem dichten Pony hervor. »Was meinen Sie damit? Was habe ich damit zu tun?«

Dr. Richter hatte sich inzwischen neben die Liege gestellt und angefangen, mit wedelnden Bewegungen Insekten zu vertreiben. »Mehr als ich, scheint mir. Nun ja, irgendetwas muss Ihnen doch bekannt gewesen sein, sonst wären wir schließlich nicht hier.«

»Bitte?«

»Na, Sie wollten doch unbedingt in das vierte Untergeschoss, Dr. Heller. Zumindest weiß ich jetzt, was den blöden Alarm ausgelöst hat.«

Der Chip blinkte immer noch.

»Kessler, wissen Sie, wie man das Ding deaktiviert? Das nervt unglaublich.«

»Tut mir leid. Ich denke, irgendwann hört er von selbst auf«, stöhnte Kessler leise.

»Das ist ja beruhigend.« Richter wedelte weiter.

Lioba hatte ihre Arbeit unterbrochen. An ihrem Arm krabbelten Ameisen. »Was meinten Sie vorhin? Werden Sie mal deutlicher!«

»Da war die Rede von etwas, was sich Hendricks habe zuschulden kommen lassen.«

Sie zuckte mit den Schultern. »Ist das noch wichtig? Er ist tot.«

»Kessler«, bohrte Richter weiter, »haben Sie eine Ahnung, was das sein könnte? Sie haben schließlich monatelang mit dieser Ausgeburt an Dünkel und Sturheit zusammengearbeitet.«

»Lassen Sie ihn in Ruhe! Der Professor ist tot. Schluss!« Lioba schüttelte energisch ihren Pferdeschwanz.

»Sagen Sie mir es später?«

Sie holte tief Atem. »Geben Sie endlich Ruhe, Richter, und helfen Sie uns, diesen Mann ins Leben zurückzuholen.« Sie streifte sich die Ameisen vom Arm und machte sich daran, das buchstäblich Letzte aus Wagners Ohr herauszuholen. »Was für eine Plage«, murmelte sie und ließ die Anwesenden darüber im Unklaren, wen oder was sie nun damit meinte.

*

Mit einem dumpfen Rumpeln fiel Florian von der Liege.

Mit dieser Sache hatte er nicht gerechnet.

In den letzten Minuten war er damit beschäftigt gewesen, seinen Augen zu befehlen, sich an die Nachtschwärze zu gewöhnen. Dies war ebenso fehlgeschlagen wie der Versuch, Signale an seine Hände und Füße auszusenden, sie mögen sich von den Fesseln befreien. Aber womit man ihn auch bandagiert hatte, es war ihm unmöglich gewesen, diese Blockade abzustreifen.

In dem Bestreben, sich zumindest ein wenig so zur Seite zu rollen, dass der Druck auf seine Handgelenke nachließ, und sich dann über die Knie aufzurichten, war er dann schließlich auf den Boden geplumpst. Auf die Option, dass er erhöht liegen könnte, war er nicht gekommen. Er sah die Hand nicht vor Augen. Ächzend gelang es ihm immerhin, sich aufzusetzen. Der Fall hatte ihm mit Sicherheit einige Blutergüsse oder Prellungen beschert. Ein stechender Schmerz in seinem linken Hüftknochen ließ ihn zusammenzucken und erneut aufstöhnen. Was war oben und wo unten? Er konnte sich verflucht noch mal nicht orientieren. Umständlich drehte er seinen Oberkörper.

Da blinkte etwas. Rot und hektisch. Circa drei Meter von ihm entfernt. Eine kleine Lampe. Und da Lampen im Allgemeinen nur rot leuchteten, wenn Notfall, Gefahr oder sonstige Miseren vorlagen, hob dieses Blinken Florians Stimmung nicht gerade.

Enno hatte ihm vor ein paar Stunden Informationen geliefert, die er erst einmal hatte verdauen müssen. Das Mulchen der Beete war als die Tätigkeit erschienen, die Nützliches mit Meditativem verbinden konnte. Außerdem hatte er das sowieso vorgehabt, besonders die Rhododendren brauchten Zuwendung. Dass es im Garten dunkel gewesen war, hatte nicht gestört. Zumal es ja nur darum ging, Säcke über den Rasen zu ziehen und den Mulch zu verteilen. Das war schließlich keine Kernphysik.

Als ihn der Mann im weißen Schutzanzug bewusstlos geschlagen hatte, waren die Puzzleteile in seinem Kopf schon fast zu einem kompletten Bild zusammengesteckt gewesen. Dieser Horgenzell, dessen absurde kleine Scheinfirma im Schönbuch, die auf den Namen eines entfernten

Verwandten lief, der verschwundene Wagen, die entführten Menschen, die alle an einer Angstkrankheit litten, die Kleidungsfaser, der vermeintliche Außerirdische und dann der Typ mit der Ruger in seinem Garten – das ergab alles plötzlich einen Sinn. Auf eine verdrehte, seltsame Art passten sämtliche Einzelteile zusammen. Aber: Was steckte eigentlich dahinter? Wozu dieser Aufwand? War es ein dummer Zufall, dass David Wagner der Ehemann der Brautjungfer von Mascha Horgenzell war?

Schumann holte tief Atem, schob die Beine angewinkelt unter den Oberkörper und erhob sich dann mit einem Ruck. Sofort fing sein Gehirn an, durcheinanderzuwirbeln wie Flüssigkeit in einem Standmixer. Als sich der Schwindel gelegt hatte, tat Florian seine ersten, vorsichtigen Hüpfer Richtung Lampe. Ein paar Mal geriet er ins Trudeln und betete insgeheim, nicht irgendwo anzustoßen, denn auch in der Zwischenzeit wollten sich seine Augen einfach nicht mit diesem Abgrund aus Tintenschwarz anfreunden. Mit jedem einzelnen Hopser, bei denen seine Hüfte lautstark protestierte, kam er dem roten Blinken näher.

Plötzlich fiel ein Lichtstrahl in den Raum, der seine Augen schmerzen ließ, als presse jemand von innen eine Fackel an die Sehnerven.

»Ah!«, er hob schützend die aneinandergefesselten Handgelenke und versuchte damit, sein Gesicht zu bedecken. Er hörte Schritte, die nicht nur von einer Person stammen konnten, Worte, die er nicht verstand, und dann flammte strahlendes Weiß auf. Vorsichtig zwinkernd die Tür in Augenschein nehmend, sah er die sanduhrförmige Silhouette einer Frau in einem Laborkittel im Rahmen stehen. Sie trat auf ihn zu und zog mit schneller Geste ein kleines medizinisches Instrument aus ihrer Tasche, das aussah wie ein Skalpell. Es glitzerte im Neonlicht.

»Was tun Sie da? Ich bin Polizeibeamter«, schrie Schumann, dem gerade nichts anderes einfallen wollte. Instinktiv hielt er die gekreuzten Arme vor den Hals.

Aber die Frau hatte es nicht auf seine Schlagader abgesehen, sondern durchtrennte mit einem präzisen Schnitt binnen weniger Sekunden seine Handfesseln. »Sie leiden doch nicht etwa an einer Arbeitsplatzphobie? Oder an Cyberphobie?*«

Florian, der damit beschäftigt war, seinen Kopf am Explodieren zu hindern, entging der spöttische Unterton. »Bitte?«

»Warum sind Sie nicht in einem Labor? Was tun Sie denn hier?«

»Wo ist ›hier‹?«, erwiderte er verblüfft.

*

Richters Schnapsidee könnte sie den Hals kosten. Im restlichen Gebäude der *Amendment Corporation* würde in kürzester Zeit die Hölle ausbrechen. Michael war davon überzeugt, dass in wenigen Minuten Alarmsirenen kreischten, Leuchtmelder blendeten und Menschen durch die Korridore hasteten. Vor den Fahrstühlen der einzelnen Geschosse würde geschubst, gedrängelt und geschoben werden. Keiner würde das Treppenhaus benutzen.

Aber momentan blieb es auf ihrem Stockwerk ruhig. Michael fragte sich, ob sie wohl die Einzigen waren, die sich hier aufhielten. Nur die kreisenden, roten Lampen an der Korridordecke deuteten darauf hin, dass der Feueralarm aus-

* Die Angst vor Computern. Das Leiden tritt mit Sicherheit nicht bei Menschen unter 20 Jahren auf.

gelöst worden war. Und zwar von Dr. Richter, diesem Hohlkopf. Nachdem sie David Wagner wieder in eine Art optischen Normalzustand zurückversetzt hatten, hatte Richter den Alarmknopf betätigt, da er meinte, so für genügend zusätzliche Ablenkung im Konzern sorgen zu können. Ein schwachsinniger Fehler, wie Michael fand. Die Idee, Wagner diskret irgendwo in Sicherheit zu bringen und selbst zu verschwinden, war perdu. Stattdessen hatte Richter nun sämtliche schlafenden Hunde geweckt. Wie sollten sie jetzt die Sicherheitsmaßnahmen umgehen? Da die *Amendment Corp.* unter der Erde lag, war es nun mal nicht möglich, über das Dach zu flüchten, aus einem Fenster zu springen oder die Feuerleiter oder den Hinterausgang zu benutzen. Hier war es wesentlich, an die Erdoberfläche zu gelangen.

David Wagner ging es den Umständen entsprechend mies. Was bedeutete, dass er nicht ansprechbar war, sondern ins Leere starrte und auf nichts reagierte. Aber er lebte. Und nun war es von allerhöchster Dringlichkeit, ein Fortschreiten des Schocks zu verhindern und Wagner so schnell wie möglich ins Freie zu bringen. Michael hoffte zunächst, dass es dem Patienten bald besser gehen würde, wenn der das Tageslicht sehen und den Wind in den Haaren spüren konnte. Jedoch sprachen die fahle Gesichtsfarbe und die klamme Haut von Wagner das Gegenteil, und Michael musste seine Meinung revidieren. Der Puls des Mannes raste. Hoffentlich würde er ihnen nicht zusammenbrechen.

David Wagner trug einen von Hendricks Ersatzkitteln über den nackten Beinen, die dieser, frisch aus der konzerneigenen Expressreinigung, stets fein säuberlich zusammengefaltet in einem der Regale im Labor aufbewahrte. Dem Professor waren Flecken auf der Kleidung, genauso wie ungekämmte Haare oder zerknitterte Hosen immer ein

Gräuel gewesen. Unsauberkeit war ein Verstoß gegen eine seiner vielen Regeln gewesen und kongruent mit Schwäche.

Kessler dachte an den blutgetränkten Laborkittel, den Hendricks jetzt trug. Ihm wurde wieder schlecht. Was hatte er nur angerichtet? Wie sollten sie jemals aus dieser Lage entkommen können? Wie sollte er mit dem, was er getan hatte, fertig werden? Würde es ihm gelingen, alles zu vertuschen? Wie? Wollte er das überhaupt?

»Müssen Sie immer wissen, was sich hinter verschlossenen Türen befindet, Frau Heller?«, zischte Richter gerade, als Michael versuchte, seine Gedanken zu ordnen. »Der Typ ist ein weiterer Klotz an unserem Bein! Und er ist Polizist! Polizist!«

»Ich kenne mich hier nicht aus«, blaffte Lioba zurück, die sich anscheinend nicht darum kümmerte, ob der junge Mann, den sie eben befreit hatte, sie hören konnte oder nicht. »Außerdem sollten wir jeden mitnehmen, den wir finden.«

»Wohin denn mitnehmen, meine Liebe?« Richter strich sich borniert über den Bart.

»Nach oben natürlich, was glauben Sie denn?« Sie pustete sich eine Strähne aus dem Gesicht, die sich aus dem Pferdeschwanz gelöst hatte.

Die Vorstellung, dass sie anderen Kollegen in wehenden Mänteln über den Weg liefen, die wie verlorene Schafe hilflos und völlig überfordert einen Hütehund, der ihnen sagen würde, wo es langging, in den Gängen suchten, löste bei Michael erneut Magengrimmen aus. Das Feueralarmszenario war gänzlich dazu ungeeignet, David Wagner unbemerkt nach oben zu schaffen. Momentan befanden sie sich im dritten Untergeschoss, zu dem sie sich übers Treppenhaus hochgekämpft hatten. Richter hatte sich bei der Aktion benommen wie ein Geistesgestörter. Wagner war von Stufe zu Stufe schwerer geworden, aber sie hatten es irgendwie geschafft. Und vor ein paar Minuten erst war Lioba unbeirrt auf das rot leuchtende Display neben einer Tür im Korridor zugegangen, und noch während er, dem sämtliche Sicherheitsbeleuchtungen geläufig waren, darüber gesonnen hatte, ob ihm dieses Ding aus irgendeiner schematischen Zeichnung der Corporation bekannt vorkam, hatte die junge Frau beherzt den Türknopf umgedreht, und die erstaunlicherweise nicht gesicherte Tür war aufgeschwungen. So hatten sie den Neuzugang gefunden. Michael, der keine Ahnung gehabt hatte, dass man in diesem Trakt ebenfalls Probanden unterbrachte, war platt gewesen, als ihnen der junge Mann in Jeans, Hemd und mit Schuhen an den Füßen, der keine Anzeichen einer Panikstörung gezeigt, sondern nur aufgebracht, desorientiert und wütend gewirkt hatte, entgegengehinkt war.

Bloß Richter hatte in diesem Fall leider Gottes recht: Die Tatsache, dass dieser Mann Polizeibeamter war, machte die Situation nicht besser. Auf der einen Seite hatte Michael panische Angst davor, verhaftet zu werden, auf der anderen aber war ihm schmerzlich bewusst, dass er die Konsequenzen seiner Tat irgendwann einmal zu tragen hatte. Vor allem war es nicht nur eine Tat. Es war nicht nur Hendricks' Tod, den er auf dem Gewissen hatte.

Er musste sich ablenken und an etwas anderes denken.

»Dem Gang folgen und dann die übernächste Abzweigung nach rechts nehmen«, flüsterte er.

Den Neuankömmlingen des Unternehmens wurde mit dem Vertragsabschluss stets der Grundriss des Konzernkomplexes überreicht. Jeder Arbeitnehmer musste wissen, in welchem Stockwerk und auf welchem Korridor sich die unterschiedlichen Forschungsstationen befanden, da man ohne Ortskenntnis in dem unterirdischen Labyrinth restlos aufgeschmissen war. Kessler war die Orientierung nie schwergefallen. Er hatte sich den Plan damals nur kurz angesehen, ihn dann zusammengeknüllt und in den Müllschacht geworfen. Ein fotografisches Gedächtnis brachte eben manchmal auch Vorteile. Die Nachteile dieser Begabung überwogen jedoch eindeutig. Manchmal hätte er gerne länger über einer Formel gebrütet, wenn ihm dadurch vergönnt gewesen wäre, den biografischen Hintergrund der Probanden vergessen zu können. So aber hatte er alle Fakten unauslöschlich abgespeichert. Und er wusste mit einem Blick auf die leidende Testperson, dass in diesem Augenblick dessen Familie, die aus Ehefrau, einer Tochter im Alter von zehn und einem Sohn von drei Jahren bestand, vor Sorgen umkam, während er, Kessler, hinter seinem Notebook saß und nur ein paar Tasten drücken musste, um die Panik des treusorgenden Familienvaters, 35 Jahre alt, Ingenieur, noch mehr zu unterfüttern.

David Wagner, 28 Jahre, hatte das Blutgruppenmerkmal Rhesus positiv, welches weltweit 88 Prozent der Menschen besaßen, war 1,85 Meter groß, 78 Kilogramm schwer und seit einem Jahr und acht Monaten mit der 26-jährigen Franziska Wagner, geborene Schmidthaus, verheiratet. Das Paar hatte keine Kinder. Und so weiter und so fort.

Für Michael war dieses Talent bei seiner Arbeit äußerst hinderlich. Nein, mehr als das: Es war eine Bürde gewesen. Ein Joch, welches ihn unter anderem daran gehindert hatte, unvoreingenommen wie eine Maschine handeln zu können. Der gefühlskalte Roboter zu sein, der hier erwünscht war.

Nachdem er durch einen kleinen Spalt zwischen Türe und Wand gelugt hatte, wisperte er: »Der Korridor ist frei. Wir könnten jetzt los. Es sind nur ungefähr 30 Meter bis zum Aufzug. Die Leute von der Sicherheitsabteilung sind anscheinend noch nicht hier unten angekommen.« Diese Tatsache war fast nicht zu glauben, verbreitete aber Zuversicht in seinen Gedärmen.

Richter nickte bestätigend. »Ich glaube, die sind einfach hoffnungslos überfordert. So etwas hatten wir hier noch nie.«

Lioba funkelte ihn wütend an. »Sie glauben, Sie glauben … Ich habe den Feueralarm auf jeden Fall nicht ausgelöst. Das waren Sie. Wenn Sie das nicht getan hätten, hätten wir ein Problem weniger.«

»Ach, haben Sie etwa einen Plan in der Tasche, der uns mir nichts dir nichts in Sicherheit bringt?«, brüllte Richter. »Und wer, bitteschön hat denn den Bullen aus seinem Stall gelassen?«

»Leise!« Michael schloss verzweifelt die Augen. Das durfte doch alles nicht wahr sein.

Neben Lioba durchsuchte der junge Mann, den sie befreit hatten, scheinbar verwirrt seine Hosentaschen.

»Wollen Sie sich ausweisen?«, fragte sie. »Oder suchen Sie Ihre Dienstwaffe? Himmel – mit was für Pfeifen bin ich in diesem Saftladen eigentlich unterwegs?«

Michael riss der Geduldsfaden. »Seien Sie ruhig!«, herrschte er die kleine Gruppe an. »Würden Sie sich bitte alle zusammenreißen, wir müssen schnellstens verschwinden. Sie …«, er deutete auf den Polizisten, der immer noch in seiner Hosentasche kramte, »… Sie könnten nach vorne zu uns kommen. Wenn Sie bitte Herrn Wagner helfen würden und außerdem darauf achten könnten, dass die Luft rein ist? Das wäre sehr nett.«

»Mein Name ist Florian Schumann. Kommissaranwärter in der Probezeit«, stammelte der Angesprochene verwirrt. Anscheinend hatte er durch seinen Sturz von der Liege einen derben Schlag auf die Schläfe bekommen, denn rund um seine linke Braue spannte sich dunkelrot verfärbte Haut, und durch den Augapfel zogen sich feine, hellrote Äderchen.

»Anwärter!« Lioba verdrehte die Augen. »Auch das noch.«

*

Schweißperlen standen auf Richters Stirn, deren Feuchtigkeit er unangenehm spüren konnte; die Hände zitterten. Das hier war etwas anderes als die Berechnung einer Formel oder das Überprüfen der Patientenwerte. Diese Art von Belastung kannte er nicht. Sein Herz schlug ihm bis zum Hals, und er fasste den Entschluss, mit dem Kaffeetrinken aufzuhören und auf grünen Tee umzusteigen.

Neben ihm bemühten sich Kessler und dieser verwirrte Ordnungshüter um Wagner, der wie eine Stoffpuppe in den Armen seiner Retter hing, in eine aufrechte Position zu bringen.

»Wir sollten die anderen Testpersonen ebenfalls mitnehmen«, flüsterte der Laborassistent.

Richter sah sein Gegenüber an, als ob dieser den Verstand verloren hätte. »Sind Sie komplett übergeschnappt, Michael? Wir müssen einige Stockwerke durch das Chaos. Vorbei an Sicherheitsleuten, und wie Sie sich vielleicht erinnern können, sind diese im Fall eines Falles bewaffnet«, zischte er, obwohl er genau wusste, dass Kessler durch sein eidetisches Gedächtnis nichts so leicht vergaß und die Sache mit den Sicherheitsleuten seine eigene

Schuld war. »Wie wollen Sie denn die Menschen rausbringen, Michael?«

Normalerweise hatte er Kesslers Vornamen nie benutzt, aber dieser Situation schien es ihm angebracht, persönliches Vertrauen zu schaffen und ihn inflationär oft mit »Michael« anzusprechen. »Wir können die nicht wie eine Horde Zombies vor uns hertreiben. Bedenken Sie bitte, in welchem physischen und psychischen Zustand diese Personen sind.«

»Reden Sie nicht so, als sei ich nicht da«, krächzte eine Stimme neben ihm. »Ich mag beschissen aussehen, bin allerdings sehr wohl in der Lage, Ihrer Unterhaltung zu folgen.« Wagner sah ihn mit blutunterlaufenen Augen an und hustete. »Und wenn Sie irgendeine Möglichkeit sehen, die anderen mitzunehmen, dann tun wir das«, krächzte er.

»Es gibt keine«, bemerkte Richter mit fester Stimme, die keinen Widerspruch duldete. Er verfluchte den Zeitpunkt, an dem er sich von diesen Wahnsinnigen hatte mitziehen lassen. Inzwischen musste er sich zähneknirschend eingestehen, dass das Auslösen des Feueralarms nicht eine seiner besten Ideen gewesen war. Wohin war sein eigentlicher Plan verschwunden? Wann hatte er die Möglichkeit verpasst, ihn umzusetzen und Hendricks zu beerben? Gerade wurden nicht nur die Firma, sondern die Forschung und sein Leben sabotiert. Seine Intention war noch vor kurzer Zeit eine ganz andere gewesen. Waren sie in einen dieser langweiligen Schwätzer-Kinofilme geraten, wo jeder Protagonist seinen Senf und seine Meinung zum Besten geben durfte? Sie hätten Hendricks Leiche verschwinden lassen müssen, in einen Müllschacht oder irgendwoanders hin. Über Wagner hätte er sich später Gedanken gemacht. Jetzt eierten sie zu fünft durch den Bunker, aus dem sie schnellstens verschwinden sollten, anstatt weitere Figuren aufzusammeln. Außerdem traute er dem Rest der Gruppe nicht, allen voran der einzigen Frau im Team. Was führte sie im Schilde? Und nun hatten sie auch noch die Polizei in ihrer Mitte! Er wollte sich den Mord an Hendricks auf keinen Fall in die Schuhe schieben lassen.

»Es gibt keine Möglichkeit? Ach nein?« Das kam mal wieder von Dr. Heller.

»Bin mir da auch nicht so sicher«, murmelte Kessler.

»Michael, seien Sie vernünftig. Was soll das bringen?«, versuchte es Richter noch einmal.

Ein schwarzer Pferdeschwanz wedelte ihm ins Ohr, als Lioba Heller sich schwungvoll umdrehte. »Was das bringen soll? Sind Sie in der Tat so kalt? Wir reden hier von Menschen.«

»Es gibt noch zwei Patienten, die wir aus den Laboren holen könnten. Ihren und den von Markovicz«, fuhr Kessler fort.

»Was soll das heißen, ›noch zwei Patienten‹?«, schaltete sich Wagner heiser ein. »Soviel ich verstanden habe, ist dieses Gebäude irrsinnig weitläufig. Sie sprachen von vier Stockwerken, und wenn sich in jedem Stockwerk mindestens ein Labor befindet … Wollen Sie mir erzählen, wir sind hier nur zu dritt? Ich und zwei andere?« Er schüttelte den Kopf. »Tut mir leid, aber das kann ich nicht glauben.« Er hustete erneut, und Lioba strich ihm sanft über den Rücken.

Richter zögerte kurz. Es erstaunte ihn, wie geistig wach David Wagner vor ihm stand. Anscheinend flutete eine gehörige Portion Adrenalin durch dessen Blutbahn, welches ihm die nötige Klarheit verschaffte. Der Mann fragte zu viel! »Die Untersuchungen stehen erst am Anfang und … So viele Probanden haben wir hier gar nicht …« Er hatte nicht vor,

Mutter Teresa zu verkörpern. Was mit den anderen geschah, war nicht signifikant.

»Die Tests stehen nicht am Anfang!«, unterbrach ihn Kessler ungehalten. »Haben Sie den Anstand und sagen Sie den anderen die Wahrheit! Die sogenannten Untersuchungen sind bis jetzt ein Misserfolg gewesen, Herr Wagner. Es gab Rückschläge, Fehlversuche und Dinge, die ... die außer Kontrolle gerieten.« Bevor Wagner nachfragen konnte, ergänzte er: »Das soll heißen, dass außer Ihnen und zwei weiteren Patienten zwar tatsächlich niemand mehr übrig ist, der gesunden Verstandes oder am Leben wäre. Der psychisch instabile Rest aber ist in einem extra eingerichteten Flügel.«

Lioba Heller sog hörbar Luft ein. »Der instabile Rest? Das glaube ich jetzt nicht.«

»Sie haben die Behandlung nicht verkraftet«, äußerte Richter knapp, als er in David Wagners entsetztes Gesicht sah. Er sah keine Notwendigkeit, sich schuldig zu fühlen. Es war sein Job gewesen. Verschwendete denn die Süßwarenindustrie einen Gedanken an die Diabeteskranken, denen sie ihre Schneckennudeln unterjubelten? Dachten die Fleischproduzenten dieser Welt an die Klimakatastrophe? Er musste, wie jeder andere auch, sein Geld verdienen, verdammt! Und seine Profession war nun mal die Wissenschaft.

»Sie meinen, Sie haben diese Menschen entweder umgebracht oder ihr Gehirn gekocht«, korrigierte Lioba erstaunlich nüchtern. »Wollen Sie uns das sagen?«

»Er hat sie umgebracht. Ich habe sie umgebracht. Wir alle zusammen.« Michael Kessler starrte auf seine Schuhspitzen. »Und niemand kann sie mehr ...« Seine Stimme erstarb.

Jetzt sind wir so weit. Ich bin fällig. Der Idiot beschuldigt mich vor Zeugen und vor einem Polizisten!

Er herrschte Schweigen in der Runde, und Richter wunderte sich, warum Florian Schumann nicht versuchte, ihn zu fesseln, ihm seine Rechte vorlas oder irgendetwas anderes tat, um klarzustellen, dass er von nun an in Staatsgewahrsam genommen werden würde. Aber anscheinend war der junge Polizeibeamte geistig noch nicht auf der Höhe. Denn nichts dergleichen geschah. Nur David Wagner schluckte und fragte: »Was ist das für ein Krankenflügel?«

»Es gibt Patienten, die nicht optimal auf das Serum ansprachen. Totaler Kontrollverlust«, sagte Richter.

»Nicht optimal! Sie ticken ja nicht mehr richtig«, unterbrach ihn Heller gereizt.

»Würden Sie mich ausreden lassen, Frau Doktor?«, erwiderte Richter laut und betonte ihren Titel dabei überdeutlich. Dieses Weibsbild ging ihm inzwischen entsetzlich auf die Nerven. Wie hatte er sich jemals von ihr angezogen fühlen können? Wie so oft, so schien auch bei ihr die Optik zu täuschen. Wähle dein Buch nie nach dem Umschlag. »Entzug des konditionierten Verhaltens«, fuhr er fort. »Sie sind durch die Bank durchgedreht, wurden für sich selbst und andere zur Gefahr. Man hat sie isoliert.« Er bemühte sich um Gelassenheit.

»Wie viele?«, fragte Wagner leise.

»Ungefähr 15.«

»Und wie viele sind gestorben?«, bohrte Schumann nach, und Richter nahm entsetzt zur Kenntnis, dass dieser seine Murmeln offenbar wieder geordnet hatte.

»Bis jetzt einer«, sagte Kessler.

»Zwei.« Richter holte Luft. Es hatte keinen Zweck, etwas vertuschen zu wollen, denn Kessler würde weiterplappern wie ein Radio. »Meine Patientin ist kurz vor Ausbruch des Alarms verschieden.«

Lioba Hellers Lippen zitterten. »Das haben Sie im Labor nicht erwähnt. Sie sind ein Monster«, stieß sie gepresst hervor.

»Hätte ich das vor dem neuen Team sagen sollen?«, erwiderte er trotzig.

Sie ballte die Hände zu Fäusten und wirkte bereit, jederzeit zu einem Schwinger auszuholen.

»Es war erst kurz zuvor geschehen und deswegen notwendig, es zu verschweigen.«

»Sie sind ekelhaft! Alle beide!«

Weder Kessler und Richter hatten darauf etwas zu erwidern. Kessler senkte erneut die Augen, und sein Adamsapfel hüpfte hektisch.

»Ich will wissen, wo das Labor dieses Markovicz ist«, keuchte David plötzlich. »Ich verliere die Geduld, wenn Sie verstehen, was ich meine. Die Geduld und die Kraft, mir diese Beichten länger anzuhören.«

»Ich begreife Sie vollkommen«, bekräftigte Schumann, der sich wohl wieder besonnen hatte, und bedachte Richter danach mit einem stechenden Blick. »Machen wir, dass wir weiterkommen. Das Gesetz wird Sie in Empfang nehmen, meine Herren, wenn wir oben angelangt sind.«

Kessler bedeckte das Gesicht mit den Händen.

»Das ist zu gefährlich«, versuchte Richter daraufhin, ein weiteres Mal zu beschwichtigen. Er war erstaunt darüber, wie adrenalingeschwängert alle aus heiterem Himmel daherkamen. Wann war das hier zu einem Blauhelmeinsatz geworden? »Verstehen Sie doch, dass hier Sicherheitskräfte herumlaufen, die …«

»Wo?« Wagner schrie mit letzter Kraft.

»Beruhigen Sie sich«, sagte Lioba Heller sanft, die ob des unerwarteten Ausbruchs kurz zusammengezuckt war.

»Wir werden hingehen. Nicht wahr, Michael? Das werden wir doch?«

Kessler, dem anzusehen war, dass er die Chance ergreifen wollte, ein klein wenig wiedergutzumachen, was er verpfuscht hatte, schloss kurz die Augen, als ob er den Gebäudeplan in seinem Inneren abrufen würde. »Zwei Stockwerke höher, Gang A, Abschnitt D. Ich weiß, wie wir hinkommen.«

»Los geht's.« Schumann setzte sich humpelnd in Bewegung.

Richter schnaubte und hielt ihn am Arm fest. »Tut mir leid, das sagen zu müssen, Herr Polizeianwärter oder wie der Titel war, aber diese Idee ist gequirlter Bullshit! Wenn wir den Lift erreicht haben, sollten wir schauen, dass wir rauskommen!« Dann wandte er sich an David. »Wollen Sie denn nicht zurück zu Ihrer Frau, Herr Wagner?«

David, dem zuvor die Wut sichtbar ins Gesicht gestiegen war, wurde plötzlich blasser.

»Wann hören Sie damit auf, Richter? Wenn Sie nicht mitwollen, dann bleiben Sie eben hier. Aber«, Lioba Heller funkelte ihn an, »ich würde an Ihrer Stelle nicht damit rechnen, dass wir Sie nachher abholen. Das werden die Kollegen von Herrn Schumann sicherlich erledigen wollen. Wenn Sie nicht begreifen, dass die Rettung der anderen Patienten für Sie vorteilhaft sein könnte, dann sind Sie dümmer, als ich dachte.« Vorsichtig legte sie ihren Arm um Wagners Taille. »Wenn Sie den Weg kennen, Michael, dann sollten Sie vorangehen. Wir kommen schon nach.«

»Wie wollen Sie das schaffen?«, erkundigte sich Richter erneut. »Der körperliche Zustand von Herrn Wagner ist wahrlich beschissen.« Dieser Disputationsclub ging ihm gehörig auf die Nerven, aber er war nicht Draufgänger genug, um sich alleine durchzuschlagen. Er war nicht James Bond. Er war Dr. Klaus Richter, spezialisiert auf Neurochemie, und ob es ihm nun gefiel oder nicht – dieser Mann war ein verweichlichter Duckmäuser, wenn es nicht um sein Forschungsgebiet, sondern um das wahre Leben ging.

Erneut warf ihm das vollbusige Weibsbild einen grimmigen Blick zu, und er erkannte mit aller Deutlichkeit, dass diese Frau nicht mehr vorhatte, sich irgendetwas von irgendjemand sagen zu lassen. Schon gar nicht von ihm.

Kessler, der die Augen endlich vom Fußboden löste, wandte sich an seinen Kollegen. »Haben Sie kein Gewissen? Wollen Sie nicht irgendetwas von dem, was Sie in den letzten 15 Jahren verbockt haben, versuchen gutzumachen?«

»Seien Sie nicht albern! Auf was hoffen Sie denn? Göttliche Vergebung? Einen Lichtstrahl von oben, der Sie in eine Glorie hüllt? Meine Güte, Junge, Sie haben sich für die Dr.-Frankenstein-Variante entschieden, als Sie den Vertrag unterschrieben haben.«

»Damals wusste ich nicht, dass ich nicht nur mein Wissen, sondern auch meine Seele an die *Corporation* verkaufe«, stieß Kessler hervor und blitzte Richter zornig an.

Dem riss nun der Geduldsfaden. »Ihre Seele? Gott, tun Sie bloß nicht so! Als ob wir nicht alle geahnt hätten, auf was wir uns einlassen. Die Heimlichtuerei, die unentbehrlichen Verträge, Hunderte von Unterschriften auf Hunderten von Formularen. Ich bitte Sie, Michael. Belügen Sie sich nicht selbst! Beleidigen Sie nicht Ihre Intelligenz! Sie wussten, was Sie tun.«

»Können wir gehen, verdammt?«, zischte Wagner, der sich kaum noch auf den Beinen halten konnte und sich mit beiden Händen an Lioba Heller festklammerte. »Anschreien können Sie sich auch noch, wenn wir hier raus sind. Außerdem dachte ich, wir sollen leise sein.«

»Dazu wird es nicht kommen. Dass wir mal rauskommen. Nicht, wenn wir so weitermachen.« Richter knirschte mit den Zähnen. »Ob wir jemals an die Oberfläche kommen, wenn wir die anderen auch noch mitnehmen steht in den Sternen.« Er konnte nicht glauben, dass er soeben dabei war, offiziell in diese schwachsinnige Idee einzuwilligen, eine Ehrenrunde zu drehen und Ausgetickte einzusammeln. Was sollten sie mit diesen anderen Gestalten bitteschön machen? Wagner konnte sich nicht auf den Beinen halten. Schumann humpelte. Wie wollte diese Horde Durchgeknallter vorwärtskommen?

Kessler nickte Lioba zu, und gemeinsam zerrten sie David Wagner ein paar Schritte nach links, bis sie in der Mitte des Gangs standen.

Richter fasste sich an den Kopf und schaute verzweifelt zur Decke. »Kessler!«, fauchte er.

Aber sie waren schon seelenruhig einige Schritte weitergegangen. David Wagner im Schlepptau steuerten die beiden offenkundig auf den Aufzug zu. Schumann folgte ohne Widerspruch. Klaus Richter stürzte kurze Zeit später ebenfalls um die Ecke, um nicht den Anschluss zu verlieren.

»Sie können den Lift nicht benutzen, der wird gestopft voll sein, Michael. Sind Sie wahnsinnig?«

»Dann werden wir eben so tun, als würden wir zusammen flüchten. Ich meine damit, wie der Rest der Belegschaft. Im Gegensatz zu denen, werden wir aber früher aussteigen und in Markovicz' Labor gehen und den ersten Patienten mitnehmen.«

»Wie?« Ungläubig deutete Richter auf Wagners fahles, schweißüberströmtes Gesicht. »Wie erklären Sie denn den?

Er hat nur einen Laborkittel an! So weit kommen wir nicht! Was für ein Plan ist das denn?«

Florian Schumann, der interessiert dabei zusah, wie Keller seinen Chip vor die Lifttür hielt, worauf auf einer elektronischen Anzeige neben derselben ein grünes Licht mit einem Pfeil nach unten anfing zu leuchten, antwortete: »Haben Sie einen besseren? Wenn Herr Kessler meint, dass er das hinbekommt, dann sollten wir ihm vertrauen. Herr Wagner wird das schon schaffen. Und wenn Ihre anderen Kollegen nur halb so von Sinnen sind wie Sie, dann fällt das keinem von denen auf. Denn irgendwie habe ich das Gefühl, dass hier unten alle nicht richtig ticken.«

»Und die Sicherheitsleute?« Noch ehe Richter eine weitere Tirade von sich geben konnte, nahm er aus den Augenwinkeln Hellers wohlgeformte Finger wahr, die das Revers seines Labormantels gestreift und von dort blitzschnell den Activity Chip abgenommen hatten.

»Wie schon erwähnt. Entweder Sie kommen mit«, stellte sie unmissverständlich und mit einem süffisanten Lächeln fest. »Oder Sie laufen. Treppenhaus. Damit haben Sie doch Erfahrung. Aber mehrere Stockwerke zu Fuß sind etwas anderes als nur eins.« Kokett zwirbelte sie eine Strähne um ihren Zeigefinger und wedelte damit vor Richters Nase herum.

Zum ersten Mal glitt ein Grinsen über Kesslers Gesicht. »So kinderleicht können Bauchentscheidungen ausgeführt werden, Dr. Richter. Nicht zu viel nachdenken.«

Statt einer Antwort stieß Richter ein mürrisches Grunzen aus. Sein Laborkittel zeigte nasse Flecken unter den Achseln. »Und das kommt ausgerechnet von Ihnen.«

»Warum sind die Aufzüge nicht außer Betrieb?«, raunte Schumann ihm zu.

»Weil hier niemand, der noch bei Verstand ist, dem Treppenhaus vertraut«, antwortete er trocken. »Wir gehören da schon zu den Freaks.«

»Das ist doch bei Ihnen der Normalzustand«, entgegnete Heller.

Die Türen öffneten sich mit einem leisen Zischen. Die anderen Kittelträger standen nervös, ihre Habseligkeiten fest an sich gepresst, in dessen Innerem und würdigten das seltsame Grüppchen keines Blickes.

Die fünf Flüchtenden drängten in den Fahrstuhlraum, der sich daraufhin mit erstaunlicher Schnelligkeit in Bewegung setzte, sodass Lioba kaum Zeit blieb, ihren Arm durch die Menschenmenge zu strecken, um auf dem Panel die Ziffer zwei zu drücken. Als sie den fragenden Blick des Mannes, der neben ihr stand, auffing, flüsterte sie ihm ein nonchalantes »Haben was vergessen« zu, schnappte sich Wagners Arm, als sich die Türen erneut öffneten, und zerrte den geretteten Patienten durch die Menge in den Korridor des zweiten Untergeschosses. Richter folgte ihnen mühsam und unter gemurmelten Entschuldigungen ins Freie. Schumann und Kessler überholten ihn sofort. Niemand sonst stieg aus. Jemand hämmerte wild auf den Knopf, der die Türen wieder schließen sollte. Keiner kümmerte sich um sie.

Kessler warf einen Blick erst in die eine, dann in die andere Richtung. Der Gang war menschenleer. »Hier lang«, befahl er mit zitternder Stimme und setzte sich in Bewegung.

Fluchend trottete Richter den anderen hinterher.

RETTUNG NAHT

»Du hast immer noch Zeit auszusteigen. Wir sind in der Nähe der Bushaltestelle.«

Der Toyota nahm die Kurve in den nächsten Kreisverkehr über die Maßen forsch, und Lanzo hielt sich am Haltegriff der Beifahrertür fest. »Kommt nicht in Frage. Genauso könnte ich dich fragen, wie um alles in der Welt du diese Sondertour deinem Vorgesetzten erklären willst.«

Deckert zuckte die Schultern. »Gar nicht.« Was Fechner von ihm hielt, war ihm restlos schnuppe geworden. Und das nicht erst, seit Florian verschwunden war. »Sie werden später die GPS-Daten des Navis auswerten. Sollen sie doch.«

»Aber das ist dein eigenes Auto«, warf Enno ein. »Da müssen deine Vorgesetzten schon rechtlich einwandfreie Mittel und Wege finden, um an die Daten zu kommen.«

»Und das von dir. Das tun sie sicher auch. Darüber müssen wir uns keine Sorgen machen.«

Die Navigationsdaten hatte Lanzo zuvor durch einige obskure Verwicklungen mehrerer Bauunternehmen und ominöser Anträge mit dem Ministerium für Wirtschaft und Verkehr ermitteln können. Im Nachhinein war versucht worden, diese Daten aus Dokumentationen und Datenbanken zu löschen. Versucht, wohlgemerkt. Denn Enno war es gelungen, diese Spuren zu entdecken und freizulegen. Dass die Petitionen an immer dieselbe Person im Ministerium gerichtet waren, die Lanzo ohne viel Mühe mit mehreren Anträgen in Verbindung bringen konnte, die Horgenzell in den letzten Jahren im Auftrag einer pharmazeutischen Zulieferfirma getätigt hatte, war letzten Endes die Bestätigung ihrer Vermutungen gewesen. Da wurden Gelder für den Bau einer Anlage von beachtlichem Ausmaß erschlichen, deren Errichtung der Allgemeinheit verborgen bleiben sollte.

Deckert war während Ennos Recherchemaßnahmen aus dem Zimmer gegangen und hatte sich in der Küche hingebungsvoll um Yetis leibliches Wohlergehen gekümmert. Obwohl er brennend gerne beobachtet hätte, wie der Datenflüsterer seine Quellen anzapfte, Firewalls umging und Passwörter knackte, wollte er nicht noch tiefer in den Hundehaufen aus ungenehmigten Aktionen treten, sondern lieber wegsehen. Nach einer gefühlten Ewigkeit hatte ihn Lanzo laut rufend in das Wohnzimmer zurück gebeten.

»Herr Deckert, das habe ich Ihnen ja noch gar nicht erzählt!«

»Ich höre«, antwortete er.

»Nein, hören reicht nicht. Das müssen Sie sehen!«

Erik stellte eine Schüssel Nassfutter auf den Boden, auf die sich Yeti stürzte, als ob sie die vorherige Mahlzeit in einem Anfall von Demenz vergessen und sich ihr Mageninhalt binnen Minuten wie ein Wunder verflüchtigt hätte. Er strich ihr über das dicke Fell und verließ seufzend die Küche.

»Ich will das eigentlich nicht mit eigenen Augen sehen, Herr Lanzo.«

»Mir egal. Setzen Sie sich. Ich habe das total vergessen. Hatte gedacht, Sie wüssten das. Tun Sie natürlich nicht. Hatte ich ja Florian noch gesagt. Bevor er … Sorry. Okay. Ich habe die Daten von Ihren Kellerasseln bekommen. Also, von Kemmler von der Spusi, mit dem gehe ich ja ab und an einen heben …«, Enno stockte kurz, »das wollen Sie wahrscheinlich auch nicht wissen … unwichtig. Das Ergebnis.

Das Ergebnis. Hier. Ihr Team hat ein paar Hersteller ausfindig gemacht, die Einwegkittel herstellen, auf die die Spezifikationen der gefundenen Fasern passen. Also, als ich anfing, mir die Liste durchzusehen, dachte ich erst, das sei total uninteressantes Zeug – Sie wissen schon.«

»Nein, ich weiß nicht«, widersprach Deckert. Enno war ein herzensguter Kerl, aber an die sprunghafte Kommunikation, die ihm zu eigen war, wenn er anfing, auf der Computertastatur herumzuhacken, konnte er sich nicht gewöhnen.

»Glauben Sie mir, das interessiert Sie auch nicht. Eine Firma, die elektronische Steckverbindungen herstellt, dann diese Typen, die Geschmacksstoffe herstellen – Stichwort ›Holzspäne im Erdbeerjoghurt‹ – so ein Zeug. Aber dann: Bingo!«

Stille.

»Ja?« Deckert wurde ungeduldig. Das war wie Zähneziehen.

»Eine Bande von Pillendrehern. Pharmazeutische Herstellung. Aber was das Sensationelle an dem Verein ist: Die haben etliche Gerichtsverfahren an der Hacke. Und wenn man sich die Akten so durchliest, ist das nicht gerade die Heilsarmee.«

Erik Deckert fegte die letzten Sätze sofort aus seinem Gedächtnis. Er wollte sich im Moment nicht über Lanzos Datenschutzvergehen Gedanken machen, er wollte endlich wissen, was Sache war.

»Zusammenfassung. Kurz, wenn's geht.«

»Vorsätzlich begangene Fehler bei Zulassungsverfahren für Medikamente, Verkauf der Arznei ohne Zulassung, nicht genehmigte Testverfahren, illegale Werbung, Schmiergeldverfahren, Korruption. You name it – they did it!«

Deckert schluckte. Hatten die Wagner? Und Florian?

»Name?«, fragte er ungeduldig.

»Das war nicht so unproblematisch. Der Konzern hat sich x-mal umbenannt, hat Nebenfirmen und Untergruppen, Schwestern und Brüder gegründet. Es ist schwierig herauszuklamüsern, wer bei der Bande überhaupt die Fäden in der Hand hat. Genau so, wie wir es uns vorgestellt hatten. Kurz bevor ich meine Recherchen einstellen wollte, bin ich jedoch über einen Namen gestolpert, der in den Gerichtsakten am Rand immer wieder verschlüsselt vorkam. Zumindest glaube ich, dass es sich bei den Codes um diese Firmenbezeichnung handelt. Irgendjemand hat da versucht, etwas zu verschleiern, und scheint die Akten überarbeitet zu haben.«

»Und?« Deckert war inzwischen aufgestanden und drehte aufgeregt eine Runde nach der anderen um den Couchtisch.

»Nun ja, wie man weiß, gibt es auch Pfuscher und Stümper unter den sogenannten Experten meiner Zunft, und die haben nicht gewusst oder, was noch liederlicher wäre, nicht daran gedacht, dass man durchaus auch mit simplen Mitteln in der Lage sein kann, nicht korrekt abgesicherte Datenbanken über einfache Google-Abfragen zu finden und auszuwerten. Ein Kinderspiel, wenn man weiß, wie es geht.«

»Und?«

»*Amendment Corporation*«, sagte Enno Lanzo.

Nur 15 Minuten später hatte Lanzo die GPS-Daten der Firma zutage gefördert, Deckert seinen Autoschlüssel geschnappt, Yeti eine nochmalige Ration erhalten, und bevor die beiden Männer in den Toyota einstiegen, waren sie übereingekommen, dass es an der Zeit sei, sich beim Vornamen zu nennen.

Sie verließen die Tübinger Innenstadt, und Deckert beschleunigte auf der B 464 Richtung Holzgerlingen auf die zugelassene Höchstgeschwindigkeit. Bei diesem Tempo wären sie in genau 23 Minuten an Ort und Stelle.

»Diese *Amendment Corporation* ist nirgends registriert, jemand hat Daten gelöscht und Dokumente gefälscht, die du vorhin wieder hergestellt hast, die Unternehmensstruktur der Mutterfirma ist reines Blendwerk, und die Arschlöcher haben in den letzten Monaten im großen Stil Laborausrüstung und medizinische Bekleidung gekauft. Was sie natürlich ebenfalls versuchten zu vertuschen. Selbst wenn diese Typen nichts mit dem Verschwinden von David Wagner zu tun haben, will ich ihnen an den Karren fahren. Und das reicht mir als Rechtfertigung aus, mich noch vor Tagesanbruch in mein Privatauto zu setzen und mit einem Bekannten einen kleinen Ausflug zu machen. Der Sonnenaufgang im Schönbuch soll spektakulär sein. Bring nächstes Mal deinen Picknickkorb mit, Enno. Und das Kamerastativ.«

Der IT-Experte grinste. »Was ist mit dem Ford passiert? Was denkst du?«, fragte er.

Deckert zog wie so oft eine seiner buschigen Augenbrauen hoch. »Ehrlich gesagt, keine Ahnung. Hubschrauber?«

»Jetzt mal – im Ernst?«

»Natürlich nicht. Aber nachdem, was die so alles drauf haben, würden mich Stunts in dieser Größenordnung nicht überraschen. Dich etwa? Ein unterirdischer Firmenkomplex. Erstellt ohne Wissen der Bevölkerung und getarnt als Parkhausrenovierung oder so was in der Art. Ich bitte dich, da sind die Illuminaten und jeder Bond-Bösewicht ein Scheißdreck dagegen«, antwortete Deckert und lenkte den Wagen auf die in der Dunkelheit vereinsamte L 1208.

»Ich habe übrigens einen Namen aufgetrieben«, sagte Enno nach ein paar Sekunden des Schweigens. »Warte, ich hab's gleich.« Er wischte über das Display seines iPads und tippte darauf herum. »Bonlander.«

Erik fuhr herum, und der Wagen kam kurz ins Schlingern. »Lothar Bonlander?«, ächzte er.

»Willst du uns umbringen? Würdest du auf die Straße schauen? Hier springt ab und zu ein Reh auf den Asphalt. Dankeschön. Mit Horgenzell selbst habe ich keine Vorstrafen in Verbindung bringen können, aber dieser Bonlander scheint einen an der Waffel zu haben.«

Das Lenkrad umklammernd mahlte Deckert mit dem Unterkiefer. Verdammt, diesen Bonlander hatte er an der Strippe gehabt und nicht gewusst, mit wem er es zu tun hatte. »Lass mich raten. Entführung?«

»Nö. Aber vor zwei Jahren musste er ein sattes Bußgeld bezahlen, weil er eine Steinputte nach dem Kater seiner Nachbarin geworfen und ihn dabei schwer verletzt hat.«

»Bitte?« Der Wagen kam erneut ins Schlingern. »Was für ein Drecksack!«

»Kannst du laut sagen. Anscheinend hatte das Tier ihm auf die piekfeine Verandagarnitur geschissen. In der Akte stand natürlich ›defäkiert‹, man ist ja vornehm.«

»Macht Bonlanders Aktion auch nicht besser.« Deckert verkniff sich anzumerken, dass der Kater wahrscheinlich allen Grund für die Verunreinigung gehabt haben könnte.

DER ALP DRÜCKT

Der Wind fuhr ihm durchs Haar. Er fühlte sich angenehm warm auf seiner Kopfhaut an, aber irgendetwas stimmte nicht. Da war dieses Geräusch. Schrill. Er hatte es erst aus der Ferne wahrgenommen, doch jetzt schien das Fiepen näherzukommen. Leicht gehetzt drehte er den Kopf. Um ihn herum war es dunkel geworden – wo zum Henker war der Lichtschalter? Obwohl die Schwärze ihn einhüllte, meinte Bonlander, eine leichte Bewegung darin wahrzunehmen, eine Silhouette, die auf ihn zufloss. Groß, mächtig, lang gestreckt und doch gedrungen. Was war das? Der Körper glitt auf ihn zu. Ging das Geräusch von ihm aus? Es war in den letzten Sekunden lauter geworden, brachte seine Ohren zum Klingeln. Lothar presste die Hände gegen seinen Kopf, um ihn vom Platzen abzuhalten. Er machte den Fehler, vor Pein nur einige Sekunden lang die Augen zu schließen, und als er sie wieder öffnete, war das schwarze Etwas direkt vor ihm zum Stehen gekommen. Den nicht zu übersehenden Rundungen zufolge war es eindeutig weiblich. Und ein langer schwarzer Pferdeschwanz trudelte wie eine Horde mordlüsterner Fliegen um den Kopf der Gestalt. Lothar wollte schreien, konnte jedoch den Mund nicht öffnen. Wie angenagelt blieb er stehen. Der Windhauch war verschwunden, stattdessen hatte sich etwas in seinem Haar verfangen. Strähnen des Pferdeschwanzes, die sich wie Fühler oder Tentakel in seine Kopfhaut bohrten. Sie zerrten ihn näher zu dem Ding hin, das sich nun drohend aufrichtete. Haselnussbraune Augen starrten ihn an, ein voller Mund wollte ihn verschlingen.

»Nein! Geh weg von mir! Geh weg!« Lothar schlug um sich, und seine Hände trafen auf etwas Hartes. Ein klatschender Laut ertönte, dem ein spitzer Schrei folgte.

»Herr Bonlander!«

Lothar fuhr hoch und riss dabei das Kopfkissen mit sich, das daraufhin in einer perfekten Flugbahn aus dem Bett segelte und geschmeidig auf der Anrichte landete. Es klirrte. Irritiert sah er sich um. Das nächtliche Telefonat mit der arroganten Reagenzglaszicke Heller hatte ihn anscheinend mehr mitgenommen, als er es sich eingestehen wollte. Er hatte keine Ahnung mehr, wo er war. Dann sah er Richtung Bettende. »Fräulein Adriányi! Meine Güte, was machen Sie denn hier?«

»Frau, nicht Fräulein. Wie oft denn noch, Herr Bonlander? Sie sind spät dran. Wissen Sie, ich werde nicht bezahlt, um für Sie Kindermädchen und Zugehfrau zu spielen.« Die Vokale schienen sich wieder einmal in ihrem Mundraum zu verirren. »Obwohl mir das nichts ausmachen würde.« Sie lächelte verschmitzt.

»Was?« Lothar rieb verunsichert die Nasenwurzel und sah sich vorsichtig um. Das Zimmer kannte er nicht. Die Bettwäsche auch nicht. Er raffte die Decke und zog sie bis ans Kinn, wie ein Halbwüchsiger, den seine Mutter gerade bei etwas sehr Unanständigem erwischt hatte. »Sie stehen in … einem Schlafzimmer. Also, nicht in meinem, aber in … irgendeinem, und ich bin nicht angemessen angezogen.«

Sofia Adriányi riss ihm mit einem anzüglichen Grinsen die Decke aus dem Schraubstockgriff. »Meine Güte, sind Sie altmodisch. Ist ja irgendwie süß, aber haben Sie sich mal nicht so … Ups!« Peinlich berührt schlug sie die Hand vor den Mund, errötete leicht, pflückte die rosenbedruckte Bettdecke von Boden und bedeckte damit vorsichtig Bonlanders Blöße, der, seines fluffigen Schutzschildes so plötzlich beraubt, in eine embryonale Haltung zusammengeschnurrt war.

»Nichts für ungut«, kicherte die attraktive Frau und machte ein paar vorsichtige Schritte rückwärts. »Ich geh' hinunter ins Esszimmer. In zehn Minuten gibt es Frühstück, und wir machten uns Sorgen, ob Sie vielleicht Ihren Wecker nicht gestellt hatten. Die offensichtlich begründet waren … Also, die Sorgen. Aus diesem Grund … Wissen Sie was?« Sie machte auf dem Absatz kehrt. »Ich lasse Sie jetzt allein. Wir sind unten.«

»Moment mal«, rief Lothar dumpf, da er in die Matratze sprach. Er würde sich erst wieder entspannen können, nachdem diese Frau das Zimmer verlassen hatte. Damenbesuch hatte ihn schon immer irritiert. Besonders dann, wenn er nackt im Bett lag. Er konnte sich jedoch nicht daran erinnern, wann dieser Fall schon einmal eingetreten war. »Wer ist ›wir‹?«, fragte er.

»Na, Dr. Horgenzell, seine Frau und Mascha.«

»Mmmh?«

»Die Generalprobe.«

»Wie?«

»Ge-ne-ral-pro-be!« Sofia machte ein Geräusch mit ihrer Zunge, als würde sie für einen Nagini-Imitations-Wettbewerb üben. »Heute ist der große Tag vor dem großen Tag! Haben Sie gestern mit dem Herrn des Hauses ein paar Gläschen zu viel gekippt? Na dann werden Sie mal schnell wieder nüchtern. Oh, und falls Sie das auch vergessen haben sollten. Heute ist der Hochzeitstag. Sie sollten gratulieren.«

Mit diesen Worten zog sie die Tür ins Schloss. Lothar blickte sich im Schlafzimmer um und zog dann erneut die Decke über den Kopf. Auf keinen Fall würde er heute nach

Bebenhausen fahren und Deckchen probehalber über Tische drapieren, Stühle rücken und Hussen durch die Gegend schleppen. Womöglich sollte er auch Servietten falten. Wie konnte Horgenzell nur an so etwas denken? Jetzt! Die Probleme, die sie momentan dringlich lösen mussten, besaßen einen weitaus voluminöseren Stellenwert als diese verwünschte Vermählung.

Bonlander schälte sich aus seiner Daunenverpuppung, schwang die Beine aus dem Bett und grabschte sich seine Kleider von einem Louis-Seize-Stuhl, in den Horgenzell mit größter Wahrscheinlichkeit nicht freiwillig investiert hatte. Die Baumwollhose wies eine spitze Bügelfalte auf, die am Vortag noch nicht da gewesen war, und auch dem Oberhemd hatte man Gewalt angetan. Der Stoff fühlte sich an, als ob er über Nacht in einem Zementbecken geruht hätte. Allem Anschein nach war die Haushälterin mit Bügelstärke zugange gewesen.

Hinter einer Tür verbarg sich das Bad mit jeglichem auserlesenen Schnickschnack, den sich die Dame von Welt leisten konnte. Lothar fragte sich, ob er im Gästetrakt gelandet war oder vielleicht sogar das ehemalige Jugendreich von Horgenzells Tochter okkupiert hielt. Nachdem er allerdings die gläserne Schwingtür der Duschkabine geöffnet und goldene Wasserhähne darin entdeckt hatte, die in altmodischer Art und Weise in schnörkeligen Lettern mit »H« und »C« beschriftet waren, vermutete er den gestalterischen Ursprung des königlichen Interieurs in der Person von Frau Horgenzell.

Zu spät zum Frühstück, Generalprobe, der Hochzeitstag eines Fabrikantenehepaares und dann auch noch das Wagner-Schumann-Dilemma: Bonlander hockte sich auf den Boden der Kabine und drehte den Warmwasserhahn auf. Einfach nur hier sitzen und das weiche Wasser auf der Haut spüren. Den ganzen Tag lang. Etwas anderes wollte er sich nicht vorstellen. War überhaupt schon die Sonne aufgegangen?

Gegen das sehr frühe Frühstücksbuffet der Familie Horgenzell nahmen sich Milch und Honig, die durch das gelobte Land Kanaan fließen, aus wie der Gefängnisfraß in einem diktatorischen Staat.

Bonlander, der damit beschäftigt war, sich die Restmüdigkeit aus dem Gehirn zu schütteln, balancierte die wichtigste Mahlzeit des Tages – welche bei ihm heute aus eingelegten Paprika, gegrillten Zucchini und Shrimps mit Rührei bestand – an den polierten Mahagonitisch und nahm schüchtern neben der Hochzeitsplanerin Platz. Zuvor hatte er der Hausherrin, einer Schwäbin wie aus der Retorte, überschwänglich gratuliert und dabei verschämt wiederkehrend beteuert, wie leid es ihm tue, die familiäre Eintracht heute mit seiner Anwesenheit zu trüben. Statt einer Abfuhr drückte Horgenzells Gattin den überraschten Lothar an ihren ausladenden Vorbau und versicherte ihm in breitem Dialekt, dass jemand, der sich so liebevoll um die Zukunft ihres »oinzigs Mädle« kümmere, zu jeder Tages- und Nachtzeit willkommen sei.

Lothar war vom Schwäbisch der Hausherrin derart überwältigt, dass er eine halbe Stunde lang überhaupt nichts mehr sagen konnte, sondern nur still zu Fragen nickte und sich ansonsten seinen Antipasti, den noch ofenwarmen Brötchen und dem luftig lockeren Rührei widmete.

»Für wassfiera Blumaarranschemend hen Se sich denn jetzt entschieda, Herr Bonlander?«, fragte die Pharmagattin vergnügt, zog die Vokale seines Nachnamens in die Länge und strich sich großzügig Quittengelee auf ihr Butterhörnchen.

Panisch blickte Lothar zu Sofia Adriányi, die an ihrem dritten Kaffee nippte und wirkte, als wolle sie gleich vor Lebensfreude explodieren.

Ohne zu bemerken, wie Bonlander nach Hilfe suchte, antwortete sie an seiner statt: »Mohn, Frau Dr. Horgenzell. Wir haben uns für Mohn und Kornblumen entschieden. Ein wunderschöner Rot-Blau-Mix mit einem Schuss Weiß.«

»Weiß?«, hakte Frau Horgenzell nach, die sich sichtlich geschmeichelt fühlte, plötzlich promoviert worden zu sein.

»Schleierkraut.«

Die Tochter des Hauses, die sich bis jetzt an der Unterhaltung nicht beteiligt hatte, da sie einen großen Stapel Briefe durchging, der neben ihrem Teller lag, horchte auf. »Schleierkraut? Ist das nicht ein wenig old fashioned? Heute bindet man keinen Strauß mehr mit diesem langweiligen Zeug.« Sie schüttelte abschätzig den Kopf, und ihr brauner Bob wippte.

Seltsamerweise fühlte sich Lothar bemüßigt einzugreifen. Er war entspannt. Total entspannt. Nach dem Alptraum und dem irritierenden Erwachen in einem fremden Zimmer hatte er die Kontrolle über sich wiedererlangt. Der Stress war wie weggeblasen. Er hatte die Situation, die bevorstehenden Aufgaben im Griff. Kinderspiel.

»Aber das ist doch genau der Grund. Wir dachten, wir bringen die alten Werte und Traditionen ein und verbinden diese mit einem poppigen Touch. Also … dem Mohn, der ja sozusagen …«, er kam ins Stottern, wurde aber von Sofia gerettet, »dessen Farbe für Energie und Lebenslust und natürlich für die Liebe steht«, ergänzte sie den Satz.

Frau Horgenzell nickte anerkennend und wollte eben den

Mund aufmachen, aber Mascha schien die Begründung Bonlanders nicht zufriedenzustellen. »Mohn steht doch für Tod, Schlaf, Betäubung, Vergessen? Finden Sie das nicht unpassend für eine Hochzeit?«

Das Gesicht der Hochzeitsplanerin überzog sich mit kleinen Zornesflecken, als sie antwortete: »Früher, Mascha, früher einmal. Die Bedeutung hat sich gewandelt. Total.«

»Total«, bestätigte Lothar und legte, ohne dass er es geplant hatte, eine Hand auf Sofias Unterarm. Und ohne, dass er damit gerechnet hatte, legte sich ihre auf die seine.

»Sie send dr Profi, Sofia«, stimmte Horgenzells Gattin zu. »Mohn. Des isch schee. Gell, Mascha? So …«, sie suchte nach dem richtigen Wort, »… plasdisch! So indänsiv!« Sie warf ihrer Tochter einen vielsagenden Blick zu, die daraufhin seufzend einknickte.

»Mir ist das auch nicht so wichtig«, murmelte Mascha. »Die ganze Dekoration und das Zeug. Die Stimmung muss gut sein. Was ist denn mit der Band, Herr Bonlander? Wann werden die da sein? Der Soundcheck …«

Lothar nickte heftig, obwohl er heute zum ersten Mal von einer Band hörte. »Aber sicher«, bestätigte er.

»Sie kommen um 15 Uhr und werden ein paar Songs spielen, um sich an die Akustik zu gewöhnen und die Zeit für Auf- und Abbau zu stoppen«, kam ihm Sofia ein weiteres Mal zur Hilfe. Ihre Hand lag immer noch dort, wo sie vor einer Minute gelegen hatte.

Lothar spürte, wie ungeahnte Wärme von seinen Fußspitzen in seine Lendengegend kroch.

Horgenzells Tochter hatte sich wieder ihrer Korrespondenz gewidmet und nickte mechanisch. »Gut. Dann ist ja alles gut. Mal abgesehen davon, dass mir die Brautjungfer fehlt.«

»Oh des arme Mädle«, seufzte Frau Horgenzell. »Des isch a so furchtbare Sache, gell! Sie hent sicherlich davo ghert, Herr Bonlander? Dr schreckliche Ofall uff dr Bundesstroß!«

Lothars Erektion erstarb, und daran war nicht nur der breite Dialekt der Hausherrin schuld. »Ja, ich ... das ist wirklich ein äußerst tragisches Ereignis.«

»Und dr Mo. Dr Ehemo«, fuhr Horgenzells Gattin in leidendem Ton fort. »Einfach verschwonda. Koi Muckaseggele vonera Schpur.«

»Abgehauen, Mama«, stellte ihre Tochter fest und tat einem weiteren Umschlag mit einem Messer Gewalt an. »Ich tippe auf abgehauen.«

Ihre Mutter warf ihr einen vorwurfsvollen Blick zu. »Wie kannsch des saga, Kend? Die send doch erschd seit Korzem verheirot, des wirft mr doch net leichtsännig fort.«

»Franziskas Ehemann war schon immer ein wenig exzentrisch«, erwiderte Mascha, während ihre Augen auf den Brief in ihrer Hand geheftet waren.

»Willschd du damit odeita, der hätt dr Ofall absichtlich herbeigführt?« Frau Horgenzell wedelte demonstrativ mit einer Stoffserviette vor dem Gesicht ihrer Tochter herum. »Des isch doch koi Halbdackel!«

»Unsinn. Natürlich nicht, meine Liebe. Der wird schon wieder auftauchen«, schaltete sich der Hausherr nun ein, und Bonlander, der während der letzten Minuten das Gefühl gehabt hatte, sein Herz würde in den nächsten Sekunden einfach aufhören zu schlagen, atmete befreit aus.

»Absolut«, hörte er sich sagen. »Dem geht es sicher gut.«

»Leute, können wir zum Punkt kommen?« Mascha schob ihren Stuhl zurück. »Haben Sie einen Ersatz, Herr Bonlander?«

»Ich? Also ... ich dachte spontan an Frau Adriányi.«

Er sah gespannt in die Runde. »Das wäre doch die optimale Lösung, nicht wahr? Sie ist da, sie ist wunderschön, sie …« Er errötete, als Sofia seinen Unterarm ein wenig mehr drückte.

»Bestens!«, rief Horgenzell.

»Die beschde Idee«, bestätigte seine Gattin.

Mascha stand auf. »Wenn ihr das alle so toll findet, dann machen wir es so. Frau Adriányi, ich erwarte einen perfekten Auftritt.« Anscheinend war alles zu diesem Thema gesagt, denn sie nahm die Briefe mit sich und verließ das Esszimmer.

»Häm, nun … Wenn es sonst nichts mehr gibt. Haben Sie herzlichen Dank für dieses reichliche Mahl, Dr. Horgenzell, Frau Dr. Horgenzell. Mit Ihrer Erlaubnis – ich muss noch ein paar Anrufe erledigen.« Lothar blickte dem Geschäftsführer in die Augen und hoffte, dieser würde das Signal korrekt deuten. Es war von äußerster Wichtigkeit, entweder Hendricks oder Bettie-Lioba zu erreichen. Außerdem strich Sofia mit ihrem Zeigefinger sanft über seine Haut, und es fing wieder an, in seinem Unterleib zu kribbeln. Er war nah daran, einfach laut loszuschreien.

Horgenzell nickte, ohne damit anzudeuten, dass er den Wink verstanden hatte, und erleichtert befreite sich Lothar von Sofias Hand, die ihm daraufhin einen langen, tiefen Blick aus ihren blauen Augen schenkte und seine Finger noch einmal drückte, bevor sie ihn freigab.

*

Als die Flüchtenden das Labor von Markovicz erreichten, fanden sie es leer vor. Sie betraten den Versuchsraum, und David erstarrte beim Anblick der Stahlliege. Allerdings ging sein Entsetzen augenblicklich in Verblüffung über, als er das bunte Blütenmeer erblickte, welches sich aus Hunderten von Töpfen und Vasen ergoss und um die Liege herum drapiert war, als ob es Ophelia dieses Mal vorgezogen hätte, sich auf einem stählernen Diwan, anstatt im Wasser treibend, das Leben zu nehmen. Mit einem fragenden Blick drehte er sich zu Michael Kessler um, der neben ihm stand und ein Tablet in der Hand hielt, das er aus dem Laborvorraum mitgenommen hatte.

»Anthophobie«, las er ab. Er blickte auf. »Die Angst vor Blumen.«

David starrte ihn an. Blüten an sich? Natürlich hatten er und Fran auch keine Topfpflanzen daheim, es bestünde ja immer die Möglichkeit, dass sich in der Erde … Er versuchte nicht daran zu denken, was sich dort verstecken konnte. Aber der Anblick von mannigfaltigen Formen, schillernden Farben oder leuchtenden Stempeln? Ein wogendes Gladiolenfeld, strahlende Sonnenblumen? Das war doch normalerweise etwas, das sogar sein Auge erfreuen konnte – wenn er nicht zu nahe heranging. Die verstümmelten Blätter und Stängel füllten den Raum mit einer Niedergeschlagenheit, der auch der feine Blütenduft, der in der Luft hing, keinen Hoffnungsschimmer entgegensetzen konnte.

Dem jungen Polizisten stand ebenfalls blankes Entsetzen ins Gesicht geschrieben. »Das ist doch nicht Ihr Ernst«, stieß er hervor. »Das sind Pflanzen. Farben, Formen, Blüten, Gerüche. Lebewesen wie wir.« Er wirkte verwirrter als kurz nach seiner Befreiung.

»Sie übertreiben aber, meinen Sie nicht auch?«, sagte Richter stirnrunzelnd, der dazugekommen war und aus seiner Verwunderung angesichts der allgemeinen Betroffenheit keinen Hehl machte. Er deutete auf einige umgeworfene Vasen und Töpfe, die jemand auf dem Boden zerschmettert hatte. Blumenstängel und abgerissene Blüten lagen überall verstreut, und es sah aus, als habe jemand mit aller Gewalt darauf herumgetrampelt. »Wir sollten gehen, der Patient ist offenbar selbst entkommen.«

Entmutigt verließen sie das Labor. David jedoch fühlte sich dem geflohenen Patienten verbunden und schlug deswegen vor, sich noch kurz nach ihm umzuschauen.

»Wenn es ihm genauso dreckig geht wie mir – und davon gehe ich aus – dann wird er Unterstützung brauchen und ist eventuell nicht weit gekommen«, gab er zu bedenken. »Lassen Sie uns bitte kurz in den anderen Räumen nachsehen.«

»Hier gibt es nur noch das Café«, erwiderte Richter. »Glauben Sie er genehmigt sich noch einen Espresso?«

Aber Kessler hatte schon den Weg durch den immer noch völlig verlassenen Korridor Richtung Cafeteria eingeschlagen. Richter blieb nichts anderes übrig, als schmollend dem Rest der Gruppe hinterher zu zockeln, die sich den kahlen Flur entlangschleppte.

Paradoxerweise fühlte sich David, je länger er, von Lioba Heller und dem jungen Polizisten gestützt, hinter Kessler herschlurfte, von Minute zu Minute freier, was er auf Liobas Nachfrage damit begründete, dass die aseptische Reinheit der Korridore das Chaos seines psychischen Zustands irgendwie ins Lot gebracht habe. Körperlich war er allerdings längst noch nicht auf der Höhe. Wie auch, nach dem, was ihm widerfahren war? Er litt unter Kreislaufbeschwerden verbunden mit einem ekelhaften Drehschwindel, was Michael Kessler dazu veranlasste, vorzuschlagen, dass man aus der Cafeteria eine Flasche Mineralwasser mitnehmen solle, wenn man schon mal auf dem Weg dahin war. David fühlte eine tiefe Dankbarkeit gegenüber dem jungen Wissenschaftler und war froh, nicht mit Richter allein unterwegs sein zu müssen. Wenn es zu einer Gerichtsverhandlung gegen Kessler käme, dann würde er alles in seiner Macht Stehende tun, um Michael und Dr. Heller da herauszuboxen. Richter war ein äußerst unangenehmer Zeitgenosse. Und das lag nicht nur an seinem Broterwerb.

David sah zu Florian Schumann, bei dem das ausgestorbene Stockwerk Unwohlsein zu verursachen schien. Vielleicht lag ihm aber auch der Anblick des letzten Zimmers im Magen, der ihn so aus der Fassung gebracht hatte. Der Polizeibeamte humpelte, und David fragte sich, ob er ebenfalls misshandelt worden war.

Eine Menge Dinge gingen ihm durch den Kopf. Zu viele auf einmal. Wie in einem unaufgeräumten Zimmer stapelten sich in der einen Ecke seines Gehirns Fragen, die Fran betrafen, in der anderen, ob Schumann auch an einer Angststörung litt und auf welche Weise er in das Gebäude gekommen war. Wieso konnte es so etwas überhaupt geben? Wie konnte man eine solche Anlage geheim halten?

Schließlich formte sein Mund einen Satz.

»Alles soweit okay mit Ihnen, Herr Schumann?«

Davids Frage kam nicht von ungefähr. Er konnte sich selbst nicht mehr begreifen. Er schleppte einen Körper, der ihm komplett fremd war, und dachte mit einem Gehirn, das ihm ebenfalls nicht mehr zu gehorchen schien. Wahrscheinlich ging es dem jungen Mann auch nicht viel besser.

Der Polizist antwortete nur kurz, dass ihm gerade sehr bewusst würde, wie steril die Arbeitsumgebung der Wissenschaftler sei. »Sie wirkt geradezu entkeimt. Keine Farben. Nichts Persönliches. Keine Bilder. Total aseptisch! Das ist furchtbar, finden Sie nicht?«, fragte er gequält.

»Na dann passen Sie mal auf. Gleich werden sich Ihre Augäpfel nach Entkeimung sehnen«, antwortete Dr. Richter trocken und stieß, nachdem er diese Prophezeiung ausgestoßen hatte, aus Versehen mit Kessler zusammen, der eine knallrot lackierte Schwingtür aufgedrückt hielt. »Ach du … was für ein Saustall!«, presste er hervor, als er an ihm vorbeilinste.

Tatsächlich bot die Cafeteria das Bild eines Schlachtfelds. David musste aufpassen, mit den nackten Füßen nicht in Scherben zu treten, als die Gruppe sich ihren Weg durch heruntergefallenes Geschirr bahnte, über braune Kaffeepfützen und herumliegende Serviertabletts stieg und sich langsam zur Theke vorarbeitete, auf der Teller mit angebissenen Kuchenstücken und zerknüllte Servietten lagen.

»Scheint so, als hätten das Personal und die Gäste dieses Etablissement äußerst eilig verlassen«, stellte Richter nüchtern fest und richtete kopfschüttelnd die dilettantische Kopie eines Panton-Stuhls auf, dessen Farbe ins Violette spielte und der zusammen mit etlichen anderen Sitzgelegenheiten auf den Boden gekippt war. Nachdem er die Sitzfläche mit einer Serviette abgewischt hatte, ließ sich der Wissenschaftler auf dem Schwinger nieder. »Und jetzt? Leer, keiner da, können wir wieder gehen?«

»Erst mal Mineralwasser«, konstatierte Kessler, war schon hinter der ausladenden Theke verschwunden und erschien nach wenigen Augenblicken mit einer Glasflasche in der Hand wieder.

»Ich fühle mich schon besser. Ritualisierte Tätigkeiten lenken ab.« Wagner nahm einen großen Schluck und setzte sich mit einem tiefen Seufzer auf einen chromglänzenden Barhocker. »Was jetzt?«

Richter wippte auf seiner violetten Replik vor und zurück. Die Hände vor der Brust verschränkt starrte er zur Decke. »In den Aufzug und dann hoch.« Abrupt hielt er inne, richtete den Blick auf Wagner und fügte hinzu: »An den Sicherheitskräften am Ausgang kommen wir vielleicht mit Ihnen vorbei, wenn wir Sie ordentlich anziehen. Ohne Hose und nur mit einem Laborkittel bekleidet läuft das allerdings nicht.«

Wagner, dem jetzt erst einfiel, wie er herumlief, stellte peinlich berührt das Mineralwasser ab.

»Und etwas mehr Farbe im Gesicht würde auch nicht schaden. Wir warten am besten ein wenig, bis die Flüssigkeitszufuhr wirkt. Und hoffen, dass der Fahrstuhl bis dahin noch funktioniert.«

»Und warum sollte er das nicht tun?«, fragte Kessler, der sich in der Zwischenzeit auf einem der einfachen Plexiglastischplatten niedergelassen hatte.

»Was weiß ich«, brummte Richter. »Vielleicht haben sie die Dinger ja abgeschaltet, nachdem sie mitbekommen haben, dass ihr ehemaliger Chef in seinem eigenen Blut liegt? Inzwischen dürfte doch jemand gemerkt haben, dass es hier nicht brennt. Zumindest nicht im ursprünglichen Sinn des Wortes.«

»Darf ich Sie daran erinnern, Herr Doktor«, giftete Lioba, »dass Michael nicht auf die absurde Idee gekommen ist, den Alarm auszulösen? Wenn wir ganz einfach ruhig und ohne Aufsehen zu erregen zuerst aus dem Krankenflügel die anderen …«

»Ich war in Panik!«, unterbrach Richter sie schreiend. »In Panik! Verstehen Sie die Bedeutung dieses Wortes? So was soll vorkommen.« Er schien sich der Zweideutigkeit der letzten Sätze bewusst zu werden und senkte die Stimme. »Und wir schlagen uns nicht täglich hier mit solchen …«, er suchte nach dem passenden Wort, »… Unwägbarkeiten herum.«

»Ach nein?«, fragte Schumann emotionslos. »Dr. Frankenstein ist es also egal, wenn Menschen unter seiner Fittiche die Hölle erleiden? Was genau tun Sie denen eigentlich an?« Er wedelte abwehrend mit der Hand und fuhr fort: »Nein – ich will's nicht wissen. Nicht jetzt. Später dürfen Sie mir und meinen Kollegen alles erzählen. Bis ins kleinste Detail. Aber eins will ich noch sagen. Als wir uns das erste Mal gesehen haben, Herr Richter, wirkten Sie alles andere als panisch. Ein wenig gestresst, von mir aus. Aber panisch …«

Wagner stöhnte, stand auf, kickte ein paar Tabletts beiseite, die scheppernd unter den nächsten Tisch schlitterten, und steuerte auf die Schwingtür zu. »Ich will nichts mehr von Panik hören, ist das angekommen? Fehlentscheidung oder nicht. Das Jetzt zählt. Der andere Patient hat es offensichtlich geschafft, sich aus dem Staub zu machen. Und das sollten wir nun auch tun. Zu den Aufzügen also – ich fühle mich soweit ganz okay. Kommen Sie?«, rief er den anderen über die Schulter zu. »Herr Kessler, wo bekomme ich eine Hose her?«

Da klingelte Liobas Handy.

*

Wie ein Mann drehte sich die Gruppe um und starrte auf sie. Wagner war auf halbem Weg zur Tür stehen geblieben und warf ihr einen verblüfften Blick zu. Im Gesicht von Florian Schumann stand viel mehr: Enttäuschung, Ärger und Argwohn.

»Sie haben ein Handy und haben nicht den Weitblick, das zu erwähnen? Warum nicht?«, fragte er.

Das Klingeln hielt unvermindert an. Lioba wusste genau, wer versuchte, sie zu erreichen. Während der letzten Vorkommnisse hatte sie vergessen, was ihr eigentlicher Auftrag gewesen war. Das konnte sie sich selbst nicht übel nehmen, aber wie erklärte sie es den anderen? Und – was sagte sie Bonlander?

»Es tut mir leid, aber … Es ist so viel passiert. Alles auf einmal. Ich hab einfach nicht mehr daran gedacht.«

Das war nicht gelogen, das war die volle Wahrheit. Sie hatte das Handy vergessen.

»Sie haben nicht mehr daran gedacht?«, wiederholte Richter fassungslos. Er schüttelte missbilligend den Kopf. »Sie haben ein Handy in Ihrem wahrscheinlich spitzenbesetzten Büstenhalter unter Ihrer ach so sonnengelben Bluse und haben nicht daran gedacht? Spürt man so was denn nicht? Diesen technischen Gegenstand am Busen?«

Lioba schluckte. Verdammt! Wie sollte sie der Gruppe beibringen, warum sie ein Telefon bei sich trug? Das auch noch klingelte!

»Herr Wagner ging … geht es schlecht. Wir mussten uns um ihn kümmern. Dann die anderen Patienten, der Alarm … Professor Hendricks …« Sie schloss die Augen und atmete tief durch. »Ich hab's vergessen. Einfach vergessen. Es tut mir leid«, fügte sie zerknirscht hinzu und schalt sich innerlich ob dieser Dämlichkeit. Sie hätte sich ohrfeigen können!

»Okay. Das ist verdammt ärgerlich, aber eben passiert und nun egal«, stellte Florian sachlich fest und bedeutete Richter, der sich anschickte, abermals den Mund aufzumachen, zu schweigen. »Wissen Sie, wer dran sein könnte? Ist es wichtig? Wichtig für uns hier?«

Lioba nickte.

»Dann antworten Sie.«

Noch bevor sie über das Display wischen konnte, redeten die anderen durcheinander. Michael Kessler warf die Arme in die Luft und sagte etwas davon, dass jeder ein Handy hier unten habe, nur er nicht, Richter fragte darauf, wer denn bitteschön noch eins habe, und David Wagner regte sich darüber auf, dass sich alle aufregten.

»Ruhe jetzt! Lassen Sie Frau Heller den Anruf beantworten. Kein Wort – verstanden?«, zischte Schumann scharf.

Alle Augen richteten sich erneut auf sie.

Lioba atmete tief durch und hoffte, dass sie die Nerven behalten und clever genug sein würde, um Bonlander irgendeinen Braten aufzutischen, den er nicht roch. Der Mann war nicht das hellste Licht im Leuchter, aber total verblödet war er leider ebenso wenig. Und sie war nicht sehr gut im Lügen.

»Heller hier.«

Ohne Umschweife kam Lothar Bonlander zum Thema. »Ist Prof. Hendricks in der Nähe? Warum erreiche ich den Mann nicht?«

Sie überlegte fieberhaft. Dann antwortete sie, so lässig, wie es ihr möglich war: »Der Professor ist ein beschäftigter Mann, Herr Bonlander. Das müssten Sie doch wissen. Er ist momentan nicht abkömmlich.«

Für den Bruchteil einer Sekunde war es am anderen Ende der Leitung still. »Heißt das, es ist alles in Ordnung? Ist die Sache erledigt?«

Da Lioba vor lauter Aufregung vergessen hatte, auf Laut zu stellen, bedeutete Schumann ihr, den Lautsprecher einzuschalten, und so hallte Bonlanders Organ durch die Cafeteria, als der nachhakte: »Ist Wagner tot? Oder lebt er noch?« Ein seltsamer Ton folgte, der entfernt an Würgegeräusche erinnerte.

Entsetzt starrte Lioba David Wagner an, dessen Gesichtszüge einen maskenhaften Ausdruck angenommen hatten. Dann sah sie zu Florian Schumann und zuckte hilflos die

Achseln. Mit den Lippen formte sie lautlos die Worte »Was soll ich sagen?«, was Florian seinerseits mit einem Schulterzucken beantwortete.

Diese Männer brachten sie alle nicht weiter. Sie hatte einen angehenden Polizeibeamten an ihrer Seite, der nicht in der Lage war, ihr in dieser verfluchten Situation zu helfen. Dann war noch ein Angstpatient ohne Hose, ein verhuschter wissenschaftlicher Assistent, und Richter war ein Arsch.

Musste sie denn immer alles alleine machen, verdammt? Hätte nicht ein einziger gestandener Mann in dieser Gruppe flüchtender Warmduscher an ihrer Seite sein können? Sie hasste Alphamännchen, musste sich jedoch eingestehen, dass sie manchmal durchaus hilfreich sein konnten. Jetzt zum Beispiel.

»Das ist mir nicht bekannt«, sagte sie schließlich laut und hoffte, sich damit Zeit verschafft zu haben.

»Himmel«, blaffte Bonlander. »Dann geben Sie mir den Assi, wie heißt der noch mal, den mit der Potter-Frisur. Dalli, Heller! Herrgott, machen Sie schnell! Ich habe nicht ewig Zeit und bin ein beschäftigter Mann. Ich bin gleich auf dem Weg nach Bebenhausen. Wenn Hendricks nicht da ist, muss mir eben dieser Knilch genügen. Der wird schon tun, was ich ihm sage. Geben Sie ihn mir schon, aber dalli!«

Michael Kesslers Miene zeigte, dass er nicht wusste, wie ihm geschah, als ihm Lioba das Smartphone in die Hand drückte und mit zusammengepressten Lippen zunickte. Bonlander hatte nicht die winzigste Kenntnis von gängigen Umgangsformen und einen nahezu empathielosen Verhaltenskodex, der Lioba an den Rand des Wahnsinns trieb, aber Michael musste nun damit zurechtkommen. Dieser versuchte kopfschüttelnd, das Handy an sie zurückzureichen, aber sie hatte sich schon ein paar Schritte von ihm entfernt.

»Sprechen Sie schon!«, befahl ihm Schumann ungeduldig leise zischend.

Weiß wie die Wand hielt sich Kessler das Handy ans Ohr. Zuerst nickte er nur, dann sah er wie die anderen wild gestikulierten, und er begriff, dass er den Lautsprecher deaktiviert hatte. Mit zitternden Fingern berührte er das Display und Bonlanders Stimme dröhnte der Gruppe erneut entgegen: »… irgendwo im Schönbuch. Verabreichen Sie ihm was. Etwas, was sich nicht nachweisen lässt. Kalium vielleicht? Kann man das nachher feststellen? Sie wissen, worauf ich hinauswill.« Erneut war dieser seltsame Würgelaut zu hören. »Das Rührei oder … Aah!«, murmelte er wirr, dann wurde es kurz still, bevor sich Bonlander wieder meldete. Lioba fürchtete schon, er habe zwischenzeitlich aufgelegt. »Sie haben doch höchstwahrscheinlich was Passendes in Ihrem Arzneischränkchen«, fuhr er nach einer Weile mit gepresster Stimme fort. »Hendricks soll alle Spuren verwischen. Er weiß, wie das geht. Machen Sie es schnell, aber effektiv. Dieser Deckert soll keine Möglichkeit haben, mit seinem Schnüfflerteam irgendwelche Substanzen in Wagners Blut nachzuweisen, die mit ihrem Molekularfinger auf unsere Firma zeigen. Wenn er ihn finden sollte. So unwahrscheinlich das auch sein wird. Aber es kann sein, dass die Jungs von der Energiegesellschaft nicht so schnell reagieren können. Eventuell haben die keine Zeit, die Leiche abzuholen. Wir können kein Risiko eingehen. Hendricks weiß Bescheid.«

Lioba war nicht entgangen, dass Florian Schumann bei der Erwähnung des Namens »Deckert« zusammengezuckt war, als hätte ihn ein Peitschenhieb getroffen. Seine Wangen röteten sich, und er schritt nervös hin und her.

Ein weiteres Geräusch war nun zu hören, was Lioba als eine Toilettenspülung interpretierte. Nach einigen Sekunden der Stille meldete sich der Assistent der Geschäftsleitung wieder: »Und … ähm … Kessler. Kessler, nicht?«

Kessler nickte, besann sich und murmelte ein »Ja?« in den Hörer.

»Sie unterstützen Hendricks in allen Belangen.«

Es hustete aus dem Lautsprecher, und dann knackte es.

Bonlander hatte aufgelegt.

Als Erster fand Richter seine Stimme wieder. »Sehr geehrte Frau Dr. Heller«, sagte er, wobei er ihren Titel in die Länge zog. »Hätten Sie die Güte, uns zu verklickern, woher Sie mit Lothar Bonlander bekannt sind? Er scheint sehr vertraut mit Ihnen zu sein.«

»Nun … Er hat mit mir studiert, glaube ich«, versuchte Lioba auszuweichen.

Richter hatte für diese Antwort nur ein Schnauben übrig. »Sie glauben es? Ich habe Bonlander bei der Einweihung des Bunkers kennengelernt, Frau Heller, und ich versichere Ihnen, dieser Mann hat noch keine Universität von innen gesehen. Wahrscheinlich weiß er noch nicht einmal, wie man ›Universität‹ schreibt. Den hat man als Säugling vom Wickeltisch fallen lassen. Das, was er sagte, klang damals wie auswendig gelernt.«

»Ist das im Augenblick nicht egal? Sollten wir uns nicht um andere Dinge kümmern? Haben Sie vorher nicht zugehört? Mir ist es viel wichtiger zu erfahren, was dieser Herr Bonlander meinte, als er von der ›üblichen Leichenentsorgung‹ sprach. Ich kann hier nicht in meiner Position als Polizeibeamter locker herumstehen und mir das nebenbei anhören. Was treiben Sie hier eigentlich so? Was macht dieser Hendricks, verdammt noch mal?«

»Herr Schumann, bei allem nötigen Respekt, aber ich glaube, dass die Dame ein falscher Fuffziger ist.« Richter deutete auf Lioba.

»Haben Sie mir eben nicht zugehört? Sie erklären mir jetzt, was hier passiert!«

»Sie passiert hier! Sie ist Teil des Problems, und das sollten wir sofort klären! ›Falscher Fuffziger‹ darf ich doch sagen, Frau Heller, nicht wahr? Es besteht vermutlich auch keine Notwendigkeit, Ihren Titel weiterhin zu benutzen. Ist der echt, oder haben Sie sich den auch erschlichen? So wie unser Vertrauen? Ist Ihnen der Ausdruck ›Maulwurf‹ ein Begriff, Werteste?«

Lioba rutschte das Herz in die Hose. Sie warf einen verzweifelten Blick in die Runde. Inzwischen warf auch Florian Schumann einen fragenden Blick in ihre Richtung. Abwehrend schüttelte sie den Kopf, dass der schwarze Pferdeschwanz flog. Wo war die dunkle Ecke, in die sie sich verkriechen konnte?

Richter hatte Kessler während der letzten Sätze seiner Rede einen vielsagenden Blick zugeworfen, der seine Wirkung nicht verfehlte. Der junge Mann sank förmlich in sich zusammen und stieß einen stöhnenden Laut aus, der Lioba schier das Herz brach.

»Nein, Michael. Du verstehst das falsch. Das ist nicht wahr. Also … nicht alles. Ich habe einen Doktortitel«, stotterte sie.

Wie zum Henker kam sie aus dieser Situation nur einigermaßen unbeschädigt heraus? Seufzend setzte sie sich auf den Fußboden und schob geistesabwesend ein paar Scherben zur Seite. Sie wusste, es würde hier nur einen Weg geben. Und das war der Weg der Wahrheit.

*

In dem Moment, als die attraktive, hochgewachsene Frau mit dem schwarz glänzenden Pferdeschwanz und dem dichten Pony, die ihn auch im Halbdunkel sofort an Pin-up-Fotos der

50er-Jahre denken ließ, seine Fußgelenke von den Kabelbindern befreit und gefragt hatte, was er denn »hier« tue, hatte Florian schon geahnt, wo »hier« war. Als er ihr auf den Flur hinterhergehumpelt war, er angesichts des grellen Weiß der Wände und der Laborkittel zusammenschreckte und er in David Wagners aschgraues Gesicht blickte, wusste er, dass er im Zentrum einer Forschungshölle gelandet war. Im Mittelpunkt des Verbrechens, im Auge des Sturms – auf jeden Fall mitten im Geschehen. Seine passionierte Polizistenseele fühlte sich gestreichelt: Welch eine Fügung! Von hier aus würde er recherchieren. Befragungen durchführen, Indizien sammeln. Nur kurze Zeit später hatte sich diese Euphorie als völliger Humbug herausgestellt. Sie waren auf der Flucht. So sehr er auch überlegte, es fiel ihm aus seiner Ausbildung kein Seminar und kein Vortrag ein, der ihm nun in dieser Situation helfen konnte. Welches Vorgehen war angebracht? Wie machte er weiter?

Während sie zurück auf den verwaisten Flur traten und sich dem Aufzug näherten, fing plötzlich, und ohne Vorwarnung, der Erste der Gruppe an zu erzählen. Und es war ausgerechnet Michael Kessler, der stockend begann. Je ausführlicher Kessler erzählte, desto deutlicher wurde, was die *Amendment Corp.* alles auf dem Kerbholz hatte. Die Liste der Vergehen wurde von Minute zu Minute länger. Der Ausdruck »Saftladen«, den Lioba gebraucht hatte, war die Untertreibung des Jahres. Und zu allem Überfluss klebte diesem jungen Wissenschaftler ein toter Vorgesetzter an den feingliedrigen Fingern. Hendricks. Was für ein verfluchtes Chaos! Wie zum Henker sollte er in seiner Eigenschaft als Polizeibeamter weiter vorgehen?

»Wie ich bereits sagte, Kessler«, warf Richter eben ein, der mechanisch einen Fuß vor den anderen setzte, »Sie konnten sich vorstellen, auf was Sie sich einließen. Auf Ihre Geschichte bin ich nachher besonders gespannt, *Frau* Heller. Da ist grundsätzliches Vertrauen zerstört worden.«

Lioba presste die Lippen zusammen, sagte aber nichts. Richter funkelte sie an und sah dann zu Kessler. »Aber glauben Sie etwa, Michael, dass Sie in einer anderen Firma diesen Sold bekommen hätten? Wohl kaum. Allein der Punkt hätte Sie stutzig machen müssen. Außerdem waren Sie schon vor ihrem ersten Arbeitstag im Bunker gewesen. Wer von den Zahlen auf dem Vertrag hinter dem Wörtchen ›Gehalt‹ nicht so geblendet wurde, dass er noch in der Lage war, eins und eins zusammenzuzählen, dem geht doch auf, dass nicht alles Gold sein kann, was auf dem Papier so glänzt.«

Kessler blieb stehen und sah den Kollegen an. »Das verstehen Sie nicht.«

»Bitte? *Ich* verstehe das nicht?«

»Ich hatte eine Zukunft. Mir standen sämtliche Türen offen. Aber welche Forschungseinrichtung verfügt über dieses Equipment, diese Ausstattung, die Sonderkonditionen? Man hat mich gebauchpinselt, mir Honig ums Maul geschmiert, mich an meiner Forscherehre gepackt. Ich war total blind. Ich dachte, dass mir durch diesen Job eine Promotion in den Schoß fallen würde. Dass ich einen Artikel nach dem anderen veröffentlichen kann. Dass mein Name irgendwann in der Szene in aller Munde sein wird.«

Richter grinste zynisch. »In der Szene. Ach, und was hätten Sie in dieser Szene damit gemacht? Sie wären niemals mehr rausgekommen. Und die Promotion – die hätte man Ihnen in jedem x-beliebigen Unternehmen nachgeworfen.«

»Daran habe ich seinerzeit eben nicht gedacht«, flüsterte Kessler.

Florian räusperte sich. So sehr ihn Geständnisse interessierten – er musste endlich einen Schlussstrich ziehen unter dieses Gejammer und Selbstmitleid. Ihre Beichten konnte er auch später hören. Es musste etwas getan werden, und das Smartphone war diesbezüglich momentan die beste Option. Alleine würde er das nicht schaffen. Er brauchte seinen Mentor. Er brauchte Deckert.

»Können wir schauen, wie es mit dem Empfang aussieht?«, fragte er deswegen unvermittelt. »Wir haben lange genug gewartet.«

Nach Bonlanders Anruf hatte sich Florian sofort Liobas Smartphone geschnappt und versucht, Erik zu erreichen, doch die Funkstörung setzte genau zu dem Zeitpunkt ein, als er die ersten Ziffern tippte. Auf einen Schlag war die Cafeteria zum Nullbalkenland geworden. Aber hier auf dem Gang – vielleicht war ihnen das Glück jetzt hold?

Lioba Heller nestelte das Telefon aus dem BH, eine Geste, die Michael Kessler mit dem ungläubigen Blick eines pubertierenden Pennälers verfolgte, und reichte es Florian ein weiteres Mal.

»Wäre dieser Bonlander in der Lage, Ihr Telefon abhören zu lassen?«, fragte er.

Lioba schüttelte den Kopf, und ihr Pferdeschwanz wippte. »Ich habe es zwar von ihm, aber ich denke nicht, dass er dazu fähig ist. Bonlander ist eine Niete. Dem ist der Job in den Schoß geplumpst wie ein reifer Apfel. Ist mir unbegreiflich, wie man solch einem Dilettanten eine derartige Verantwortung übertragen kann.«

Ihr letzter Satz entlockte Richter ein weiteres hämisches Schnauben. »Wenn ihn Horgenzell selbst eingestellt hat, dann ist das doch Programm.«

»Wollen Sie damit andeuten, dass auch meine Anstellung unter die Kategorie ›reifer Apfel‹ fällt?«

»Will ich das, Frau Heller? Das war mir nicht bewusst. Bis jetzt haben Sie uns ja noch nicht erzählt, wie Sie zu dieser Position gekommen sind. Mussten Sie schaulaufen? Hat er Ihnen die Wäsche von Ihrem wohlgeformten Körper gefressen? Bei einem Dinner zu zweit?«

»Richter!«, schrie Florian. »Es reicht, verdammt!«

»Sie Mistkerl! Sie …« Lioba hatte sich erhoben und ging mit schnellen Schritten auf den Wissenschaftler zu, der sich großtuerisch und mit einem blasierten Lächeln über den Bart strich, wurde aber von Florian zurückgehalten, bevor sie ausholen konnte.

Mit der anderen Hand reckte er das Telefon in die Luft und besann sich auf einige Vorträge während seiner Ausbildung, die sich mit Gruppendynamik beschäftigt hatten. »Ruhe, verflixt noch eins, ich versuche es noch einmal. Herr Richter, wenn Sie bitte mehr Einfühlsamkeit ins Spiel bringen könnten? Zwischenmenschlichkeit? Soft Skills? Wir müssen ein Team bilden. Stecken Sie sich Ihre Animositäten an den Hut! Ich bin sicher, Dr. Heller wird uns nachher alles erzählen, aber jetzt sollten wir versuchen, meinen Kollegen zu erreichen.«

HAHNENFUSS, WEGERICH, SCHAUMKRAUT

Hahnenfuß, Wegerich, Schaumkraut. Schon jetzt summte es. Erik und Enno standen neben einer mit Wildblumen übersäten Wiese vor einem verlassenen Parkhaus. Vielleicht war es für Ausflügler und Wanderer gebaut worden, aber jetzt lag es, eingesäumt von wildem Grün, heruntergekommen und ziemlich unheimlich da. Ungefähr einen Kilometer weiter erstreckte sich die Silhouette des Waldes, hinter der langsam das fahle Leuchten der Morgensonne sichtbar wurde.

Lanzo atmete tief ein. »Ein völlig unberührtes Stück Natur. Und die Sonne geht auf.« Er seufzte, als er den feinen roten Streifen betrachtete, der sich über das noch feuchte Grün zog. »Das würde Florian gewaltig gefallen«, fuhr er wehmütig fort.

Erik, der sich angestrengt umsah, reagierte gereizt. »Enno, ich weiß genau, wie dir zumute ist, aber konzentriere dich bitte. Hier muss es sein. Das blöde GPS hat uns hierher geführt, also sperr die Glotzer auf.« Er legte eine Hand vor die Augen, um sie vor den ersten Lichtstrahlen zu schützen. »Nur wo? Ich kann nicht eine Unregelmäßigkeit in der Landschaft erkennen. Kein Hügel oder so was. Nichts. Alles platt. Malerische Wiesen, Blumen, Bäume. Keine abgeholzte oder gerodete Fläche.« Er starrte abermals auf sein Smartphone. »Laut deinen Daten muss es aber hier sein.«

»Dein letzter Satz impliziert den Hinweis auf einen Fehler meinerseits.«

»Und?«

»Halte ich für unwahrscheinlich. Ich habe das mehrere Male gecheckt. Außerdem musst du bedenken, dass das Firmengebäude mehrere Jahre alt ist. Eine Baugrube wirst du nicht entdecken.« Enno strich ein paar Mal über die Schuppen des Drachens auf seinem Arm.

Sie hatten den Wagen am Straßenrand abgestellt und waren losgelaufen. Erik, der das Smartphone wie einen Kompass von sich gestreckt gehalten hatte, war Fähnlein Fieselschweif*-gleich quer über die Wiese geprescht und in den Wald gelaufen, um nach einigen Minuten abrupt stehen zu bleiben. Jetzt standen sie im Nirgendwo zwischen Bäumen und suchten einen Eingang oder eine Eingebung.

»Überleg mal. Du arbeitest in einer Firma, die unterirdisch liegt. Wie würde man diesen Eingang erreichen können? Vielleicht nur zu Fuß?«

Lanzo begriff. »Kaum denkbar. Vor allem in dieser Lage. Würde schon auffallen, wenn zu bestimmten Tageszeiten Menschen durch eine Art Zauberportal oder so was verschwinden. Wir suchen eine Zufahrtsstraße. Gut versteckt, vielleicht bewachsen. Eventuell eine ehemalige Einfahrt für Baumaschinen. Groß genug.«

»Exakt.«

»Verdammt. Das Parkhaus. Da kann man rein- und rausfahren, ohne dass es Verdacht erregt. Und diese Parkhausrenovierung … hatten wir es nicht vorher davon gehabt? In den Unterlagen, die ich zutage befördert habe?«

Die Männer sahen sich an und rannten zurück zum Wagen. »Vermutlich standen wir vorhin direkt über dem Gebäude«, vermutete Deckert, als er den Gurt einrasten

---

* Natürlich ohne die obligatorische Waschbärenfellmütze und das rote Halstuch.

ließ. »Aber es wird riesig sein. Labore, Besprechungsräume, vielleicht sogar eine Lagerhalle. Denk dran, was für Geldmittel in dem Komplex stecken.«

Noch während er sprach, startete er den Wagen, und der Toyota setzte sich in Bewegung. Vor der Einfahrtsschranke des Parkhauses hielten sie an.

»Ist das eine Schnapsidee?«, seufzte Deckert. »Wollen wir wirklich glauben, dass da drin der Zugang liegt?«

Daraufhin warf er einen Blick auf den Ticketautomaten und drückte resolut auf den Knopf neben dem Ausgabefach.

»Die Gebühren setzt du natürlich ab«, gluckste Enno, nachdem Deckert das Ticket gezogen und seinem Sitznachbarn in die Hand gedrückt hatte.

Langsam fuhr der Toyota in das nur schwach erleuchtete Parkhaus. Während Deckert starr geradeaus sah, wechselte Ennos Blick zwischen GPS-Gerät und Beifahrerfenster hin und her.

»Wir suchen etwas, durch das ein Wagen fahren kann. Eine Garagentür oder ein …«

»Rolltor?«, ergänzte Deckert, nachdem sie in der ersten unteren Ebene des Parkhauses angekommen waren. Er lenkte das Auto auf eine unsauber geteerte Stelle, und es ruckelte über Bodenwellen und kleine Schlaglöcher, sodass es die beiden Männer in ihren Sitzen hin und her warf.

»Großer Gott, wenn ich das zweimal am Tag fahren müsste«, grunzte Deckert. »Nierensteine darf man da nicht haben.«

»Bei *Honey Rider*, ich glaube, das ist es«, jubilierte Enno.

Deckert trat auf das Bremspedal und musterte das Tor. »Also, ich weiß nicht.«

Enno warf einen weiteren Blick auf das GPS. »Minimale Abweichung, ansonsten sieht das für mich goldrichtig aus«, stellte er fest, öffnete die Wagentür und stieg aus.

Ungefragt griff er ins Handschuhfach, förderte nach einigem Gewurschtel aus dessen Innerem eine Stablampe zutage und drückte sie Erik in die Hand.

Zentimeter für Zentimeter floss das Licht der Taschenlampe über das Rolltor, glitt an den Seiten entlang und suchte den Boden ab.

»Faszinierend, nicht?« Der IT-Experte ergriff Eriks Arm und richtete die Lampe auf ein Gänseblümchen, das sich durch eine Betonritze zwängte. »Das macht der osmotische Druck. Die für uns unsichtbaren, feinen Risse im Beton entstehen durch Frost und Wärme, die sich abwechseln. Darin bleiben die Samen liegen wie in einem Eileiter. Woher der wohl kommt? Muss irgendwie hineingeweht worden sein. Da Pflanzen eine Zellwand haben, kommt hier der osmotische Druck zum Tragen, der …«

»Enno!«

»Entschuldige.«

»Weißt du, ich begreife inzwischen, warum deine Freundschaft mit Florian derart Bestand hat.«

»Ernsthaft? Warum?«

Erik bedachte ihn mit einem vielsagenden Blick, worauf Enno den Kopf schüttelte. »Ach, egal. Was ich noch sagen wollte: Der osmotische Druck kann 13 Bar betragen.«

Der Kommissar horchte auf. »Vergiss es. Ein Autoreifen wird mit zwei Bar aufgepumpt, da kann doch so ein verfluchtes Pflänzlein keine 13 Bar erzeugen.«

Lanzo schnalzte mit der Zunge und wackelte langsam mit dem Kopf. »Kein Fehler, Erik. Die Natur hat uns alle im Griff.«

Eine Weile folgten sie dem Strahl der Taschenlampe. Kein Riss, kein Sensor, kein Knopf, kein noch so minimales Zeichen, dass es sich hier um etwas anderes handeln könnte als um ein ordinäres Rolltor.

Erik fluchte. Sie waren den ganzen elenden Weg von Lanzos Bude hierher gefahren und standen vor einem blöden Metallgitter, bei dem nichts darauf hinwies, dass es sich in irgendeiner Form bewegen ließe. Fechner würde total ausrasten, wenn ihm von diesem Ausflug auch nur der Hauch eines Gerüchts zu Ohren käme. Seit Stunden beschäftigte er, ein gestandener Kriminalkommissar, sich damit, Spuren nachzugehen, die ein Computerspezialist, in dessen Gehirn die Enzyclopedia Britannica abgelegt war, innerhalb kürzester Zeit auf wundersame Weise ans Licht gebracht hatte. Vielleicht war nun der Moment gekommen, Florians Verschwinden auf polizeilich einwandfreie Ermittlungsart und somit professionell anzugehen. Vielleicht sollten sie es doch den Beamten in Esslingen überlassen.

Erik war eben dabei, einen Argumentationsstrang zu entwickeln, der Enno nicht beleidigte und Fechner überzeugte, als er hörte, wie sein neuer Freund die Luft einsog.

»Nicht so hastige Schlüsse ziehen«, ertönte es vergnügt von rechts, als ob Lanzo Eriks Gedanken gelauscht hätte. »Der Datenflüsterer wird dich da pronto reinführen.«

»Hast du zwischendurch den Transporter der Enterprise nachgebaut?«, frotzelte Erik müde, und vor seinem geistigem Auge tauchte das Modell des Raumschiffs auf, das auf einem Regal in Lanzos Küche neben dem Katzenfutter gestanden hatte. Darüber hinaus sah sich der Kommissar plötzlich genötigt zu glauben, Enno verfüge auch über die Fähigkeit der vulkanischen Gedankenverschmelzung. Verdammt, er musste wirklich ziemlich erschöpft sein, wenn seine Neuronen schon solchen Quark weitergaben.

»Von welcher Enterprise? Da gibt es bedeutende Unterschiede. Gib mal her. Du fährst mit dem Licht den Beton zu schnell ab.« Enno entwand ihm die Stablampe und fing an, mit sich selbst zu sprechen. »Langsam. Schön langsam. Weiter rechts, jetzt links. Mal die kleine Vertiefung abfahren. Okay – stopp! Wieder zurück. Und – bingo!«

»Das bringt doch alles nichts.« Seine Finger glitten über das Display des Smartphones. »Schau dir die Koordinaten noch mal an. Vielleicht habe ich ja die Zahlen durcheinandergebracht oder …«

»Nein, schau selbst! Da ist was!« Lanzo beleuchtete eine unscheinbare Stelle zwischen Beton und daneben liegendem Scharnier.

Erik beugte sich vor und kniff die Augen zusammen. Sowohl in der Farbe, als auch in der Oberflächenbeschaffenheit unterschied sich der Beton tatsächlich vom Rest der Fläche.

Der Datenflüsterer schrie erneut triumphierend auf. »Das ist es, Erik! Mach ein Foto, verdammt! Nein, mach viele! Ich muss das ins Forum posten. Einer meiner Hackerfreunde kommt da vielleicht drauf, der hat den Supermanblick.«

»Enno, du kannst nichts posten. Das ist eine Polizeiermittlung!« Er weigerte sich, das Handy freizugeben.

»So direkt ja nicht«, konterte der IT-Crack.

RÜHREI UND ANTIPASTI

Die barocken Ornamente der Fliesen verschwammen vor Bonlanders Augen, als sein Magen einen dreifachen Rittberger vollführte. Mit letzter Kraft hievte er den geschwächten Oberkörper über den Rand der Badewanne, die auf vergoldeten Löwenfüßen stand, und reiherte zum dritten Mal auf das – inzwischen nicht mehr strahlend weiße – Emaille. Danach ließ er sich stöhnend auf dem purpurroten Duschvorleger nieder, der die von Bonlanders Stirn herabperlenden Schweißtropfen dankbar aufsaugte.

»Hallo?« Es klopfte zögerlich an die verschlossene Tür. Nach ein paar Sekunden fügte Sofia ein leises »Lothar, sind Sie da drin?« hinzu.

Keuchend richtete er sich mit zitternden Oberarmen auf. Warum musste er jetzt sterben? Jetzt, wo er sie doch eben erst getroffen hatte? Bonlander wollte etwas sagen, bekam aber nur ein »Gmpf« heraus und fiel geschwächt zurück.

»Ich dränge Sie nur ungern, aber das Auto steht bereit, und wir haben einen Termin. Lothar?«

Vor seinem geistigen Auge sah Bonlander, wie sich Sofias volle Lippen auf die Badezimmertür legten und ein weiteres Mal seinen Namen hauchten. Noch nie war er ihm schöner vorgekommen. Normalerweise konnte er ihn nicht ausstehen.

»GebnSiemrnochhawwwnStunn«, flehte er.

»Wie bitte?«

»Geben Sie mir noch eine halbe Stunde. Bitte!«

Ihre Fingerkuppen schienen über das Türblatt zu streichen. »Sind Sie in Ordnung?«, fragte Sofia mitfühlend.

Der Löwenkopf schien ihn höhnisch zu begutachten. »Hatten Sie vielleicht auch das Rührei?«, lamentierte Bonlander statt einer Antwort. »Oder die Antipasti?«

»Haben Sie Rührei gesagt? Lothar, wollen Sie nicht vielleicht die Tür aufmachen, ich …«

»Nein«, schrie er auf. Keinesfalls sollte sein neugewonnener Augenstern ihn in diesem desolaten Zustand antreffen. »Ich meine, nicht nötig, Sofia. Wirklich nicht. Alles bestens.« Die letzten zwei Worte kamen als hastiges Würgegeräusch aus seinem Mund.

Eine Weile war es still vor der Tür, und Bonlander betete, dass Sofia sein Hecheln, das jeder Hebamme die Tränen vor Freude in die Augen getrieben hätte, nicht hören konnte.

»Wenn Sie noch Zeit brauchen … Ich kann Dr. Horgenzell sicherlich noch 30 Minuten beschäftigen. Die Frage der Sitzordnung ist noch nicht eindeutig geklärt und …«

»Tun Sie das!«, schrie er.

Wieder das leise Rauschen von Fingerspitzen, die über die Tür strichen. »Dann sehen wir uns in einer halben Stunde?«

»Mmmmh.«

»Wenn Sie doch noch Hilfe benötigen …«

»Mmmmh!«

Bonlander hörte das Klacken von Absätzen, als die Hochzeitsplanerin sich entfernte. Gerade noch rechtzeitig schaffte er es, den Klodeckel anzuheben, bevor halb verdaute Shrimps in einer gelben Masse in die Schüssel glitten.

Das alles war ein Wink des Schicksals. Eine Bestrafung des großen Allmächtigen, an dessen Existenz er genau in diesem Augenblick nicht mehr zweifelte. Schicksal, das Ewige, der Eine – welchen Namen er oder sie auch immer trug –, diese Abteilung wollte augenfällig dafür sorgen, dass er den Moralischen bekam. Aber nicht mit ihm! Alles, was er bis jetzt getan hatte, jedes Telefonat, jede Unterhaltung, jede Überlegung, die er bis dato getätigt hatte, entsprach voll und ganz seiner inneren Überzeugung. Sein Tun war Teil seines Plans, seines Jobs, seines Erklimmens der Karriereleiter. Und von ganz oben würde er Sofia alles bieten können, was sie sich wünschte. Er würde in der Firma aufsteigen. Ein neues Büro, neue Vorhänge, viele, viele Servietten. Rote, blaue, mit Blümchen und ohne. Er würde Horgenzells rechte Hand werden. Und seine linke.

Mühsam rappelte er sich auf, spülte sich den Mund aus und betrachtete angewidert die Flecken auf seinem Hemdkragen. Das Gefühl, überfordert zu sein, hatte ihn am Anfang gefangen gehalten. Aber eine Art inneres Regelwerk, an dem er sich orientierte, hatte ihm Halt gegeben – er hatte sich an die Aufgaben, die ihm gestellt, die Hürden, die er überwinden musste, gewöhnt.

Nein: Gewöhnen war das falsche Wort. Er hatte die Belastung, den Druck besiegt, wie dieser Dingens den Drachen. Dieser Engel oder Ritter oder was es oder er gleich gewesen war. Oder wie Lancelot den Schwarzen Ritter. Oder war es der Rote Reiter gewesen? Oder der Goldene Reiter? Und Artus statt Lancelot? Egal. Er würde es später googeln. Jetzt, da es längst kein Zurück mehr gab, musste er die Sache angemessen und sachverständig durchziehen. Dieser Deckert war ihm entwischt, momentan wusste er nicht, wo sich der Polizeibeamte befand. Aber Teufel noch eins, was erwartete man auch von ihm? Er war eine One-Man-Show, ein einsamer Wolf, der Terminator. Ihm standen wahrscheinlich keine Rekruten zur Verfügung, die Firmentruppe mit den weißen Ganzkörperkondomen würde ihm sicherlich nicht ewig Beistand leisten und er musste mehrere Bälle gleichzeitig in der Luft halten. Er war der

Rittmeister! Die anderen hatten dies zu akzeptieren! Das sollte ihm verdammt noch eins mal jemand nachmachen.

Als er aus dem Bad hinausstolperte und versuchte, ein weiteres Ziehen seines Magens mit Nichtachtung zu strafen, sah er auf dem Bett einen pingelig gebügelten Anzug, inklusive passendem Oberhemd und farblich dazu abgestimmter Krawatte liegen. *Sofia*, sinnierte er. *Du denkst einfach an alles.* Mit dieser Frau würde er bis ans Ende seiner Tage glücklich werden. Sie war sanft, zurückhaltend und gleichzeitig voller Hingabe, beschäftigte sich mit den Dingen des Lebens wie Blumen, Stuhlhussen oder Tischdecken, die nicht lebensnotwendig waren, aber das Leben – wie er zugeben musste – fröhlicher machten. Die ihn sogar manchmal kurz vergessen ließen, was draußen auf ihn lauerte. Welche wichtigen Aufgaben er zu erfüllen hatte. Welch großes Rad er im Getriebe der Firmenpolitik war.

Sofia liebte Farbenfrohes, hatte einen entzückenden Akzent und anscheinend einen Narren an ihm gefressen. Letzteres war ein ihm bis dato völlig unbekannter Zustand. Beim Gedanken an sie regte sich etwas hinter dem Reißverschluss seiner Hose und drückte gegen das Smartphone in seiner Tasche.

Die Doktoren Heller und Hendricks fielen ihm auf einen Schlag wieder ein. Und sein Ständer sank dahin. Das Gespräch mit dieser Heller, das er dummerweise während der schlimmsten Phase seines Unwohlseins geführt hatte – aber woher hätte er denn auch wissen sollen, dass Shrimps zu morgendlicher Stunde ein No-Go für seine Gedärme waren –, war trotz allem zu seiner Zufriedenheit verlaufen. Er hatte seine explodierenden Eingeweide professionell im Griff gehabt. Größtenteils. Trotz allem: Bettie, die Stripteaseuse*, war eine ignorante »Ich habe einen Doktortitel und du keinen, du Loser«-Zicke, der das Wort »Schlampe« auf die Stirn tätowiert war und die ihre Möpse bei jeder sich bietenden Gelegenheit auf den Tisch legte. Doch fühlte er sich trotz seines Magenproblems stark genug, ihr entgegenzutreten; es ihr ordentlich zu besorgen. Metaphorisch gesprochen natürlich.

Wie eine Eins stand er jetzt da. Geistig gewachsen. Es war ihm nicht entgangen, mit welch skeptischem Ausdruck ihn Horgenzell angesehen hatte, nachdem er ihm gestern Nacht von der Entführung des jungen Beamten erzählt hatte. Ja, da war dem Boss kurz das Hemd aus der Hose gerutscht. Oder das Herz in die Hose oder wie das hieß. Für den Bruchteil einer Sekunde hatte er an der Zurechnungsfähigkeit seines Referenten gezweifelt. Aber mit welcher Leichtigkeit hatte er ihn vom Sinn dieser Maßnahme überzeugen können. Seine Entschlossenheit, sein Mut hatten dem Vorgesetzten ein für alle Mal die Falten aus dem Arsch gebügelt.

Bonlander spürte – er hatte seinen Platz auf der Bühne des großen Welttheaters eingenommen.

---

* Lothar ist in manchen Dingen schon erstaunlich, oder? Dass er diesen französischen Begriff aufgeschnappt und dann auch noch behalten hat, kann einen schon kurz in Verwirrung stürzen. Aber die Neuronen in seinem Gehirn sind unergründlich. Und purzeln deswegen auch sehr oft durcheinander.

DIE W-FRAGEN

Er war sich nicht sicher, ob Enno es mit den Postings ernst gemeint hatte, überhaupt war er sich über rein gar nichts mehr sicher, außer der Tatsache, dass er hundemüde war und keinen klaren Gedanken fassen konnte.

Vor einigen Minuten hatte Polizeioberkommissar Reinhold Fechner angerufen und nicht nur wegen der frühen Morgenstunde äußerst gereizt die ihm eigenen »W-Fragen« über den Äther gebrüllt. Keine Ahnung, wer ihn da wieder verpfiffen hatte. Möglicherweise hatte einer der Leute aus der Spurensicherung, die Erik zugetan waren, nun doch das Fracksausen bekommen. Das war schon okay, das konnte Erik niemandem verübeln.

»Was zum Teufel tun Sie da, Deckert?«, »Wer zum Henker glauben Sie eigentlich zu sein, dass Sie meine Anweisungen ignorieren?« und schließlich, »Warum, gottverdammt, warum habe ich Sie in meiner Abteilung?«.

Fragen, auf die Erik keine Antwort geben konnte, und so unterbrach er zu guter Letzt müde dreinblickend den Anruf, was ihm einen anklagenden Zungenschnalzer von Enno und den Kommentar »Hast du da eben deinen Vorgesetzten einfach weggedrückt?« eingebracht hatte.

Sein Gehirn wollte nicht mehr funktionieren, ihm tat jeder Knochen weh, sie kamen hier nicht weiter, und die aufgehende Sonne erinnerte ihn daran, sie nicht einmal bewusst untergehen gesehen zu haben.

»Enno, lass uns eine Pause einlegen. Vielleicht sollten tatsächlich die anderen übernehmen.«

Doch Lanzo bestand darauf, davon nichts hören zu wollen, und war gerade dabei, ihm nachdrücklich zu vermitteln, dass jede Sekunde zähle, als Eriks Telefon erneut klingelte.

»Noch mal der freundliche Stinkstiefel?«

Er schüttelte müde den Kopf. »Die Nummer kenne ich nicht.«

»Geh ran!«

Erschöpft wischte er über das Display und hielt das Smartphone ans Ohr. Nach ein paar Sekunden hellte sich seine Miene auf. Die Müdigkeit aus seinen Augen verschwand, und ein Lächeln stahl sich auf sein Gesicht. »Es ist Florian!«, grinste er glücklich.

Enno hob den Daumen nach oben und strahlte. Dann fuchtelte er mit den Händen herum. Erik verstand erst einige Sekunden später, dass er auf Laut schalten solle. Er tat es.

»... noch andere Patienten, die wir rausholen sollten. Schick die ganze Blase. Mit allem Zubehör. Ärzteteam, Psychologen und so weiter. In den letzten Minuten habe ich mir Beichten anhören müssen. Wir sollten den Arschgeigen richtig einheizen. Ich kann dir auch genau sagen, wo wir sind. Moment, ich hole mir die Koordinaten von Dr. Heller.«

»Vergiss es, Junge! Wir stehen direkt davor«, brüllte der Datenflüsterer in den Hörer.

Erik schnaubte. »Verflucht, Enno, kannst du mal leiser sein?« Am anderen Ende der Leitung blieb es still, und er fürchtete, der Kontakt sei unterbrochen worden. »Verdammt, jetzt haben wir ein verschissenes Funkloch, und ich weiß noch nicht einmal, ob Florian tatsächlich in der Nähe ist.«

»Wir haben kein Funkloch. Reg dich bitte nicht so auf,

Erik. Hier, siehst du, volle Balkenanzahl.« Enno tippte auf das Display.

»Er ist aber weg, verdammt«, polterte Erik weiter.

»Enno ist auch da, und ihr duzt euch?«, kam es plötzlich aus dem Hörer.

Jetzt war es an den beiden Männern im Tunnel zu schweigen.

»Ist das ein Problem für dich?«, erkundigte sich Enno, der als Erster die Sprache wiedergefunden hatte.

»Nein«, kam es aus dem Handy, »ich finde das nur ungewöhnlich für meinen Teamkollegen, das ist alles.«

Erik riss das Telefon an sich. »Ungewöhnlich? Warum? Ehrlich … Ach, ist mir egal. Können wir bitte die Koordinaten vergleichen?«

Während Florian eine Anzahl von Zahlen und Himmelsrichtungen herunterleierte, spürte der Kommissar, wie der Boden unter seinen Füßen anfing, leicht zu vibrieren. Ein kurzer Seitenblick auf Lanzo bestätigte ihm, dass auch er fühlte, dass sich etwas auf besorgniserregende Weise veränderte. Irgendwas war im Anmarsch. Enno kniete sich hin und legte die Handflächen auf die Betonfläche. Dann das Ohr. Er lauschte.

»Erik? Seid ihr noch da?«

»Florian, nicht jetzt«, zischte Deckert. »Hier tut sich was.«

»Sagst du mir, was los ist?«

Enno schnellte aus seiner Roter-Falke-hört-den-Zug-kommen-Position hoch. »Wir müssen weg! Sofort!« Er hatte schon einige Meter Richtung Toyota zurückgelegt, als er Erik ein »Jetzt!« zuschrie und »Ich glaube, das Tor geht gleich auf!« hinzufügte.

Deckert nahm die Beine in die Hand. Im Rennen nestelte er den Autoschlüssel aus der Hosentasche, warf ihn Enno zu, der diesen behände fing, und verlor dabei beinahe das Handy. Stolpernd hastete er Richtung Beifahrertür, schmiss sich in den Sitz und schaffte es gerade noch, die langen Beine in den Fußraum zu bugsieren und den Kopf einzuziehen, als Enno auch schon den Rückwärtsgang einlegte und wie ein Wahnsinniger Richtung Ausfahrt raste.

Florians Stimme schallte aus dem Hörer: »Was passiert bei euch?«

Enno, der krampfhaft das Steuer umklammert hielt und sich den Hals verrenkte, um einen guten Blick nach hinten zu haben, keuchte ein »Das Tor geht auf!«, bevor er das Kupplungspedal durchdrückte, krachend den zweiten Gang einlegte und danach mit halb angezogener Handbremse wieder auf das Gaspedal hämmerte, sodass sich der Toyota knirschend 180 Grad um sich selbst drehte, bevor er die Serpentinen zur Ausfahrt des Parkhauses zurückschoss.

Erik, der sich mit ein paar Fingern provisorisch am Haltegriff festhielt und parallel versuchte, sich anzuschnallen, wurde in seinem Sitz herumgeschleudert. Zu guter Letzt ließ er den Gurt einrasten und atmete auf. »Meine Fresse, Enno. Was hattest du denn für einen Fahrlehrer? Vin Diesel?«

»Willst du nicht wissen. Schau lieber nach einem Versteck für uns und die Karre. Gab es da nicht eine große Hecke in der Nähe der Wiese? Womöglich eine ohne Erdfurche davor? Uns bleibt nicht viel Zeit.«

»Wir haben vergessen zu bezahlen.«

»Was?«

»Wir haben das Ticket nicht bezahlt. Wie willst du da rauskommen?«

Enno riss aufgeregt das Steuer herum. »Das ist dein Problem? Ein unbezahltes Ticket? Bist du irre? Was für ein Cop bist du eigentlich?« Er trat das Gaspedal bis zum Anschlag durch und Aluminium splitterte. Die in der Verankerung des Gehäuses verbliebene eine Hälfte der Schranke streifte den Kühler, als der Toyota wie eine Rakete aus der Parkhauseinfahrt schoss, quietschend um die Kurve bog und die kleine Straße entlang bretterte.

Unweit des Parkhauses entdeckten die Männer besagte Hecke, die breit und hoch genug war, um den Wagen zu verdecken, und Enno preschte darauf zu.

DER UNTERIRDISCHE BIENENKORB

Im Empfangsbereich der *Amendment Corporation* summte es inzwischen wie in einem Bienenkorb. Nach und nach waren die wissenschaftlichen Teams aus den Aufzügen geströmt und hatten sich, Dokumente und Tablets an sich gepresst, gemäß der Vorschriften an verschiedenen Plätzen gesammelt. Jedes Team war für seine eigenen Mitglieder verantwortlich. Ein Vorgehen, an das sich alle Angestellten peinlich genau halten mussten, und so bemerkte niemand, dass sich eine Gruppe noch nicht eingefunden hatte – die von Richter. Man war einfach zu sehr mit sich selbst beschäftigt. Auch die Abwesenheit von Professor Hendricks und Michael Kessler fiel in dem ausgebrochenen Chaos keinem Menschen auf.

Nicht nur der Teamleiter und seine attraktive Assistentin fehlten, sondern auch die Mitglieder des gesamten Trupps. Die Erklärung dafür war einfach: Nachdem Richter das Team vor dem Aufzug hatte stehen lassen, um nach Lioba zu suchen, die er dann schließlich auf dem Treppenabsatz gefunden hatte, waren die jungen Wissenschaftler zum Labor zurückgelaufen und eine halbe Stunde sehr unentschlossen dort verblieben, um in erster Linie ausgiebig die weiteren Bewegungs- und Aktionsmöglichkeiten zu erörtern. Dies hatte deswegen einige Zeit in Anspruch genommen, da es sich schließlich um eine Gruppe Akademiker handelte, die unter Einbeziehung aller Möglichkeiten, Fürs und Widers eine Entscheidung treffen musste, und zwar ohne Zuhilfenahme eines 200 Seiten starken wissenschaftlichen Papers. Da durfte man nichts übers Knie brechen. Nachdem wiederum das enervierende Blinken über der Labortür nicht aufgehört hatte, beschloss man jedoch unisono und ohne weitere Diskussion, den Rückzug anzutreten und dabei den Doktor zu suchen.

Ein nachvollziehbarer Vorsatz, der jedoch einen Haken hatte: Die Assistenten konnten, da ihnen der Chip ebenso wenig wie Lioba ausgehändigt worden war, den Aufzug nicht benutzen. Sie hatten demzufolge, ohne zu zögern oder lange darüber nachzudenken, den Weg ins Labyrinth betreten. Eine folgenreiche Entscheidung.

Während die restlichen Angestellten der Corporation sich anschickten, in die ihnen zugewiesenen Sammelfahrzeuge einzusteigen – denn das Benutzen der eigenen Autos während eines Notfalls war nicht erlaubt, es hätte zu einem enormen Verkehrsaufkommen im Tunnel geführt –, irrten die verbliebenen Assistenten wie Lemminge auf der Suche nach der nächsten Klippe im Treppenhaus umher.

*

Florian konnte es fast nicht glauben.

Deckert war hier vor Ort. Mit Enno. Die Minikavallerie war in vollem Galopp angekommen, um ihn vor feindlichen Kanonen zu beschützen. Ein schiefes Grinsen stahl sich auf sein Gesicht. Er hatte jedoch immer gewusst, dass er sich auf die beiden verlassen konnte. Die Frage jedoch lautete: Inwieweit war derzeit Mister Spott und Hohn über die Rettungsaktion informiert? Falls Erik ohne Erlaubnis losgeritten war, dann drohte ihnen weit mehr als nur ein angepisster Vorgesetzter, der in seinem Büro Gift und Galle über sie ausschüttete. So gesehen wusste er nicht recht, ob sein Hinweis, Erik solle die ganze Polizeiblase schicken, auf fruchtbaren Boden gefallen war. Sie benötigten aber in dieser Situation alle Kräfte, die sie aufbringen konnten. Wie sollten sie das denn zu dritt bewerkstelligen? Mal abgesehen davon, dass er der einzige Polizeibeamte war, der sich im Inneren des Labyrinths befand. Sollte er alle auf einmal verhaften?

»Wir müssen schnellstens in ein Auto«, stellte er laut fest.

»Sprechen Sie mit sich selbst?«, ätzte Dr. Richter, der sich neben ihn gestellt hatte. »Oder war das ein allgemeiner Aufruf?«

»Das Tor geht auf.«

Richter sah ihn skeptisch an. »Woher wissen Sie das?«

»Mein Kollege hat es eben gesagt.« Florian suchte den Augenkontakt mit den anderen, die stehengeblieben waren.

»Das war wirklich Ihr Kollege am Telefon?«, wollte Lioba wissen. »Dann ist der da? Vor dem Bunker?«

Florian nickte kurz.

»Etwas stimmt nicht«, murmelte Michael Kessler und steckte die Hände in die Hosentaschen. »Sie können nicht einfach das Tor aufmachen, wenn noch nicht alle versammelt sind.«

»So einen Ernstfall hatten wir noch nie. Anscheinend ist denen die Planung aus den Fugen geraten«, stellte Richter fest. »Kommt mir bekannt vor.«

Kessler schüttelte den Kopf. »Wir haben das zigmal geübt. Alle Teams müssen sich am Treffpunkt eingefunden haben, bevor die Wagen starten.«

»Herrgott, Michael. Haben Sie nicht zugehört? Das Tor geht auf! Scheißegal, was da gerade abläuft, das ist unsere Chance. Also rein in den Aufzug.«

»Haben Sie nicht alle was vergessen?«, warf David Wagner ein, ohne den Blick vom Fußboden zu heben. »Wir können nicht gehen, denn wir haben die anderen noch nicht eingesammelt.« Er hob den Kopf und funkelte Richter an. »Die Versuchstiere, Ihre Laborratten. Die, die man einfach um die Ecke bringt, wenn man sie nicht mehr braucht.«

»Da muss die komplette Planlosigkeit ausgebrochen sein«, murmelte Kessler abwesend. »Die ändern nicht einfach so ihr Rettungsschema.«

Wagner ruderte hilflos mit den Armen. »Hallo? Hört hier jemand zu? Die anderen, wir müssen die anderen rausholen. Sie alle hatten zugestimmt. Alle! Jeder Einzelne von Ihnen«, schrie er.

»Unter Vorbehalt«, erklärte Dr. Richter. »Wenn ich daran erinnern darf, habe ich …«

»Halten Sie die Klappe!« David Wagner schwankte plötzlich wie unter Alkohol gesetzt und hielt sich krampfhaft an Lioba fest. Dann machte er ein paar zögerliche Schritte auf den Wissenschaftler zu, der instinktiv zurückwich. »Sie, Sie … Sie sind ein … Braunhemd!« Wagner fuchtelte Richter mit dem Zeigefinger vor der Nase herum. »Der Nachfolger von Mengele. Da hätten Sie doch toll hingepasst. Jawoll, mein Führer!« Wagner, nun voller Adrenalin, schlug die Hacken zusammen. »Aber natürlich mein Führer! Für das Reich, mein Führer! Für das deutsche Volk!«

Richter, dessen Gesichtszüge komplett entgleist waren, starrte sein Gegenüber an. Für einen Bruchteil der Sekunde war alles still. Dann stürzte sich der beleibte Forscher ungelenk auf Wagner, packte ihn am Kragen des Labormantels und schüttelte ihn. »Sie haben keine Ahnung«, brüllte er. »Keine Ahnung, was ich hier die letzten Jahre durchgemacht habe.«

»Es reicht jetzt.« Florian befreite Wagner aus Richters Griff, führte ihn vorsichtig an einem in Fassungslosigkeit erstarrten Kessler vorbei und lehnte ihn an eine Wand wie ein Regalbrett vor dem Einbau. David Wagner pumpte wie ein Maikäfer.

Die Situation war komplett aus dem Ruder geraten. Florian schalt sich innerlich, nicht schon früher eingegriffen zu haben. Aber er war mit anderem beschäftigt gewesen. Zu viel ging ihm durch den Schädel. Und seine Hüfte schmerzte immer noch. Die Prellung ließ bei jedem Schritt ein Bündel Blitze sein Bein hinuntersausen. Gab es hier keinen Medikamentenschrank? Ein Erste-Hilfe-Zimmer? Eine angeknabberte Aspirin hätte ihm gereicht, aber auch diese wollte ihm das Schicksal vorenthalten. Mit den Schmerzen müsste er hier unten folglich leben müssen.

Davon abgesehen hatte ihn seine Ausbildung zwar gut vorbereitet, aber die Lage, in der sie sich momentan befanden – das war etwas völlig anderes. Diese Situation hatte man übersprungen, weil sie nie verkommen würde.

»Alle beruhigen sich jetzt«, befahl er. »Sie auch Herr Richter. Wir brauchen einen genauen Überblick. Herr Kessler, Sie kennen sich hier unten am besten aus – entwerfen Sie eine Strategie, wie wir ungesehen und schnell nach oben kommen. Ich habe Verstärkung geordert und auch um Krankenwagen gebeten. Wenn die Kollegen hier sind, werden die sich um die restlichen … Versuchskaninchen … Verzeihen Sie, Herr Wagner … kümmern. Und Sie«, fuhr er leise zu Lioba gewandt fort, »Sie kümmern sich um unseren Patienten, okay?«

Doch entgegen seiner Erwartung war Dr. Heller alles andere als gewillt, seiner Bitte nachzukommen. Stattdessen funkelte sie ihn giftig an: »Anscheinend sind Sie Polizeibeamter. Aber das wissen wir nicht mit Sicherheit. Denn Sie könnten sonst wer sein. Nehmen Sie es mir nicht krumm, aber wenn man eine Weile in diesem Vorhof zur Hölle gesessen hat, verlernt man mit der Zeit, links von rechts zu unterscheiden.«

»Und schuldig von unschuldig«, knurrte Richter ungehalten, worauf er von Lioba mit einem abfälligen Grunzen bedacht wurde.

»Ich will Ihre Geschichte hören. Ich möchte wissen, warum Sie hier sind. Hinter wem Sie her sind. Hinter ihm«, sie legte den Kopf in Richtung Richter schief, »oder ihm«, sie deutete auf Kessler, der gar nicht mitzubekommen schien, dass man über ihn sprach.

»Vergessen wir dabei nicht, dass Frau Heller selbst auch nicht unschuldig ist«, erweiterte Richter die Liste der Verdächtigen. »Nicht wahr, meine Liebe? Und Ihre Story haben wir ebenfalls noch nicht gehört. Wird wohl Zeit für einen kleinen Plausch. Ein kleines Teammeeting.« Seine Hände zitterten, und Florian fürchtete eine weitere unkontrollierte Explosion.

Er hatte früher damit gerechnet. Hatte sich gewundert, warum sie ihn noch nicht darauf angesprochen hatten. Aber höchstwahrscheinlich ging es auch dem Rest der Truppe so wie ihm: Der Herdentrieb hatte die Oberhand gewonnen. Raus hier, bloß raus hier. Die Köpfe schwirrten, und geordnete Gedankengänge waren selten geworden.

David Wagner hatte wieder angefangen, auf den Boden zu starren, und Florian war unsicher, über was er in seiner Gegenwart sprechen durfte. Konnte er ihm von Franziska erzählen, die eine Nacht alleine auf der Bundesstraße verbracht hatte? Vom Auto, das plötzlich verschwunden gewesen war, scheinbar weggeweht wie Dorothys Haus im Wizard of Oz? Von den dunklen Ringen unter den Augen von Davids Frau, den strähnigen Haaren, den nervösen Fingern, die permanent eine Tasse umklammert gehalten hatten?

Er entschied sich für das Nötigste. Für mehr fehlte ihnen auch die Zeit.

»Ich wurde entführt«, erklärte er hastig. »Von wem weiß ich nicht, aber höchstwahrscheinlich von jemandem, der hier die Fäden in der Hand behalten will, aber nur voreilige Schlüsse zieht.«

»Klingt nach Bonlander«, sagte Lioba, und selbst Richter musste ihr zustimmen.

»Der Fall, den ich gerade bearbeite«, fuhr Florian fort, »– er bereitete mir Schwierigkeiten. Genauer gesagt, ich und mein Partner gerieten mit unseren Ermittlungen in eine Sackgasse.«

»Mit dem Sie telefoniert haben«, stellte Michael Kessler fest, der, nachdem er einige Minuten davor den Angriff seines Kollegen auf Wagner in apathischem Zustand verfolgt hatte, nun die Sprache wiederfand.

»Genau«, gab Florian knapp zurück. »Das ist alles.«

»Reden Sie keinen Stuss«, entgegnete Richter barsch. »Das ist längst nicht alles. Beantworten Sie Frau Hellers Frage. Hinter wem sind Sie her?«

»Ich weiß es nicht genau. Und nach dem, was ich von Ihnen erfahren habe, wird mein Bild immer unklarer.«

Das war nun mal die Wahrheit.

*

Eine Weile hatte die Gruppe sich angeschwiegen, und dann hatte man beschlossen, schnell weiterzugehen, um eines der Autos zu erreichen. Die Atmosphäre war angespannt. Jeder schien den anderen misstrauisch zu beäugen. Man taxierte sich gegenseitig und versuchte durch permanentes Starren, Hinweise über das Gegenüber ans Tageslicht zu bringen und richtig zu deuten.

Auch Lioba spielte eine Weile mit, ohne das wirklich wahrzunehmen. Sie fühlte sich schmutzig. Ihr ehemals blütenweißer Laborkittel hatte an verschiedenen Stellen einen leichten Grauton angenommen – und Lioba schmachtete nach einer warmen Dusche, unter der sie alles, was sie bedrückte, einfach abbrausen konnte. Sie konnte den Wasserstrahl auf ihrer Haut geradezu spüren, und die Sehnsucht nach Normalität wurde immer mächtiger.

»Leiden Sie unter einer Angstkrankheit?«, fragte Michael Kessler plötzlich, und Lioba meinte für einen kurzen Augenblick, dass sie damit gemeint war, und wunderte sich darüber, dass sie von Kessler plötzlich wieder gesiezt wurde.

Jedoch schüttelte Schumann den Kopf. »Das hat mich Dr. Heller auch schon gefragt. Nein, tue ich nicht.«

»Dann wurden Sie somit wirklich nicht als Proband entführt, sondern weil Sie aktuell gegen die Firma ermitteln«, gab Richter kund. »Das hätten wir geklärt. War das auch der Grund, weswegen wir unter allen Umständen zuerst Hendricks aufsuchen sollten, Frau Heller? Hatte der etwas am Laufen? War er ein Risiko?«

Lioba sah nicht auf, nachdem man nun tatsächlich eine Antwort von ihr erwartete. Ihre Augenlider zuckten vor Müdigkeit. Ihr Magen knurrte. Mürrisch setzte sie einen Fuß vor den anderen. Sie sehnte sich nicht nur nach einer Dusche oder einem schaumumwölkten Vollbad, sondern auch nach einer fettigen Pizza mit einer dicken Schicht Analogkäse, die sie dann in der Wanne verschlingen würde – und sie hasste Richter. In den letzten Stunden war er von einem harmlosen, leicht übergewichtigen, kleinen, bärtigen Wicht, der – wie alle anderen Männer – mehr ihrem Brustumfang als ihrer Person Beachtung schenkte, zu einem überheblichen Widerling mutiert. Sie wünschte ihm die Beulenpest an den Hals, die ihn darüber hinaus seiner letzten Haare beraubte, die er sich so affig über die Glatze kämmte*. Doch war er als Kind leider nicht vom Wickeltisch gefallen wie Bonlander. Richter konnte eins und eins zusammenzählen und die korrekten Schlüsse ziehen.

»Ich bin nicht im Bilde, warum ich Hendricks überwachen sollte«, gab sie widerwillig zu. »Man hatte mir keinerlei Details über seine Pläne offenbart. Womöglich gab es auch keine, sondern nur einen Verdacht. Ich weiß nur, dass Bonlander und Horgenzell ihm nicht vertraut haben.«

Richter ließ erneut sein Walrossschnauben ertönen. »Die vertrauen niemandem. Sie haben doch die Verträge gelesen.

---

* Diese Symptome zeigt ein an Beulenpest erkrankter Mensch normalerweise nicht, aber wir lassen Lioba gerne weiterträumen.

Was bitteschön soll an Hendricks faul gewesen sein? Er war zielstrebig, in seiner Arbeit brillant und ehrgeizig. Das sind andere genauso. Das ist … war … hier normal.«

»Aber er war dicht dran«, bemerkte Kessler im Flüsterton und hatte nicht den Mut, dabei David Wagner anzuschauen. »An dem Serum. Sehr dicht. Und er hatte, kurz bevor er die letzte Phase einleiten wollte, einen Anruf erhalten.«

»Noch ein Telefon? Von wem kam der Anruf?« Richter war knapp davor, erneut die Beherrschung zu verlieren.

»Von Bonlander«, antwortete Kessler. »Hendricks war ganz und gar außer sich. Ich glaube, es ging darum, dass er Herrn Wagner zurückschicken sollte.«

David Wagner, der noch mehr in sich zusammenfiel, stieß vernehmbar Luft aus, und Lioba sah zu Florian Schumann, der dem Dialog mit der gespannten Aufmerksamkeit eines ermittelnden Polizeibeamten folgte.

»Wussten Sie das? Dass man ihn freilassen wollte?«, fragte sie ihn.

Schumann schüttelte den Kopf. »Um wie viel Uhr kam der Anruf?«

»Kann ich nicht genau sagen. Kurz bevor ich … bevor ich auf Hendricks losgegangen bin.« Kessler schwieg eine Weile, er schien zu überlegen.

»Vermutlich hat Bonlander Panik bekommen«, nickte Richter, als ob er diese Schlussfolgerung für die einzig zutreffende hielt. »Nur, warum?«

»Mein Kollege hatte sich bei Horgenzell telefonisch nach der Hochzeit seiner Tochter Mascha erkundigen wollen und ist an Lothar Bonlander verwiesen worden«, spann Schumann die Theorie weiter.

»Der organisiert das Ganze«, fügte Lioba hinzu.

Richters Bart zitterte, als er begann, meckernd zu lachen.

»Nicht Ihr Ernst! Bonlander arrangiert die Hochzeitsfeierlichkeiten? Zeitgleich tritt ihm Horgenzell bezüglich der Fertigstellung des Serums auf die Füße, und deswegen lässt er Hendricks überwachen? Na, schon alleine das sind genug Gründe, die eine Knallcharge wie ihn in hemmungslose Aufregung versetzen. Ich kann mir schon vorstellen, wie er reagiert haben könnte, als Ihr Kollege ihn telefonisch kontaktierte. Da springt das Kopfkino bei mir an. Ich wünschte, ich wäre dabei gewesen.« Er konnte nicht aufhören zu grinsen.

In diesem Moment musste ihm Lioba leider zustimmen. In der Art dürfte die Entwicklung ihren Lauf genommen haben. Bonlander hatte den Überblick verloren. Komplett. Und nun agierte er in völliger Unkenntnis der Sachlage und hochgradig übergeschnappt.

Der Mann war auf eine sehr spezielle Art gefährlich geworden.

*

Mitte der 70er-Jahre war Dr. Reinhard Horgenzell noch ohne Titel und ohne Anwesen und bewohnte ein kleines Einzimmerapartment, dessen Fenster zum Innenhof nicht richtig schloss, weswegen jedes Mal, wenn die Müllabfuhr die Container leerte, ein widerlicher Geruch nach verfaultem Gemüse und blauschillernden Wurstscheiben in die Wohnung zog. Er war idealistisch und auf der Suche nach einer Beschäftigung, die seinem Leben den nötigen Sinn verleihen würde. Kurz: Er war wie jeder normale 20-Jährige. Jahre später jedoch hatte Reinhard Horgenzell spitzbekommen, dass die Welt nicht auf ihn warten und sie ihm nur offenstehen würde, wenn er sie mit der nötigen Portion

Unverfrorenheit und Dreistigkeit in Ketten legte. Der Aufbau einer eigenen Firma erschien ihm als die einzige Alternative. Die Alternative, bei der er alleinig die Fäden in der Hand halten konnte.

Jetzt, 40 Jahre später, stand der Aufsichtsratsvorsitzende der *Amendment Corporation* in der mondänen Eingangshalle seines Anwesens und war auf der Suche nach seinen Autoschlüsseln. Das Leben hatte eine entscheidende Wendung genommen, denn – die Fäden waren ihm entglitten. Zumindest hatte es der Anruf, den er vor 15 Minuten erhalten hatte, mehr als deutlich signalisiert. Und er spürte, dass sie ihm schon zu dem Zeitpunkt entglitten waren, als er dem größenwahnsinnigen Bonlander in der Nacht einen Whiskey angeboten hatte.

Sigrid Reumer, ihres Zeichens Empfangsdame des Bunkers, hatte just vor ein paar Minuten Horgenzell darüber informieren müssen, dass »in der Firma ein Tumult ausgebrochen« sei. Sie sprach von »Feueralarm«, »Evakuierung« und einem »heillosen Durcheinander, das jeder Beschreibung spottet und nichts mit den stets ordnungsgemäß durchgeführten Sicherheitstrainings« zu tun habe. Der Anruf hatte nicht einmal 30 Sekunden gedauert; diese allerdings hatten Horgenzells Nervenkostüm auf das Dach eines 30-stöckigen Hochhauses fliegen lassen, wo es nun stand und in den Abgrund glotzte. Für ihn war das alles kein Zufall. Nein, es war Fakt, dass sein so sorgfältig aufgebautes Kartenhaus einzustürzen, sein Spinnengeflecht zu reißen drohte. Zuerst war dieser Polizeibeamte auf die Bühne getreten, danach Bonlander tölpelhaft hinterhergestolpert, hatte zu allem Überfluss den zweiten Beamten entführen lassen, und momentan schien es, als ob diese Ereignisse ein weiteres nach sich gebracht hätten, das sich ebenfalls komplett Horgenzells Kontrolle entzog.

»Schatz, was suchschdenn?« Seine Gattin legte ihm in einer beruhigenden Geste die lackierten Fingernägel auf den Unterarm.

»Meine Schlüssel. Meine Autoschlüssel. Sie müssen hier irgendwo sein.« Horgenzell drehte sich um seine eigene Achse wie ein in die Jahre gekommener Square-Dancer. »Ich hatte sie hierhin gelegt.« Er zeigte auf eine Anrichte aus Walnussholz, auf der einige Porzellanvasen standen.

»Dr Mandel, Schatz. Dr Mandel. Du schdecksch den immer in dei Dasch.«

Horgenzell nickte hektisch und stürzte zur Garderobe.

Lächelnd folgte ihm seine Frau. »I woiß scho, des isch alles arg aufregend«, sagte sie. »Onser oinzige Dochter. Des oi ond elles. Da ko mer scho a weng durchenand komma, gell? Wenn i so an morga denk … Sie wird so schee aussäha. So schee. Und du, als Vater, du wirst die … du wirst sie freigeben! Unsere einzige Tochter!«

Bei den letzten Sätzen war sie plötzlich ins Hochdeutsche verfallen, was Horgenzell als ein deutliches Zeichen dafür deutete, dass sie gleich in Tränen ausbrechen würde. »Sie ist erwachsen, Heidrun. Sie ist kein Kind mehr, sondern wird selbst bald welche bekommen«, antwortete er jedoch ganz in Gedanken, während er immer noch in der Manteltasche wühlte. Mit einer triumphierenden Geste und einem »Hab' ich dich« zog er den Schlüsselbund hervor. Er machte auf dem Absatz kehrt und floh Richtung Eingangstüre.

»Wo willsch denn no? Dr Bonlander und die Adriányi send doch scho nach Bebahause unterwegs. Du brauschad die beida net unterstütza.« Auf hohen Absätzen trippelte sie ihm hinterher und wischte bemutternd eine imaginäre Staubflocke von seiner Schulter. »Haschd gesäh, wie die zwoi sich ogshähe han? Vielleicht hemmer bald no a Hochzig.« Sie kicherte.

Das war zu viel für Horgenzell. Mit einer letzten ungelenken Drehung entwand er sich seiner Frau und spitzte den Mund zu einem angedeuteten Kuss, bevor er über den kiesbestreuten Weg hin zu den Garagen eilte.

Er hatte sich alles so sorgenfrei zurechtgelegt gehabt. Der lukrative Verkauf des Serums an die Ägypter, die es gerade dringend benötigten, um das aus den Fugen geratene Heimatland wieder aufzuräumen, und ihn deswegen mit offenen Armen empfangen hatten, die geplante Weltreise mit seiner Hauszierde, die ihm auch als Vorwand dienen sollte, nach einem Zweitwohnsitz Ausschau halten zu können, eventuell eine junge Geliebte – ihm hatte insgeheim Dr. Heller in dieser Position vorgeschwebt –, die ihn in einem Drittwohnsitz verwöhnen durfte. Das schien auf einmal Schnee von gestern zu sein. Hirngespinste eines Mannes, der sich zu viel auf einmal vorgenommen hatte. Wahnvorstellungen eines Vorgesetzten, der es unterlassen hatte, die Vorgehensweise seiner Untergebenen genau zu durchdenken. Der zu schnell in die unbedachten Aktionen seines sogenannten »persönlichen Referenten« eingewilligt hatte.

Sein eigenes Verhalten war fahrlässig gewesen. Unentschuldbar. Geblendet von seiner eigenen Zukunft hatte er alles andere beiseite gewischt wie eine lästige Fliege.

Bonlander! Dieser Idiot! Horgenzell ballte die Faust, sodass ihm der Autoschlüssel unangenehm in die Handfläche schnitt. *Wie hatte er nur einen Vollpfosten wie diesen einstellen können? Was für ein Desaster! Die Pläne dieses Mannes waren in Wirklichkeit Schafsköttel, die ihm durchs Gehirn rumpelten.*

Er brauchte dringend einen Plan B.

Reinhard Horgenzell warf einen Blick auf den Schlüssel in seiner Hand. Es war verdammt noch mal der falsche.

Auch das noch. Er würde den Jaguar nehmen müssen. Und das passte ihm genauso wenig.

KEIN DURCHBLICK

Erik Deckert kauerte mit Enno Lanzo hinter einem Holunderbusch und versuchte, die Farbe der Blätter anzunehmen. Nach ihrer halsbrecherischen Autoflucht, die bei Lanzo Le-Mans-Qualitäten zum Vorschein gebracht hatte, war nun Ruhe eingekehrt. Jedes aus dem Parkhaus herauskommende Fahrzeug musste zwangsläufig circa 25 Meter entfernt an ihnen vorbeifahren. Aber bis jetzt hatte sich nichts getan.

Was der Kriminalkommissar nicht wissen konnte, war, dass die Mitarbeiter der *Amendment Corporation* das Einsteigen in die ihnen zugewiesenen Transportmittel mit genauso wenig Organisationstalent betrieben wie das Formieren der Teams am jeweiligen Treffpunkt innerhalb des Bunkers. Denn die Abläufe innerhalb der Corporation glichen den Mechanismen eines aus dem Ruder gelaufenen Kindergeburtstags und hatten mit einem logistisch exakt geplanten Prozedere absolut nichts gemeinsam.

Ebenso wenig war Erik Deckert geläufig, dass Dr. Reinhard Horgenzell auf dem Weg zum Bunker war und mit seinem Jaguar XJ Luxury, 550 PS, Emissionsklasse G, den Schönbuch verpestete, und Lothar Bonlander gemeinsam mit der Hochzeitsplanerin gen Bebenhausen strebte, wo er nolens volens auf der Bundesstraße das Versteck der Männer passieren musste. Wenn auch nicht in Sichtweite.

Enno schlug nach einem Insekt, das vom Busch auf seinen Arm gekrabbelt war, bog einen Holunderzweig aus dem Gesicht und kratzte sich an der Backe. »Wer ist eigentlich dieser Dr. Heller?«, fragte er.

»Dr. Heller?«

»Florian sprach von ihm. Er wollte von ihm die Koordinaten wissen.« Er schlug sich noch einmal auf den Unterarm. »Verdammtes Viech. Glaubst du, das sticht?«

Erik bedachte ihn mit einem unruhigen Blick und zuckte mit den Schultern. »Der Name ist bei meinen Ermittlungen nicht aufgetaucht, aber offensichtlich ist er nicht allein da unten. Und – nein, das sticht sicher nicht. Um das Viech sehen zu können, müsste ich meine Lesebrille aufsetzen. Oder durch ein Elektronenrastermikroskop schauen.«

»Meinst du, er hat Verbündete gefunden?«

»Durchaus möglich«, überlegte Erik. »Wir sollten das Revue passieren lassen.« Das Telefongespräch war gehetzt verlaufen, im Anschluss daran war ihr schnittiger Abgang erfolgt, und er musste sich die Abläufe in Erinnerung rufen. »Er sprach von anderen Patienten, die man rausholen müsse.«

»Und von der ganzen Blase, die du holen sollst«, fügte Enno hinzu, der sich inzwischen ein paar Zentimeter vom Busch entfernt hingekniet hatte.

Auf Eriks Stirn bildete sich eine steile Falte. »Das habe ich nicht vergessen, nur verdrängt. Wegen der Sache habe ich

Bauchschmerzen. Nicht um meinetwillen«, er grinste schief. »Ich bin alt und müde. Das zeigt mir zumindest gerade meine innere C-14-Analyse. Aber Florian wird ebenfalls gigantischen Ärger bekommen. Ich habe ihn in die Scheiße mit reingezogen. Fechner ist schon angepisst genug.«

»Selbst entführt hat sich Florian nicht«, schnauzte Enno.

»Ja, verdammt, aber das ist vielleicht auch meine Schuld«, zischte Erik ohne sich umzudrehen in den Holunder hinein.

»Wieso das denn?«

»Das Telefonat mit Bonlander muss irgendetwas ausgelöst haben.«

»Du hast jemanden befragt. Hast Nachforschungen angestellt. Das war nur ein lächerlicher Anruf. Oder hast du diesem Irren gedroht?«

»Natürlich nicht«, entrüstete sich Deckert. »Mit was hätte ich ihm denn drohen sollen? Mir waren in dem Moment die Zusammenhänge nicht präsent. Genauso wenig konnte ich ahnen, dass der Typ komplett neben der Spur ist und dass Horgenzell die Firma leitet. Ich habe immer noch Probleme, die Puzzleteile zusammenzufügen.«

»Das ist doch ganz einfach«, fachsimpelte Enno, der sich inzwischen auf den Hosenboden gesetzt hatte und das morgentaufeuchte Gras ignorierte. »Horgenzell-Frankenstein leitet dieses illegale Unternehmen – dieses Mal nicht im Turm, sondern unterirdisch, Bonlander-Igor ist sein verrückter Handlanger, beide haben durch diese Aktion genug Lehm am Stecken, dass man damit ein Haus bauen könnte, und jetzt können wir nur noch raten, was diese *Amendment Corporation* genau genommen so treibt.«

»Und Horgenzell ist der Brautvater. David Wagners Frau sollte die Brautjungfer sein. Bonlander organisiert die Hochzeit. Was ist da passiert? Hat Bonlander doch den Flattermann bekommen? Ist Wagner mit Florian da drin? Warum hat Florian nicht von ihm gesprochen? Wenn er sagt, dass wir Patienten rausholen sollen, meint er damit David Wagner? Außerdem klingt das nicht nach einer Gesundheitseinrichtung«, dachte Erik laut nach. »Das hatten wir auch nicht erwartet, aber die Ausmaße …«

»Da muss ich dir zustimmen. Das klingt eher nach einem Versuchslabor.«

»Machst du dir keine Sorgen? Du klingst so entspannt.«

Der IT-Experte rückte näher heran, sah Erik direkt ins Gesicht und packte ihn sanft am Oberarm. »Ich mache mir verdammt noch mal verschissene Sorgen, okay? Aber was bringt das, wenn wir hier keinen kühlen Kopf bewahren. Nada! Das solltest du doch wissen!«

Erik nickte und drückte den schmerzenden Rücken durch. »Professionalität fällt mir gerade schwer.« Eine Weile schwieg er und starrte gespannt in Richtung Parkhaus. »Verdammt, wo bleiben die? Bist du sicher, dass das Tor aufging?«

»Du hast es doch auch gehört. Und vor allem gespürt. Das war wie ein kleines Erdbeben.«

»Und wenn es aus dem Inneren kam? Aus dem Gebäude? Von unten meine ich.« Erik massierte sich das Kinn. Dieser Gedanke war ihm schon vorhin gekommen, aber er hatte ihn von sich geschoben wie eine Schüssel verdorbener Muscheln.

»So was wie eine Explosion?«

Erik nickte langsam. »Die hantieren doch aller Voraussicht nach mit Chemikalien. Und Florian klang nicht gerade entspannt, wenn du weißt, worauf ich hinauswill.«

»Nein, weiß ich nicht«, gab Enno zurück. »Ich weiß nur, dass das Tor aufging.«

»Er klang nervös. Aufgedreht. Wie ein kopfloses Huhn.«

»Das wärst du auch in einer solchen Situation. Ein kopfloses Huhn. Was nicht heißen muss, dass ein Regiment hinter ihm her ist oder ihm jemand einen Sprengstoffgürtel umgebunden hat. Er steckt alleine in dieser Situation und muss Entscheidungen treffen, die möglicherweise für das Überleben mehrerer Personen gravierend sind. Meiner bescheidenen Meinung nach darf er da ruhig zappelig werden. So lange ist er auch noch nicht im Geschäft.«

Erik starrte in das Grün vor sich und laserte Löcher in die Blätter des Holunders. Es war kompliziert, das Gefühl zu beschreiben, das sich in seinem Magen breitmachte. Hielt eine Faust seine Gedärme umklammert? Bohrte sich eine Baggerschaufel in seine Eingeweide und zerquetschte sie langsam? Er müsste mit Florian in der Tiefe sein. Stattdessen kauerte er im malerischen Garten Eden, und vor seinem Gesicht brummten Bienen auf der Suche nach den letzten morgendlichen Appetithappen des Jahres.

Erik schloss für einen Moment die Augen und atmete kurz durch. Lanzo hatte recht: Das Tor war dabei gewesen, sich zu öffnen – und fertig.

Und sie würden diese Scheißkerle erwischen.

LINKS ODER RECHTS?

»Links oder rechts?«

Wagner hielt sich an Kessler fest, der unter dem Gewicht des ehemaligen Patienten aus dem Gleichgewicht geriet. Wie sturzbesoffene Arbeitskollegen nach einer After-Work-Party bogen sie in den nächsten Gang ab.

»Erst geradeaus. Anschließend vorne links«, verkündete Kessler entgegen seiner sonstigen Art entschlossen und legte den Arm energischer um Wagners Hüfte.

Es verblüffte Lioba, dass die Gruppe unentdeckt in das dritte Stockwerk gelangen konnte. Das Gebäude schien erstaunlich unbelebt. Irgendwer hatte den Alarm gestoppt, und die kreisenden Lichter, die sich bis vor ein paar Minuten an der Decke gedreht hatten wie winzige Discokugeln, standen nun still.

War das gut oder schlecht?

Allem Anschein nach ging Florian Ähnliches durch den Kopf.

»Bei Ihren Übungen – wie lief das so?«, wollte er wissen, wobei er zu Kesslers Hinterkopf sprach, da er dem torkelnden Paar hinterherlief. »Wurden alle Sicherheitsleute mit den anderen zur selben Zeit abgezogen oder blieben ein paar Wachleute zurück, um verloren gegangene Personen zu finden?«

»Wie schon gesagt«, antwortete Michael, ohne stehen zu bleiben. »Wenn im Notfall die Tore aufgehen, ist die Belegschaft in der Eingangsebene und sammelt sich an den einzelnen Teampunkten vor dem Empfang, um dann in die ihnen zugewiesenen Fahrzeuge einzusteigen. Was der Sicherheitsdienst für Aufgaben hat weiß ich nicht, aber anscheinend ist das den Wachleuten ebenso wenig bekannt. Zumindest sind wir noch keinem einzigen Wachmann begegnet.«

»Und es ging noch keiner verschütt?«, staunte Schumann, der aufgeholt hatte und Wagners freien Arm um seine Schulter legte, damit Kessler entlastet wurde. »Niemand? In diesem Irrgarten?«

Der junge Wissenschaftler schüttelte den Kopf. »Im Prinzip ist das Gebäude äußerst logisch durchdacht.«

Richter stülpte die Lippen. »Im Prinzip. Logisch. Aha«, raunte er unbeherrscht.

»Es ist ein Würfel, mit einem Loch in der Mitte«, stellte Lioba trotzig fest. »Das sollten Sie doch nicht erst seit gestern wissen, Herr Richter. Mir ist das schon nach meinen ersten Minuten in dieser Anlage aufgefallen.«

Das war es nicht – im Gegenteil. Ihr sonst recht ordentlich ausgeprägter Orientierungssinn ließ sie hier unten gnadenlos im Stich. Die Eintönigkeit der Formgebung in den Fluren beraubte sie aller Richtlinien. Am Anfang war sie sich vorgekommen wie eine Schneeblinde, die im Winter durch die Rocky Mountains stapft – nur ohne den Wind, die Kälte und ohne Moonboots. Richters Kommentare gingen ihr allerdings gehörig auf den Geist, und sie konnte nicht anders, als dagegenhalten. Wütend knallten die Absätze ihrer Pumps auf den Boden.

»Nicht so sehr ein Würfel, Lioba. Die Bibliothek am Mailänder Platz in Stuttgart* könnte man im Volksmund als

* Die Bibliothek 21 in Stuttgart, von bösen Zungen auch »Bücherknast« genannt, besitzt als Grundfläche einen Quader von 44 Metern Seitenlänge und einer Höhe von 40 Metern als Grundform. Ist also kein Würfel.

einen solchen bezeichnen, obwohl sie das auch nicht ist, und streng genommen hat sie auch kein Loch in der Mitte, wie viele behaupten, sondern die Galerie bildet eine Art Trichter, und deswegen handelt es sich mathematisch gesehen bei dem Gebäude der *Corporation* auch um ein …«

Kessler wurde rüde von Liobas ehemaligem Teamleiter unterbrochen, der mit hastiger Geste eine verloren gegangene Strähne über den Schädel legte. »Ein Würfel? In der Tat, Frau Heller? Sie sind mir mal eine ganz Schlaue.«

»Deswegen war ich ja Ihrem Labor zugeteilt, oder haben Sie mich etwa nicht aufgenommen, weil mein Intelligenzquotient einen enormen Eindruck bei Ihnen hinterlassen hat? Wollen Sie etwa zugeben, dass es Ihnen in Wirklichkeit nur um meine Möpse ging?«, platzte es aus ihr heraus. Dann beschleunigte sie und stöckelte mit wehendem Kittel kopfschüttelnd an den Männern vorbei.

Richter murmelte etwas Unverständliches.

»Sie sollten mehr Respekt im Umgang mit Ihren Kollegen zeigen«, flüsterte Schumann nach hinten.

»Die Frau hat uns alle betrogen«, erklärte der Wissenschaftler giftig. »Es tut mir immens leid, wenn mir angesichts dieser Täuschung meine Emotionen entgleiten. Im Übrigen ist dieses Weibsstück auch nicht gerade höflich zu mir.«

»Sie sind doch nur stinkig, weil man Sie nicht gefragt hat«, nuschelte Wagner in Kesslers Schulter.

Damit hatte er den Nagel auf den Kopf getroffen.

Lioba war nach wenigen Metern stehen geblieben und lauschte mit zusammengekniffenen Lippen dem Gespräch. Mit verschränkten Armen starrte sie auf ihre roten Absätze und wünschte sich, sie könne sie einfach wie Dorothy aus dem Zauberer von Oz zusammenknallen und verschwinden. Dann hob sie den Kopf und nahm aus den Augenwinkeln wahr, wie Wagner Richter mit einiger Mühe ins Gesicht blickte und einen draufsetzte.

»Sie sind nur neidisch, Richter, weil Horgenzell oder wie der Mensch heißt, Sie nicht ins Vertrauen gezogen hat. Weil man Ihnen nicht aufgetragen hat Ihren Kollegen zu bespitzeln. Anscheinend hat man Ihnen das nicht zugetraut. Und zwar nicht, weil Sie moralische Bedenken geäußert, sondern weil Sie es nicht hinbekommen hätten. Sie hätten sich vor Hendricks nicht verstellen können.«

Richters Gesichtszüge entgleisten, und Lioba unterdrückte nur mit Mühe ein Grinsen. Entgegen seiner körperlichen Verfassung konnte Wagner noch erstaunlich fix denken.

»Das ist doch …«, schnaufte der Wissenschaftler empört.

»Ich will der Erste sein, der das Serum erfindet«, äffte Wagner die quengelnde Stimme eines Kindes nach. »Ätsch, bei mir ist noch niemand abgekratzt so wie bei dir, Peter. So hieß Hendricks doch, oder? Und meine Sandkastenform bekommst du auch nicht.«

Lioba stöhnte. Jetzt übertrieb er es. Den Ernst der Lage völlig verkennend, hatten die Männer wieder Kindergartenterrain beschritten. Es blieb ihr wohl nichts anderes übrig, als die Sache selbst in die Hand zu nehmen. Worte halfen schon lange nichts mehr. Überhaupt war sie inzwischen der Überzeugung, dass sie ihr komplettes Studium verschlafen haben musste. Soziologie. Gott, was hatte sie jetzt davon? Nichts! Hier funktionierte absolut nicht die Bohne von dem, was sie meinte, über Gruppendynamik zu wissen. Oder sie war einfach nicht fähig, Gelerntes umzusetzen.

Zornig stapfte sie den Gang entlang und machte erst vor dem Aufzug halt, um sich dort kurz ihre derzeitige geografische Lage zu vergegenwärtigen. Die Probandenzimmer waren laut Michael in jedem Stockwerk nach der gleichen Regel angelegt. Wenn sie nun rechts weiterlief, dann müsste sie automatisch zu einem dieser Räume gelangen. Nachlässigerweise hatte sie jedoch vergessen, die Abzweigungen zu zählen, was sie im ersten Moment zutiefst ärgerte, es aber im nächsten als nebensächlich beiseite wischte. Ihr kam es vor, als habe dieses Gebäude keine vier Ecken, sondern 40. Gab es Gänge in Gängen? Im Zweifelsfall würde sie alle Türen aufreißen und »Hallo?« schreien, um die anderen Patienten einzusammeln. Mit dem Activity Chip von Richter, den sie immer noch in ihrer Manteltasche hatte, würde sie den Schließmechanismus schon öffnen können. Vielleicht waren die Türen gar nicht verriegelt? Schließlich hatte sie auch Schumann entdeckt. Es wäre doch immerhin denkbar, dass der Alarm einige Sicherheitsaspekte lahmgelegt hatte.

Ohne auf die anderen zu warten, setzte sie sich in Bewegung, ging nach rechts, steuerte auf die erstbeste Tür zu, und noch bevor sie nach dem Chip tasten konnte, schwang diese auf und knallte ihr schmerzhaft an die Zehen.

Der Hüne, der ihr gegenüberstand, machte keinen besonders liebenswerten Eindruck.

Der Faustschlag traf sie völlig unvorbereitet in die Magengrube, und innerhalb einer Sekunde klappte sie zusammen wie ein Bügelbrett. Ihr Mund öffnete sich zu einem Schrei, aber sie brachte keinen Laut heraus. Stattdessen kreischten ihre Lungen nach Sauerstoff. Luft! Verdammt, sie bekam keine Luft mehr.

Auf dem Boden zusammengekrümmt wie ein Komma, schnappte Lioba mit offenem Mund nach irgendeinem verwertbaren Molekül.

Ein Fuß trat nach ihr. Schützend hielt sie die Hand vor das

Gesicht, und dieser Instinkt schien ihre Lungen mit einem Mal zu entkrampfen. Gierig sog sie die Luft ein, als ein weiterer Tritt sie im Gesäß traf. Er malträtierte das Steißbein, und ein pfeilschneller Schmerz kroch ihr bis in den Schädel.

Lioba war klar, dass sie etwas tun musste, und im gleichen Moment ärgerte sie sich, dass sie so dumm gewesen war, sich vom Rest der Gruppe zu entfernen. Wo blieben die anderen? So schnell war sie doch nicht gelaufen.

Als der Hüne zum dritten Mal zutrat und ihre Kniekehlen erwischte, hatte Lioba wieder genügend Kontrolle über die Atemwege erlangt. Laut brüllend kommentierte sie den brennenden Strahl, der im Inneren ihres Oberschenkels Richtung Hüfte floss. Stöhnend drehte sie sich und manövrierte ihren geschundenen Körper auf alle viere. Der Kleiderschrank trat nicht mehr zu – vielleicht beobachtete er sie, wie missratene Kleinkinder ein Insekt in Augenschein nehmen, bevor sie es mit dem Absatz des Schuhs zermalmen.

Dann übernahm Liobas Autopilot.

Mit verschwommenem Blick fixierte sie ihr Ziel, das sich direkt vor ihren Augen auftat. Die Hände wie zum Gebet gefaltet, schlug sie mit ausgestreckten Armen mit all der Kraft, die sie aufbringen konnte, nach oben.

Ein mädchenhafter, spitzer Schrei, der gar nicht recht zu dem bärenhaften Kerl passen wollte, verließ die Kehle des Gegners. Sein Oberkörper wand sich, und noch bevor die zitternden Hände die Weichteile erreicht hatten, kippte er wie ein gefällter Baum auf das weiße Linoleum.

War sie das gewesen? Erleichtert und völlig außer Puste sah Lioba auf. Schumann stand neben ihr und massierte sich die Finger.

»Verdammt«, grinste er. »Ich hatte nicht mehr in Erinnerung, dass das so weh tut. Aber ich muss zugeben, das war verflucht gut getroffen. Ist normalerweise nicht so einfach, einen Mann k. o. zu schlagen.«

Lioba, die für einen Moment das Feuer vergaß, das noch in Magen und Oberschenkel loderte, schenkte ihm ein kleines Lächeln. Er hatte genau zur rechten Zeit zugeschlagen. »Ein punktgenau gesetzter Kinnhaken. Haben Sie wenigstens daran gedacht, den Daumen aus der Faust zu nehmen?«

Er blickte sie erstaunt an. »Sie scheinen ja einiges darüber zu wissen. Sind Sie okay?«

Lioba streckte die Hand aus, und er zog sie vorsichtig hoch. »So weit. Nichts gebrochen, glaube ich. Aber schlecht ist mir. Kotzübel.« Dankbar nahm sie seine Hilfe an und stützte sich auf den angebotenen Arm.

Schnelle Schritte hallten durch den Flur. Richter zerrte David Wagner neben sich her, während Michael Kessler Lioba mit besorgter Miene entgegeneilte.

»Oh mein Gott!«, stieß er erschrocken aus. »Was … Sakrale Scheiße, das ist doch … Geht's dir gut?« Seine Hände wedelten wie Fahnen in der Luft herum, unentschlossen, die Frau vor ihm zu berühren.

Sie nickte. »Wer ist das?«, wollte sie wissen und deutete auf den großen Mann auf dem Boden, den die Polizeikommissaranwärterfaust niedergemäht hatte und dessen kahlrasierter Schädel von einigen Narben entstellt wurde. Er trug einen Jogginganzug und ähnelte in bewusstlosem Zustand einem schlafenden Riesenbaby.

»Was ist mit seinem Kopf passiert?«, fragte sie weiter und wusste im gleichen Augenblick, wie die Antwort auf diese Frage lautete.

Richter, der nun auch mit Wagner im Schlepptau schnaufend am Ort des Geschehens eingetroffen war, wischte sich mit einem Stofftaschentuch den Schweiß von der Stirn.

»Nichts Besonderes«, erklärte er hastig. »Aber wie ich sehe, haben Sie unseren Krankentrakt gefunden, Frau Heller. Glückwunsch! Wollen Sie auch Bekanntschaft mit dem Rest der Truppe machen oder ist Ihnen Ihr wohlgeformter Körper dafür zu wertvoll?«

Er schien seinen Ausführungen etwas hinzufügen zu wollen, kam aber nicht mehr dazu. Liobas Faust schnellte vor, und man hörte etwas krachen. Eine Fontäne hellroten Bluts schoss aus Richters Nase, der fassungslos auf seinen nun besudelten Kittel glotzte. »Was …?«, näselte er. Dann griff er sich mit Tränen in den Augen ans verletzte Nasenbein. »Haben Sie den Verstand verloren?«, quetschte er hervor. »Gottverdammt … Sie haben mir … noch ganz dicht?« Den Kopf zurückgebeugt atmete er schwer. Das rote Bächlein strömte lustig weiter aus seinen Nasenlöchern.

»Hatten Sie denn den Daumen in der Faust?«, erkundigte sich Florian freundlich besorgt bei Lioba.

Die schüttelte den Kopf. »Gerade noch daran gedacht*«, stellte sie schleppend, aber mit Genugtuung fest. Ihr Schädel brummte, ihr Steißbein schmerzte, und es fühlte sich an, als habe sie einen Medizinball verschluckt. Oder das Alien würde in ihr nisten. Noch bevor sie es verhindern konnte, beugte sie sich nach vorne und erbrach sich zielgenau auf Richters Schuhe.

* Wir stellen fest: Lioba hat im Kino aufgepasst. Der Held bricht sich leicht den Daumen, wenn er ihn beim Zuschlagen in der Faust lässt.

DER SCHWANZ DES JAGUARS

Das morgendliche Zirpen der Grillen war seit einigen Minuten im geschäftigen Treiben eines Polizeieinsatzes untergegangen. Fechner wedelte mit den Armen vor dem Gesicht herum, als eine Biene ihrem Ärger über die ungehobelte Störung ihrer täglichen Beschäftigung Luft machte.

Der Polizeioberkommissar hatte den Mannschaftswagen neben dem Toyota parken lassen und sich zu Erik begeben.

»Erklären Sie sich, Deckert. Was genau ist hier los und wer«, er deutete auf Enno, »ist dieser Herr hier?«

»Gestatten, Enno Lanzo. Informant und Hacker.« Enno streckte Fechner die Hand hin, die dieser ignorierte.

»Informant? Wissen Sie, wie mich Reetz zusammengeschissen hat? Seit wann haben Sie *den* denn, Deckert?«

»Das ist im Moment nicht wichtig«, antwortete Erik, wobei er seinen neuen Freund gequält ansah, dessen Stirn sich nach dem Wörtchen »den« in zornige Falten gelegt hatte.

Enno hatte darauf bestanden, Florians Wunsch nach Verstärkung sofort nachzukommen und – das hatten sie nun davon. Fechner hatte zwar der Ehrgeiz gepackt, aber er besaß ebenso wenig Durchblick wie der Rest der Beamten, die, bewaffnet und mit Schutzwesten bekleidet, aus dem Van geklettert waren.

»Wie ich Ihnen bereits am Telefon gesagt habe, ist Herr Schumann in dem unterirdischen Gebäude der *Amendment Corporation* in Schwierigkeiten.«

»Wo ist hier was? Ich sehe nichts. Wollen Sie mir sagen, dass wir auf einer Art Schutzraum stehen?«

»Exakt«, bestätigte Enno.

Es war für Deckert nicht einfach gewesen, Fechner zu überzeugen, seinen Hintern hierherzuschwingen und auch noch die Einheit mitzubringen, die für Festnahmen und Beweissicherung zuständig war. Tatsächlich hatte sein Vorgesetzter alle Hebel in Bewegung setzen müssen, um die Erlaubnis aus Esslingen zu bekommen, die Truppen ausrücken zu lassen. Die Tatsache, dass Florian tatsächlich entführt worden war, hatte Deckert zuerst verschwiegen, die anderen Zusammenhänge brachte er seinem Vorgesetzten nun ebenfalls häppchenweise bei.

Fechner lauschte mit gefurchter Stirn und zusammengepressten Lippen, und Erik war sich nicht sicher, ob überhaupt ein Wort bei seinem Vorgesetzten ankam. Diese Aliensache spukte immer noch im Revier herum. Ein Beamter justierte den Klettverschluss seiner Weste, ein anderer hatte seine Heckler & Koch P 2000, die ausgegebene, halbautomatische Standardwaffe, aus dem Holster gezogen und besah sie kritisch. Erik wurde wütend.

»Ist Ihnen langweilig, oder was?«, herrschte er den jungen Beamten an, der daraufhin die Waffe fast fallen ließ. »Es ist wichtig, dass Sie alle die Dringlichkeit dieser Aktion verstehen«, fuhr er fort und stellte sich vor die Einsatztruppe. »Das ist kein Betriebsausflug! Ein Kollege ist in Gefahr, wir wissen nicht, wie viele Menschenleben auf dem Spiel stehen, aber dass es eine ernste Sache ist, das ist so klar wie Ihr Urin nach einer durchzechten Nacht. Wenn Sie also …«

»Erik!«, zischte Enno und tippte dem Kommissar auf die Schulter. Deckert folgte seinem Blick und sah eine schwarze Limousine in die Straße Richtung Parkhaus einbiegen.

»Wer ist das?«, fragte Fechner und wollte nach dem Fernglas greifen, das ein Beamter in der Hand hielt. Enno jedoch war schneller. Kurz nachdem er sich das Zeiss-Gerät vor die Augen gehalten hatte, stöhnte er.

»Den kenne ich. Horgenzell. Scheiße, was macht der denn hier?«

»Bist du sicher?« Erik riss ihm das Dienstglas aus der Hand und spähte durch die Zweige. »Der ist ziemlich schnell unterwegs. Der schont die Pferde nicht.«

»Der Geschäftsführer der Firma?«, wollte Fechner wissen. Anscheinend waren doch ein paar Informationen bei ihm angekommen. »Dieser Jaguar gehört dem Geschäftsführer der Firma?«, wiederholte er ungeduldig und mit einem ungläubigen Unterton in der Stimme. Erik mutmaßte, dass er sich eben ausrechnete, welchen Teil seines Beamtengehalts er monatlich zur Seite legen müsste, damit der Kauf einer solchen Luxuskarosse im Bereich des Möglichen läge und er diesen Wagen fahren könnte, bevor ihn selbst die Würmer fressen würden.

»Keine Ahnung, aber er sitzt auf jeden Fall drin.« Erik erkannte den übergewichtigen Mann wieder, dessen Foto ihm Enno gezeigt hatte. Horgenzell saß mit fest nach vorn gerichtetem Blick hinter dem Steuer. Seine Miene drückte wilde Entschlossenheit aus. Der Kommissar ließ das Fernglas sinken. Es waren immer noch keine Fahrzeuge aus dem Tunnel gekommen, dafür fuhr nun diese Arschgeige höchstpersönlich in einem prächtig glänzenden Angeberauto vor.

»Ist er alleine?« Fechner forderte mit herrischer Geste das Fernglas zurück, drückte die Augen vor die Linsen und kaute auf der Unterlippe. Er schien zu überlegen, und Erik ahnte, dass nichts Sinnvolles dabei herauskommen würde.

»Zugriff«, zischte Fechner.

Erik schnellte herum. »Das ist keine gute Idee.«

»Wir sollten abwarten« bestätigte auch Enno.

»Entschuldigen Sie, Herr … Lanzo, aber – sind Sie Polizeibeamter?«, herrschte Fechner ihn wutentbrannt an. »Und Sie Deckert, ich habe Ihre Alleingänge satt. Wir hatten schon einmal darüber geplauscht, aber jetzt ist Schluss! Sie sind mir untergeordnet und haben meine Befehle auszuführen.«

Erik Deckert schloss für einen Moment die Augen und erlaubte sich, bis zehn zu zählen. Wie er den Moment von Fechners Pensionierung herbeisehnte! Der würde vor ihm den Dienst quittieren müssen, was ihm selbst ein paar entspannte Jährchen bescherte, vorausgesetzt Fechners Nachfolger litt nicht unter den gleichen Persönlichkeitsstörungen.

»Ich empfehle Ihnen dringend abzuwarten«, beharrte er.

Fechners Miene glich der eines trotzigen Kindes. »Abgelehnt.«

*

Reinhard Horgenzell traute seinen Augen nicht, als wie aus dem Nichts etliche Polizeibeamte in Schutzwesten aus dem Gebüsch gesprungen kamen, die ihre Waffen auf sein Auto gerichtet hielten. Zuerst dachte er, seine eigenen Sicherheitsleute vor sich zu haben, dann an Dreharbeiten, dann an einen geschmacklosen Scherz – und erst zuletzt folgte das korrekte Fazit.

»Bonlander«, knurrte er zwischen zusammengebissenen Zähnen hindurch. Und dann ein wenig lauter: »Bonlander!*«

Er trat auf die Bremse, legte den Rückwärtsgang ein, ignorierte den jungen Beamten, der sich dem Wagen von

* Wenn Sie »Der Zorn des Khan«, den zweiten und von Fans favorisierten Teil der ursprünglichen Star Trek-Filme gesehen haben, dann können Sie sich diesen Ausruf akustisch unverfälscht vorstellen. Der Schrei von Captain Kirk ist legendär. Wenn Sie den Film nicht kennen – Bonlander hat ihn auch verpasst.

hinten genähert hatte, streifte diesen an der Hüfte, riss das Steuer herum, rüttelte an der Kupplung, trat das Gaspedal durch, und der Jaguar XJ Luxury, 550 PS, Emissionsklasse G, schoss die Ruckelpiste zurück in die Richtung, aus der er gekommen war.

Im Rückspiegel sah er, wie ein grauhaariger Beamter wutentbrannt sein Fernglas auf den Boden warf, dann bogen Fahrer und Wagen, mit verkniffener Miene und aufstöhnenden Reifen, auf den Zubringer zur Bundesstraße B 464 in Richtung Bebenhausen ein.

*

Nicht erst in diesem Moment wurde Lioba bewusst, dass dieses Team definitiv zum Scheitern verdammt war, wenn es so weitermachte.

Sie stand vornübergebeugt vor der Toilettenschüssel, während ihr David Wagner, der sich vor wenigen Minuten selbst zum mitfühlenden Adjuvanten ernannt hatte, im zerknautschten Laborkittel, der kurz über den nackten Knien endete, mit zittrigen Händen den schwarzen Pferdeschwanz aus dem Gesicht hielt, damit sie nicht darauf kotzte. Bevor die beiden sich in die Kabine begeben hatten und sich alle Mühe gaben, den Saustall halbwegs in Grenzen zu halten, war Richters im Neonlicht schimmernde Halbglatze mittels akrobatischer Verrenkungen im Handwaschbecken verschwunden. Die ausgestoßenen Verwünschungen wurden vom Geplätscher im Waschbecken verschluckt und drangen nur als Gurgeln bis in die Toilette vor.

»Sie müssen sie festnehmen«, hörte Lioba Richter nach einer Weile hervorstoßen. Offensichtlich war er wieder aus dem Becken aufgetaucht. »Diese Xanthippe ist eine Gefahr für die Gesellschaft! Das werden Sie nicht durchgehen lassen können.«

»Zeigen Sie mal her«, forderte Florians Stimme, woraufhin Richter aufheulte wie ein geschlagener Straßenköter.

»Passen Sie doch auf!«

»Das ist nur angeknackst, Dr. Richter. Kein Grund zur Sorge. Das wird schon wieder.«

»Darum geht es hier nicht«, blökte der Wissenschaftler.

»Besser jetzt?« David strich Lioba fürsorglich eine Strähne ihres dicken schwarzen Haares hinter das Ohr und half ihr, sich aufzurichten. Die Lippen zu einem schmalen Strich zusammengekniffen, starrte sie den letzten braunen, dünnen Faden an, der aus ihrem Mund in die Schüssel getropft war, nickte und ließ sich auf dem heruntergeklappten Toilettendeckel nieder, während David die Tür öffnete. Sie hatte nur ein wenig Flüssigkeit hochgewürgt. Was hätte auch sonst kommen sollen, sie hatte in den letzten Stunden nichts gegessen.

Durch die geöffnete Türe sah sie Florian ein nasses Papiertaschentuch in der Hand halten und die angeschwollene Kartoffel beäugen, die nunmehr das Gesicht des älteren Wissenschaftlers zierte. Dann drückte er leicht mit Daumen- und Zeigefinger auf den Rücken der Knolle, was Richter erneut aufjaulen ließ. »Definitiv nur angeknackst«, kommentierte der junge Polizeibeamte fachmännisch.

»Das ist nicht der Punkt.« Richter presste sich das nasse Tuch auf den Nasenrücken und beäugte Schumann kritisch, als dieser den Waschraum abschritt, in alle Ecken und unter die Waschbecken linste und daraufhin sämtliche Kabinentüren öffnete. »Hören Sie mir eigentlich zu? Was tun Sie denn da?«

»Wissen Sie –«, Florian trat aus einer Kabine, » – Sie haben hier ein unglaubliches … wie will ich es ausdrücken …

Firmengelände mit Laboren, technischem Schnickschnack allererster Sahne, Patienten, die Sie halten wie Versuchsaffen, aber kein Pflaster. Kein einziges verfluchtes Pflaster, mit dem ich Ihren lädierten Riechkolben erstversorgen könnte. Kein Aspirin, das meine Hüftschmerzen dämpfen würde.«

»Kein Ibuprofen gegen die quälenden Kopfschmerzen, die mich seit Stunden plagen«, ergänzte Wagner, der mit gebeugtem Rücken seine Unterarme in ein mit Wasser gefülltes Handwaschbecken gelegt hatte.

»Und keine gottverdammte Talcid oder ein Päckchen Vomex A oder irgendetwas, was Dr. Hellers Magen beruhigen würde. Verstehen Sie, was ich meine, Richter?« Florian griff zum Papiertuch und fuhr sich damit über die Stirn. »Kein Sanitätskasten, einfach nichts. Wie kann so etwas sein?«

»Worauf wollen Sie hinaus?«, näselte Richter misstrauisch.

»Worauf ich hinauswill? Sie sind ein verfluchtes Forschungsinstitut und haben keine ordentlichen Medikamente im Haus. Legal oder illegal.«

»Die liegen eben nicht offen herum.«

»Und wo liegen sie verschlossen herum?«

Nun räusperte sich Michael Kessler leise. »Herr Schumann, wenn ich was sagen dürfte?«

»Nur zu.«

»Erste Hilfe war hier nie Teil der Arbeitsplanung.«

»Ach?« Florian schleuderte das zusammengeknüllte Papierhandtuch in den Abfallbehälter. »Was Sie nicht sagen. Sie lassen also auch Ihre Mitarbeiter leiden? So richtig körperlich? Oder gibt es hier keine Kopfschmerzen in diesem unglaublich ausgeklügelt klimatisierten Albtraum in Weiß?«

»Es gibt einen gut ausgestatteten Medikamentenschrank in jedem Labor. Für den Fall der Fälle«, dozierte Kessler weiter. »Aber aus nahe liegenden Gründen haben wir das alle vergessen. So wie Dr. Heller vergessen hat, dass sie ein Handy besitzt oder für Herrn Bonlander arbeitet, so wie wir bis jetzt auch noch keine Hose für Herrn Wagner besorgt haben. Es ist einfach –«, er stockte und starrte auf die Fliesen. »Ich komme mit der Situation nicht klar«, schloss er flüsternd.

»Sorry, Michael, aber das tun wir alle nicht. Weil wir in einer solchen Situation noch nicht waren. Deswegen müssen wir einen klaren Kopf bekommen. Können wir uns auf das Wesentliche konzentrieren, bitte?« Lioba war aufgestanden, schwankte auf das freie Waschbecken neben David zu und umklammerte den Rand der Porzellanschüssel wie einen Rettungsring. Strähnen verschwitzten Haares klebten an ihrer Stirn, und ihre Haut schimmerte feucht.

»Bei allem nötigen Respekt, Lioba«, sagte Wagner freundlich, den Blick aufs plätschernde Wasser gerichtet, »aber mein Schädelweh fühlt sich wesentlich an. Für eine Kopfschmerztablette würde ich so einiges tun.«

Lioba benetzte ihr Gesicht. Dann betrachtete sie sich im Spiegel und stellte fest, dass sie genauso furchtbar aussah, wie sie sich fühlte. Furchtbar war untertrieben. Beschissen traf es eher. »David, wir fühlen uns alle hundsmiserabel. Ich will dein Leiden wirklich nicht beschönigen und erst recht nicht kleinreden, denn du bist derjenige, der von uns am meisten durchmachen musste, aber sollten wir uns nicht darüber Gedanken machen, wie wir am schnellsten rauskommen?«

Richter, der immer noch seine Nase umklammert hielt, stieß ein meckerndes Lachen aus. »Das ist lustig. Das von Ihnen! Plötzlich wollen Sie raus? Womit das wohl zusammenhängt? Und: Sind Sie und Herr Wagner sich in der Toilette nähergekommen, dass Sie sich plötzlich duzen?«

Lioba sah im Spiegel, wie er ein paar unsichere Schritte auf sie zuwankte. Seine Hand an der Nase schien ihm die Sicht zu versperren, aber er wirkte dadurch nicht minder bedrohlich. Es tat ihr nicht leid, was sie getan hatte. Er tat ihr nicht leid. Seine Nase tat ihr nicht leid. Kein kleines bisschen. Richter hatte das verdient. Wahrscheinlich schon lange. Sie hatte es nur ausgeführt. Aus einem Reflex heraus, komplett unüberlegt, aber – ohne Reue, und es gab auch keinen Grund, sich bei ihm zu entschuldigen. Eine angeknackste Nase war ein fauler Witz verglichen mit dem, was in Richters Labor vor sich gegangen war. Ein absoluter Witz!

Sie schenkte seinem Spiegelbild ihr schönstes Leck-mich-Lächeln.

»Wir waren auf dem Weg, erinnern Sie sich?«, fuhr Richter ungerührt fort, der nun direkt hinter ihr stand. »Aber Ihr Alleingang …«

»Nein!« Ruckartig drehte sich Lioba um und reckte ihm mit zu Schlitzen zusammengekniffenen Augen den erhobenen Zeigefinger vors Gesicht. »Ihr Patient! Ihr weggesperrter Irrer! Ihr Monster!«

»Wie war das mit dem Konzentrieren auf das Wesentliche?«, wagte Kessler leise einzuwerfen, wurde aber von Richter überbrüllt.

»Sie sind nicht zurechnungsfähig, Frau Heller! Wenn das hier vorbei ist, werde ich Sie wegen Körperverletzung anzeigen.«

Das war der Punkt, an dem David Wagner in schallendes Gelächter ausbrach.

TURBO-CHARGED

»Es ist ganz einfach. Wer im Team«, Richter dehnte das Wort maßlos, »mit meinem Vorschlag einverstanden ist, endlich die Beine in die Hand zu nehmen und in ein Auto zu schwingen, der mache sich mit irgendeinem Zeichen bemerkbar.«

Er blickte in die Runde.

Lioba starrte betont konzentriert auf ihre Pumps. Michael fing an, seine Finger zu kneten, nickte dann aber langsam. Florian nickte ebenfalls. David Wagner malte mit betont langsamen Bewegungen ein Dreieck in die Luft.

Irgendein Zeichen. Lioba sah es und gluckste. Der Mann war unglaublich. Vermutlich hatte er beschlossen, Richter nun nicht mehr mit Aggression, sondern mit Sarkasmus zu begegnen. Unter den gegebenen Umständen war das zwar eine willkommene Abwechslung, würde Richter dennoch nicht weniger rasend machen.

Und es funktionierte.

»Darf ich Ihrer dilettantischen Marcel-Marceau-Imitation entnehmen, dass Sie mir zustimmen, Herr Wagner?«

»Sie dürfen, Dr. Richter.« David bedachte ihn mit einem entwaffnenden Lächeln. »Und darf ich Sie bitten zu flüstern? Wir sind nicht mehr allein und verlassen, wissen Sie?«

»Seit wann treffen Sie hier die Entscheidungen? Wir sollten den Anweisungen der Polizei folgen«, fragte Lioba zu Richter gewandt mit gedämpfter Stimme. Warum ließ sich Florian von diesem armseligen Wicht die Fäden aus der Hand nehmen?

»Meine liebe Frau Heller, haben Sie eine Alternative?«

Mit einer raschen Handbewegung gebot Florian allen zu schweigen.

Lioba musste zugeben, dass Richter recht hatte. Sie hatte keine Alternative. Es gab keine. Sie mussten in eins der Autos gelangen und die *Corporation* verlassen, wie alle anderen auch. Durch den Tunnel.

David hatte es angesprochen. Sie waren nicht mehr allein.

Über den Aufzug war die Gruppe unbescholten endlich in den Eingangsbereich der Firma gelangt und war auch nicht bemerkt worden, nachdem sie den Lift verlassen hatte. Sie hatten sich hinter einem imposanten Pfeiler der Parkzone verschanzen können, der nur unweit vom Aufzug entfernt als einer von vielen Trägern dazu diente, das enorme Hallendach zu stützen. Die Stütze bot allen fünf ausreichend Platz, um sich zu verbergen, und dazu erstreckte sich hinter dieser architektonischen Monstrosität eine in die Wand eingelassene Nische, von der aus man das Treiben beobachten konnte, ohne selbst gesehen zu werden. Über den baulichen Zweck der Mauervertiefung dachte Lioba nicht weiter nach, denn dem Architekt schienen beim Entwurf des Bunkers per se alle Sicherungen herausgesprungen zu sein. Wozu also über die Bedeutung eines Gebäudeteils hirnen, der ihnen den perfekten Schutz bot? Nein, im Gegenteil. Sie war verdammt froh darüber, dass man für die Konzeption der *Corporation* möglicherweise einen Junkie engagiert hatte, dessen koksverschmierte Nase ihm den richtigen architektonischen Riecher verwehrte.

*

Florian Schumann gab auf. Noch vor ein paar Stunden war ihm die Situation als eine Chance erschienen, die Möglichkeit, eine Karriere, die es ja eigentlich noch gar nicht gab, da er sich in der Ausbildung befand, ein wenig anzustoßen, sich zu profilieren, den Rudelführer zu geben. Jedoch hatte er inzwischen eingesehen, dass ihm dazu eindeutig eine wichtige Komponente fehlte: Das soziale Jahr in einem Kindergarten oder in einer Heimgruppe für auffällige Jugendliche.

Diesem sogenannten »Team« fehlte nicht nur der Teamgeist, sondern auch die gesellschaftliche Intelligenz.

Richter war ein eingebildeter, egozentrischer Blödian, bei Michael Kessler wartete Florian jedes Mal darauf, dass er Handzeichen gab, bevor er sprach, David Wagner war nicht nur körperlich ein Wrack, sondern auch nah dran, Richter bei passender Gelegenheit den Schädel einzuschlagen, und Lioba – tja, was war mit Lioba?

Sie war ein taffes Mädel. So viel war klar. Das hatte sie bewiesen. Klar denken konnte sie ebenfalls, und Florian missfiel kein Kubikzentimeter ihres Körpers. Aber: Die Frau war nicht einfach. Too hot to handle*.

Während er das wuselige Treiben in der Empfangshalle beobachtete, in der Menschen in weißen Kitteln scheinbar ohne Ziel durch die Gegend liefen, in Autos stiegen, wieder ausstiegen und dann die Türen anderer Autos öffneten, die dann losfuhren und wieder anhielten, überlegte sich Florian, wie es jetzt weitergehen sollte. Er hatte keine Ahnung. Sollten sie einfach losstürmen und sich ein Fahrzeug schnappen?

»Herr Schumann?«

---

* Spielfilm von 1938 mit Myrna Loy und Clark Gable, in der Myrna Loy eine für die damalige Zeit sehr emanzipierte Pilotin spielt. Das Drehbuch stammt unter anderem von Buster Keaton, der jedoch im Abspann des Films nicht erwähnt wird. Loy und Gable befanden sich damals auf dem Höhepunkt ihrer Karriere. Man bezeichnete sie als »Königin« und »König« von Hollywood. Selbstverständlich kennt Florian Schumann als Kinobegeisterter diese Filmperle. Obwohl Pflanzen in diesem Streifen absolut keine Rolle spielen.

Er wurde aus seinen Gedanken gerissen, als Michael Kessler ihm sanft auf die Schulter tippte. In der Hand hielt er einen kleinen Notizblock, auf den er mit fahrigen Strichen den Grundriss der Halle hingeworfen hatte. Kessler starrte darauf, als ginge es darum, die Inschrift einer altägyptischen Steinplatte zu entziffern.

»Sehr schön, Michael«, lobte Florian. »Das kann uns weiterhelfen.« Das konnte es natürlich nicht, denn die Szenerie befand sich direkt vor ihren Augen, aber es mochte nicht schaden, den Kindergartenkindern etwas Anerkennung zu zollen.

Kesslers Wangen röteten sich. »Das dachte ich auch. Richter hingegen hält es für pure Zeitverschwendung.«

»Nein, nein. Sehr exakt, wie Sie das in so kurzer Zeit hinbekommen haben.«

»Momentan haben sich die einzelnen Mitfahrerteams noch nicht gefunden«, fing Kessler an, »aber Sie werden sehen, dass jeder Wissenschaftler in kürzester Zeit in das ihm zugeteilte Fahrzeug eingestiegen ist.«

Florian betrachtete die ziellos durcheinanderlaufenden, wehenden Laborkittel vor sich. »Was Sie nicht sagen«, murmelte er.

»Es wird ein Fahrzeug übrig bleiben«, fuhr Kessler ungerührt fort, »und das ist unseres. Das, was für das Labor Hendricks vorgesehen ist.«

»Und welches wird das sein?« David Wagner zog die schlecht sitzende Jogginghose hoch, die Lioba und er dem Riesenbaby abgenommen hatten. Er hatte sie nicht nur einige Male hochkrempeln, sondern zudem um Florians Gürtel bitten müssen, denn selbst der Gummizug hatte die Hose nicht halten können. Die Schuhe des niedergestreckten Patienten waren ihm ebenfalls um ein paar Nummern zu groß gewesen, und nach kurzem Überlegen hatte er sie wieder ausgezogen.

Michael Kessler deutete auf einen Wagen, der sich auf der anderen Seite der Halle befand.

Florian sog hörbar Luft ein. »Der Mini?«, fragte er fassungslos. »Ihnen ist klar, dass wir fünf Personen sind?«

»Das ist ein Fünfsitzer. Der muss so klein sein, der Tunnel ist eng. Da passen wir schon rein«, flüsterte Michael, und Lioba registrierte amüsiert, dass er dabei die Farbe eines Feuermelders annahm. Wahrscheinlich stellte er sich gerade vor, wie sie sich als einzige Frau im Team mit ihrem durchtrainierten Hintern auf seinen Schoß setzen musste, weil es auf der Rückbank zu eng werden würde. Hauptsache, sie saß nicht auf Richter.

Florian löste den Blick von der Halle und drehte sich um. »Wir werden diesen Wagen nehmen. Wir werden ihn nehmen müssen. Und wir werden so schnell und unauffällig einsteigen, wie es eben geht.«

»Man wird uns erkennen«, näselte Richter, dessen Kolben inzwischen dem von Rudolf dem Rentier zum Verwechseln ähnlich sah. »Mich, Michael und Frau Heller. Wir sind nicht bei unserer Gruppe.«

»Und wo ist der Rest?«, fragte Lioba misstrauisch.

»Was meinen Sie damit?«, schoss Richter zurück.

Lioba deutete auf das Gewusel vor ihnen. »Die anderen Assistenten. Ihre Azubis. Wo sind die? Ich sehe sie nicht.«

»Anscheinend ist das bis jetzt niemandem aufgefallen«, bestätigte Florian nickend. »Das ist tatsächlich sehr ungewöhnlich, falls die Übungen tatsächlich immer so geschmiert abliefen und sich dabei ein Rädchen ins andere fügte, wie Sie es erzählt haben. Die haben total den Überblick verloren.«

»Das ist doch scheißegal, wo sich die anderen Menschenquäler verlaufen haben«, warf David Wagner gereizt ein. »Meinetwegen können die in einem der unteren Geschosse verhungern. Wenn man hier nicht mehr weiß, wo oben und unten ist, ist das unser Vorteil. Wir nutzen die Chance und krallen uns dieses Spielzeugauto. Und zwar jetzt.«

Noch bevor Florian ihn zurückhalten konnte, war David Wagner hinter dem Pfeiler hervorgehumpelt und stapfte barfuß und mit schlotternder Jogginghose in Richtung Hallenmitte.

ALLE GEGEN ZWEI

Der von Horgenzells Fahrzeug gestreifte junge Beamte rieb sich immer noch die Hüfte, als er fluchend zum Mannschaftswagen zurückkehrte. »Was für ein Vollpfosten!«

Genau Eriks Meinung. Dieser Horgenzell war nicht nur ein ausgesprochen aggressiver Fahrer, sondern auch ein gewaltiger Armleuchter, der sich einbildete, er hinterlasse bei der Staatsgewalt einen unschuldigen Eindruck, wenn er zuerst einen Polizisten umfuhr, um sich dann hinterher buchstäblich aus dem Staub zu machen.

Aber Deckert kam nicht dazu, seinem Ärger Luft zu machen, denn kaum hatte er sich zu dem leicht verletzten Beamten gesellt, als Enno auch schon »Verdammt, da kommen sie!« schrie.

Wie ein Mann warf sich die Truppe hinter den Holunderbusch, und Fechner, der es rechtzeitig geschafft hatte, seinen Feldstecher vom Weg zu klauben, erstattete Bericht:

»Ein Daihatsu. Gelb. Kennzeichen, notieren Sie mal, Rückle, TÜ-C 82. Zwei Leute im Wagen, nein – korrigieren Sie das – vier. Da kommt schon der Nächste. Hellblauer Smart, dieses Mal ein Stuttgarter Kennzeichen. S-SI 8217. Ebenfalls mit vier Insassen.«

Erik ging in die Hocke und tippte auf dem Display seines Handys herum. »Wieder kein Empfang. Was für eine Kacke!«, fluchte er.

»Wir werden die doch aufhalten?«, erkundigte sich Enno. »Warum macht ihr keine Straßensperre oder so etwas in der Art? Freundlich mit der Kelle winken, den Weg mit dem Einsatzfahrzeug abschneiden, in die Reifen schießen – ihr habt doch alle Knarren! Sind das nicht Verdächtige, die uns entwischen?«

Fechner gab sich nicht die Mühe, auf diesen Einwand zu reagieren, sondern beglückte den jungen Kollegen namens Rückle neben ihm mit zusätzlichen Details, als ein quietschgrüner Nissan den schwarzen Schlund des Parkhauses verließ. Nach dem vierten Fahrzeug, in dem gleichfalls vier Personen saßen und das in einem kackbraunen Ton lackiert war, spuckte die Öffnung keinen Wagen mehr aus.

»Die nehmen alle Kurs auf Tübingen«, diagnostizierte Fechner und erhob sich. »Rückle, schnappen Sie sich Ihre Männer und den Transporter, wir fahren hinterher.«

Enno stöhnte.

»Aber wir wissen doch nicht gar nicht, ob das alle sind«, brauste Erik auf und erntete für diesen Einwurf von Fechner einen weiteren schlecht gelaunten Blick. »Wir haben hier das Zugriffsteam. Zugriff! Nicht Abpfiff! Deswegen sind Sie doch hierhergekommen.«

Sein Vorgesetzter jedoch zog sein Ding durch, und schon fünf Minuten später waren die beiden Männer wieder allein.

»Was für ein Riesen… Das glaube ich nicht«, konstatierte Enno und kratzte seinen Drachen.

Erik dachte das Gleiche. Es war nicht zu fassen, was eben passiert war. Konnte Fechner wirklich so begriffsstutzig sein? »Zuerst will er mich gar nicht an den Fall lassen, und dann reißt er ihn sich unter den Nagel und versaut ihn mir«, murmelte er.

»Und uns lässt er einfach so sitzen. Vermutlich haben wir uns schlecht benommen und müssen in der Ecke stehen.«

Erik seufzte. »Konntest du die Typen in den Autos erkennen? War in irgendeinem Florian?«

Enno schüttelte den Kopf. »Zu weit weg, um Details zu sehen. Das kapiere ich alles nicht. Ich meine: Ich verstehe weder das Vorgehen bei dieser seltsamen Firma noch die Aktion deines Vorgesetzten. Ist der noch bei Trost?«

»Dann geht's dir ja so wie mir. Und was deine Frage angeht: Bei Trost ist der schon lange nicht mehr. Fechner freut sich darauf, den Kollegen den blanken Hintern zeigen zu können, wenn er die Tür zu seinem Büro zum letzten Mal ins Schloss fallen lässt. Dafür hat er wahrscheinlich den Anschiss von den Esslingern gerne in Empfang genommen.« Erik versuchte, ein weiteres Mal Florian Schumann zu erreichen. »Geh ran, verflucht!«, murmelte er. Er wischte über das Display und tippte auf *Wahlwiederholung*.

»Erik.«

»Warte kurz, ich habe, glaube ich, ein Freizeichen.«

»Erik!«

»Nur noch kurz …«

»Erik!« Enno rüttelte ihn an der Schulter. »Da kommt noch eins. Der fährt langsamer als die anderen.«

Mit dem Smartphone am Ohr starrte Kriminalkommissar Deckert durch die Zweige. Ein roter Mini näherte sich ihrem Standort. Fast gemächlich rollte er über die Straße und schwankte beträchtlich, als ob sich in seinem Inneren eine Gruppe Trapezkünstler auf den nächsten Auftritt vorbereitete. »Was ist denn mit dem los?«

»Benzin alle?«, mutmaßte Enno.

»Erik, wo seid ihr?«, schallte es abrupt aus dem Handy. »Wir sind unterwegs! Hörst du mich? Wir sind unterwegs!«

Argwöhnisch starrten die beiden Männer auf das schaukelnde Fahrzeug.

»Ähm«, Erik fuhr sich mit der Zunge über die Unterlippe und presste das Smartphone fester ans Ohr. »Ein roter Mini? Langsam? Leicht schwankend?«

»Scheiße! Ja!« Florians gellendes Lachen ließ Deckert schier den Kopf platzen. Er klang, als ob sein Assistent kurz vor einem Nervenzusammenbruch stünde. »Du glaubst nicht, wie eng es hier ist. Gott, bin ich froh, dass du uns gefunden hast.«

Im Hintergrund waren Dialogfetzen zu hören, von denen Erik aber nur »Hände weg« und »schneller« verstehen konnte. Er sah Enno an und las in dessen Augen, dass er die gleiche Idee hatte.

»Wir warten an der Straße im Wagen, Florian. Hörst du mich? Hallo, kannst du mich verstehen?«, wiederholte Erik, als erneute Wortgefechte aus dem Lautsprecher drangen, und wieder waren nur Fetzen zu erhaschen.

»Dann folgt ihr uns. Bis zur nächsten Haltebucht der Landesstraße, die weit genug entfernt ist. Klar?«, fragte er.

»Die B 464, Erik. Nehmt die B 464. Richtung Bebenhausen. Nicht weiterfahren Richtung Tübingen. Ich erklär's dir später.«

Während er Florian beschwor, durchzuhalten, sich erkundigte, ob er verletzt sei, es allen gutging und sich immer und immer wieder Vorwürfe machte, spurtete Erik zum Toyota, wo Enno startbereit auf dem Fahrersitz saß.

»Lass den Wagen an«, keuchte Erik, ohne das Handy ausgeschaltet zu haben.

»Gott, du klingst wie Derrick. Hat das auch was mit der Namensähnlichkeit zu tun? Sag das nie wieder, bitte. Motor läuft schon.«

Hastig griff Deckert nach dem Gurt. »Lass uns verflucht noch eins abhauen, bevor eine weitere Karre auftaucht. Wir besprechen gleich, wie wir weiter vorgehen. Nimm die B 464 Richtung Bebenhausen.«

Enno trat auf das Gaspedal.

Nicht zum ersten Mal an diesem Tag fragte sich Erik Deckert, wie sich sein sonst so ritualisiertes Leben in einen Marx-Brothers-Film verwandeln konnte.

SPALTER

Sie machte sich Sorgen um Michael. In den letzten Stunden hatte er sich verändert. Nicht erst, seitdem er erfahren hatte, was sie selbst in Wahrheit im Bunker zu suchen hatte, nicht erst seit dieser furchtbaren Demütigung, als sie allen gegenüber zugeben musste, dass sie als gekaufter Spitzel fungiert hatte.

Nach dem Tod von Hendricks hatte Michael fast eifrig nach einem Ausweg gesucht, die Gruppe durch die verwinkelten Gänge geführt – den Plan zu entkommen immer im Kopf. Aber je weiter sie nach oben gekommen waren, je mehr Stockwerke sie hinter sich gelassen hatten, desto stiller war er geworden. Er wirkte zermürbt. In sich gekehrt. Sprach leise, fast stotternd.

Lioba glaubte zu wissen, woran das lag. Oben wartete das Gesetz auf ihn, unten war er davor trotz Florian sicher gewesen, der bis jetzt nichts unternommen hatte, um Richter oder Michael festzunehmen, oder die ihnen zustehenden Rechte auswendig heruntergeleiert hatte. Das war Michael in den letzten Stunden wohl ins Bewusstsein gesickert. Nach dem Entsetzen über den Unfall, denn so betrachtete Lioba die Sache mit Hendricks, als Michael mit blutender Wange zitternd an der Wand gelehnt hatte und er alles nur noch vergessen wollte, war ihm sicher eingefallen, dass es so etwas wie Vergessen bei Paragrafenhengsten nicht gab. Darüber hinaus hatte er den Tathergang einem Polizisten gebeichtet, und auch wenn dieser erst Anwärter auf den zukünftigen Job war, ein echter

Bulle stand ihnen jetzt, in diesem Augenblick, an der Haltebucht gegenüber.

Der hochgewachsene Kommissar hatte zwar ein freundliches Gesicht, und es war ihm anzusehen, dass er heilfroh darüber war, dass die Gruppe einigermaßen gesund vor ihm stand – aber nichtsdestotrotz, der Mann war ein Bulle.

Zuvor hatte Michael im Wagen neben Lioba gesessen, die sich in die Mitte der Rückbank hatte zwängen müssen, seinen Körper dicht an den ihren gedrängt, und er hatte mit jeder Faser gebebt. Nun stand er wie ein gerügter Schuljunge mit gesenktem Kopf neben ihr, und Lioba ahnte, wenn er irgendwo ein Kaninchenloch entdeckte, würde er versuchen, darin zu verschwinden. Wie Alice, die Heldin ihrer Kindertage. Nur, dass Michael aus freien Stücken springen und nicht aus Neugierde hineinfallen würde.

»Nein, ich brauche keinen Arzt, bleiben Sie mir fort mit Ihrem Krankenwagen«, sagte David gerade zu Deckert, der mit hochgezogenen Augenbrauen auf die locker fallende Hose, den Laborkittel und die nackten Füße starrte.

»Er hat sich in den letzten Stunden hervorragend geschlagen, Erik«, bestätigte Florian. »Das geht schon in Ordnung.«

»Meinst du.« Der Kommissar sah ihn skeptisch an. »Hast du deine Ausbildung während der Aufregung vergessen? Stockholm-Syndrom? Nichts geht in Ordnung. David Wagner ist der Hauptzeuge, er ist der eigentliche Grund, weswegen wir hier sind. Er wird ins Krankenhaus kutschiert, dort untersucht und anschließend befragt werden. Sie wollen doch Ihre Frau sehen, Herr Wagner? Wollen ihr mitteilen, dass Sie wohlbehalten sind?«

»Natürlich! Das kann ich aber auch so«, entschied David. »Lioba, wenn du so lieb wärst und mir das Handy ge…«

»Moment!« Mit einer entschiedenen Handbewegung

schnitt Deckert ihm das Wort ab. »Sie stehen alle noch unter Spannung, das Adrenalin pumpt durch die Adern, Sie fühlen sich momentan großartig, da treffen Sie übereilte Entscheidungen. In 20 Minuten aber sieht das ganz anders aus. Da fangen Sie an zu zittern. Und wir werden so vorgehen, wie es das Protokoll beschreibt. Also – hinsetzen! Alle miteinander!«

»Wo? Hier?« Richter zeigte auf die Wiese. »Das können Sie vergessen. Unser Patient leidet an Akarophobie.«

»Hören Sie verflucht noch mal auf, mich Ihren Patienten zu nennen, Richter!«

»Dann setzen Sie sich eben alle zurück ins Auto.«

Lioba sah die Anspannung im Gesicht des Kommissars. Kleine, strenge Fältchen legten sich um zusammengekniffene Lippen, und seine Stimme hatte einen schärferen Ton angenommen. Außerdem war ihr aufgefallen, dass der glatzköpfige Tätowierte neben Deckert, der in einer fahrigen Geste die Schuppen des Drachens strich, der sich um seinen Arm schlängelte, sie die ganze Zeit neugierig ansah. Es machte sie rasend. Ihr Magen schmerzte immer noch, ihr Oberschenkel ebenfalls. Wahrscheinlich zierte inzwischen ein regenbogenfarbener Bluterguss die Haut um ihren Bauchnabel, und sie hatte einfach keinen Nerv für diesen Blick.

»Was?«, schnappte sie.

»Hm?« Der Drachenmann, dessen Namen sie nicht mitbekommen oder schon wieder vergessen hatte, bearbeitete die Barthaare des Fabelwesens.

»Wächst mir Fell? Habe ich im Labor irgendetwas eingeatmet, was mich in ein Einhorn verwandelt oder so was?«

»Tut mir leid, soll nicht wieder vorkommen. Wir … nun ja …«, er wand sich. »Wir dachten nur, dass Dr. Heller ein Mann sei.«

»Falsch gedacht. Am besten nicht weiter denken. Und

wenn Sie so weiterrubbeln, verliert Ihr Wasserdrache seine Schuppen.«

»Ist ein Feuerdrache.«

Lioba seufzte und bekam gerade noch mit, wie Florian etwas sagte, das mit »Bonlander« endete.

»Wiederhol das bitte«, bat sie. »Habe ich dich korrekt verstanden? Du willst, dass ich ein weiteres Gespräch mit diesem Volltrottel führe?«

Florian nickte. »Das könnte eine gute Idee sein.«

»Könnte? Das ist eine total bescheuerte Idee! Ich bin raus aus der Sache.« Sie griff in ihre Bluse und drückte dem verwirrt dreinblickenden Deckert das Smartphone in die Hand. »Sie dürfen. Sie sind das Alphatier. Sie rufen an. Wenn Sie das auch für eine geniale Eingebung halten. Ich mache das nicht mehr. Bin heilfroh, dass ich den Arsch nicht mehr sprechen muss.« Sie hörte den Drachenmann neben sich glucksen. »Das ist nicht witzig. Der Typ hat keine Latten mehr am Zaun.«

Deckert strich sich genervt durch die Haare und ignorierte das ihm dargebotene Handy. »Ich halte fest«, begann er und räusperte sich. Er behielt die Gruppe fix im Visier. »Die Mitarbeiter der *Corporation* sind Richtung Tübingen gefahren, wo Fechner sie in Empfang nehmen wird. Ist das die Straße, die alle Betriebsangehörigen nehmen werden?« Als er Michael nicken sah, fuhr er fort. »Gut. Fechner wird sie abfangen. Dem Protokoll nach sollten wir ins Dezernat beziehungsweise ins Krankenhaus fahren. Dr. Heller, Polizeikommissaranwärter Schumann hat mir mitgeteilt, dass auch Sie leichte Blessuren erlitten haben.«

»Leichte Blessuren?«, krähte Richter näselnd. »Sie fragen sie nach leichten Blessuren? Haben Sie in letzter Zeit mal einen Blick auf *meine* Nase geworfen? Die Schmerzen sind …«

»Das ist uns nicht entgangen. Leuchtet wie eine Ampel. Polizeikommissaranwärter Schumann hat selbst Schrammen, Kommissar Deckert«, schnitt Lioba Richter das Wort ab. Insgeheim freute sie sich, dass Deckert Richter ebenfalls links liegen ließ.

»Es geht mir gut«, beteuerte Florian.

»Das höre ich gerade ständig«, seufzte Deckert.

Richter stampfte mit dem Fuß auf. »Dann hören Sie anscheinend nicht richtig zu. Sind Sie blind?«

»Vorsicht, Vorsicht, Dr. Richter. Wollen Sie Ihren Verfehlungen noch Beamtenbeleidigung hinzufügen?«, drohte Deckert.

»Aber …«, setzte der Wissenschaftler an.

»Erik, vergiss dein Protokoll«, mischte sich der Drachenmann ein. »Gib ihm einfach eins auf die Zwölf.«

War das ein Kollege von Deckert und Florian? Gott, hätte sie nur besser aufgepasst, aber Konzentration war momentan nicht ihre Stärke. Was allerdings gegen diese Polizisten-Theorie sprach, war seine perfekt gestochene und kolorierte Tätowierung. Soweit sie wusste, durften Polizisten nicht einmal Ohrringe tragen. War er Undercoverermittler?

»Frau Dr. Heller wird jetzt diesen Vollpfosten anrufen«, fuhr er fort. »Ein letztes Mal, Dr. Heller. Okay? Und dann werden wir uns diesen Scheißer vorknöpfen.«

Sprach so ein Bulle? Also einer, der nicht in einer amerikanischen Cop-Serie mitspielte? Eins war klar. Lioba hatte weder Lust darauf, ins Dezernat zu fahren, noch verspürte sie das Bedürfnis, sich im Krankenhaus von Kopf bis Fuß durchleuchten zu lassen.

»Okay, ich telefoniere mit ihm«, murmelte sie. »Ein allerletztes Mal.«

DIE PERLE DES SCHÖNBUCHS

Bonlander riss die Beifahrertür auf und stolperte ungelenk auf den Asphalt des Klosterparkplatzes wie ein Betrunkener. Endlich aus dem Transporter steigen zu können, kam ihm vor wie ein Geschenk Gottes. Hier auf dem Acker des Allmächtigen war er hoffentlich sicher.

Sofia machte den Motor aus, zog den Schlüssel ab und stieg mit eleganten Bewegungen aus dem in zartem Violett lackierten Fahrzeug. Zärtlich strich sie über den verschnörkelten Schriftzug auf der Fahrertür.

»Findest du, ich sollte meinen Vornamen ausschreiben lassen?«, fragte sie, ohne zu bemerken, dass der Angesprochene pumpend wie ein Maikäfer hin und her lief. »S. Das kann so viel bedeuten. Es könnte Stefan heißen oder Simone. Schrecklich männlich, schrecklich banal. Aber so ein Aufkleber ist furchtbar teuer«, gab sie zu bedenken. »Wenn die Hochzeit morgen jedoch gut läuft, wenn sie ein voller Erfolg wird, werde ich mich vor Angeboten nicht mehr retten können. Vielleicht kann ich mir sogar diesen schicken Explorer kaufen, von dem ich dir vorhin erzählt habe und … Lothar, geht's dir nicht gut?«

Das konnte man so ausdrücken. Lothar Bonlander hatte sich in der Wahl seiner Angebeteten scheinbar getäuscht. Er hatte schlicht keinen richtigen Riecher für Frauen. Keinen Riecher für die richtigen Frauen. Es war zum Verzweifeln. Die letzten Kilometer waren ihm vorgekommen wie ein schlechter LSD-Trip. Bonlander wusste nicht, wie sich ein guter LSD-Trip oder irgendein LSD-Trip anfühlte, aber so ganz gewiss nicht.

Nachdem sie losgefahren waren, befand er sich in bester Stimmung. Hier und da vollführten seine Gedärme noch Bocksprünge, aber er konnte wieder frei atmen, die Sache mit Wagner schien geklärt zu sein, die Soziologenschlampe war ihm am Telefon nicht ins Wort gefallen – im Gegenteil, sie hatte eher verschüchtert gewirkt –, und da war Sofia an seiner Seite. Köstlich riechend wie eine Blume im Hochzeitsstrauß hatte sie ihn eingelullt mit wunderbarem, nichtssagendem Gefasel über Farben, Formen und Stoffe – eventuell war auch die Sprache auf den Explorer gekommen, den sie anscheinend so dringend benötigte, daran konnte sich Bonlander momentan nicht mehr erinnern, auf jeden Fall war alles in bester Ordnung gewesen. Bis sie ihn gefragt hatte: »Du magst doch Musik, oder?«

Woraufhin die Hölle über ihn hereingebrochen war. Die Bässe, die aus den, auf magische Weise im Fahrzeug versteckten, Subwoofern schallten, schlugen ihm mit Wucht in die noch in Mitleidenschaft gezogene Magengrube, und als infernalisches Schlagzeuggeknüppel eingesetzt hatte, musste sich Bonlander kurz fragen, ob es anatomisch denkbar war, dass einem das Gehirn aus den Ohren laufen konnte. Er hatte wie ein Ertrinkender Luft eingesogen und instinktiv zur Mittelkonsole gegriffen, um die Lautstärke herunterzudrehen, worauf Sofia nur einige Sekunden später mit der Bemerkung »Das geht nur laut! Kannst du es nicht spüren?«, den Regler noch höher gedreht hatte.

Die Qualen waren entsetzlich gewesen.

»Mir geht's blendend, Sofia. Blendend«, keuchte Bonlander mit einiger Verspätung. Mit kerzengeradem Rücken marschierte er auf die Hochzeitsplanerin zu.

»Ach herrje, das ist sicher noch die Magenverstimmung, die dich plagt. Du Ärmster!«

»Nein, alles prima. Alles prima.«

»Bist du sicher, denn …«

»Topfit«, stieß Bonlander zwischen den Zähnen hervor und entwand ihr das Taschentuch, mit dem sie seine Stirn abgetupft hatte. »Topfit!«

Ihre Lippen zogen sich zu einem Schmollmund zusammen. »Du musst nicht alles zweimal sagen. Ich bin nicht auf den Kopf gefallen. Mein Beruf erfordert in höchstem Maße Konzentration, logistische Planung und ein untrügliches Gespür für die inneren Bedürfnisse. Ich mag zwar keine Aufgaben in höherer Mathematik lösen können, aber ich mache Menschen glücklich.«

Glücklich? Ich fühle mich vergewaltigt!, wollte Bonlander schreien, stattdessen nickte er nur und sagte: »Natürlich, Sofia. Natürlich. Nichts anderes wollte ich implezieren.«

»Implizieren.«

»Sagte ich doch.«

Sie berührte ihn sachte am Arm. »Du sagtest imple…«

»Können wir anfangen?« Er schob ihre Hand weg, die auf seinem Unterarm brannte wie ein heißes Eisen. Als er sah, wie sich ihre Augen weiteten, fügte er betont sachte hinzu: »Es muss doch alles perfekt sein. Damit du zu deinem Explorer kommst.«

Es war ihm nunmehr zuwider, aber er brauchte diese Frau. Denn es musste tatsächlich tadellos laufen. Horgenzell sollte vor Begeisterung in die Hände klatschen wie ein kleines Kind. Sich verstohlen Tränen der Rührung aus den Augenwinkeln wischen. Er musste voll und ganz davon überzeugt sein, dass er in Zukunft alle bedeutsamen Angelegenheiten, seien sie privater oder geschäftlicher Natur, einzig und allein ausschließlich in die fähigen Hände seines persönlichen Beraters und Vertrauten Lothar Bonlander legen konnte. Nein musste. Es durfte keine Alternative zu seiner Person geben.

*

Florians Stimme drang wie aus meilenweiter Ferne an ihr Ohr. Was er sagte, strömte an ihr vorbei wie eine lange Bundestagsrede und brachte genauso wenig aufregend Neues. Deckert hatte sich, wie es schien, fleißig über die Situation und die Machenschaften der *Corporation* informiert, denn er nickte nur stumm und gab ab und zu ein Brummen von sich. Nur Richter faselte bei jeder sich bietenden Gelegenheit dazwischen.

Lioba starrte auf die vorbeiziehende Landschaft, für die sie trotz ihrer Vielfältigkeit nach der weißen Hölle kein Auge hatte. Bäume und Sträucher zogen in einer Abfolge verschiedener Grüntöne an ihr vorbei.

Im Mini, der ihnen folgte, saßen Enno, der Drachenmann, mit Michael und David, den Deckert sofort von Richter getrennt hatte. Die Angst des Kommissars, dass die beiden im Auto unter Umständen aufeinander losgingen, war nicht unbegründet. Die Schwellung in Richters Gesicht war mittlerweile etwas zurückgegangen, und er hielt sich ein Kühlpad aus Deckerts Erste-Hilfe-Kasten an die Nase.

Erschöpft ließ Lioba sich tiefer in die Rückbank rutschen und warf dabei einen Blick auf Deckerts Profil, seine zusammengepressten Lippen und die langen Finger, die nervös auf dem Steuerrad trommelten. Der Kopf des Kommissars stieß schier am Dach der Kabine an.

Über kurz oder lang würde ihre Zeit kommen. Sie und

Richter – allein. Womöglich stünde Bonlander nur wenige Schritte entfernt und würde sich ins Beinkleid pissen, wenn sie sich wie eine Harpyie auf die beiden Männer stürzte.

»Hendricks war es, der die Entwicklung des Serums vorangetrieben hat«, grätschte Richter eben zum wiederholten Male dazwischen. »Er ist … war … ein rücksichtsloser Wissenschaftler. Ohne ethische Grundsätze.«

Deckert presste die Lippen fester aufeinander und schwieg weiterhin.

»Oxy-35«, setzte Richter erneut an, »ist ein Serum, das der Menschheit viel zu bieten hat. Die Forschung an diesem Medikament darf nicht eingestellt werden, nur weil es ein paar Rückschläge gegeben hat. Es ist von kolossaler Wichtigkeit, dass …«

Weiter kam er nicht, denn Deckert trat das Bremspedal durch, und der Toyota schlitterte auf den Randstreifen der Bundesstraße, sodass Lioba erschrocken zusammenzuckte.

Nachdem das Auto zum Stehen gekommen war, drehte sich der Kommissar langsam auf dem Fahrersitz um. Sein Gesicht war gerötet, und die Augen hatten sich zu Schlitzen verengt. »Herr Richter«, stieß er hervor. »Noch ein Wort, nur noch ein ärmliches Wort, und ich werde Sie sofort, hier und jetzt …«

»Aber ich …«, setzte Richter an.

»Hier und auf der Stelle!«, wiederholte Deckert lauter. »Sie haben es nur meiner gewollten Nachlässigkeit zu verdanken, dass Sie sich noch frei bewegen können und bequem in meinem Privatauto sitzen, anstatt ein nettes Frage- und Antwortspiel mit Polizeioberkommissar Fechner zu führen oder mit den Kollegen in Esslingen zu parlieren. Also, halten Sie die Klappe! Ich will keinen Ton mehr von Ihnen hören. Ist das angekommen? Menschen, die denken, sie müssen das tun, was sie tun, deswegen tun, weil es ihrer Meinung nach das einzig Richtige ist, sind die gefährlichsten. Und das trifft sowohl auf Sie zu, mit Ihrem größenwahnsinnigen Ich-kann-die-Welt-retten-Gehabe, als in diesem Moment auch auf mich. Denn ich sehe keine Alternative, als Ihnen grob das Maul zu stopfen, wenn Sie es noch einmal aufreißen.«

Lioba nahm mit Wohlwollen zur Kenntnis, wie Richter in sich zusammensank. Er sah dem Kommissar nicht in die Augen, sondern starrte auf die Kompresse in seinem Schoß, die er im Verlauf von Deckerts Rede von seiner Nase genommen hatte und die jetzt seine Hosen durchnässte.

»Konnten Sie Ihr Wasser nicht mehr halten?« Kaum hatte sie die Frage gestellt, floss Energie in ihren Körper zurück. Sie konnte es sich einfach nicht verkneifen, Richter erneut zu beschämen.

»Sie werden nachher sitzenbleiben«, fuhr Deckert, der sich inzwischen umgedreht und den Motor gestartet hatte, an den Wissenschaftler gewandt fort.

Langsam fuhr der Toyota auf die Straße zurück. Lioba stellte bewundernd fest, dass der Mini ihnen erneut folgte. Enno, der Drachenmann, musste bei ihrem spontanen Stopp flott reagiert haben.

»Was soll das bedeuten?«, wagte Richter leise zu fragen.

»Das bedeutet«, kam es barsch vom Fahrersitz, »dass Sie angeschnallt im Wagen bleiben, den ich verschließen werde, bevor wir uns in Bebenhausen umsehen.«

Der Wissenschaftler ging über vor Empörung. »Aber ich werde ersticken!«

Lioba prustete, und auch Florian fing an zu lachen.

»Sie können sich ja im Kopf ausrechnen, wie lange die Luft im Wagen für Sie reichen wird«, sagte er. »Wir machen keinen Hunde- und Kinderspalt für Sie auf. Sie finden auf dem Klostergelände sicherlich spirituellen Beistand. Irgendjemand wird für Sie, wenn Sie Glück haben, ein Wort beim obersten Boss einlegen, und wenn Sie noch mehr Glück haben, denkt der drüber nach. Aber nicht allzu lange, fürchte ich.« Er reckte die Hände in die Luft. »Oh, lass dieses Menschenkind nicht ersticken!«

Lioba grinste noch breiter und sah, dass auch Deckert sich ein Lächeln nicht verkneifen konnte.

»Das können Sie nicht tun«, protestierte Richter erneut, aber niemand hörte ihm zu.

Lioba war ein Stück auf ihrem Sitz nach vorne gerutscht und hatte eine Hand auf Florians Nackenstütze gelegt. »Du bist dir sicher, dass wir die Sache in Bebenhausen durchziehen sollten?«

»Das kommt ausgerechnet von dir? Solche Fragen stellt sonst immer mein Vorgesetzter. Das feine Abwägen von Für und Wider.« Schmunzelnd sah er zu Deckert, der tat, als hätte er die Anspielung überhört. »Du hast es Bonlander vorhin doch angekündigt. Der Mann erwartet, dass du ihm persönlich Bericht erstattest, auch wenn er sich nicht gerade begeistert angehört hat. Ich glaube, wir können mit Sicherheit davon ausgehen, dass er nichts im Schilde führt. Dazu ist er nicht clever genug und außerdem der Ansicht, Michael und Hendricks würden sich gerade im Bunker um David Wagner kümmern.«

Lioba musste ihm zustimmen. Zu durchdachten Plänen war Bonlanders frittiertes Gehirn nicht fähig. Schon allein Florians Entführung hatte das bewiesen. Der Mann betrachtete ein Problem nicht von allen Seiten und entwarf keine verschiedenen Lösungsszenarien, sondern entschied spontan aus dem Bauch heraus, ohne nachzudenken. Und den seltsam klingenden Würgegeräuschen nach zu urteilen, die er beim letzten Telefongespräch von sich gegeben hatte, waren diese Bauchentscheidungen momentan auch mit Vorsicht zu genießen. Trotzdem …

»Der Typ hasst mich. Er konnte mich von der ersten Sekunde an nicht ausstehen. Und, sieh uns doch mal an. Wagner können wir nicht mitnehmen, der gehört eigentlich in ein Krankenhaus, du hinkst und ich …«

»Was ist mit dir?«

»Na ja, ich habe das Gefühl, mir geht langsam die Puste aus«, sagte sie und ignorierte zähneknirschend Richters amüsiertes Schnauben angesichts der Bemerkung. Am liebsten würde sie ihn so lange am Bart ziehen, bis dieser abriss. Sie hatte sich auf eine Sache eingelassen, die sie ihre Karriere kostete. Wie konnte dieser riesige Schmutzfleck, dieses Armageddon jemals aus ihrem Lebenslauf getilgt werden? Sie würde so enden wie die Kommilitonen, die nach dem Studium keinen Job gefunden hatten. Als mit goldener Farbe bepinselte, lebendige Statue auf dem Stuttgarter Schlossplatz oder als Küchenhelferin in einem Pflegeheim. Die Dame aus der Arbeitsagentur schoss ihr durch den Kopf. Und gelbe Postfahrräder. Auf der anderen Seite musste sie sich eingestehen, dass sie sich niemals zuvor so lebendig und entkräftet gleichzeitig gefühlt hatte.

»Nachdem wir angekommen sind, werden wir die Esslinger Kollegen einschalten müssen.« Deckerts Stimme klang sachlich, er hatte die nun folgenden Schritte genau geplant. »Ohne Verstärkung ist das zu riskant, und Sie haben natürlich recht, Frau Dr. Heller – wir sind nicht in Starbesetzung. Die glorreichen Sieben sind dem Feind anders entgegengetreten. Herr Richter, ich habe gesagt, Sie sollen die Klappe halten«, stellte er nach einem weiteren Schnauben des Wissenschaftlers brüsk fest. »Ansonsten habe ich Klebeband im Kofferraum. Ich wiederhole mich nur ungern.«

Richter riss die Augen auf und starrte anschließend wie gehabt auf die Lache auf seinem Schoß, die zu beachtlicher Größe angewachsen war.

»Wir haben noch Enno«, warf Florian ein.

Deckert nickte. »Genau«, grinste er. »Wir haben noch Enno. Ein echter Glücksgriff, dein Kumpel. Freut mich sehr, seine Bekanntschaft gemacht haben zu dürfen.«

Lioba schwieg und sah auf das vorbeibrausende Grün vor dem Seitenfenster. »Mich auch«, flüsterte sie leise, und dieser Gedanke überraschte sie.

*

Natürlich kannte sie das Kloster. Obwohl – kennen war zu viel gesagt, sie wusste davon. Zwar hatte sie nicht in Tübingen, sondern in Nordrhein-Westfalen studiert und war auch nicht im Großraum Stuttgart oder auf der Schwäbischen Alb aufgewachsen, aber allein während der Fahrt mit dem Fiat Richtung Parkhaus war ihr der Name Bebenhausen mehrere Male begegnet, und sie hatte sich eingebildet, die hochgotische Spitze der Klosterkirche entdecken zu können, die sich in den frühmorgendlichen Himmel reckte wie eine reich verzierte Fahnenstange.

Dass die *Corporation* ihre unterirdische, monströse Tätigkeit so nahe der Klosteranlage aufgenommen hatte, kam ihr vor wie ein schlechter Witz. Gott, so vorhanden, hatte offensichtlich einen sehr eigenartigen Humor, sonst hätte er das Bauprojekt doch sicher durch einen Tunneleinsturz beendet oder eine Baggerschaufel eine Fliegerbombe wecken lassen, die dort vielleicht, über 60 Jahre nach Kriegsende, immer noch in der Erde schlummerte.

Eventuell interessierten den Vater aller Dinge die Vorgänge um Oxy-35 auch gar nicht. Schließlich hatte auch Moses eine Zeit lang ohne ihn auskommen müssen. Eine weitere Möglichkeit war, dass er gar nicht mitbekommen hatte, was Richter und Co. so trieben. Auf dem von ihnen bewohnten Himmelskörper, der einst nur von wenigen Lebewesen bevölkert gewesen war, ging es nämlich mittlerweile zu wie in einem überfüllten Kaufhaus kurz vor Heiligabend. Es wurde gestohlen, geschubst und gedrängelt, und da konnte man seine Augen schließlich auch nicht überall haben. Wahrscheinlich auch nicht, wenn man der Oberboss persönlich war.

Als Deckerts Toyota sich auf der Landstraße dem Ortsschild näherte, haute Lioba der Anblick der idyllisch auf einer schräg geneigten Anhöhe thronenden Anlage fast um.

»Hier kann man wohnen?«, fragte sie ungläubig bei der Betrachtung der Häuserreihen, die sich entlang der Stadtmauer erstreckten. »Ich dachte, da wäre das Kloster und sonst nichts.«

»Nun ja. Anscheinend haben es die Mönche mit den Ordensregeln nicht so genau genommen«, fing Florian an zu dozieren. »Denn von einsam, verlassen und fernab der Zivilisation konnte keine Rede sein. Die Straße hier, auf der wir fahren, war zum Beispiel damals schon gut frequentiert. Ein ehemaliger Handelsweg aus römischen Zeiten. Und Tübingen, das gab es im Mittelalter auch schon, ist nur einige Kilometer entfernt. Außerdem …«

»Bebenhausen ist der kleinste Stadtteil von Tübingen.« Deckert steuerte den Wagen auf einer schmalen Straße in den Ort hinein und folgte dem Parkplatzwegweiser für PKWs. »Und ja, da wird schon lange gewohnt«, fügte er grinsend hinzu. »Aber gebaut werden darf innerhalb der burgartigen Befestigungsmauer nicht. Dachten Sie, hier logieren heute noch Zisterziensermönche?«

»Über so eine Tonsur würde ich gerne mal streicheln. Und wie viele Einwohner?« Lioba wusste nicht so recht, was sie sich vorgestellt hatte. Auf keinen Fall aber hatte sie mit dem gerechnet, was sie sah.

»So um die 350, glaube ich«, sagte Florian und deutete auf einen freien Parkplatz. »Ist aber sicher nicht ohne. Fast das ganze Jahr die Touristen, parken darf man als Anwohner auch nicht im Ortskern, und das ganze Dorf steht unter Ensembleschutz. Heute ist ziemlich was los. Gefällt mir nicht. Was fährt Bonlander denn für einen Wagen?«

»Da ist immer was los«, grunzte Richter neben Lioba. »Was denken Sie denn? Das ist die ›Perle des Schönbuchs‹«.

»Die Klosteranlage ist wichtiger Bestandteil württembergischer Geschichte. Nach der Reformation beherbergte sie eine Klosterschule, dann wurde ein Jagdschloss daraus und schließlich der Sitz des Landtags*«, ergänzte Deckert unwillig. Er fürchtete wohl, mit seinem Ausflug in das Reich der Geschichte die Schleusen zu Richters Redefluss geöffnet zu haben.

Der Doktor schwieg jedoch, und Lioba, die Richter normalerweise bei jedem Satz mit Vergnügen die Zunge herausgerissen hätte, empfand die Stille im Wagen wie eine tonnenschwere Hantel auf ihrer Schulter.

---

* Außerdem unterzeichnete der letzte König Deutschlands, Wilhelm II., hier 1918 seine Abdankung, und das durch die Siegermächte geteilte Württemberg wurde 1952 an diesem Ort zu Baden-Württemberg vereint. Davon abgesehen geht das Gerücht, dass Königin Charlotte, die Gemahlin Wilhelms II., in Bebenhausen auf dem Fahrrad nichtstandesgemäße Runden drehte. Was anscheinend eine Beschwerde beim Kaiser nach sich zog. Der seinerseits mit diesem Störfall königlichen Benehmens kolossal locker umging. So das Gerücht.

Der Toyota hielt, und Deckert stellte den Motor aus.

»Ich habe noch meinen Labormantel an«, stellte sie fest. »Das fällt doch auf.«

Deckert zog eine Augenbraue hoch, eine Angewohnheit, die Lioba gefiel. »Na, dann ziehen Sie ihn eben aus. Wo ist das Problem?«

»Das Problem ist die Temperatur. Wir haben nicht Hochsommer. Und um auf Ihre Frage von vorhin zu antworten: Ich weiß nicht, welchen Wagen Bonlander fährt. Er hat mich damals mit Horgenzells Jaguar in das neue Apartment gefahren.«

»Sie wissen, was es heißt, wenn ein Mann einer Frau, mit der er keine romantische Beziehung eingegangen ist, ein Apartment kauft?«, fragte Richter süffisant.

Lioba sah ihm direkt in die Augen. »Nein, Doktor. Erklären Sie mir es bitte. Aber in einfachen Worten. Ich bin zwar nicht blond, aber trotzdem eine Frau. Dieser Sachverhalt wird Ihnen sicherlich aufgefallen sein.« Sie öffnete die Tür, stieg aus dem Wagen, warf den Labormantel auf den Sitz und schlang die Arme über den Oberkörper, als ein kühler Windstoß durch ihre dünne Bluse fuhr.

Deckert schloss die Fahrertür. »Mit Rock und Bluse sind Sie perfekt gekleidet. Man könnte Sie für eine Museumsangestellte halten. Aber stolpern Sie nicht auf dem Kopfsteinpflaster. Einige Treppen müssen Sie auf diesen Absätzen bewältigen.«

Richter saß wie eine Statue auf der Rückbank des Toyotas, als Florian mit einem Grinsen an die Scheibe klopfte, als wolle er einen Affen im Zoo ärgern. Anschließend nahm er seinem Chef die Autoschlüssel aus der Hand, und der Wagen verschloss sich mit einem freundlichen Aufleuchten der Blinker. Ein Kühlpad flog von innen ans Fenster und hinterließ einen feuchten Streifen. Florian lachte, und auch Lioba musste zugeben, dass sie den Zorn Richters genoss. Es würde schon alles gut gehen, und die frische Luft war ein Segen verglichen mit der abgestandenen im Bunker und im Wagen.

Mit schnellen Schritten näherte sich der Drachenmann, der den Mini abseits geparkt hatte. Absichtlich, vermutete Lioba, denn direkt neben dem Toyota wäre ein freier Platz gewesen.

»Herr Wagner will mit«, stellte er fest und fuhr sich wieder über den tätowierten Arm. »Der lässt sich das nicht ausreden. Zumindest nicht von mir oder Herrn Kessler.«

»Da gibt es keine Diskussion«, betonte der Kommissar unmissverständlich. »Ich werde Fechner bitten, einen Krankenwagen herzuschicken.«

»Wagner ist auf 180. Benimmt sich wie ein Bluthund, der eine Spur entdeckt hat. Den bekommst du nicht in den Krankenwagen, ohne ihn vorher zu sedieren.«

»Hat er schon mit seiner Frau telefoniert?«, fragte Florian. »Die wird ihm das ausreden können. Nur soll sie um Gottes willen nicht dafür herkommen.«

Enno kratzte den Drachen am Bart. »Er hat mit ihr gesprochen und ist dabei stinksauer geworden. Von Mascha Horgenzell war die Rede und von deren mafiöser Arschlochfamilie. Ehrlich gesagt – mit der Angetrauten haben wir momentan keinen Trumpf in der Hand.« Sein Arm berührte wie zufällig Liobas Hüfte, als er sich neben sie stellte. Sie zuckte ein klein wenig zusammen, wich aber nicht zurück. »Was machen wir jetzt?«

Deckerts Augenbraue wölbte sich erneut nach oben, und er fuhr mit der Hand durchs Haar. Eine Geste, die wohl Teil von ihm war. »Herr Kessler soll sich bemühen, dass

Herr Wagner friedvoll bleibt. Die beiden dürfen unter keinen Umständen gesehen werden. Richter bleibt in meinem Auto, da kann er nichts anstellen und Kessler mit Wagner im Mini. Gib ihm dein Handy, Enno. Kessler soll sich sofort melden, wenn er meint, die Situation laufe aus dem Ruder.«

Endlich einer, der sagte, wo es langging. Lioba atmete durch. Das klang nach einem Plan, an dem sie sich festhalten konnte.

»Wir vier«, Deckert zeigte auf sich, Lioba, den Drachenmann und Florian, »schnappen uns Bonlander und suchen Horgenzell. Ich will die beiden ratzfatz aus dem Verkehr ziehen. Welcher Treffpunkt ist abgesprochen, Dr. Heller?«

»Der Kanzelaufgang der Klosterkirche«, antwortete Lioba prompt. »Ich habe aber keine Ahnung, wo das ist. Und ich weiß auch nicht, wo Sie Horgenzell finden werden. Bonlander hat mir nicht erzählt, wo genau die Hochzeitsfeierlichkeiten stattfinden werden, denn dahin wird der Vater der Braut wohl geeilt sein, oder?«

Florian deutete optimistisch auf eine steile Treppe. »Wir werden sie finden. Erst mal hier hinauf, dann immer dem Pfeil Richtung Ticketschalter nach.« Er hielt inne. »Warum in Herrgottsnamen hat er die Kirche als Treffpunkt ausgesucht? Da kommt man ohne Eintrittskarte gar nicht rein. Und durch den Kreuzgang irrt man vorher auch noch.« Seine Hand fuhr in die Tasche seiner Jeans. »Sag mal, Erik, hast du Geld dabei?«

»Moment. Willst du mir damit sagen, dass ich für ein Treffen mit diesem Depp bezahlen muss?«, ging Lioba dazwischen, aber der Kommissar hielt ihr einen Zehn-Euro-Schein entgegen, den sie zögernd entgegennahm.

»Alles für die Gerechtigkeit«, sagte er. »Betrachten Sie es außerdem als Ihren Beitrag für die Erhaltung eines Kulturdenkmals. Mir ist es egal, wo Sie ihn zur Rede stellen, Hauptsache, er erzählt Ihnen alles brühwarm.«

»Dann nichts wie hin«, sagte der Drachenmann und lächelte ihr aufmunternd zu. »Keine Angst. Ich bin immer in Ihrer Nähe.«

Lioba bedachte ihn mit einem kritischen Blick, der ihm sagen sollte, dass sie ein großes Mädchen war, strich sich den Rock glatt, warf den Pferdeschwanz nach hinten und wollte gerade Richtung Treppenaufgang stöckeln, als Enno sie zurückhielt.

»Nicht so schnell, Dr. Heller. Ich muss Sie bitten, mir kurz auf die Örtlichkeiten zu folgen. Wir müssen Sie präparieren. Ich begleite Sie also ein Stück, bevor wir uns trennen.«

*

Als Lioba durch den Seiteneingang eingetreten war, hatten sich ihre Augen erst an das Licht in der Kapelle gewöhnen müssen, aber schon kurz, nachdem sie im Innenraum stand, erblickte sie Bonlander.

Der Weg hierher war beschwerlicher gewesen, als sie gedacht hatte, und von dem Kopfsteinpflaster taten ihr die Fußsohlen weh. Da der Drachenmann entweder die mittelalterliche Anlage kannte oder über einen ausgesucht intuitiven Orientierungssinn verfügte, hatten sie die WC-Anlagen relativ schnell erreicht, waren davor über eine steile Treppe durch eine Art Tunnelgang geeilt und dann vor einem hübschen Brunnen mit einer stilisierten Kirchturmspitze in der Mitte herausgekommen.

Die Kapelle war schmuckloser und viel kleiner, als Lioba sie sich vorgestellt hatte, und wurde im Chorbereich von einem monumentalen Maßwerkfenster dominiert, das nur im oberen Bereich farblich gestaltet war und das Außenlicht deswegen nahezu ungefiltert in den Raum fließen ließ*.

Der persönliche Assistent von Reinhard Horgenzell und selbsternannte Strippenzieher der Geschehnisse lehnte nonchalant am Treppenaufgang der Kanzel, und Lioba wunderte sich, warum er nicht vor Langeweile in der Nase bohrte. Außerdem war sie sich sicher, dass es nicht erlaubt war, die frühbarocke Skulptur zu berühren, was diesen gestriegelten Armleuchter aber genauso wenig interessierte wie alles andere, das um seinen Ego-Planeten kreiste und nicht zu seinen eigenen Monden gehörte.

Mit zusammengepressten Lippen schritt sie durch zwei Bankreihen und näherte sich dem Chor der Basilika. Obwohl sie vorsichtig einen Fuß vor den anderen setzte, kam es ihr vor, als hallten ihre Absätze wie Donnerschläge durch das Langhaus.

Bonlander sah auf.

Aufrecht und stur geradeaus blickend klackerte Lioba an den Pfeilern vorbei, bis sie einige Meter vor der reich verzierten und farbig gefassten Kanzeltreppe zum Stehen kam. Das Geländer wurde von einem bärtigen Mann in historischer Tracht gestützt, der entweder Atlas oder diesen löwenstarken Typen aus der Bibel darstellen sollte**. Vier pausbäckige Gestalten, die eine entfernte Ähnlichkeit mit den Auenlandbewohnern aufwiesen, jedoch vermutlich die Evangelisten verkörperten, zierten die Brüstung.

---

* Ursprünglich verfügte das Chorfenster der Klosterkapelle über eine komplett farbige Verglasung. Jedoch hatten sich im Laufe der Jahrhunderte Grafen und Herzöge freizügig bedient und die mittelalterlichen Verglasungen peu à peu für ihre eigenen Zwecke genutzt. Kirchenbasar einmal ganz anders.

** Letzteres. Es handelt sich bei dem löwenstarken Typen tatsächlich um Samson.

Als Bonlander mit einem blasierten Lächeln vortrat, befürchtete sie für einen kurzen Augenblick, er habe das Spiel durchschaut. Hatte er Frau Reumer darüber informiert, dass man einer Mitarbeiterin der Firma gestatten sollte, die Firma am helllichten Tag zu verlassen? Dass es Samstag war, konnte man vernachlässigen. Es gab keine Fünf-Tage-Woche in der *Amendment Corporation*. Und hatte Frau Reumer daraufhin geantwortet, dass es keine Rolle spiele, wenn Mitarbeiter der Firma außer der Reihe früher Schluss machten, weil jemand den Feueralarm ausgelöst habe? Hatte sie ihm erzählt, dass alle Mitarbeiter dabei waren, sich zu verflüchtigen? Dass die ganze Bande sich versammelt hatte und versuchte, unbemerkt aus dem Gebäude zu kommen?

»Ist die Sache erledigt?«, fragte er knapp.

Charmant wie stets, dachte Lioba. Sie gestattete sich, tief durchzuatmen. Dann schritt sie zur ersten Kirchenbankreihe, von der aus sie am schnellsten den Ausgang erreichen konnte, nahm auf dem braunen Bezug Platz und schlug damenhaft die Beine unter. »Was Sie verlangt haben, Herr Bonlander«, begann sie, »war nicht unkompliziert.«

»Das war nicht meine Frage«, sagte er laut. Er stand immer noch vor der Kanzel. Die Hände in den Hosentaschen.

»Was Sie mir aufgetragen«, sie tat, als suche sie nach einem Begriff, »nein, zugemutet haben, liegt meilenweit entfernt von Anstand, Moral, Ethik und Respekt für das Leben. Sie sind Teil eines Konsortiums, das sich auf die Fahnen geschrieben hat, Menschenrechte mit Füßen zu treten. Als Sie und Dr. Horgenzell mich einstellten …«

»Jetzt fangen Sie nicht an, zu lamintieren«, unterbrach er sie gereizt und trat ein paar Schritte auf sie zu. »Sie waren bei der Einführung von Hendricks da, Sie haben unterschrieben.«

»Lamentieren.«

»Bitte?«

»Sie sagten, lamintieren. Klingt wie laminieren. Sie wissen schon: Trägermaterial mit einer Kunststofffolie überziehen.«

»Halten Sie die Klappe!«, stieß Bonlander hervor.

So kannte sie ihn gar nicht. Für diese Situation schien er das Wörterbuch nicht gewälzt zu haben. Die Lage überforderte ihn. Er mutierte zum Zungenepileptiker. Das mochte eine Chance sein, konnte sich aber auch ins Gegenteil verkehren. Dass Bonlander unzurechnungsfähig war, hatte er schon mehr als einmal bewiesen.

Er straffte die Schultern. »Sie lenken ab, Schätzchen. Zur Sache jetzt.«

Ein Ehepaar hatte sich dem Chor genähert und betrachtete die vier Hobbits auf der Kanzelbrüstung. Mit dem Finger deutete die ältere Dame auf den üppigen Figurenschmuck und sagte leise etwas, was Lioba nicht verstand.

»Ich wollte damit nur klarstellen«, flüsterte Lioba, die es nicht ausstehen konnte, wenn sie von einem Mann »Schätzchen« genannt wurde, der nicht Brite war, »dass Sie sich in Ihrem kalten, weißen, unterirdischen Würfel nicht in einem rechtsfreien Raum bewegen. Was Sie tun, verstößt gegen das Gesetz, und deswegen können Sie nicht mehr auf mich zählen.«

Bonlander war näher gekommen und stand nun zwischen Lioba und dem Ehepaar. Er fing an zu schwitzen. »Was soll das heißen?«, zischte er. »Sie verdammte Schlampe, wollen Sie mir etwa drohen? Lebt Wagner noch? Was glauben Sie eigentlich …«

»Pst!«, Lioba legte ihren Zeigefinger an die Lippen. »Wir sind hier nicht allein. Bringen Sie uns nicht in Teufels Küche. Und die ›Schlampe‹ verbitte ich mir! Ich habe getan, was ich konnte.«

»Lügen Sie mich an?«

»Ich war Ihnen stets zu Diensten, Eure Majestät.«

Bonlander entging der Spott in ihrer Stimme. »Dann beantworten Sie endlich meine Frage: Ist die Sache mit Wagner erledigt? Haben Sie die nötigen Informationen über Hendricks gesammelt? Verkauft er das beschissene Serum, ohne unsere Erlaubnis? Will er sich gemeinsam mit seiner Tochter mit den Forschungsergebnissen aus dem Staub machen?«

Das waren mehrere Fragen, und sie waren alle nicht ausreichend deutlich formuliert. Die Informationen, die das Mikrofon des Smartphones in ihrem Büstenhalter aufzeichnete, waren bis jetzt nicht befriedigend genug. Sie musste ihm ein konkretes Geständnis entlocken. Eines, an dem die Anklage ihre wahre Freude hatte. Lioba spürte, wie das Aufnahmegerät an ihren Busen drückte und sich ein feiner Schweißfilm auf der Haut bildete. Die ganzen vorangegangenen Stunden hatte sie das Handy ignoriert, ja sogar vergessen, und ausgerechnet seit der Drachenmann sie im Vorraum des WCs gebeten hatte, die Aufnahmefunktion einzuschalten und darauf achtzugeben, dass es sich ordentlich in ihren BH schmiegte, fing das Ding an, sich ihrem Bewusstsein als Störfaktor aufzudrängen.

Die Schritte eines Mannes näherten sich der Kirchenbank, und ein tätowierter Arm, der aus einem dunkelblauen Hoodie herausragte, streifte ihr Blickfeld. Enno hielt einen Reiseführer in der Hand, näherte sich der Kanzel, und Lioba rückte zur Seite, damit sie ihn im Auge behalten konnte. Der Drachenmann begann ein Gespräch mit dem Ehepaar, bei dem es anscheinend um die Figur des Bärtigen ging, denn die grauhaarige Dame nickte eifrig und strich mit der Hand behutsam über den Kopf der Skulptur, als würde sie die

Haare eines Kindes streicheln. Dabei musste sie sich auf die Zehenspitzen stellen. Den Hinweis *Bitte nicht berühren* legte sie genauso wenig wörtlich aus wie Bonlander.

»Frau Heller? Mir gefällt es nicht, dass es Ihnen so schwerfällt, mir eine Antwort zu geben.«

Lioba starrte wieder geradeaus und betrachtete die peinlich akkurat gebügelte Hose Bonlanders und das maßgeschneiderte hellgraue Jackett, das nicht zugeknöpft war und den Blick auf ein hellblaues Hemd freigab. Der Schweißfilm auf ihrer Haut war dabei, sich in einen kleinen Wasserfall zu verwandeln. Ihre Brustwarze begann zu jucken.

»Der von Ihnen genannte Energieversorger fühlte sich nicht zuständig«, begann sie dann. »Und Professor Hendricks war nicht erreichbar.«

»Weiter«, forderte Bonlander mit rauer Stimme. Er stand so nah vor ihr, dass sie den Blick abwenden musste. Am Reißverschluss seiner Hose und dem, was sich dahinter befand, hatte sie nicht das geringste Interesse.

»Wir haben ein wenig improvisiert und …«

Plötzlich nahm Bonlander ihr Handgelenk und zog sie von der Bank hoch. Sein Griff kam unerwartet, und Lioba war dermaßen erstaunt über die Stahlkralle, die sie gefangen hielt, dass sie eine Weile brauchte, bis sie eine Gegenmaßnahme einleiten konnte, die sie vorher jedoch nicht wirklich überdacht hatte. Sie zog das Knie hoch. Bonlander stöhnte, krümmte sich zusammen und stieß mit der Stirn an ihre Brust. Der überraschend harte Aufprall schrieb Zeichen der Verwirrung in sein Gesicht. Nach nur wenigen Sekunden begriff er es tatsächlich.

»Du Miststück!«, geiferte er und packte sie an der Bluse. »Ich sagte, kein Handy!«

Mit beiden Händen zerrte er an ihrem Blusenkragen und

schleifte sie mit sich ein paar Schritte zurück, bis die Knöpfe abrissen. Ohne zu zögern steckte er eine Hand in ihren Ausschnitt und fingerte nach dem Aufnahmegerät.

Dieser Drecksack! Eine noch nie zuvor erlebte Panik nahm von ihr Besitz.

»Enno!«, keuchte sie, wild um sich schlagend. Der geringe Abstand zwischen ihr und Bonlander verhinderte gezielte Treffer. Sie war nicht einmal in der Lage, richtig auszuholen.

Etwas riss Bonlander von den Beinen, und er wurde nach hinten in Richtung des Seils gezogen, das die Besucher davon abhalten sollte, sich dem Altar mit schlechten Absichten zu nähern. Nach ein paar vergeblichen und unbeholfenen Versuchen, das Gleichgewicht zu bewahren, stürzte Lothar Bonlander über die Absperrung und schlug hart auf dem Stein auf. Die grauhaarige Dame schrie auf, als der Körper auf der glatten Oberfläche des Bodens die drei Stufen, die zum Altar führten, hinunterglitt.

Dann machte Enno einen entscheidenden Fehler. Anstatt sich sofort weiter um Bonlander zu kümmern, stand er einige Sekunden linkisch vor Lioba, um sich dann ein Herz zu fassen und ihr sanft über die Wange zu streichen. »Es ist alles gut«, flüsterte er.

Wütend stieß sie seine Hand weg und raffte ihre Bluse zusammen. »Himmel, Arsch und Zwirn, nichts ist gut. Der steht wieder auf, verdammt! Habt ihr denn alle Grütze im Hirn?«

Kaum war diese universelle Feststellung zu Enno durchgedrungen, ging alles sehr schnell. Bonlander taumelte auf den Altar zu und griff sich erstaunlich fix einen Kerzenleuchter. Durch das geweihte Element an Lebenskraft erstrahlend, sprang er behände über das Absperrseil und setzte unerwartet schnell und ungehindert seinen Weg Richtung Vierung fort. Enno, der ihn verwirrt anstarrte, sah den Leuchter wohl auf sich zukommen, war aber durch die Wendung der Ereignisse dem Anschein nach zu perplex, um auszuweichen. Das harte Metall traf ihn am Schultergelenk, und der Schmerz ließ ihn einknicken. Im Fallen noch versuchte er die Beine seines Gegners zu packen, doch der hatte die Waffe schon fallengelassen und torkelte eilig in den Mittelgang und auf das Kirchenportal zu. Kurz stützte er sich an einer der weißen, dicken Säulen ab, um dann weiterzuwanken.

Als er vergeblich die Klinke herunterdrückte und anfing daran zu rütteln, erwachte Lioba aus ihrer Starre und verstand. Der Haupteingang wurde nur für den Gottesdienst geöffnet. Jetzt war er verschlossen. Das war ihre Chance.

Schnell streifte sie ihre roten Pumps ab und eilte zu Enno, der sich stöhnend die Schulter rieb. »Sie passen auf meine Schuhe auf! Und …«, sie nestelte an ihrer Bluse, »… rufen Sie Deckert und Florian an.« Sie sprach schnell und nervös und wartete erst gar nicht darauf, dass er antwortete oder nickte, sondern drehte sich um und spurtete den Gang zwischen den Kirchenbänken hinunter. Der Pferdeschwanz schlug ihr wie eine Peitsche auf den Rücken, und die grauhaarige Dame bekreuzigte sich, als die junge Frau mit der zerrissenen Bluse und dem kniekurzen Rock auf nylonbestrumpften Sohlen an ihr vorbeirannte.

Bonlander hatte sich inzwischen umgedreht, in seinem Gesicht stand Fassungslosigkeit. Er schaute kurz in beide Seitenschiffe, bevor er sich auf den korrekten Ausgang besann und wie ein Kurzstreckenläufer darauf zu spurtete. Lioba, die ihm nacheilte, hatte Mühe, auf dem Steinboden das Gleichgewicht nicht zu verlieren, denn bis jetzt hatte der Teppichboden ihr Halt gegeben. Der aber lag nur im Langschiff. Im Seitenschiff geriet sie ins Schlingern. Notgedrungen musste sie das Tempo drosseln, und mit einem Wutschrei sah sie die Seitentür hinter Bonlander ins Schloss fallen.

Er hatte sie mit seinen spinnrigen Fingern begrapscht. Er hatte ihre Bluse zerrissen. Er hatte sie »Schätzchen« und »Schlampe« genannt. Und das alles binnen weniger Minuten.

Und er hatte David und vielen anderen Leid angetan.

Endlich hatte sie die Tür erreicht und drückte die Klinke herunter. Entschlossen trat sie auf Nylonstrümpfen hinaus in den zugigen Kreuzgang.

Bonlander würde bezahlen.

HORTUS LOCI

Im Laufschritt versuchte Florian aus Gewohnheit, seinen jetzt dort nicht vorhandenen Dienstausweis in der hinteren Hosentasche zu ertasten, als er Horgenzell entdeckte, der im Rundbogen unter der efeuberankten Uhr des Jagdschlosses stand und sich suchend umsah.

Noch bevor Florian sich in Erinnerung rufen konnte, dass es konstruktiver wäre, nicht auffällig zu agieren und keinen Polizisten in Zivil abzugeben, der schon aus 20 Metern

Entfernung als ein solcher zu identifizieren war, sondern sich alternativ in die Touristenmenge zu integrieren, schlich Unruhe in Horgenzells Miene. Unruhe, aus der, je mehr sich Florian dem Aufsichtsratsvorsitzenden mit schnellen Schritten näherte, ernsthafte Besorgnis wurde.

Für eine Umkehr war es jedoch zu spät.

Horgenzell stand gespannt wie eine Feder auf dem sonnenbeschienenen Kopfsteinpflaster und starrte mit einer Abscheu auf sein Gegenüber, als würde ihm ein Pestkranker die Aufwartung machen.

»Was wollen Sie?«, fragte er misstrauisch und wich einen Schritt zurück.

»Kriminalpolizei Tübingen.« Florian bemühte sich, so lässig wie möglich zu klingen. »Darf ich Sie bitten, mir zu folgen?«

Nach einem weiteren kritischen Blick fing Horgenzell an zu glucksen. »Ist das so eine Art Live-Kriminalspiel-Spiel oder wie man das nennt? Hasch den Mörder? War das etwa Bonlanders Idee für die Feier, und wir testen das jetzt? In diesem Fall würde er einige Punkte bei mir gutmachen. Nun gut. Ich spiele mit und sage jetzt: Können Sie sich ausweisen?«

Das konnte Florian verdammt noch mal nicht, denn sein Dienstausweis lag in einer Schrankschublade im Wohnzimmer, in dem in diesem Augenblick gewiss Verena saß und auf einen Anruf von ihm wartete. Aber zum Grübeln reichte es nicht, denn Horgenzell, dem anscheinend klar geworden war, dass Florian nicht zum Organisationsteam der Hochzeit gehörte, drehte sich auf dem Absatz um und hastete zum Tor hinaus und einen Weg entlang, der in einem großen Bogen die Kapelle umrundete. Florian war seit Längerem nicht mehr in Bebenhausen gewesen, konnte sich aber erinnern, dass der Weg auf der anderen Seite am Infozentrum endete.

Ohne zu zögern, heftete er sich an Horgenzells Fersen, verlor ihn jedoch aus den Augen, als die beleibte Gestalt hinter der Biegung verschwunden war. Nachdem Florian selbst die Stelle erreicht hatte, an der Horgenzell scheinbar verschüttgegangen war, ließ ihn ein kleines Törchen, das halb offen stand, neugierig werden.

Als er hindurchtrat und den Riegel des Tors leise einschnappen ließ, meinte Florian, ein Zeitportal durchquert zu haben. Das hier hatte er bei seinen letzten Besuchen verpasst. Offensichtlich stand er auf dem Friedhof, der so winzig war, dass nur ein kleiner, begraster Weg hindurchführte, der links und rechts von letzten Ruhestätten gesäumt wurde, deren Grabsteine von Moos, anderen Flechten und wild rankendem Efeu angenagt wurden. Falls Horgenzell sich hier wirklich versteckt hielt, dann war er unwissentlich in ein grünes Gefängnis spaziert, denn eine Mauer begrenzte das bescheidene Gelände an drei Seiten, und die Chorwand, die durch das große Fenster der Kapelle unterbrochen wurde, bildete die vierte.

Nach nur zehn Schritten entdeckte er den Aufsichtsratsvorsitzenden, der vor einer Metalltafel stand und offenkundig gehetzt nach einer Fluchtmöglichkeit suchte. Selbst hinter einem Grabstein hätte er kein Versteck gefunden, was nicht nur an seiner Statur, sondern auch an der Enge des Gottesackers lag. Die Steine standen zu dicht am Mauerwerk.

»Was spielen Sie, Dr. Horgenzell?«, fragte Florian. »Eins, zwei, drei, ich komme?«

»Woher kennen Sie meinen Namen? Ich kenne Ihren nicht«, quetschte Horgenzell hervor und stützte sich nun scheinbar lässig an einem kleinen Mauervorsprung ab, auf dem eine metallene Tafel den Besuchern bescheinigte, dass der Ritter von Grein im Jahre 1945 in Salzburg sein irdisches Dasein beendet hatte. Offensichtlich handelte es sich um eine Gedenktafel, die die Familie des Generalfeldmarschalls zu seinen Ehren hatte anbringen lassen. Oder sie lehnte hier, weil sie irgendwo heruntergefallen war.

»Das hat Sie aber nicht davon abgehalten, vor mir davonzulaufen wie eine Hirschkuh«, antwortete Florian und erntete damit ein explosionsartig herausgestoßenes Gekicher von Horgenzell, das er ihm gar nicht zugetraut hätte.

»Eine Hirschkuh! Sehr lustig, wo wir doch unweit des Lieblingsjagdgebiets* unserer Könige stehen.« Er sagte das so, als würden die württembergischen Herrscher noch leben und ihn jeden Sonntag zu Kaffee und Träubleskuchen mit Schlagsahne einladen.

Florian hatte die Faxen dicke. »Sie sind verhaftet«, sagte er kurz angebunden, wohl wissend, dass er dazu im Moment rechtlich überhaupt nicht in der Lage war.

Das jedoch schien Horgenzell nicht bewusst zu sein, denn sein Gesicht nahm aus heiterem Himmel einen angstverzerrten Ausdruck an. Mit ein paar ungelenken Schritten tänzelte er nach vorn und stieß dann mit überraschender Schnelligkeit und Kraft die Faust in Florians Brust, sodass dieser verzweifelt nach Luft schnappte und ins Straucheln geriet. Sein Angreifer hingegen nutzte die Gunst der Stunde, um wie ein Wildhase auf dem Grasweg Richtung Friedhofstor zurückzuhüpfen.

---

* Nicht nur die Herren der Schöpfung, auch Königin Charlotte war nachweislich eine begeisterte Jägerin. Davon zeugen sowohl etliche Fotos, als auch unzählige ausgestopfte Hirschköpfe und Wildschweinhauer, die in ihren ehemaligen Gemächern des Schlosses Bebenhausen heute noch zu besichtigen sind.

Mit auf den Knien gestützten Armen versuchte Florian, die Atemnot in den Griff zu bekommen. Es dauerte eine Weile, bis er zu Kräften kam. Zu lange. Er richtete sich auf und schaute verzweifelt in den wolkenlosen, blauen Himmel.

»Du hast ihn entkommen lassen, du … verfl… Shit! Auf diesem kleinen Acker. Verdammte Scheiße!«

Er hechelte vor Schmerzen, und es war ihm selbst nicht klar, wem er eigentlich mangelnde Unterstützung vorwarf. Sich selbst oder dem spirituellen Geist, der immer noch über dem Kloster zu schweben schien. Dann atmete er tief durch, verzog das Gesicht und rannte mit pochender Hüfte und schmerzender Brust zum kleinen Tor des Friedhofs zurück.

*

Sie konnte gerade noch einer Familie mit Kinderwagen ausweichen, die um die Ecke des Kreuzgangs bog. Fast wäre Lioba an dem Buggy hängen geblieben und fing nur kurz den vorwurfsvollen Blick der Mutter auf, bevor sie weiterrannte. Bonlanders offen stehendes Jackett wurde vom Wind aufgebläht und hinderte ihn anscheinend ebenso bei der Flucht, wie Lioba von ihrem Rock in ihrem Lauftempo eingeschränkt wurde. Er endete zwar über dem Knie, war aber nicht weit genug geschnitten, um ihr genügend Beinfreiheit zu lassen. Am liebsten hätte sie ihn ausgezogen, wollte ihrem Strumpfhosenauftritt aber keine zusätzliche Ungehörigkeit hinzufügen. Schließlich war sie in einer Klosteranlage. Außerdem hatte sie Angst, Bonlander durch einen Stopp aus den Augen zu verlieren.

Der bog nun ab und geriet kurz aus ihrem Blickfeld, was sie in helle Aufregung versetzte, die sich aber wieder legte, als sie ihn nur wenige Sekunden später im Kreuzgarten auftauchen sah. Immergrüne kleine Buchshecken bildeten schmale Wege – und auf einem davon rannte Bonlander.

Lioba blieb stehen. Er konnte jeden dieser kleinen Wege benutzen und somit wieder in den Kreuzgang gelangen. Sie musste abwarten, bis er sich entschieden hatte, welche Richtung er nehmen wollte, erst dann wäre es sinnvoll, die Verfolgung erneut aufzunehmen. Tatsächlich nahm er den Weg zum Brunnenhausflügel, und sie startete durch.

Ihre Füße schmerzten inzwischen, und sie fragte sich kurz, ob ihre Strümpfe an den Sohlen schon durchgescheuert waren und sich blutende Stellen gebildet hatten. Dann spürte sie wieder Bonlanders Hand auf ihrem Busen, und alles andere wurde bedeutungslos. Es ging nur darum, diesen Speichellecker zu fassen, ihn zu schütteln, die Faust zu ballen, vorher den Daumen herauszunehmen und zuzuschlagen. Sie ignorierte ihre brennenden Fußsohlen, ihre stechenden Lungen und das Geräusch von reißendem Stoff, als sie weiter ausschritt, um zu Bonlander aufzuholen, der in einem Raum verschwand, der vom Kreuzgang abging. Er kannte sich hier sicher aus. Sie nicht. Wo verdammt noch eins war er hineingegangen?

Als sie mit pfeifendem Atem am Türeingang des Raumes lehnte, in den Bonlander eingetaucht war, schlich sich ein Grinsen auf ihr Gesicht. Der verdammte Idiot hatte sich in eine Sackgasse manövriert! Laut nach Luft ringend, sah sie Horgenzells Lakai an einer Stellwand lehnen, die wahrscheinlich den Touristen erklärte, in welchem Raum sie sich befanden. Die wenigen Klostergäste jedoch, die sich hier aufhielten, drängten angesichts Liobas furienhaftem Aussehen an ihr vorbei ins Freie. Nicht, ohne der Rachegöttin mit der zerrissenen Bluse, aus der ein BH hervorblitzte, und dem hochgerutschten Rock, der nun kurz unter dem wohlgeformten Allerwertesten endete, einige schwer verstörte Blicke zuzuwerfen.

»Endlich allein, Bonlander!«, zischte Lioba, nachdem der letzte Tourist an ihr vorbei ins Freie geflüchtet war. »Da haben Sie sich wohl ins Aus bugsiert.«

Er schluckte, trat aber ein paar Schritte vor. »Nichts dergleichen, Schätzchen! Wissen Sie denn nicht, wo wir sind?« Seine Stimme klang belegt, ob vor Aufregung, vor Triumph oder weil er noch nicht zu Atem gekommen war, konnte Lioba nicht sagen.

»Das hier ist das Parlatorium!*«, stieß er triumphierend hervor.

»Und?« Worauf wollte der Typ hinaus? »Wir reden. Toll. Im Parlatorium. Sehr passend.«

Bonlanders siegreiches Grinsen erstarb. »Das haben Sie gewusst?«, stotterte er.

»Was?«

»Dass das Wort von …«

»… parabolare kommt?«, unterbrach sie ihn.

Er schaute irritiert. »Aber nein, das kommt von parlare.«

Sie schüttelte den Kopf. »Irrtum.« Verdammt, jetzt fing sie auch noch an, mit ihm über korrektes Latein zu diskutieren. »Parlare ist Italienisch. Großer Gott, Sie sind ja noch dämlicher, als ich dachte.«

Seine Miene wurde finster. »Sie sollen das nicht tun. Das wissen Sie ganz genau. Sie sollen sich nicht so klugscheißerisch aufspielen, Sie … Sie … Was ist das?« Bonlander war

* Eigentlich sprachen im Parlatorium die Besucher mit den Mönchen und weniger die Mönche untereinander. Noch heute kann man die Vertiefungen in der Mauer des Raums betrachten, in denen das Gitter verankert war, hinter dem sich – wie man es auch aus amerikanischen Krimiserien kennt, in denen sich Verurteilte und Gäste mittels Telefon durch eine Glasscheibe unterhalten – die Besucher befanden.

inzwischen an einen mit einer Glasbalustrade abgegrenzten Bereich in der Mitte des Raums getreten und zeigte mit dem Finger demonstrativ nach unten wie ein Lehrer mit dem Zeigestock an die Kreidetafel.

Wo sind Florian und Deckert, dachte Lioba verzweifelt.

Das Adrenalin begann, sich aus ihrer Blutbahn zu verflüchtigen, und sie fühlte, wie Müdigkeit in ihre Knochen kroch. »Ich begreife nicht, was Sie wollen«, meinte sie dann, nur um irgendetwas gesagt zu haben.

»Kommen Sie her und sagen Sie mir, was das ist, Sie besserwisserisches Miststück«, befahl Bonlander geifernd ein weiteres Mal und lehnte sich über die Brüstung in die Tiefe.

War das ein Trick oder wollte er tatsächlich so etwas wie Trivial Pursuit mit ihr spielen? Wollte er sie nur zu sich locken? Aber er war allein, was könnte er tun? Zögernd ging Lioba ein paar Schritte auf den Glasbereich zu und warf aus sicherer Entfernung einen kurzen Blick in die Tiefe, wobei sie abwechselnd auf Bonlander und auf das Gestein, das sich in der Grube befand, schaute. »Ausgrabungen«, stellte sie mit energischer Stimme fest. »Ein gläsernes, archäologisches Fenster für die Touristen.*«

Bonlanders Gesicht verzerrte sich. Die Tatsache, dass sie wieder einmal recht hatte, schien bei ihm eine Art Krampf auszulösen. »Schlampe!«, brüllte er, sodass es im gewölbeüberspannten Raum hallte.

Dass sich der Wahnsinn in den Augen eines Menschen zeigen konnte, hatte Lioba immer für ausgemachten Humbug

* Dieses gibt es seit 1987, als unter dem Fußboden Reste einer Heizung mit Ofen entdeckt worden waren und ausgegraben wurden. Allerdings wurde diese Heizung im Kloster nicht genutzt, denn das war, außer dem Winterrefektorium, komplett unbeheizt. Schon im Spätherbst bekommen Sie als Besucher eine ungefähre Vorstellung davon, wie »kuschelig« es dort im Winter gewesen sein musste.

gehalten. Aber als sich Bonlander näherte, wurde sie eines Besseren belehrt. Ob er nun bipolar gestört, schizophren oder paranoid war – im Endeffekt spielte das keine Rolle. Lioba hatte auch kein Interesse daran zu erfahren, ob der kleine Lothar von seiner Mutter in den Keller eingesperrt oder von seinem Vater mit dem Gürtel windelweich geprügelt worden war. Das, was sie insgeheim immer befürchtet hatte, konnte sie nun in seiner Miene lesen. Er war gefährlich geworden und zu allem fähig. Allein das zählte in dieser Situation. Sie würde nicht anfangen, mit ihm zu reden, ihn besänftigen, ihn einlullen. Sie musste sich wappnen und im Ernstfall verteidigen können. Ob ein Faustschlag ins Gesicht ausreichen würde, bezweifelte sie stark. Es war schon mehr nötig als ein Kinnhaken, um einen durch und durch Verdrehten zu stoppen. Wo steckten Deckert und Florian, verdammt? Die beiden würden sie in der Kapelle nicht mehr finden und mussten zuerst im Kreuzgang weiter nach ihr suchen, denn diesen konnte man nur durch den Ticketshop verlassen und dort würde den beiden Polizeibeamten doch der Angestellte darüber Auskunft geben können, ob eine schwarzhaarige Frau mit zerrissenem Rock und ohne Schuhe aufgetaucht war. So wie sie momentan aussah, fiel sie doch auf wie ein bunter Hund! Sie würden den Gang also absuchen und in jeden abzweigenden Raum schauen müssen. *Verdammt, beeilt euch!*

Bonlander hatte eine der dicken Stützen, die das Kreuzgewölbe trugen, umrundet und kam langsam auf sie zu. Nur noch ungefähr ein Meter trennte sie von ihm. Alles in ihr spannte sich. Sie hatte das Gefühl, dass selbst ihre Haare bis in die Spitzen mit Nervosität aufgeladen waren. Sie überlegte, ob sie den ersten Schritt machen sollte. Ein Kick in die Weichteile? Oder lieber ins Knie? Umdrehen und aus dem Parlatorium rennen kam nicht in Frage. Sie war nicht so weit gekommen, um ihn nun ungeschoren von dannen ziehen zu lassen.

Eben hatte sie sich entschlossen, es mit einem gezielten und kräftigen Kick ins Kniegelenk zu versuchen, da stürzte sich Bonlander mit einem kleinen Sprung auf sie und riss sie zurück. Ihr Rücken prallte unangenehm gegen die Glasplatte, und sie spürte, wie sich die schmale Kante der Brüstung in ihre Wirbel bohrte. Seine dünnen Finger griffen nach ihrem Hals, der sich ihm ungeschützt darbot, und sie versuchte, seine Hände wegzuschlagen. Aber er war schnell und bewies wieder einmal, dass er kräftiger war, als es seine hagere Figur vermuten ließ. Verzweifelt unternahm Lioba Anstrengungen, seinen Körper von sich wegzudrücken, als das nicht funktionierte, griff sie nach seinen Handgelenken. Er drückte weiter zu. Das Blut stieg ihr in den Kopf. Bonlander presste sich an sie und drückte ihren Oberkörper rücklings über die Brüstung. Seine Hände waren wie mit ihrem Hals verschmolzen, schienen ihn zerquetschen zu wollen wie reifes Obst, und Lioba merkte, wie ihr allmählich schwindelig wurde. In einem verzweifelten Versuch, dem Ganzen entkommen zu können, indem sie den Blick von Bonlanders vor Aufregung zitternden Mundwinkel nahm, schloss sie die Augen und wand sich in ihrer Hilflosigkeit blind gegen den sich gegen sie gedrückten Körper. Ihre Arme schlugen ins Leere, ihre Beine konnte sie nicht mehr bewegen. Sie zerrte an seinen Haaren, an seinem Hemdkragen, und die Idee von Sauerstoff in ihren Lungen wurde übermächtig. Es blieb ihr nicht mehr viel Zeit, und diese Gewissheit stand mit einem Mal vor ihr und winkte mit der weißen Flagge. Sie konnte aber nicht aufgeben!

Dann kam ihr ein Gedanke, der so dumm war, dass sie darüber gelacht hätte, hätte sie genügend Luft holen können.

Lioba aber wusste, dass, wenn sie diesen Einfall nicht in die Tat umsetzte, und zwar pronto, sie sich um weitere Gedanken in ihrem Hirn nicht mehr würde kümmern müssen. Sie krallte sich ein letztes Mal in seinen Hemdkragen, hielt ihn mit all der Kraft fest, die sie noch aufbringen konnte, drehte sich wie in einem ekstatischen Liebesakt blitzartig herum, bog Bonlanders Rücken so weit über die Glasscheibe, wie sie konnte, sprang vom Fußboden ab und stürzte sich gemeinsam mit ihrem Angreifer über die Brüstung in die Tiefe.

Als der Körper des persönlichen Assistenten des Aufsichtsratsvorsitzenden der *Amendment Corp.* auf den von Archäologen freigeklopften Überresten einer Unterbodenwarmluftheizung knallte, konnte Lioba Knochen brechen hören. Sie wusste nicht, ob es ihre eigenen waren, starrte aber in Bonlanders vor Überraschung geweitete Augen. Sie hielt immer noch seinen Hemdkragen umklammert, als sie wie aus weiter Ferne ihren Namen hörte. Kurz bevor Lioba ohnmächtig wurde, hatte sie begriffen, dass Deckert und Florian sie endlich gefunden hatten.

EPILOG

Lothar Bonlander wurde beim Sturz auf die Unterfußbodenheizung im Parlatorium des Klosters Bebenhausen nicht sofort das letzte Lichtlein ausgeblasen. Er überlebte die Bergung und erlag seinen schweren Verletzungen aufgrund von inneren Blutungen auf dem Weg ins Tübinger Klinikum. Es kann nicht zu 100 Prozent bestätigt werden, dass seine letzten Worte »Die verdammte Schlampe muss immer recht behalten« waren. Eventuell hat der Sanitäter auch etwas missverstanden und Lothar äußerte: »Zum Licht! Zum Licht!«

Lioba Heller verletzte sich bei der Landung am dritten und vierten Brustwirbel und befindet sich nach einer Operation auf dem Weg der Besserung. Aufgrund des großen Presse- und Gafferandrangs wurde sie auf Raten von Erik Deckert in ein Stuttgarter Krankenhaus in ein Einzelzimmer verlegt. Enno Lanzo besucht sie jeden Tag. Gemeinsam betrachten sie das Blinken des Fernsehturms zwischen den Hügeln der Landeshauptstadt und erfreuen sich an der idyllischen Laubfärbung der Weinberge – und vielleicht noch an etwas anderem. Die Krankenschwestern lassen sich während des Besuchs des Drachenmanns absichtlich nicht so oft blicken.

Lioba hat sich geschworen, nie wieder kosmetische Produkte zu benutzen, die mittels Versuchen am lebenden Objekt getestet wurden, und ist auf Homöopathie umgestiegen.

Erik Deckert liebäugelt nach den Schwierigkeiten mit seinem Vorgesetzten mit einer Karriere als Privatdetektiv. Seit der erfolgreichen Beendigung des Falls »Amygdala« geht er Fechner noch mehr aus dem Weg als sonst. Der seinerseits spart nicht mit Honig, den er seinem neuen Vorzeigekommissar jeden Tag ums Maul zu schmieren versucht.

Deckert spricht jeden Abend mit den Begonien in seinen Balkonkästen und schämt sich nicht mehr dabei. Seitdem gedeihen sie prächtig.

Florian Schumann steht eine steile Karriere bevor. Nicht nur seine Kenntnisse in »extremen Gruppensituationen« sind in internen Fortbildungskursen gefragt, sondern auch sein Know-how in Selbstverteidigung und Waffenkunde. Die Idee seines älteren Partners Erik Deckert, sich selbstständig zu machen, geht ihm allerdings nicht mehr aus dem Kopf, und er wäre nicht abgeneigt, ihn bei der Gründung einer Privatdetektei zu unterstützen.

Verena ist komplett dafür.

Reinhold Fechner hat sich zum Entsetzen seiner Gattin zur Pensionierung die gesamten Staffeln von »Akte X« und »Prison Break« gewünscht. Einer triumphalen Verabschiedung in den Ruhestand steht nach der Lösung des Falls »Amygdala« nichts mehr im Weg.

Reinhard Horgenzell, Klaus Richter und Michael Kessler steht in naher Zukunft ein Prozess bevor. Momentan sind die Chancen gut, dass die Dauer der Untersuchungshaft für Horgenzell und Richter über die geregelten sechs Monate wegen des besonderen Umfangs der Ermittlungen hinausgeht. Gegenwärtig wird versucht, die komplizierten Firmengeflechte, die Horgenzell gesponnen hat, auseinanderzudröseln. Da die Untersuchungen der medizinischen und technischen Geräte des Bunkers sowie die Verhöre aller ehemaligen Mitarbeiter der *Amendment Corporation* jedoch dauern werden, kann man über den Zeitpunkt der Verurteilung nur spekulieren.

Weil bei Michael Kessler keine Fluchtgefahr besteht und David Wagner durch eine nicht geringe Kautionszahlung dafür gesorgt hat, dass Justitia besänftigt wurde, bleibt der junge Wissenschaftler weiterhin auf freiem Fuß. Er muss sich jedoch einmal die Woche bei einer Polizeidienststelle melden. Er träumt schlecht, zieht sich oft mit seiner Punk-Plattensammlung zurück und hat sich noch nicht getraut, Lioba im Krankenhaus zu besuchen.

Mascha Horgenzell und ihre Mutter haben nach der Verhaftung des Hausherrn sofort ihre Louis Vuitton-Koffer gepackt, frischen nun an einem karibischen Strand ihre Teints auf und nippen an Schirmchen-Drinks. Die Sorge um Reinhard Horgenzell hält sich bis jetzt in Grenzen. Heidrun lernt Hochdeutsch. Und Englisch.

Mascha denkt nicht mehr über die Ehe nach.

Genauso wenig wie Sofia Adriányi, die nach den enttäuschenden Erfahrungen mit Lothar Bonlander und der Familie Horgenzell den Beruf gewechselt hat. Nach langen Gesprächen mit Florian Schumann nimmt sie an einer Umschulung zur Gärtnerin teil und hat ihren Vertrag als Angestellte einer Baumschule schon in der Tasche.

Nachdem David Wagner den Vorschlag seiner Frau hinsichtlich der Teilnahme an einer Paartherapie stinksauer abgelehnt hat, ist das Verhältnis der beiden noch mehr abgekühlt. David widmet sich dem Gesamtwerk Saul Bass' und hört mit Michael Kessler, den er oft besucht, das Frühwerk von Bauhaus, während Franziska versucht, sich mit der Energetisierung von Steinen abzulenken.

Enno Lanzo nennt Lioba nach der »Betonierung« ihrer verletzten Wirbel und der Fixierung derer durch mehrere Schrauben seine »Terminatrix«. Mehr Liebe geht nicht, oder?

SCHLUSSWORT

Das Kloster Bebenhausen, die »Perle des Schönbuchs«, steht immer noch dort, wo es immer stand, und ist nicht nur einen einzigen Besuch wert. Nehmen Sie sowohl an der Kloster-, als auch an der Schlossführung teil und versäumen Sie nicht, einen Blick in die Schlossküche zu werfen, die in der Führung nicht inbegriffen ist.

Dass Tübingen und Stuttgart immer eine Reise wert sind, muss eigentlich nicht erwähnt werden, aber unternehmen Sie einen Abstecher zu den beiden kunsthistorisch bedeutenden Hochhäusern Romeo und Julia, wenn Sie in der Landeshauptstadt sind. Auch wenn der Stadtteil Rot sonst nichts zu bieten hat (glauben Sie mir, ich bin dort aufgewachsen), geben diese zwei Gebäude dem Stuttgarter Stadtteil ihr unverwechselbares Gesicht.

Das Parkhaus in Holzgerlingen werden Sie jedoch genauso vergeblich suchen wie den unterirdischen Bunker. Diese beiden Örtlichkeiten wurden erfunden, um dem überdrehten Geschehen einen geschmeidigen und hoffentlich spannenden Verlauf zu gönnen.

Das sollte Sie aber nicht davon abhalten, einen ausgiebigen Spaziergang auf einem der zahlreichen Wanderwege durch den Schönbuch zu unternehmen. Lohnenswert!

QUELLEN

Hollersen, Wiebke, Die Welt Online, veröffentlicht am 09.02.2015: »Frau, 42, erfolgreich. Und trotzdem Panikstörung.«

http://www.welt.de/reportage/article137261639/Frau-42-erfolgreich-Und-trotzdem-Panikstoerung.html

Köhler, Mathias und Fandrey, Carla: Kloster und Schloss Bebenhausen, München, 2014

Petersen, Michael, Stuttgarter Zeitung Online, veröffentlicht am 13.03.2012: »Naturpark statt Großflughafen.«

https://www.stuttgarter-zeitung.de/inhalt.schoenbuch-naturpark-statt-grossflughafen.ca560694-43a7-450b-a2c5-cc20d28a7ccc.html

Reutlinger General-Anzeiger Online, veröffentlicht am 09.08.2016: »Hälfte der Kripo-Beamten wechselt.«

http://www.gea.de/region+reutlingen/tuebingen/haelfte+der+kripo+beamten+wechselt.2501620.htm

Rühmann, Heinz als Pater Brown in: »Er kann's nicht lassen«, Regie: Axel von Ambesser, Deutschland 1962

Wohnhäuser Romeo und Julia: in: https://deu.archinform.net/projekte/1402.htm